KNAUR

Im Knaur Taschenbuch Verlag sind bereits folgende Bücher der Autorin erschienen:
Nibelungenmord
Loreley singt nicht mehr
Rapunzelgrab

Über die Autorin:
Judith Merchant studierte Literaturwissenschaft und unterrichtet heute Creative Writing an der Friedrich-Wilhelms-Universität Bonn. Für ihre Kurzgeschichten wurde sie zweimal mit dem Friedrich-Glauser-Preis ausgezeichnet. Nach der Veröffentlichung ihrer Rheinkrimi-Serie (»Nibelungenmord«, »Loreley singt nicht mehr« und »Rapunzelgrab«) zog Judith Merchant von der Idylle in die Großstadt. 2019 erschien ihr Thriller »ATME!«.

JUDITH MERCHANT

DIE LÜGEN JENER NACHT

THRILLER

KNAUR

Besuchen Sie uns im Internet:
www.knaur.de

Aus Verantwortung für die Umwelt hat sich die Verlagsgruppe Droemer Knaur zu einer nachhaltigen Buchproduktion verpflichtet.
Der bewusste Umgang mit unseren Ressourcen, der Schutz unseres Klimas und der Natur gehören zu unseren obersten Unternehmenszielen.
Gemeinsam mit unseren Partnern und Lieferanten setzen wir uns für eine klimaneutrale Buchproduktion ein, die den Erwerb von Klimazertifikaten zur Kompensation des CO_2-Ausstoßes einschließt.
Weitere Informationen finden Sie unter:
www.klimaneutralerverlag.de

MIX
Papier aus verantwortungsvollen Quellen
FSC® C083411

Eigenlizenz Dezember 2020
Knaur Taschenbuch

Ein Imprint der Verlagsgruppe
Droemer Knaur GmbH & Co. KG, München

Redaktion: Maria Hochsieder
Covergestaltung: ZERO Werbeagentur, München
Coverabbildung: Karoliina Norontaus/
Arcangel Images und shutterstock.com
Satz: Adobe InDesign im Verlag
Druck und Bindung: CPI books GmbH, Leck
ISBN 978-3-426-50865-7

2 4 5 3 1

Für Iris.
Für damals und heute und die Jahre dazwischen.

JUNGGESELLINNENABSCHIED

Ryan Gosling! Versteck dich nur, ich kriege dich, und dann will ich an deinen geilen Aaaaarsch!«
Der Schrei hallte durch die Nacht, aber niemand außer uns hörte ihn, fünf Frauen, die unvollständig bekleidet auf der Liegewiese des Freibads lagen und tranken.
Grit trat an den Rand des Zehnmeterbretts und sprang. Sie fiel wie in Zeitlupe, die Arme weit ausgebreitet, ein betrunkenes Grinsen im Gesicht.
Irgendwie war sie ein schöner Anblick, als sie die zehn Meter im freien Fall durch den nächtlichen Himmel schwebte. Es war nicht allein der Joint, der ihren Flug verlangsamte, die vielen Flaschen Prosecco hatten die Atmosphäre im nächtlichen Römerbad mit etlichen Prozent angereichert, so dass solche Dinge möglich wurden wie eine in Zeitlupe fliegende Grit. *Bullet time,* dachte ich und kicherte. Das hätte Douglas an dieser Stelle gesagt, Douglas, der jeden Film, den wir gemeinsam angesehen hatten, mit seinem medientheoretischen Bemerkungen zerschnitten hatte. Das hatte mich immer maßlos geärgert, aber jetzt, in diesem Moment, erfüllte es mich mit tiefer Befriedigung, für die Schönheit von Grits Flug ein Wort zu haben. Es machte das, was wir hier taten, weniger albern, wenn man ein Fremdwort dafür hatte, überlegte ich und versuchte, den aufkommenden Schluckauf zu unterdrücken.

Das Wasser teilte sich, und tropfend tauchte Grit auf und hielt sich am Beckenrand fest.
»Wie war ich?«, fragte sie.
Jetzt erst hörte ich, wie die anderen lachten. Alla lag auf der Seite, den Kopf im Dunkeln, und rang mit langen, pfeifenden Zügen nach Atem. Die beiden anderen waren irgendwo links davon, gefangen in der unwirklichen Dunkelheit der Büsche, die das Schwimmerbecken von der großen Liegewiese trennten.
»Du warst super«, sagte ich. »Komm, wir trinken noch einen.«
»Nein, jetzt bist du dran. Spring.« Mit ausladender Geste wies Grit auf den Sprungturm.
»Ich war doch schon.«
»Echt? Was war denn dein Wunsch?«
Ich sah an mir hinunter, auch ich war nackt, und aus meinen Haaren lief das Chlorwasser. Was hatte ich gerufen, als ich ins Wasser gesprungen war? Ich wusste es nicht mehr. Bestimmt etwas Schlimmes. Ich war lange nicht mehr so betrunken gewesen.
Grit setzte sich neben mich. Aus der Nähe sah ich, wie dick sie war. Eben noch, in der Luft, war sie mir wunderschön und federleicht erschienen, jetzt erkannte ich die Speckrollen an Bauch und Hüfte, ihre schweren Brüste und die Oberschenkel, an denen Gras und Moos klebte. Sie erwiderte meinen Blick, und ich sah, dass sie noch viel betrunkener war als ich.
»Es ist so schön hier, so schön«, sagte sie, breitete die Arme aus und ließ sich nach hinten fallen.
Es war Simones Idee gewesen, ins Freibad einzubrechen. Ganz wie früher, hatte sie gesagt, wisst ihr noch, der Abend nach der Party, auf der Ninas Tasche geklaut wur-

de, alle hatten genickt und gelacht, und ich hatte gehofft, dass niemandem auffiel, dass ich mich nicht an dem Gespräch beteiligte. Ich war nicht dabei gewesen auf dieser Party, ganz bestimmt nicht, aber jetzt in diesem Moment hatte ich mir brennend gewünscht, es wäre anders gewesen. Jetzt in diesem Moment wollte ich Teil dieser Gruppe fröhlich schwatzender Frauen sein, die eine gemeinsame Vergangenheit hatten und ein paar Flaschen Prosecco und einen Haufen Erinnerungen teilten, Erinnerungen, die sie über das hinaus verband, was danach kam.

Ich hatte meine Zeit schlecht investiert, als ich sie auf Douglas beschränkt hatte. Jetzt, wo er sich verabschiedet hatte, stand ich verloren da, mit einem Bündel vergilbender Liebesbriefe und einem gebrochenen Herzen. Ob meine früheren Freundinnen sich so allein fühlen würden wie ich, wenn sie von ihren Ehemännern verlassen würden? Sicher nicht, dachte ich.

Ninas Stimme drang aus der Dunkelheit. »Ich kann nicht mehr«, sagte sie. »Das war ein schöner Abend, aber es reicht. Ich muss ins Bett. Immerhin muss ich übermorgen heiraten.« Ihre Stimme klang einigermaßen frisch, nur die etwas verwischten Konsonanten verrieten, dass auch sie nicht mehr nüchtern war.

Alla setzte sich auf. »Jetzt geht niemand ins Bett«, sagte sie. »Erst musst du noch ein Spiel mit uns spielen. Mit uns und unserem speziellen Gast.« Sie sammelte sich und warf dann die Arme in theatralischer Geste in die Luft. »Der Gast. Tadaaa!« Das Letzte war ein heiserer Schrei.

Grit begann zu kichern. »Ein Stripper«, flüsterte sie. »Ich wusste es, ein Stripper. Hurra, endlich kriegen wir was zu sehen.«

Ich richtete mich auf, um nichts zu verpassen. Der Mond schien auf die Rasenflächen, und die Bäume standen still. Niemand war da.

»Was denn für ein Gast?«, fragte Simone. Sie reckte den Kopf, das Chlorwasser hatte ihre blonden Haare nach hinten gestrichen, sie sah beinahe aus wie immer, kühl und schön, im Gegensatz zu uns anderen. »Wer soll denn jetzt noch kommen?«

»Wer? Das wüsstet ihr wohl gern ...« Alla klang geheimnisvoll wie eine Wahrsagerin.

Ich versuchte, mir eines der nassen Handtücher, die verstreut herumlagen, um den Oberkörper zu schlingen, aber der Knoten löste sich immer wieder, und schließlich hielt ich es einfach am Zipfel zusammen. Mein Herz schlug einen langsamen, gespannten Takt, ich war begierig zu erfahren, was jetzt passieren würde, und ich liebte diese fremden Frauen, den bleichen Mond und das glitzernde Wasser, in das wir unter sinnlosen, glücklichen Gesängen und Parolen wieder eintauchen würden.

»Mimi, komm!« Ich wusste nicht, wer mich gerufen hatte, aber ich freute mich wie ein Kind über diese exklusive Einladung. Die anderen bildeten bereits einen Kreis und sahen zu, wie ich mich zu ihnen hockte.

Alla kniete vor dem gestreiften Tuch, das uns als Picknickdecke diente. Fünf Gläser standen wacklig vor ihr, auf denen sie Löffel mit Zuckerwürfeln arrangierte. Für einen Moment wunderte ich mich darüber, wie sicher ihr diese schwierigen Handgriffe gelangen. Komisch, dachte ich. War sie etwa nicht so betrunken wie wir anderen?

»Sag schon, wer kommt?«, wiederholte Simone.

Alla sah auf, und ihre Augen funkelten schwarz.
»Die grüne Fee«, flüsterte sie. »Absinth. Und danach unser Spiel.« Sie grinste, und ihre Lippen gaben die Zähne frei. Ich sah Blut in ihrem Mund und Blut auch an ihrem Kinn.
»Was ist los? Huhu, Mimi!« Alla wedelte mit der Hand vor meinem Gesicht herum, und ich sah, dass auch an ihren Händen Blut klebte.
»Du blutest«, sagte ich.
Alla kicherte. »Du hast ihn schon wieder vergessen, oder?«
»Wen?«
Eine Flamme flackerte auf und entzündete die alkoholgetränkten Zuckerhaufen, und ich vergaß, was ich gefragt hatte. Fünf grüne, zuckende Lichter, wie kleine Geister, eines für jede von uns.
Die Gläser in den Händen, standen wir schwankend auf dem kurzgeschorenen Rasen des Freibads und sahen einander an. Das Chlorwasser rann uns aus den Haaren, ich war in mein Handtuch gewickelt, die anderen hatten sich hastig ihre Kleidung übergestreift, nur Grit war immer noch nackt, auf ihre dicklich-würdevolle Art, und aus irgendeinem Grund rührte mich das besonders.
»Auf uns.«
»Auf uns.«
Plötzlich war das Gelächter verstummt, und man konnte ein Auto auf der Nordbrücke hören, das leise Rascheln der Blätter in den alten Kastanien, und wenn ich mich genau konzentrierte, glaubte ich auch die starke, gleichmäßige Strömung des Rheins wahrzunehmen, der nur etwa zwanzig Meter entfernt von uns in Richtung Köln floss. Oder spürte ich sie?

Wir tranken schweigend.
Grit versuchte, mir die Regeln zu erklären, obwohl ich sie mehrfach unterbrach, denn so einigermaßen wusste ich Bescheid, es erklärte sich von selbst. Diejenige von uns, auf die die Flasche zeigte, musste entweder eine Frage beantworten oder irgendeine Albernheit ausführen.
»Hatten wir schon, hatten wir schon«, rief an dieser Stelle Alla dazwischen und schüttelte wie wild den Kopf, »jede von uns ist gesprungen und hat dabei ihren größten Wunsch verraten, jetzt kommt die Wahrheit, nichts als die Wahrheit.«
Irgendetwas irritierte mich, doch es gelang dem Gedanken nicht, meinen Schwindel zu durchstoßen, er war zu schwach und zu langsam für das zunehmende Sirren in meinem Kopf, was war da gewesen auf dem Sprungbrett, was hatte ich gerufen?
»Wir alle werden die Wahrheit sagen«, rief Grit, umklammerte meine Hand und ließ sie nicht mehr los, und ich sah mich um, sah diese glänzenden, erregten Gesichter der Frauen, die ich zehn Jahre nicht gesehen hatte, ich sah ihre geweiteten Pupillen und wusste, wir würden wirklich alle die Wahrheit sagen, jede Einzelne von uns.
Plötzlich hatte ich Angst davor.
Die Flasche drehte sich immer schneller um ihre eigene Achse, mein Blick bemühte sich zu folgen, und meine Gedanken verknoteten sich, als ich versuchte, den erneut aufkommenden Schwindel zu unterdrücken. Diese Flasche … Wie konnte sie sich auf dem feuchten Gras so schnell drehen? Die Flasche musste mich gehört haben, denn sie verringerte ihre Geschwindigkeit

sofort. Grellgrün erleuchtet wie von der Flamme der grünen Fee schwebte sie in der Luft, ihre Öffnung neigte sich mir zu, drohend wie eine Gewehrmündung, bis ich hineinsehen konnte.
Dies zumindest war das Bild, das ich speichern sollte, bevor der Rest der Nacht in tiefster Dunkelheit verschwand. An nichts anderes sollte ich mich am nächsten Morgen erinnern.
Und ich würde noch viele, viele Tage Zeit haben, um das zu bereuen.

ZWEI WOCHEN DAVOR

Der Anruf kam an einem Dienstag.
Noch vor dem Anruf war der Brief gekommen, und lange Zeit sollte ich denken, dass es der Brief war, der mein Leben auf den Kopf stellte, und dass der Anruf nur eine unbedeutende, zufällige Begebenheit war. Dabei war es genau umgekehrt.
Seit Tagen hatte ich gewusst, dass der Brief kommen würde. »Ich habe dir einen Brief geschrieben«, hatte Douglas gesagt. »Da steht alles drin. Ruf nicht mehr an. Ruf bitte, bitte nicht mehr an.« Hatte er wirklich so oft »bitte« gesagt? Ich glaube schon.
Aber das macht jetzt keinen Unterschied mehr.
Seit der Ankündigung seines Briefes hatte ich das Haus nicht mehr verlassen. Der Postbote kam gegen zwei. Durchs Fenster sah ich ihn kommen, ich hörte das Klappern im Kasten, und ich wusste, ich musste ihn holen und dann öffnen und lesen. Das tat ich auch.
Danach setzte ich mich mit fliegendem Herzen und zittrigen Fingern aufs Sofa und versuchte, ruhig zu bleiben. Ich starrte aus dem Fenster, auf die grauen Sandsteinfassaden Edinburghs, zwischen denen ich den Rest meines Lebens hatte verbringen wollen, zusammen mit dem Schotten, der mich hierhergelockt und dann verlassen hatte.

Für immer, wie ich seit zehn Minuten wusste. Und zwar für eine andere.
Ich hatte gespürt, dass da irgendetwas war. Etwas, wohlgemerkt. Es hätte eine Erkältung sein können, ein körperliches Unwohlsein, das uns für einige Wochen voneinander entfernte und dazu führte, dass Douglas sich abends nicht mehr zu mir aufs Sofa setzte, sondern an seinen Computer verschwand. Stress auf der Arbeit wäre auch denkbar gewesen. Wenn man Stress hat, ist man nicht so freigiebig mit körperlichen Zuwendungen, man hört schon einmal weg, wenn der andere etwas sagt, oder man verlässt das Zimmer, wenn er sich umzieht.
Ich wünschte, es wäre Stress gewesen oder die Erkältung. Ich wünschte, ich müsste nicht in dieser Stadt sitzen und überlegen, was ich tun sollte mit dem Rest meines Lebens. Vor allem wünschte ich, ich hätte etwas geahnt, etwas unternommen, aber ich war ahnungslos gewesen, arglos, und deswegen hatte ich nichts unternehmen können, um abzuwenden, was jetzt auf mich zukam.
Natürlich kannst du bleiben, bis du eine neue Wohnung gefunden hast. Ich ziehe solange in ein Bed and Breakfast.
Höchstwahrscheinlich war das mit dem Bed and Breakfast eine diplomatische Lüge. Höchstwahrscheinlich zog er zu ihr.
Ich hatte sie sogar gesehen. Am Dienstag vor vier Wochen hatte ich ihn vom Institut abgeholt. Da war sie uns entgegengekommen, eigentlich sah sie ganz nett aus, und mir waren ihre roten Backen aufgefallen. »Wer war denn das?«, hatte ich gefragt, die beiden hatten

einander gegrüßt und waren dann hastig weitergegangen, ich hatte aber gespürt, wie ihr Blick förmlich an mir klebte, es war kein unfreundlicher Blick, eher ein neugieriger. Vielleicht war damals schon alles zu meinen Ungunsten entschieden gewesen, vielleicht aber hätte ich den Lauf der Dinge ändern können, wenn ich ein wenig aufmerksamer gewesen wäre, wenn mir etwas aufgefallen wäre. Immerhin war Douglas mit mir zusammen nach Hause gegangen an diesem Abend, in unser gemeinsames Zuhause.

Damals.

Ich goss mir eine Tasse Tee ein, gab Milch und Zucker dazu und öffnete die Terrassentür.

Der Garten, der zu unserem Haus gehörte, war ein grünes Paradies. Die Lichtverhältnisse waren optimal, zwar ließen die Mauern links nur wenig Sonne in den Garten fallen, doch ich hatte den rechten Teil erhöht. Was auch immer die schottische Sonne hergab, es landete hier. Es war mir gelungen, aus dem kleinen Fleckchen etwas ganz Besonderes zu machen. Viele verschiedene Pflanzen und Kräuter, die ich im Laufe der Jahre zusammengetragen hatte, fühlten sich wohl hier. Für Mittelmeerkräuter reichte das Licht zwar nicht, aber ich zog ohnehin nichts, was für die Küche gedacht war. Mein Garten war ein Heilkräutergarten. Manche würden sagen: ein Giftkräutergarten. Herzgespann, Stechapfel und Hopfen, ja sogar Fingerhut gedieh auf der sonnigeren Seite, und für viele Tee- und Heilpflanzen war das feuchte Halbdunkel linkerhand ideal. Waldehrenpreis, Zitronenmyrte, Anis-Ysop und Helmkraut wuchsen hier, gebändigt von akkuraten Gittern aus Buchsbaum. Oft hatte ich mir gewünscht, dass mei-

ne Tante den Garten sehen könnte. Es hätte sie sicher stolz gemacht zu sehen, dass ihre einzige Nichte ihre Begeisterung für Pflanzen teilte. Aber sie war seit langem tot. Gegen den Krebs hatten selbst all ihre Heilkräuter nicht helfen können.
Vorsichtig streichelte ich die Blätter der Alraune. Sie war mein Liebling. Douglas scherzte gern, sie sei meine beste Freundin.
Mandragora autumnalis. Galgenmännchen. Sie war nicht leicht zu kultivieren, aber hier wuchs sie still und zufrieden, obwohl ich ihr in meiner überschäumenden Liebe mehr zumutete, als einer Pflanze normalerweise guttat. Manchmal konnte ich mich nicht zügeln und grub sie vorsichtig aus, um ihre knorrigen kleinen Wurzelglieder zu betasten und ihren Wuchs zu bewundern, der dem einer verwachsenen Puppe glich.
»Du gehörst in ein anderes Jahrhundert, Mimi, jemand wie du sollte einen Klostergarten leiten und nicht hinter der Theke stehen.«
»Ich glaube nicht, dass ich eine gute Äbtissin geworden wäre.«
»Ich glaube schon«, sagte Douglas mit zuckendem Mundwinkel, er öffnete seinen Gürtel, und es gab ein sirrendes Geräusch, als der Gürtel durch die Schlaufen rutschte, »und jetzt komm her, ehrenwerte Äbtissin, und ich zeige dir, was Bruder Adson unter seiner Kutte versteckt.«
Meine Fingerspitzen wühlten die Erde auf, ließen aber die Alraune unbehelligt. Sie würde bald blühen, da brauchte sie Schonung. Stattdessen wandte ich mich einer krautigen Pflanze mit niedrigem Wuchs und gelben Blüten zu.

Johanniskraut, du tapferer Kämpfer gegen Trübsinn und schwarze Gedanken! Ich ritzte vorsichtig in eines der gelben Blütenblätter und sah zu, wie mein Finger mit dem roten Herzblut der Pflanze benetzt wurde. Ein Tee aus den Blättern, dreimal am Tag getrunken, würde meine Stimmung nach etwa sechs Wochen heben. Warum trank ich ihn nicht?

Ich kannte die Antwort. Es war nicht meine Stimmung, an der ich etwas ändern wollte, sondern es waren die Umstände. Und an denen konnte kein Kraut der Welt etwas ändern.

Und plötzlich war er da, der Gedanke an Mord. Nein, es war mehr als ein Gedanke – Gedanken wehen dich an, streifen dich, ziehen dann vorbei. Ich aber erwog tatsächlich das Für und Wider.

Vielleicht kam es daher, dass mein Blick am trockenen Hüllblatt des Aronstabs hängenblieb, das den phallischen, mit Früchten besetzten Kolben verbarg.

Aronstab. *Arum maculatum.* Alle Teile der Pflanze waren giftig. Tödlich giftig, wenn ich entsprechend dosierte. Am ehesten würde Douglas' Freundin vermutlich die leicht süßlichen roten Beeren schlucken …

Den meisten Menschen erscheint Mord zu kompliziert und zu brutal, etwas, das in einer Parallelwelt geschieht, in der andere Menschen mit anderen Sorgen leben, Menschen mit Pistolen, die bei Nacht durch Tiefgaragen hetzen und Schüsse abfeuern. Dabei muss Mord weder kompliziert noch brutal sein, dachte ich und zupfte am ausladenden Blatt des Aronstabs.

Den meisten Menschen fehlen schlicht und einfach meine Kenntnisse und mein Garten. Sie wissen nicht, wie leicht es ist, jemanden umzubringen. Sie wissen nicht, wie trügerisch viele Vergiftungssymptome normalen Erkrankungen ähneln. Man muss sein Opfer natürlich genau kennen. Wie leicht ist es, ein ohnehin instabiles Herz mit einer Dosis Digitalis – einige Fetzen Fingerhut, gemischt unter den Salat oder eine beliebige Mahlzeit – aus dem Tritt zu bringen. Es gibt keine Mordwaffe, die einen verraten kann, keine Fingerabdrücke, keinen Apotheker, der sich an verdächtige Einkäufe erinnert. Eigentlich war es sehr einfach. Viel zu einfach …

Mir schwindelte ein wenig.

Konnte es so einfach sein? Nein, dachte ich. Ich hatte Kräuter für jede erdenkliche Gelegenheit, aber das Zauberkraut, das mir Douglas zurückbrachte, das gab es nicht.

Als das Telefon schrillte, zuckte ich zusammen. Douglas! Mit wenigen Schritten war ich am Apparat.

»Ja?«

Als ich den Hörer gegen das Ohr presste, registrierte mein Hirn mit einiger Verzögerung, dass die Nummer auf dem Display aus Deutschland kam.

»Hier ist Simone Wahl. Bist du das, Mimi?«

Im ersten Moment wusste ich gar nichts anzufangen mit dem Namen. Simone wer?

»Hallo«, sagte ich. »Ja, ich bin es.«

Ein Seufzen. »Mensch, Mimi! Dass ich dich tatsächlich erreiche! Die Nummer hat mir deine Mutter gegeben, ich hatte nur deine Adresse. Ich rufe wegen der Hochzeit an, wir haben immer noch nichts von dir gehört. Und da dachte ich, suche ich mal die Nummer und … Du kommst doch?«

In meinem Kopf war leerer Schwindel.

»Hochzeit«, wiederholte ich. Simone. Natürlich, Simone. Damals im Studium hatte es eine Simone gegeben, und dann war vor einigen Monaten ein Brief gekommen …

»Ja, die Hochzeit. Ninas Hochzeit. Wir sind alle schon ganz aufgeregt. Und deswegen wollte ich nachfragen, ob du kommst, auf der Liste stehst du nicht. Aber weil Nina es sich so sehr wünscht … Mensch, das sind jetzt zehn Jahre, die wir uns nicht gesehen haben! Unglaublich, oder? Wir werden alt!«

Langsam sortierte sich alles in meinem Kopf. Hochzeit. Da war eine Einladung gewesen, goldene Lettern auf weißem Büttenpapier. Ich hatte sie auf irgendeinen Stapel gelegt und dann in der Versenkung verschwinden lassen.

Ich hatte mich nie gemeldet. Ich hatte die Weihnachtskarten und die Kontaktangebote über das Internet ignoriert. Und ich hatte diese blöde Hochzeit noch nicht einmal abgesagt, obwohl der Einladung eine kitschig gestaltete Antwortpostkarte (auch mit goldenen Buchstaben) beigelegen hatte.

Und plötzlich, blitzartig, überfiel mich die Erinnerung an Douglas' Reaktion.

»Was ist denn das? Zeig doch mal«, hatte er gesagt und nach der Einladung gegriffen.

»Nur so eine Hochzeit.«

»Eine Einladung? Von wem denn?«

Ich hatte die Schultern gezuckt. »Leute aus Bonn. Vom Studium. Ich hab sie ewig nicht gesehen.«

»Deine Freundinnen? Die, die immer wieder angerufen haben? Auf die du keinen Bock hattest?«

»Genau die.«

»Und warum willst du nicht hin?«
»Ich kenne die doch gar nicht mehr. Außerdem ist das in Deutschland. Außerdem mag ich keine fremden Hochzeiten.«
An dieser Stelle war ein schriller Unterton in meiner Stimme gewesen, gespiegelt vom Zucken in Douglas' Gesicht. Hochzeit war ein Tabuthema. Hochzeit war etwas, worüber wir vor zwei Jahren ausführlich gesprochen hatten – und zwar über unsere Hochzeit. Dann war das Thema versiegt, so, wie Themen bei uns immer versiegten: Douglas hatte es ausschleichen lassen, ich hatte nicht nachgefragt. Seitdem mochte ich keine fremden Hochzeiten mehr. Aber es war nicht nur das Hochzeitsthema gewesen, was an dem Tag für den schiefen Ton zwischen uns gesorgt hatte.
»Aber wenn es alte Freunde sind ... Vielleicht solltest du doch überlegen hinzugehen. Ein bisschen Kontakt zu alten Freundinnen würde dir guttun.«
»Es sind keine wirklichen Freunde.«
»Wer sind denn dann wirkliche Freunde?«
Einen Moment hatte ich ihn sprachlos angesehen, aber er schien tatsächlich eine Antwort zu erwarten. »John«, hatte ich also gesagt. »Matt. Und Karen und Rose.«
»Das sind meine Freunde«, hatte er gesagt. Darauf hatte ich nichts zu erwidern gewusst. Ich war in den Garten gegangen, und er hatte nach seinem Bass gegriffen.
Hätte ich da etwas merken können?
Die Stimme plätscherte gleichförmig aus dem Hörer. »Ich bin immer noch hier in Bonn. Ingo auch. Mir geht's ganz gut. Ich habe das Studium beendet und dann mein Referendariat.«

»Du bist Lehrerin geworden?« Ich konnte mich zwar an nichts erinnern, aber die Frage erschloss sich aus dem, was sie gesagt hatte.
»Ingo und ich haben vor drei Jahren eine kleine Tochter bekommen. Darum gebe ich momentan nur Förderunterricht.«
»Das ist ja toll. Herzlichen Glückwunsch.« Das war sogar halbwegs ehrlich. Gegen Kinder hatte ich nichts. Eine Pause entstand.
»Was machen denn die anderen?«, fragte ich.
»Denen geht es gut, so weit. Ich hoffe ja, wir sehen uns demnächst alle, deswegen rufe ich an. Hast du die Einladung nicht bekommen?«
»Welche Einladung?«
»Die Hochzeitseinladung. Nina hat extra bei der Auslandsauskunft nach deiner Adresse gefragt. Es wäre so schön, wenn du kommen könntest. Ihr, meine ich natürlich.«
»Komisch, ich habe keine Einladung bekommen.« Ich wurde nicht mal rot.
»Das habe ich mir schon gedacht, weil du gar nicht geantwortet hast! Gib mir mal deine Mailadresse, dann schicke ich sie dir als Datei. Kannst du es denn irgendwie einrichten? Übernächsten Mittwoch geht es offiziell los. Erst Polterabend, dann Junggesellinnenabschied, dann Trauung. Das ganze Programm eben.«
»Das ist jetzt natürlich kurzfristig ...« Ich war ganz überzeugend, glaube ich.
»Kannst du es nicht einrichten? Du musst einfach kommen! Diesmal kommen alle. Wir bringen euch unter, für Gästezimmer ist gesorgt. Wir haben eine Art Komitee gebildet, weißt du ...« Ich hörte sie im Hintergrund

kramen, als hantiere sie mit einem Stapel Listen. »Alla und ihr Verlobter kommen gleich für zwei Wochen, sie nehmen Urlaub. Hey, das wird total lustig! So wie früher.«

»Ich fürchte, das wird nichts.«

»Überleg es dir noch einmal! Es wird sicher …«

Ich starrte aus dem Fenster, während Simones Stimme aus dem Hörer floss, ein gleichmäßiger Geräuschebrei, der mich nichts anging. Erst als ich ihr meine Mailadresse gegeben hatte, gab sie Ruhe. Und ich beteuerte, dass ich versuchen würde zu kommen: »Ich gucke, ob ich es einrichten kann. Versprochen.«

Versprechen kann man viel, dachte ich, als ich den Hörer auflegte. Fast im selben Moment klingelte das Telefon erneut. Ich vermutete noch einmal Simone, dachte an eine Fehlfunktion, doch ich irrte, es war Douglas. Meine Knie zitterten, als ich langsam auf das Sofa sank, den Telefonhörer fest umklammert.

Seine Stimme klang wie immer. »Wie geht's denn so?«

»Gut.«

»Ich wollte Freitag ein paar Sachen holen, ist das okay für dich?«

»Oh.« In meinem Kopf war nichts. Warmer Schwindel, gähnende Leere. »Natürlich. Ich meine, ich bin da, komm vorbei, wenn du willst.« Ich hatte mich gefangen. »Es ist schließlich dein Haus«, schob ich hinterher.

Er widersprach nicht, und das war echt gemein. *»Red keinen Quatsch, das ist unser Haus, wir leben schließlich zusammen hier«*, so hatte er jahrelang protestiert, wann immer die Rede auf unser ungleich verteiltes Einkommen gekommen war und auf unseren Lebens-

standard, den er finanzierte. Dazu kam, dass dieses Haus zu den zahlreichen Immobilien seiner Familie gehörte.
Die Stille am anderen Ende war unerträglich.
»Douglas?« Ich versuchte, mir meine Panik nicht anmerken zu lassen. Was, wenn er aufgelegt hatte?
Seine Stimme klang verlegen. »Mimi, wegen Freitag … Ich hatte eigentlich gehofft, dass du bis dahin ausgezogen bist. Wenn das geht, natürlich«, beeilte er sich hinzuzufügen, vermutlich hatte er durch das Telefon gespürt, wie mich seine Worte umhauten.
»Ich versuche es.«
»Das wäre wirklich nett.«
»Ja.«
»Und sonst? Wie geht es? Ich meine …« Er zögerte.
»Gut. Nicht wirklich gut, aber okay, das heißt …«
Irgendwie gelang es uns, dieses furchtbare Gespräch zu beenden. Als ich aufgelegt hatte, fühlte ich zuerst gar nichts. Ich ging in die Küche und setzte Tee auf, in meinem Kopf war Leere.
Erst nach einer Weile ging mir auf, wie unlogisch das alles war. Was bedeutete das, Sachen holen? Wohin wollte er sie bringen? Wo wohnte er? Und wenn er woanders wohnte, warum sollte ich dann dieses Haus räumen?
Ich glaube, ich begriff erst da, dass wirklich alles, alles aus war. Nicht nur das mit Douglas. Ich sah durch die Terrassentür, und alles in mir krampfte sich zusammen.
Zusammen mit Douglas hatte ich auch mein Zuhause und vor allem meinen Garten verloren. Das Haus gehörte Douglas' Eltern, aber selbst wenn wir es gemietet

hätten, hätte ich es mit dem, was ich im Pub verdiente, nicht halten können. Mein ganzes Leben hatte ich auf die Beziehung zu Douglas gebaut. Ich hatte geglaubt, das sei ein starkes Fundament.

Ich presste die Stirn an die kalte, immer etwas feuchte Scheibe und sah die akkuraten Buchsbaumgitter, die meine Kräuter zähmten. Es war undenkbar, dass ich den Garten verlieren sollte. Undenkbar. Aber ein Garten gehörte zu den Dingen, die man nicht mitnehmen konnte.

Und das war nicht das einzige Problem. Ich hatte kein Geld. In meinem Portemonnaie befanden sich nur noch wenige Pfund. Bisher hatten Douglas und ich gemeinsame Kasse gemacht, was mehr zu meinem als zu seinem Vorteil gewesen war. Jetzt war Douglas weg, und ich hatte seit Wochen nicht gearbeitet.

Es dauerte, ehe ich mich entschließen konnte, im Pub anzurufen. Mike ging erst nach dem siebten Klingeln dran. Wahrscheinlich hatte er gerade mit den Lieferanten zu tun.

»Ja?«

»Mike, hier ist Mimi. Wie geht's?«

»Gut.«

»Hör mal, ich habe ein kleines Problem. Könnte ich ab jetzt ein paar Schichten mehr übernehmen? Ich brauche Geld.«

»Tja, Mimi, ich hatte auch ein kleines Problem. Eine meiner Kellnerinnen ist nämlich seit einigen Wochen einfach nicht zur Arbeit erschienen. Sie ist auch nicht an ihr Handy gegangen.«

»Oh, Mist, tut mir leid, Mike. Mir geht es gerade nicht so gut.«

»Das kann ich mir denken. Ich habe jetzt jedenfalls eine neue gefunden, die hoffentlich ein bisschen zuverlässiger ist.«

»Scheiße, es tut mir echt leid. Können wir nicht noch mal …«

»Vergiss es, Mimi.« Er knallte den Hörer auf.

Einen Moment lang hielt ich das Telefon in der Hand. Ich konnte verstehen, warum er sauer war. Ich hatte ihn hängenlassen in den letzten Wochen. Aber ich hätte um nichts in der Welt aufstehen und das Haus verlassen können.

Um nichts in der Welt?

Genau das würde ich jetzt tun müssen. Das Haus räumen. Eine neue Wohnung suchen.

Ich brauchte einen Job. Das war schwer, denn ich hatte keine Kontakte und keinen Abschluss. Zwei Semester Studium der englischen Literatur. Ein bisschen Pharmazie. Eine abgebrochene Lehre als Gärtnerin. Wirklich qualifiziert war ich für nichts, außer für die Kneipe, mit der ich es offenbar verschissen hatte. Und ich musste irgendwo wohnen. Vor allem aber musste ich Abstand gewinnen und ein bisschen zur Ruhe kommen, sonst würde ich noch verrückt werden.

Urplötzlich kam mir in den Sinn, was ich zu Simone gesagt hatte. *Ich gucke, ob ich es einrichten kann. Versprochen.*

Wenn ich es richtig verstanden hatte, bot mir die Hochzeit Kost und Logis für eine gesamte Woche. Nach meiner spärlichen Erfahrung waren große Feiern, die sich über mehrere Tage erstreckten, gar keine schlechte Gelegenheit, um ein bisschen abzutauchen. Meistens rannten genug Gäste herum, die viel redeten, so dass es gar nicht auffiel, wenn man selbst den Mund hielt. Vielleicht war die eine oder andere meiner früheren Kommilitoninnen gar nicht so langweilig, wie ich in Erinnerung hatte. Immerhin schienen sie Wert auf meine Gesellschaft zu legen, das war mehr, als ich im Moment von jeder anderen Person meines Bekanntenkreises behaupten konnte. Die Menschen, die wir Freunde nannten, hatten offenbar in stillschweigender Übereinkunft beschlossen, sich entweder aus unserer Beziehungskiste herauszuhalten oder aber sie hatten längst Partei für Douglas ergriffen. Natürlich würde niemand es so nennen, aber durch den Schleier meines Liebeskummers war sehr wohl gedrungen, dass ich keine Einladung zu den beiden Geburtstagen erhalten hatte, die mit naturwissenschaftlicher Sicherheit an den kommenden Wochenenden gefeiert wurden.

Vielleicht sollte ich doch zu dieser Hochzeit fahren.

Das Problem, wo ich wohnen sollte, hätte sich dann fürs Erste geklärt. Und vor allem würde Douglas sehen, dass ich mitnichten dem Bild entsprach, das er von mir hatte. Ich war nicht abhängig von ihm. Ich hatte sehr wohl Freundinnen. Auch wenn ich sie lange nicht gesehen hatte, sie würden sich wahnsinnig freuen, wenn ich kam, sie telefonierten hinter mir her. Und vor allem: Sie würden mich aufnehmen.

Ich griff nach dem Telefon, um die Frau anzurufen, an die ich mich eben noch nur mit Mühe hatte erinnern können.

Sie würde gleich mehrere meiner Probleme lösen.

Allerdings musste ich dafür diese Hochzeit durchstehen.

TAG 1

Ich hasse Hochzeiten aus tiefstem Herzen.
Das muss ich vorausschicken.
Und es liegt nicht daran, dass Douglas mich ganz offensichtlich nicht heiraten wollte, oder zumindest nicht nur.
Hochzeiten sind sozialer Sprengstoff. Ein Haufen Menschen, die einander aus guten Gründen lange nicht mehr begegnet sind, treffen absolut ungeschützt aufeinander, um einer vom Brautpaar perfide ausgetüftelten Tischordnung folgend unvernünftige Mengen an Speisen und Getränken zu konsumieren. Die Gespräche beschränken sich auf die biographischen Eckdaten der Anwesenden, die in komprimierter Form zwangsläufig zum direkten Vergleich herausfordern.
Verheiratet? Kinder? Job? Haus? Doktortitel? Das gab fünf Punkte in der ersten Auswertung, ins Detail ging man später. Wer diese erste Abfrage erfolgreich bestand, der konnte sich möglicherweise beruhigt zurücklehnen und sich dem Riesling, dem Spargeltörtchen oder dem Rehrücken widmen.
Für mich würde es in dieser Runde allerdings keinen einzigen Punkt geben. Ich hatte gedacht, schlimmer könnte es für mich nicht werden, aber sobald ich zugesagt und mit Simone die organisatorischen Details geklärt hatte, ging mir auf, dass es sehr wohl schlimmer werden wür-

de. Im Gegensatz zu früher würde ich nicht einmal Douglas an meiner Seite haben. Ich würde eine jener Bedauernswerten sein, die ohne Partner erschienen.

In den folgenden Tagen packte ich meine Sachen. Ich verstaute meine Habseligkeiten in den Kartons, die seit unserem Einzug auf dem Dachboden vor sich hin moderten, und stapelte sie in Douglas' Arbeitszimmer. Wo ich sie letztlich lagern würde, darum musste ich mich später kümmern.

An die bevorstehende Hochzeit dachte ich nicht wirklich, auch nicht an die Menschen, die mich dort erwarteten. Simone, Nina, Grit und Alla – das waren nichts als gesichtslose Schemen, die irgendwann einmal meine Vergangenheit bevölkert hatten und die keine Rolle mehr spielten außer der, dass sie mir Zuflucht gewähren würden.

Ich hänge nicht an Vergangenem. Ich plane auch nicht für die Zukunft. Mein Leben gehört dem Hier und Jetzt. So weit ich zurückdenken kann – und ich kann nicht weiter zurückdenken als bis zu meiner Anfangszeit in Edinburgh, davor war ich ein anderer Mensch, ein Teenie –, habe ich nur in der Gegenwart gelebt. Diese Gegenwart war gut gewesen, weil sie aus Douglas und mir bestanden hatte.

Dass Douglas plötzlich der Vergangenheit angehörte, dass meine Gegenwart unerträglich und die Zukunft, wenn ich sie mir vorzustellen versuchte, ungewiss war, stellte alles auf den Kopf.

Und so war ich, als der Flieger Kurs auf den Flughafen Köln/Bonn nahm, vollkommen leer.

Beim Passieren der Kontrolle hatte mich ein schwereloser Zustand ergriffen, vielleicht war es die Gewiss-

heit, dass sich gleich einer der uniformierten Sicherheitsmänner vor mir aufbauen und mich bitten würde, meinen Koffer zu öffnen. Aber so war es nicht.
Zum Glück. Denn in meinem Koffer war einiges, was ich besser verbergen sollte, doch dazu komme ich später.
Meine Aufmerksamkeit galt also dem Koffer, ich hatte mir erstaunlich wenig Gedanken darüber gemacht, was mich erwartete. Oder genauer, wer mich erwartete.
Denn zuerst einmal erwartete mich Grit. Dabei hatte ich mit Simone gerechnet.
Ich warf einen Blick durch die Plastikscheibe, die uns Ankömmlinge von der Menge der Wartenden trennte. Lauter freudige, gespannte Gesichter. Keines davon kam mir bekannt vor, niemand kam auf mich zu. Mit meinem Koffer stellte ich mich an den Rand, beobachtete durch die verglaste Front die gestikulierenden Taxifahrer und bemühte mich, nicht allzu hilflos auszusehen. Es gelang mir mehr schlecht als recht. Ich sah auf meine Armbanduhr. Für den Fall, dass Simone sich verspätete, hatten wir ausgemacht, uns im Starbucks zu treffen.
Es dauerte ein wenig, bis ich mich durchgefragt hatte, dummerweise war der Starbucks im Abflug-Bereich untergebracht. Ich holte mir einen Milchkaffee, der seinen Namen nicht verdiente, und setzte mich damit ans Fenster. Es war ein guter Platz, strategisch gesehen. Ich konnte die Leute beobachten, aber es sah nicht unbedingt so aus, als hielte ich Ausschau nach jemandem.
Die unerwartete Ruhepause zwang meine Gedanken zu einer Frage, die ich bisher erfolgreich verdrängt hatte: Was, verdammt, suchte ich hier?

Was mir vor einigen Tagen noch als genialer Plan erschienen war, entpuppte sich bei näherer Betrachtung als Witz. Klar, ich hatte Edinburgh möglichst schnell verlassen wollen, mindestens den Kanal zwischen mich und die Orte bringen wollen, an denen ich Douglas oder gemeinsamen Bekannten begegnen konnte, die mich mit Fragen löcherten, auf die ich keine Antwort wusste. Ich wollte auch keinen der Leute treffen, die zu Recht sauer auf mich waren, weil ich ihre Anrufe nicht entgegengenommen hatte, von Mike ganz zu schweigen.
Oder eine Straße entlanggehen, die ich mit Douglas entlanggegangen war, einen Pub besuchen, in dem wir gesessen hatten. Oder, oder, oder.
Weswegen ich nicht in Edinburgh bleiben wollte, wusste ich genau. Die Frage war nur, was wollte ich in Bonn? Wenn ich an meine Zeit hier dachte, dachte ich an Douglas, und ich hatte niemals in einem anderen Zusammenhang von dieser Stadt gesprochen. *Und wo habt ihr euch kennengelernt? – Oh, das war in Bonn, weißt du noch, Schatz, du hattest damals ein Gastsemester …*
Ich kniff die Augen zusammen, als könnte ich damit meine Erinnerung scharfstellen, es blieb dabei, fünf nur undeutlich konturierte Komparsinnen spazierten durch die Partys meiner kurzen Studentenzeit, ich wusste ihre Namen, aber das war auch schon alles. Undenkbar, dass eine dieser schemenhaften Zwanzigjährigen mich hier abholen sollte.
Ich kannte die nicht. Seit Jahren hatte ich nicht an sie gedacht. Ich trank noch einen Schluck von dem milchigen Zuckerwasser, das mich drei Euro des schmachvoll

von Douglas geliehenen Geldes gekostet hatte, und zwang meine Gedanken zurück in das Jahr meines Studienanfangs.

Wie war das gewesen, damals?

Für mich bestand die Erinnerung an Bonn aus dem Geruch, den der Wind aus dem Botanischen Garten trug und der mir verraten hatte, was dort gerade blühte. Mehr wusste ich nicht von Bonn. Oder?

Ich dachte nach. Bonn war schön gewesen in diesem Sommer, in dem wir uns kennenlernten. Bei einem Schulausflug Jahre zuvor hatte ich mit dem Geschichtsleistungskurs einen Ausflug zum alten Bundestag gemacht, und der Anblick der pastellfarbenen Altbauten, der von Kastanien gesäumten Straßen, der Straßencafés voller Studenten, die träge in die Sonne blinzelten, war mir im Gedächtnis geblieben. So kam es, dass ich mich eingeschrieben hatte, ohne besonderen Grund, einfach, weil man irgendwo studieren musste, es hätte ebenso gut Tübingen sein können oder Konstanz, irgendeine Studentenstadt, die leidlich attraktiv schien. Den anderen ging es wohl ähnlich, auch sie hatte es aus keinem bestimmten Grund hierhergezogen.

So erkläre ich mir jedenfalls, dass wir fünf so bald zusammenfanden. Keine von uns hatte Freunde in der Stadt, keine zogen politische Interessen in den verqualmten Fachschaftsraum oder Sportsgeist in die Turnräume der Pädagogischen Hochschule. Wir waren einfach unschlüssig zwischen den Tischen stehen geblieben, während andere Studierende ihre Plätze suchten.

Und eines Tages saßen wir zusammen in der Cafeteria und beschlossen stillschweigend, Freundinnen zu wer-

den, um uns nicht weiter allein zwischen den anderen treiben zu lassen. Und wir verbrachten ein Semester miteinander. Fertig. Nicht mehr und nicht weniger.
Jetzt waren wir alle zehn Jahre älter geworden, und offenbar hatte Nina beschlossen, uns zu ihrer Hochzeit alle noch einmal zu versammeln. Ich stellte mir die ellenlange Gästeliste des Bräutigams vor und Ninas verzweifelten Versuche, ihre Seite in der Kirche annähernd so eindrucksvoll zu füllen.
So musste es sein, beschloss ich und nippte an meinem zuckrigen Getränk.
Das Schicksal hatte mir für mindestens eine Woche freie Kost und Logis zur Verfügung gestellt, und wenn ich Simone am Telefon richtig verstanden hatte, ließ sich da noch mehr rausschlagen. Ich wäre schön blöd, wenn ich mich mit Grübeleien belastete.
Und vielleicht erlöste mich ja ein Anruf von Douglas aus dieser ganzen Verwirrung, und ich saß schon bald wieder im Flugzeug und flog ihm entgegen.
Das wäre die beste Lösung, natürlich.
Leider war sie nach dem, was in den letzten Tagen vorgefallen war, extrem unwahrscheinlich.
»Mimi?«
Fast wäre ich zusammengezuckt. Ich war so in meine Gedanken vertieft gewesen, dass ich die Frau nicht bemerkt hatte, die plötzlich vor mir stand.
»Du bist doch Mimi, oder?«
Für einen Augenblick zögerte ich, mich dieser Fremden zu offenbaren. Formlose Jacke, glänzende Nase und ein brauner Haarknoten – konnte das Simone sein? Neben ihr stand ein Knirps von vielleicht drei Jahren und blickte mich mit großen braunen Augen neugierig an.

Ich streckte ihr die Hand entgegen. »Hallo!«
»Schön, dass du da bist! Ich habe dich sofort erkannt. Du hast dich gar nicht verändert. Und das ist Jonas. Hat Simone dir gesagt, dass ich ein Kind habe?«
»Ich glaube«, sagte ich und nickte dem Jungen zu, während ich mich bemühte, mich an das Telefonat zu erinnern. Wenn dies nicht Simone war, musste es Grit sein.
»Simone konnte leider nicht kommen, sie muss Nina noch mit den Tischkarten helfen. Typisch Nina, alles auf den letzten Drücker!« Sie verdrehte die Augen und warf mir einen verschwörerischen Blick zu. »Und weil ich heute das Auto habe, hat sie mich gefragt. Nina ist total durcheinander. Ist ja auch kein Wunder, direkt vor der Hochzeit. Eigentlich sind wir alle durcheinander. Es ist so viel zu tun! Du wohnst übrigens bei uns. Also, bei mir und Mark. Mark ist mein Mann!«
Ich nickte vorsichtig, bemüht, die Fakten zu sortieren.
»Wolltest du noch einen Kaffee trinken, oder sollen wir fahren?« Grit betrachtete meine leere Tasse und warf einen sehnsüchtigen Blick in Richtung Theke. »Ich kann uns gern etwas holen.«
Ich zögerte und dachte an mein bereits schmelzendes Guthaben.
»Komm, Mimi! Ich lade dich ein. Auf unser Wiedersehen!«
Wenig später saßen wir da wie zwei alte Freundinnen, die Tassen vor uns. Grit strahlte. »Ich komme nur noch so selten dazu, ins Café zu gehen«, verriet sie und zeigte mit dem Kinn auf den Kleinen. Ich winkte ihm probeweise zu und wartete ab, ob er zurückwinken würde.
»Hast du eigentlich Kinder?«, unterbrach sie meine stumme Zwiesprache mit dem Knirps.

»Nein«, beeilte ich mich zu antworten, fast hätte ich »nein danke« gesagt.

Grit nahm meine Antwort mit einem knappen Nicken zur Kenntnis und begann, von ihrer kleinen Familie zu erzählen.

Ich musste mich sehr anstrengen, um einigermaßen interessiert zu wirken. Ich hatte wirklich nichts gegen Kinder, aber ich verfiel bei ihrem Anblick auch nicht in jene Ekstase, die ich bei anderen Frauen beobachtete. Mein Interesse an Kindern beschränkte sich auf die vage Hoffnung, es möge ihnen gutgehen, begleitet von der Furcht, mit einem von ihnen allein gelassen zu werden. Ich war sicher, es würde zu schreien beginnen und ich würde an der mir zugewiesenen Aufgabe scheitern. Zum Glück war ich in keinerlei Gefahr. Wenige Minuten mit Grit genügten, um meine Sorgen zu zerstreuen. Grit gehörte ganz sicher nicht zu der Sorte Frauen, die ihre Kinder bei fremden Menschen zurückließen, und sei es nur für Minuten. Unablässig verfolgte sie ihren brabbelnden Sprössling mit liebevollen Blicken, während sie mich darüber unterrichtete, was mich die nächsten Tage erwartete.

Heute Abend würden wir uns zu einer Art Besprechung in unserem alten Stammcafé treffen, ohne Nina selbstverständlich, denn wir würden in Simones Pläne für den Junggesellinnenabschied eingeweiht werden. Konkret ging es um die zeitlichen Abläufe – aus organisatorischen Gründen sollte erst der Polterabend und dann der Junggesellinnenabschied stattfinden, und es gab viel Heimlichkeit deswegen, Überraschungen für Nina. Für den Junggesellinnenabschied hatte Simone sich offenbar etwas ganz und gar Skandalöses ausgedacht, Grit verlor sich in geheimnisvollen Andeutungen und schien dabei selbst nicht genau zu wissen, was uns erwartete. Jedenfalls würde Simone das mit uns besprechen. Deswegen würden auch die Männer der anderen wegbleiben müssen, was Grit sehr bedauerte, denn sie war lange nicht mehr mit ihrem Mann in der Kneipe gewesen. Alla allerdings hätte darum gebeten, ihren Mann mitbringen zu dürfen, denn sie seien erst kurz verlobt, das verstehe Grit ja, andererseits würden Männer natürlich nur stören, wenn …

»Wieso ist denn eigentlich dein Freund nicht mitgekommen?«, fragte Grit unvermittelt.

»Douglas. Er heißt Douglas«, sagte ich. Es klang schärfer als beabsichtigt, aber dieses ständige »mein Mann, Simones Mann, Allas Mann« hatte mir echt in den Ohren geschmerzt.

»Also, Douglas. Verheiratet seid ihr noch nicht, oder?«

»Nein.«

»Na ja, kann ja noch kommen.«

An dieser Stelle hätte ich wohl widersprechen müssen, aber mir fehlte die Kraft, mein neu erworbenes Singledasein vor dieser Frau auszubreiten, die weder eine Freundin noch eine Fremde war. Der grinsende Kleine und diese ständige Erwähnung ihres Ehemanns machten es nicht leichter. Ganz offensichtlich würde ich als frisch Getrennte in dieser Runde der bunte Vogel sein, und das wollte ich um nichts in der Welt.

Und wer weiß, dachte ich – während Grit aufsprang und ihren Kleinen vom Stuhl riss, der sich verschluckt hatte –, vielleicht geschah ja auch ein Wunder, und Douglas rief an. Am besten jetzt gleich. Dann brauchte ich das Flughafengelände gar nicht zu verlassen, sondern könnte einfach hier sitzen bleiben und auf den nächsten Flieger warten.

»Machst du eigentlich immer noch Tai-Chi?«, fragte Grit mitten in meine Gedanken hinein.

»Tai was?«

»Tai-Chi! Du weißt schon, der Kellner mit dem Tablett.« Grit ließ die flachen Hände durch die Luft kurven und kicherte. »Du warst richtig gut.«

»Das musst du verwechseln.«

»Aber klar hast du das gemacht! Wir alle zusammen. Unisport.«

Ich lächelte und schwieg. Was sollte es bringen, Grit darüber aufzuklären, dass ich niemals Tai-Chi gemacht hatte? Ich machte überhaupt keinen Sport. Wenn der Grund für ihre Gastfreundschaft darin begründet lag, dass sie meinte, mit mir eine bewegte Vergangenheit zu teilen, dann sollte ich sie besser nicht korrigieren.

»Wollen wir los?« Grit wand sich ihr Tuch um den Hals. Ohne dass ich es bemerkt hatte, war sie aufgestanden und hatte die zahlreichen Flaschen, Keksdosen und Klamotten, die während unseres Gesprächs irgendwie auf dem Tisch gelandet waren, eingesammelt und in das Netz des Kinderwagens gestopft.

»Klar«, sagte ich, warf einen letzten Blick in die Tasse und stand auf. Dann mal voran, dachte ich.

Auf in den Kampf.

Kurz dachte ich an Grits Frage nach dem Tai-Chi. Und plötzlich überkam mich das unbehagliche Gefühl, dass sie jemand anderen als mich erwartet hatte.

Grit wohnte in einem unauffälligen Reihenhaus in Kessenich, eine Viertelstunde vom Bonner Stadtzentrum entfernt. Schon beim Eintreten fiel mir das ganze Kindergerümpel auf: Kinderfahrrad, Roller, Regenjacken, Sandspielzeug – das hätte vermuten lassen, dass hier ein ganzes Dutzend Kinder wohnte.

»Simone wohnt nur ein paar Häuser weiter«, erklärte Grit, während sie mir voraus die Treppen hochstieg. »Das ist echt toll, wir können uns mit den Kindern abwechseln. Stella und Jonas sind beste Freunde.«

Ich nickte erschöpft. Mir kam es so vor, als hätte ich diesen Satz in der letzten Stunde bereits mehrfach gehört.

»Du siehst so müde aus, Mimi. War der Flug anstrengend? Ich meine, du kannst ja wohl keinen Jetlag haben oder so.«

»Hab ich auch nicht«, sagte ich und versuchte ein Lächeln.

»Vielleicht ruhst du dich erst mal aus. Hier ist jedenfalls dein Zimmer!« Grit stieß die Tür auf, hinter der sich eine kleine, etwas enge Dachkammer verbarg. Ich stellte meinen Koffer ab und sah mich um. Bett, Schrank, Stuhl und schräge Decken.

»Gefällt's dir denn?«

»Ja, klar.«

»Dann richte dich erst mal ein. Es gibt so in einer Stunde Essen. Zwar keinen Hackfleischauflauf mit Senf ...«, sie zwinkerte mir rätselhaft zu, »... aber Nudeln mit Pesto. Oh, Mann, das war was ... Eigentlich hätte ich diesen Auflauf machen müssen! Nur um dein Gesicht zu sehen! Vielleicht können wir den ja die Tage mal machen, wenn die anderen dabei sind. Einfach so in

Erinnerungen schwelgen. Und dann trinken wir Ouzo und hören den Soundtrack und hoffen, dass wir dieses Mal nicht erwischt werden!«
Ich bemühte mich um ein erfreutes Gesicht.
»Um sieben geht's ins Café Göttlich – ganz wie früher! Und immer zwei auf einmal!« Sie prustete. »Mensch, dass du das mit dem Tai-Chi nicht mehr wusstest, das ist unglaublich!«
Ich nickte und lächelte und schloss die Tür, froh, meine Ruhe zu haben.
Ich hatte nicht die leiseste Ahnung, wovon Grit die ganze Zeit redete.

Ich glaube nicht, dass ich extrem vergesslich bin.
Seien wir doch ehrlich! In Wahrheit ist jedermanns Vergangenheit ein schwarzes Loch, verhüllt mit einer Girlande, an der willkürliche Schnappschüsse unserer Erinnerung hängen. In der Zusammenfassung gelingt es, die schwarzen Löcher zu kaschieren, aber das heißt nicht, dass sie nicht da sind. Chronologisch geordnet und sinnvoll sortiert erscheinen diese paar Schnappschüsse logisch, unangreifbar, aber das sind sie nicht.
In Wahrheit bleiben doch viele Fragen offen, je mehr man nachdenkt, umso mehr Fragen werden es. Alle Erinnerungen sind fragmentarisch. Das Unwichtige vergisst man. Und woher soll man im Moment des Vergessens wissen, was wichtig und was unwichtig ist?
Gedanken dieser Art beschäftigten mich, als ich gemeinsam mit Grit in die Innenstadt fuhr.
Grit schnatterte ohne Unterlass. »Alla hat sich zwei ganze Wochen freigenommen. Sie ist ganz weit oben in

so einer riesigen PR-Agentur in Rotterdam. Du wirst sie nicht wiedererkennen, sie sieht jetzt unglaublich schick aus.«

Insgeheim dachte ich, dass ich sie auch sonst nicht wiedererkannt hätte.

»Natürlich hätte sie bei Simone schlafen können«, fuhr Grit fort. »Auch mit ihrem Verlobten. Was macht das für einen Unterschied, ein oder zwei Gäste, hat Simone gesagt. Aber Alla wollte unbedingt ins Hotel. Für zwei Wochen! Und nicht in irgendeins – ins Bristol!«

Sie sah mich an, als erwarte sie, dass ich jeden Moment in Ohnmacht fiele.

»Wow!«, sagte ich pflichtschuldig.

»Da fragt man sich doch, was das soll«, sagte Grit mit gerunzelter Stirn. »Ich meine – *Alla!* Du weißt schon.«

Ich wusste nichts. Aber ich sah Grit an, dass ihre Gedanken in eine sehr spezielle Richtung gingen. Dass sie nicht nur ein interessantes Detail teilen wollte, sondern mehr, vielleicht sogar Besorgnis. Dass sie irgendetwas Spezielles von Alla erwartete, etwas, wovon ich nicht wusste, was es war.

Vielleicht war dies der Moment, in dem ich das erste Mal hätte erkennen müssen, wie schwierig alles werden könnte. Dass selbst eine Traumhochzeit jederzeit ins Chaos kippen konnte.

Aber an so etwas dachte ich nicht. Ich war damit beschäftigt, vor mir zu rechtfertigen, warum ich nicht wusste, worüber sie sprach.

Mein Gedächtnis ist nicht löchrig, sagte ich mir vor wie ein Mantra und betrachtete verstohlen Grits Profil. Es arbeitet lediglich extrem ökonomisch.

Das Treffen war viel schlimmer, als ich befürchtet hatte. Tatsächlich fehlte nicht viel, und ich hätte einen Aschenbecher genommen und in die Spiegelwand geworfen, der die Längsseite des Café Göttlich einnahm, ein Spiegel, der uns in einem idyllischen Gruppenbild in sich aufnahm wie eine große, glückliche Familie.

»Schön, dass du da bist, Mimi«, hatte Simone mich freundlich begrüßt. Sie sah in etwa so aus, wie ich sie mir vorgestellt hatte, silberblond, Perlenstecker, sorgfältig zurechtgemacht. »Natürlich habe ich Ingo zu Hause gelassen, aber er freut sich schon auf den Polterabend, dann werdet ihr euch kennenlernen.«

»Mein Mann durfte auch nicht, aber er hatte eh keine Zeit«, sagte Grit bedauernd in die Runde, und ich sah ihr an, dass sie kurz überlegte, ob sie jetzt sagen sollte, er freue sich schon auf den Polterabend, damit er mich kennenlernen könne.

Ich setzte mich an den verbliebenen freien Platz und versuchte, gleichzeitig möglichst unauffällig und möglichst freundlich auszusehen. Wie ich nach kurzer Zeit bemerkte, nahm ohnehin kaum jemand von mir Notiz, und das lag an Allas Typen. Alla selbst hatte ich ohne große Probleme wiedererkannt, leuchtende schwarze Augen, porenfreie Haut, lebhafte Gebärden. Bei ihrem Anblick war mir ein Bild der früheren Alla durch den Kopf gezuckt, ausgeblichene Jeans, schwarze Dreadlocks und eine Menge Kajal. An die Stelle der Jeans war ein ausgesuchtes Kostüm getreten, das eigentlich nicht zu dem studentischen Ambiente des Cafés passte, ein Missstand, den sie mit zur Schau gestellter Fröhlichkeit ausgezeichnet zu verbergen vermochte. An ihrer Hand blitzte ein Diamant, den sie mit übertriebener Gestik zur

Schau stellte. Ihr Gero war ein echter Schönling. Groß und sportlich, Wimpern wie getuscht und ein markantes Kinn wie aus der Reklame. Noch dazu schien er jünger als wir. Grit starrte ihn mit offenem Mund an.

»Ich glaube, jetzt sind wir vollzählig«, sagte Simone. »Wollen wir erst einmal einen Prosecco trinken? Auf unser Wiedersehen?« Sie strich sich die Haare zurück. Das war offenbar eine Marotte von ihr, die sie im Fünfminutenabstand wiederholte: Immer war ihr silberblondes Haar glatt nach hinten gestrichen, nie wagte es eine Strähne, ihre angestammte Position zu verlassen, und doch waren Simones Hände ständig damit beschäftigt, die Haare zu maßregeln.

»Die haben hier gar keinen Prosecco«, sagte Allas Schönling. »Nur Sekt.«

Er sah aus wie ein Anzugmodel aus dem Katalog, und genau so einen trug er auch und passte damit ebenso schlecht hier rein wie Alla. Die beiden hätten besser auf die silberfarbenen Drehhocker einer eleganten Bar gepasst.

Über meine Weigerung, Sekt zu trinken, gerieten alle in schwer nachvollziehbare Aufregung, die schließlich einer betretenen Stille wich, der ich entnahm, dass sie mich jetzt für eine trockene Alkoholikerin hielten.

Simone erklärte, warum sie uns hier zusammengetrommelt hatte: Da war zum einen das mit dem Junggesellinnenabschied. Sie wüsste zwar schon, was wir da machen würden, und für Hilfe bei der Vorbereitung sei sie dankbar, aber verraten dürfe sie noch nichts, schließlich sei ein Mann unter uns. Wieherndes Gelächter folgte auf diesen schwachen Scherz, und ich verdrehte innerlich die Augen.

Bitte, Douglas, dachte ich, ruf mich an, damit ich in den nächsten Flieger steigen kann und mir das alles hier nicht antun muss. Ich legte sacht meine Hand auf das Handy in meiner Hosentasche, doch es blieb stumm.
Der andere Punkt, erklärte Simone, betreffe die Geschenke. Die Brauteltern hätten einen wunderschönen chinesischen Hochzeitsschrank ausgesucht, ein lackrotes Möbel mit metallenen Verschlüssen, in denen man in China traditionell die Aussteuer verstaue. Und damit das Teil seiner ursprünglichen Verwendung zugeführt werden könne, sollten alle Gäste die Geschenke schon vorher abgeben, wenn möglich auf dem Polterabend. Sie selbst werde den Schrank dann damit füllen.
Punkt drei und vier von Simones Liste bekam ich nicht mehr so richtig mit, denn mich hatte plötzlich ein furchtbares Unwohlsein befallen.
Hochzeitsgeschenke. Mist, das hatte ich ganz vergessen. Ein Geschenk würde ich besorgen müssen, quasi als Investition für die tagelange Kost und Logis. Doch von welchem Geld?
Ich war optimistisch gewesen, dass ich mit den von Douglas geborgten hundert Euro auskommen würde, wenn ich sparsam war, und was danach kam, das hatte ich mir so genau nicht überlegt – die Gewissheit, dass Douglas anrufen und mich aus meiner Misere erlösen würde, war offenbar unerschütterlich.
Jetzt aber wurde mir klar, dass ich nicht nur Geld für Kneipenbesuche brauchte, sondern auch das Hochzeitsgeschenk vergessen hatte.
Ich tauchte aus meinen Gedanken auf und stellte erleichtert fest, dass die anderen das Thema Hochzeit inzwischen hinter sich gelassen hatten.

»… gar nicht aus dem Bett kommen«, erzählte Simone. »Ich wecke ihn, und sofort schläft er wieder ein. Fünf Minuten später versuche ich es wieder, und nachher ziehe ich ihm die Decke weg.«

»Das Problem hatten wir früher auch.« Gero wischte sich mit lässiger Bewegung etwas Bierschaum von der Oberlippe. Ich war sicher, er hatte ihn extra für diese männliche Geste dort plaziert.

»Und jetzt?«, fragte Simone.

»Jetzt nicht mehr. Was meinst du, Alla, wollen wir deinen Freundinnen unser Geheimnis verraten – Alla wollte es nämlich schon patentieren lassen«, setzte er erklärend hinzu.

»Erzähl schon.«

»Also, wir beide sind frühstückstechnisch betrachtet ein schlechtes Paar. Sie Radio, ich Stille, sie Tee, ich Kaffee. Ich füttere als Erstes unsere Katze, weil ich es so gemütlich finde, wenn sie mir unter dem Küchentisch die Füße wärmt, Alla hasst den Geruch von Katzenfutter und lässt die arme Minka vor der Türe warten, bis sie zur Arbeit geht. Und zu allem Unglück wollen wir beide denselben Teil der Zeitung lesen.«

»Und?«

»Es ist ganz einfach. Wer zuerst geduscht und angezogen in der Küche sitzt, darf bestimmen. Seitdem haben wir morgens so viel Zeit wie nie. Wir könnten theoretisch sogar nach dem Frühstück noch einmal ins Bett hüpfen, wenn wir wollten.« Er zwinkerte Alla zu, sie fuhr ihm liebevoll durchs Haar.

»Und wer darf zuerst ins Bad?«, fragte Grit. Das hatte ich mich, bei aller Verachtung für dieses miese Märchen, auch gefragt, und so horchte ich auf.

Gero lachte. »Wir haben zwei. Als ich festgestellt habe, was Alla sich für Böden und Wände ausgesucht hatte, habe ich mich wohl oder übel zu einem eigenen Bad durchgerungen.«
»So schlimm?« Simones Stimme klang neugieriger, als ihre zur Schau gestellte Gleichgültigkeit vermuten ließ.
»Schlimmer. Hautfarben mit rosa Adern. Da fühlt man sich wie eine Mücke auf der Suche nach Futter.«
»Du bist unmöglich!« Alla schüttelte den Kopf und gab ihm einen Klaps, dann musste sie lachen.
»Marmor?«, wollte Grit wissen, die Augen kreisrund.
»Klar. Granit wäre in der Farbe unbezahlbar gewesen.« Wieder lachten beide.
Meine Hand lag immer noch auf meiner Hosentasche. Ich hatte den lautesten Rufton plus Vibrationsalarm eingestellt. Eigentlich hätte ich mitbekommen müssen, wenn ein Anruf kam, aber man konnte ja nie wissen.
»Entschuldigt mich«, murmelte ich, stand auf und stieß dabei schmerzhaft an den Tisch.
Draußen hatte es zu regnen begonnen. Ich stellte mich unter die Markise der benachbarten Boutique und zog mein Handy hervor. Guter Empfang. Kein Anruf. Ich schaltete das Gerät aus und wieder an. Ich nahm die SIM-Karte heraus und legte sie sorgfältig wieder hinein. Ich pustete in die Zwischenräume, in denen sich so leicht Staub sammeln und ein Happy End vereiteln konnte.
Kein Anruf.
Als ich wieder an den Tisch trat, scholl mir lautes Gelächter entgegen. Niemand beachtete mich, als ich mich an meinen Platz zwängte.
»Ach, die Kleinen«, lächelte Simone und wischte sich eine Lachträne aus dem Augenwinkel. Offenbar hatte

sie gerade eine witzige Kleinkindergeschichte zum Besten gegeben.

»Warum habt ihr denn keine Kinder?«, fragte sie, und weil sie mich das bereits gefragt hatte, konnten nur Alla und Gero gemeint sein.

»Das frage ich mich auch. So, wie Alla mich rannimmt, kann es nicht mehr lange dauern. Ich hoffe, es werden ganz viele.« Gero zog die errötende Alla an sich und küßte sie.

»Wie schön!« Grit seufzte gerührt.

An dieser Stelle entschloss ich mich zum Gehen, was niemandem sonderlich auffiel und auch niemanden störte. Es fiel ebenfalls niemandem auf, dass ich meine Rechnung nicht bezahlt hatte, und ich hütete mich mit einiger Genugtuung, die anderen darauf aufmerksam zu machen.

Ich war mir sicher, für jemanden mit rosa Marmor im Bad würden meine zwei Gläser Cola nicht ins Gewicht fallen.

TAG 2

Es war an ihrem Polterabend, als ich Nina das erste Mal seit zehn Jahren wiedersah.

Sie stürmte auf mich zu, welker Blumenschmuck im wirren dunkelblonden Haar, ein heller Hosenanzug, der dazu nicht recht passen wollte und in dem sie furchtbar spießig aussah, und dann hing sie an meinem Hals und flüsterte: »Ich wusste, dass du kommst! Ich wusste es einfach! Ich hab immer zu Simone gesagt: Egal, was war, zur Hochzeit wird Mimi ja wohl kommen. *Muss* sie einfach.«

»Ja«, sagte ich.

Das Wort *müssen* störte mich, auch wenn ich wusste, dass die meisten Leute Nina zugestimmt hätten.

Hochzeiten sind Veranstaltungen voller Tabus. Wohl bei keinem anderen gesellschaftlichen Anlass ist der geheime Leitfaden des Betragens so deutlich wie hier. Es fängt bereits damit an, dass man sich über eine Einladung gefälligst zu freuen und selbstverständlich zu erscheinen hat. Für das Hochzeitspaar selbst sind die Tage strahlend weiß, und wehe dem, der sie befleckt oder einen einzigen Schatten darauf zu werfen wagt. Die Meinungsfreiheit der Gäste ist empfindlich eingeschränkt, im Prinzip sind sie Statisten mit eng definierten Sprechrollen: Es gibt eine unbedingte Pflicht des Lobens und des Wohlwollens. Die Braut muss wunderschön gefunden werden. Das Hochzeitskleid ein Traum. Das Essen wunderbar. Die Getränke ausreichend. Sollte jemand es wagen, aus diesem Korsett auszubrechen, so macht er sich höchst verdächtig. Also beschloss ich, möglichst wenig zu sagen, das erschien mir am sichersten. Denn ich konnte es mir nicht leisten, dass man meine Absichten oder meine Moral in Zweifel zog. Nicht bei dem, was ich vorhatte.

Immerhin gelang es mir, Nina halbwegs herzlich zu umarmen, auch wenn mich ihre stürmische Begrüßung überraschte und verlegen machte. Glücklicherweise wurden wir von einem neu eintreffenden Paar unterbrochen, das Nina mit vielen begeisterten Ahs und Ohs um den Hals fiel, so dass ich mich unauffällig entfernen konnte. Ich hatte genug von alten Bekanntschaften. Das mochte auch daran liegen, dass ich kurz davor Casper wiederbegegnet war, das erste Mal nach zehn Jahren.

Ich war gemeinsam mit Grit und ihrem langweiligen Mann gekommen, und wir hatten uns ein Getränk geholt und uns dann unter die Menge gemischt. Weil es irgendwelche mir unverständlichen Absprachen mit der Babysitterin gegeben hatte, waren wir etwas spät dran, und es war brechend voll, als wir eintrafen.

Ich nippte an meiner Cola, während Grit sich suchend umsah, als ich ihn plötzlich entdeckte.

Casper. Er sah aus wie damals, vielleicht war er ein wenig fülliger geworden. Ich hatte ganz vergessen, wie groß er war – so groß, dass sein wuscheliges rotbraunes Haar die Umstehenden überragte. Er kam auf uns zu, und dann sah er mich. Seine Augen weiteten sich, und ich wandte meinen Blick schnell ab.

Ein leises Quietschen von Grit an meiner Seite ließ mich zusammenzucken. »Casper! Da bist du ja!« Sie umarmte ihn stürmisch, klopfte ihm auf die Schultern, wofür sie sich recken und strecken musste, und ich fragte mich, ob man bei diesen ausufernden Festlichkeiten jetzt täglich zur bevorstehenden Hochzeit gratulieren musste.

»Erkennst du Mimi noch? Sie ist extra aus Schottland gekommen!«

Ich wagte nicht, ihn anzusehen, tat es dann aber doch.

»Hi, Mimi«, sagte Casper eine Spur zu leise und wich meinem Blick aus.

»Hi«, sagte ich an ihm vorbei, dann hob ich mein leeres Glas in die Höhe und sah Grit entschuldigend an. »Ich hole mir schnell noch eine Cola, willst du auch was?« Ohne eine Antwort abzuwarten, verschwand ich an die Theke.

Nun saß ich auf einem Barhocker und checkte zum wiederholten Mal mein Handy. Douglas hatte immer noch nicht angerufen. Und ungefähr da, als ich wirklich nicht wusste, wohin ich schauen und was ich tun sollte, erschien Gero.

»Was trinkst denn du?«, fragte er und setzte sich neben mich auf den Barhocker. »Du bist Mimi, oder?«

»Cola«, sagte ich unwillig und warf ihm einen vorsichtigen Blick zu. Eigentlich wollte ich keine Aufmerksamkeit, ich wollte den Abend so unauffällig wie möglich verbringen. Das lag daran, dass ich etwas Fieses vorhatte. Etwas, wobei ich keine Zeugen gebrauchen konnte.

»Ich hätte gedacht, du trinkst Whisky. Du kommst doch aus Schottland, oder? Soll ich dir einen Bushmills bestellen?«

»Das ist irisch«, sagte ich und schüttelte etwas verspätet den Kopf. »Nein danke. Ich bleibe bei der Cola.«
»Ich kenne mich gar nicht aus mit Whisky. Ich denke nur immer, in Schottland trinkt man viel davon.« Gero sah zu meinem Ärger nicht so aus, als ob er mich in Ruhe lassen würde. Er stützte seine Ellbogen auf die Theke, eine exakte Kopie meiner Pose.
Ich wollte nicht an Whisky denken und auch nicht an Schottland. Die Verbindung der beiden Gedanken brachte mich unweigerlich zu Douglas, zu torfigen Whiskyküssen, seinem kratzigen Kinn.
»Das ist ein Klischee«, sagte ich ablehnend.
»Scheint dich zu nerven«, erwiderte Gero und warf mir einen kurzen Blick zu, und der Blick verriet mir plötzlich, worum es hier ging, und ich schämte mich meiner Unfreundlichkeit. Es ging um Mitleid. Ich war das Entlein, das allein an der Theke stand und sein Colaglas umklammerte. Gero wollte nur nett sein. Bei dem Gedanken wurde mir übel.
»Tut mir leid, ich muss kurz weg«, sagte ich und erhob mich hastig. »Ich muss noch meine Glückwunschkarte einwerfen.«
Das stimmte sogar.
Ich war nach dem Frühstück extra in die Stadt gefahren, um die Karte zu besorgen. Ein kitschiges Brautpaar bewohnte das großformatige Pop-up-Monstrum, Anzug und Tolle des Bräutigams glänzten in Lackschwarz, während die Braut, über und über mit Tortenspitze beklebt, Glitzertupfer im Haar, am Ring und im verrutschten Mundwinkel hatte. Meine unbestimmten Aggressionen gegenüber Brautleuten hatte ich bei der Auswahl dieser Karte voll ausgelebt. Trotzdem war es eine Karte,

die manchen Menschen gefallen würde, so zumindest beruhigte ich mein Gewissen. Der Affront war eher indirekt. Wobei beim Lesen der Glückwunschkarten ein anderes Thema im Vordergrund stehen würde. Ganz bestimmt. Ich verdrängte den leisen Schauer, der mich beim Gedanken an mein Vorhaben überlief. Die Karte hatte sechs Euro gekostet, und die hatte ich möglicherweise so bereitwillig investiert, weil das, was ich mit ihr vorhatte, wirklich schäbig war. Das Geld war mein Ablassbrief.

»Alles Liebe dem glücklichen Brautpaar und viel Spaß bei der Auswahl«, hatte ich in schwungvollen Buchstaben geschrieben und vieldeutig einen Ausschnitt aus dem Versandheft eines Einrichtungshauses dazugelegt. Der verklebte Umschlag ruhte in der Tasche meiner Jacke und wusste noch nichts von dem Verbrechen, zu dem er mir verhelfen sollte.

Der Tatort war ein mit bunten Päckchen beladener Tisch in der Nische des Flurs. Inmitten der Geschenke prangte eine riesige Schachtel, die mit Monopolygeld beklebt war und so ihren Zweck deutlich formulierte.

Endlich klopfte der Brautvater an sein Glas, bat um Ruhe und begann den Lobgesang auf Tochter und Schwiegersohn.

Mit zwei schnellen Schritten war ich an der Box angelangt, drehte sie beherzt herum und betrachtete den großzügig mit Paketband verschlossenen Boden.

Mist.

Ein simpler Faltkartonboden wäre einfacher gewesen.

Nach einem unauffälligen Blick in den Festsaal wich ich zurück in die Nische, nahm die scharfe Schere, die

ich vorsorglich mitgenommen hatte, schnitt ein Loch in den Boden, griff eine Handvoll Umschläge und steckte sie in die Tasche. Ich kann nicht behaupten, dass ich dabei sonderlich entspannt war, aber alle Blicke klebten am freudestrahlenden Gesicht des unablässig redenden Brautvaters; wahrscheinlich hätte ich mit dem gesamten Tisch und noch ein paar Stühlen verschwinden können, und die Gesichter der Festgemeinde hätten weiterhin in Richtung Bühne gezeigt wie zum Schwarzen Stein von Mekka.
Eine halbe Minute später befand ich mich in der wohligen Sicherheit einer fest verschlossenen Toilettenkabine und untersuchte meine Ausbeute. Zweimal fünfzig Euro, sechs Hunderter und, das war der Hauptgewinn, ein Fünfhunderter. Neugierig klappte ich die Karte auf und las die zittrige Handschrift. »Liebe Nina, lieber Casper, Gottes Segen wünscht Euch Tante Gertrud.« Rätselhafterweise zeigte die Karte ein Eichhörnchen.
Um kein Risiko einzugehen, rollte ich die Scheine eng zusammen, wickelte sie in ein großzügig bemessenes Stück Klopapier und verstaute das unauffällige Päckchen in dem Plastikeimer, auf dem in Druckbuchstaben stand: »Hallo Ladys, Binden und Tampons bitte hier rein«.
Zufrieden spähte ich durch den Klappdeckel. Ohne guten Grund würde mit Sicherheit niemand in diesem Eimer wühlen. Ich drückte demonstrativ die Spülung, wartete einen Moment und trat dann vor den Spiegel. Während das Wasser über meine Hände lief, betrachtete ich argwöhnisch mein Gesicht. Nach Verbrecherin sah ich nicht aus, und das wunderte mich ein wenig.

Im Gegenteil, im Vergleich zu den letzten Wochen, in denen ich verheult durch die Gegend gespenstert war, gefiel ich mir heute beinahe.
Doch mein Job war noch nicht erledigt.
Zehn Minuten später befanden sich die Karten, darunter auch meine eigene, die ich selbstverständlich ebenfalls aufgeschnitten hatte, wieder in der Kiste. Es würde einige Zeit dauern, bis der Diebstahl auffiel, schade, dass ich die Kiste nicht wieder hatte zukleben können, dann wäre meine Schandtat frühestens am folgenden Tag entdeckt worden. Egal. Ich zählte darauf, dass in wenigen Stunden die meisten Gäste so betrunken sein würden, dass jede Untersuchung ergebnislos verlaufen würde.
Erst als ich erneut auf einem Barhocker saß und eine Cola trank, registrierte ich meinen rasenden Puls und die Schweißflecken unter den Achseln. Ich war nicht zur Kriminellen geboren, so viel stand fest. Wie andere Verbrecher wohl zu ihrem Beruf kamen? Eine spannende Frage, eigentlich.
»Immer noch schottische Cola?«, sagte eine Stimme hinter mir, und ich fuhr herum und sah in Geros Gesicht.
»Ja.«
»Ich hab hier einen Sekt für dich.« Er reichte mir ein Glas.
Lag es an meinem jagenden Puls wegen des Diebstahls? An Geros braunen Augen? An den vielen feiernden Menschen, die mir meine Einsamkeit noch bewusster machten?
Ich weiß es nicht. Aber das war der Moment, in dem die Sperre brach. Es begann mit einem einzigen Glas.

Nun ja, irgendwie beginnt es ja immer mit einem einzigen Glas, einem einzigen Schluck sogar.
Auf jeden Fall nahm ich das Glas, prostete Gero zögernd zu und trank.
»Richtig glücklich siehst du nicht aus«, sagte Gero nachdenklich. »Oder liege ich falsch?«
Seine Frage traf mich überraschend, und ich wusste nicht, ob und wie ich sie beantworten sollte, also hob ich mein Glas und trank erneut.
Da erschienen nackte Arme, umschlangen seinen Hals, und Allas lachendes Gesicht näherte sich seinem. »Da bist du ja! Komm mit, ich muss dir jemanden vorstellen!«
Ehe ich mich versah, saß ich allein an der Theke. Ich trank das Glas aus und bestellte noch eins.
Ich sah hinten in einer Ecke Simone mit ihrem Mann. Sie hatte mir ihren Ingo bereits vorgestellt, einen trägen, rotgesichtigen Dicken, der mich irritiert anblinzelte und so gar nicht zu ihrer eleganten Erscheinung passen wollte. Als habe sie meinen Blick gespürt, drehte Simone suchend den Kopf, unsere Augen trafen sich, und sie winkte mir zu, ich solle mich zu ihnen gesellen, aber ich schüttelte den Kopf.
Ich wollte nicht. Ich fühlte mich unwohl, und ich wollte keine Gesellschaft dabei. Lieber ließ ich unbeteiligt den Blick schweifen und sammelte Argumente, weswegen ich die anderen, die sich offenbar im Gegensatz zu mir bestens amüsierten, verachten konnte.
Die Männer sahen alle gleich aus. Dunkle Anzüge, weiße, sorgsam gebügelte Hemden, manche trugen bunte Krawatten, manche hatten sie ganz leger weggelassen.

Sie stürzten alle in dieselbe Richtung, auf das Buffet zu. Wie ein Schwarm Pinguine, dachte ich. Es fühlte sich fremd an, hier zu sein.
Ich dachte an Douglas. Er hätte hier neben mir gestanden in seinem Kilt. Muskulöse, haarige Waden und sein Messer im Strumpf. Und wir hätten gemeinsam über die anderen gelästert.
Es war unmöglich, derselbe Mensch zu bleiben, wenn man plötzlich allein war. Ich verabscheute die Leute um mich herum in ihren feierlichen Anzügen und schicken Kleidern, die Frauen mit ihrem Make-up und den sorgfältigen Frisuren, aber meine Verachtung war nichts wert, sobald ich meine eigene Unsicherheit registrierte, wie ich das Glas umklammert hielt und den Unterarm vor meinen Bauch presste.
Ich brauchte eine Zigarette. Zigaretten waren genau das, was frischgebackene Singles nötig hatten. Was machten all die Frauen bloß mit ihren Händen? Ich sah mich um und sah Hände in anderen Händen, Arme um Schultern und miteinander verflochtene Finger.
Hatte auch ich ständig meine Hände an Douglas gehabt? Ich wusste es nicht mehr. Was mochte er gerade tun? Ich versuchte, ihn mir mit seiner neuen Freundin vorzustellen, wie sie auf unserem Sofa saßen, in unserem Bett lagen. Es war undenkbar, ein Irrtum.
Als ich endlich eine Schachtel und dann ein Feuerzeug aufgetrieben hatte, ging es mir seltsamerweise besser. Ich zündete mir eine an, blies vorsichtig und etwas unbeholfen Rauchwolken in die Luft. Der Druck, mich zu beschäftigen, war verschwunden, und das brachte mit sich, dass ich mich wesentlich entspannter umsehen konnte.

Alla kam mir entgegen, ihr Glas fest umklammert. Die unberechenbare Aura einer Betrunkenen umgab sie und verlieh ihr einen besonderen Zauber.
»Was machst du?«, fragte sie und lehnte sich für einen Moment an mich. Ihre Aussprache klang undeutlich, die Konsonanten leicht verwischt. »Ist er nicht wunderschön?« Sie deutete auf Gero.
Gero stand an der Theke. Dunkle Bartschatten, kantige Kinnpartie und Wimpern wie getuscht.
Ich musste ihr recht geben.
»Ihr seid ein schönes Paar«, sagte ich.
»Nicht wahr?«, erwiderte sie, legte den Kopf in den Nacken und schloss die Augen. »Ein wunderschönes Paar. Mit Ingo wäre ich nie, nie ein so schönes Paar gewesen. Wir, meine ich. Wären das nie gewesen. Mit ihm.« Sie verhedderte sich in ihrer Satzkonstruktion und nahm noch einen Schluck.
»Ich kenne Simones Mann gar nicht«, bekannte ich. »Wart ihr beide vorher mal – du weißt schon.«
Alla stierte vor sich hin. »Wir beide. Was mit uns beiden war? Das wüsste ich auch gern einmal. Hast du eine Zigarette?«
Wortlos reichte ich ihr die Schachtel. Es gelang ihr, eine aus der Schachtel zu nehmen, ohne sie zu zerbrechen. Ich gab ihr Feuer und sah zu, wie sie mit schwankenden Bewegungen an der Zigarette sog.
»Alles war gut. Die anderen sagen, so war es nicht, aber das stimmt nicht. Alles war gut mit uns, und dann diese Wohnheimparty. Ach, Scheiß doch drauf.« Sie schüttelte den Kopf. »Jetzt sind wir alt und erwachsen, und er hat Simone und ein Kind, und ich hab Gero, dieses Prachtstück. Gero!«, schrie sie. »Komm her!«

Gero stand, in ein Gespräch vertieft, bei einigen anderen Pinguinen an der Bar, aber bei ihrem Ruf hob er sofort den Kopf, spitzte die Lippen zum Kussmund und lächelte ihr innig zu. Neidisch betrachtete ich, wie er sich in Bewegung setzte und sich einen Weg durch die Gäste bahnte.
»Ich bin froh, dass du mich anscheinend doch vermisst«, sagte er zu ihr und vergrub sein Gesicht an ihrem Hals.
Sie lächelte stolz, und wenn da vorhin etwas gewesen war, das mich an ihrer unangreifbaren Selbstsicherheit hatte zweifeln lassen, so war es jetzt verschwunden.
In diesem Moment griff mich jemand von hinten. Im ersten Moment erstarrte ich, ein Reflex. Ich dachte an das Geld, das ich auf dem Klo versteckt hatte, an meine Fingerabdrücke, die möglicherweise darauf waren. Dann spürte ich einen warmen, feuchten Mund auf meiner Wange.
Es war Nina. »Dass du gekommen bist«, murmelte sie und drückte mich fest. »Also wirklich, Mimi, das ist …«
Ich nickte verlegen.
»Sie hat sich gar nicht verändert, oder?«, sagte Alla zu Nina. »Unsere Mimi!« Und dann betrachteten mich beide so innig, dass das schlechte Gewissen in mir brannte. Nicht nur wegen des Geldes. Auch, weil ich sie beide vergessen hatte.
»Genau so hast du früher auch geguckt, wenn dir etwas peinlich war«, kicherte Nina, und meine Befangenheit verflog. Sie schob ihre Finger zwischen meine. »Sollen wir tanzen?«

»Ich geh zum DJ und wünsch mir was für uns«, sagte Alla.
Nina nickte strahlend. »Am besten …«
»Ich weiß schon«, sagte Alla und lachte auf. »Gute Idee!«
Dann zog Nina mich auf die Tanzfläche, und ich fragte mich, welches Lied jetzt wohl kommen würde.
Und ob ich es überhaupt kannte.

TAG 3

Das war der Polterabend.

Als ich am nächsten Morgen in meiner Dachkammer bei Grit erwachte, hatte sich einiges verändert, Kleinigkeiten nur, aber es wies alles bereits in dieselbe Richtung, nur, dass ich nichts davon bemerkte. Zumindest nicht bewusst.

Zuerst einmal: Die Geldfrage hatte sich gelöst. Und das lag an den vielen Scheinen, die fest zusammengerollt in der Reißverschlusstasche meiner Kapuzenjacke steckten. Ich würde keine Probleme mehr haben, meine Rechnungen in Cafés zu zahlen. Das beruhigte mich. Aber das war es nicht, was mich pfeifen ließ, als ich mich aus meinem Bett wühlte. Ich fühlte mich wohl. Mit Hilfe einer mysteriösen Mischung aus Sekt und wildem Gehopse auf der Tanzfläche schien ich einen Platz unter den anderen eingenommen zu haben, von dem ich nicht gewusst hatte, dass es ihn überhaupt gab.

Es war spielend leicht, mich wie eine von ihnen zu bewegen, und das Frühstück bei Grit, den Vormittag in Bonn und auch das anschließende Mittagessen verbrachte ich trotz meines Katers mit der schlafwandlerischen Sicherheit von jemandem, der sich nicht jeden Schritt überlegen muss, der zwar geistig nicht ganz anwesend ist, aber dennoch instinktiv spürt, dass er sich am richtigen Ort befindet. Sogar für meine Alraune hatte ich einen Platz gefunden – ich hatte sie in einer schattigen Ecke von Grits Terrasse eingegraben, denn im Topf würde sie nicht lange überleben.

Das Einzige, was mich immer wieder aus diesem unwirklichen, schwerelosen Zustand riss, war mein Handy.

Immer wieder fiel mir wie aus heiterem Himmel Douglas ein, und dann zog ich es aus der Tasche, tippte endlos darauf herum, um dann, wenn ich begriffen hatte, dass er sich tatsächlich nicht gemeldet hatte, für einen Moment in dumpfes Grübeln zu verfallen. Diese Momente dehnten sich, und dann waren die anderen plötzlich weit entfernt. In solchen Momenten erschien mir fremd, was sie taten und worüber sie sprachen. In solchen Momenten stellte ich fest, dass ich die meiste Zeit keine Ahnung hatte, was wir vermeintlich miteinander teilten.

Ich bin mir nicht sicher, aber vielleicht wurde ich in einem solchen Moment das erste Mal misstrauisch und fragte mich, ob alles um mich herum echt war. Vielleicht betrachtete ich die Welt mit neu erwachtem Blick und fragte mich, weswegen wir hier die Wiedervereinigung einer Freundschaft spielten, die in meiner Erinnerung so nie existiert hatte. Vielleicht aber auch verscheuchte ich aufkommende Zweifel wie einen schlechten Geruch, schüttelte die Gedanken an Douglas ebenso wie mein Stirnrunzeln ab und nahm so schnell wie möglich meinen Platz wieder ein, einfach, weil es so betörend leicht war.

»Was ist denn mit dir, Mimi?«, rief Grit ungeduldig die Treppe hinauf, und da erst bemerkte ich, dass ich erneut ins Grübeln verfallen war. »Wir müssen los! Junggesellinnenabschied!«

»Ich komme!«, rief ich die Treppe hinunter. Dann griff ich meine Jacke und öffnete die Tür.

Simone machte ein ziemliches Geheimnis um das, was sie geplant hatte. Erst als wir alle im Auto saßen – sie selbst und Nina vorn, wir anderen auf der Rückbank zusammengequetscht – und »Black Wedding« aus den Boxen dröhnte, ließ sie die Katze aus dem Sack. Ich war erleichtert, dass wir offenbar unsere normalen Klamotten anbehalten durften. Zuerst hatte ich befürchtet, dass Grit in ihrer Tasche die übliche Junggesellenabschiedsuniform bereithielt – Shirts, bedruckt mit Ninas Namen und anzüglichen, albernen Sprüchen. Aber es war eine Kühltasche, sie enthielt nur Getränke.

»Grit, mach mal die Kühltasche auf!«, befahl Simone, den Blick auf den Verkehr gerichtet.

Während Grit die erste Flasche Prosecco öffnete, sah Nina neugierig aus dem Fenster. »Wohin fahren wir? Ins Phantasialand?«, mutmaßte sie.

Grit reichte die Flasche weiter, aus der es kalt und nass auf uns sprudelte, und jede von uns trank.

Simone schüttelte den Kopf. »Habt ihr alle getrunken? Dann – Prost, Nina!« Sie hob die Flasche, als sie bei ihr angekommen war, und dann musste sie scharf bremsen.

»Wir fangen ganz harmlos beim Inder in der Altstadt an. Und danach brechen wir ins Freibad ein. Ins Römerbad. Ganz wie früher. In Erinnerung an alte Zeiten.«

»Wow!«, sagte Grit, und Nina kicherte.

»Ihr seid so bescheuert!«, rief sie.

»Genau dafür liebst du uns doch, oder?«, fragte Simone mit hintergründigem Grinsen.

Grit knuffte mich in die Seite. »Freust du dich auf den Baum?«

»Was meinst du?«

»Na, den Baum! Deinen Baum eben!«

Ich runzelte die Stirn. »Ich weiß nicht, was du meinst.«

»Mimi, jetzt tu nicht so! Du wirst doch nicht den Baum vergessen haben!«

Simone warf einen Blick nach hinten. »Ist nicht wahr, Mimi, oder?«

Ich sah von einer zur anderen, dann setzte ich ein Lächeln auf. »Ach, *den* Baum meinst du! Nein, natürlich habe ich den nicht vergessen.« Ich lehnte mich zurück. Wovon zum Teufel sprach Grit?

Als wir Stunden später über den Zaun kletterten, fiel mir auf, wie hell es war. Vollmond. Zu diesem Zeitpunkt dachte ich nicht darüber nach, ob das ein gutes oder schlechtes Omen war und was die Lichtverhältnisse für unsere Aktion bedeuteten – dass jede von uns alles sehen und von jedem gesehen werden konnte.

Ich dachte ohnehin nicht viel. Ich zog einfach mit, Teil einer Gruppe, einer Situation, die neu und ungewohnt, aber nicht unangenehm war. Die anderen schwatzten und kicherten, all die vielen »weißt du noch« wurden zu einem beständigen Gemurmel, das ich widerspruchslos hinnahm.

Nina nahm mich an die Hand und zog mich zum Ende der Liegewiese. »Wir müssen gucken, ob er noch da ist!«, sagte sie. »Ich hab ewig nicht nach ihm gesehen, ohne dich, na ja, war das irgendwie …«

Sie ging immer weiter, während ich mich fragte, worauf wir zusteuerten. Plötzlich hatte ich Angst. Jenseits des Zauns lag der Rhein, und für einen irrwitzigen Moment dachte ich, Nina wolle mich in den Rhein führen. Dann sah ich ihn. Riesengroß und ausladend residierte er in der hintersten Ecke des Freibadgeländes.
Der Maulbeerbaum. *Morus nigra.* Seine papierdünnen Blätter raschelten wie zur Begrüßung, als Nina danach griff. Wie von selbst öffnete ich den Mund, denn ein Teil von mir wusste offenbar, was jetzt kommen musste. Ich schloss die Augen, als Nina mir die süßen Beeren in den Mund stopfte. Der Saft lief mir übers Kinn, und mit dem Geschmack war schlagartig auch die Erinnerung da.
»Du hast ihn nicht vergessen, oder?«, fragte Nina mit vollem Mund.
»Nein«, sagte ich nachdenklich. »Wie könnte ich.«
»Du hast immer gesagt, es gibt Seidenraupen, die fressen nichts anderes als diese Blätter.«
»Nein, die fressen seinen weißen Vetter. *Morus alba.*«
»Ach ja, der!« Nina lachte, und ich sah, dass der dunkle Saft ihren Mund verschmiert hatte. Es sah aus wie Blut. »Komm, wir pflücken für die anderen auch Maulbeeren.«
Simone und Grit breiteten Decken auf der Liegewiese aus, zauberten Schachteln und Flaschen aus den mitgebrachten Taschen, ein mitternächtliches Picknick, mädchenhaft bezaubernd und harmlos. Sogar an Badelaken hatte Simone gedacht, denn das Schwimmen gehörte fraglos zu ihrem Plan.
Nichts kam mir komisch vor. Alles schien unschuldig, eine Feier von Freundinnen zu Ehren der bevorstehen-

den Hochzeit. Wir leerten Proseccoflaschen, aßen Chips und kicherten.
Hätte ich etwas bemerken sollen? Ich glaube nicht.
Ich weiß noch, dass in dem Maße, in dem der Alkohol meine Bemerkungen lustiger und meine Bewegungen langsamer machte, mir die Büsche ringsum auffielen. Schattenstill und regungslos umzingelten sie uns, und vielleicht dachte ich kurz daran, wie leicht sich jemand – von uns? von außen? – darin verbergen konnte. Bedrohlich fand ich sie zu dem Zeitpunkt noch nicht.
Von wem der Joint kam, weiß ich auch nicht mehr. Ich glaube, es war Alla, die ihn in der Hand hielt, als mich der süßlich-würzige Rauchgeruch irritierte. Alla sah meinen Blick und lächelte, der Maulbeersaft hatte ihre Mundwinkel blutrot gefärbt, und ihre schwarzen Augen funkelten, als sie ihn an mich weiterreichte.
Ich zog zaghaft und sah aus den Augenwinkeln, wie Alla mir zunickte, dann zog ich noch einmal und spürte den Rauch wie einen Rückstoß, die Glut leuchtete orangefarben auf, und der Tabak knisterte feucht. Mir kam es vor wie das Knistern einer Empfangsstörung, eine akustische Warnung, dass etwas mit dem Signal nicht mehr stimmte, ich hörte auf das Knistern, und dann wurde alles Runde noch runder und alles andere schön und weich. Ein Kichern stieg in mir auf.
»Gib ihn mir«, sagte Nina und stieß mir in die Rippen, ich bemerkte ihren nackten Fuß erstaunlich kalt unter meinem Oberschenkel. Er fühlte sich gut an.
»Ich will auch«, sagte Grit und griff über meinen Kopf nach dem Joint, ihre Haare streiften mich, und ich musste wieder kichern, das Kichern fand sein Echo in

den nachtschwarzen Bäumen, es kicherte reihum zurück.
»Und jetzt die Wünsche«, sagte Alla. »Was wünschen wir uns? Ich gehe zuerst.« Sie ging davon in Richtung Sprungturm, um irgendeinen Wunsch in die Nacht hinauszubrüllen, ich dachte noch, was das für eine seltsame Idee war, und dann dachte ich vieles andere, es waren sprudelige, flüchtige Gedanken, die an die Oberfläche stiegen und dort zerplatzten, und mit einem dieser Gedanken zerplatzte auch ich, ich blieb im weichen Gras liegen, und alles andere verschwand für eine Weile.
Aber nur für eine Weile.
Dann erwachte ich, weil Grit brüllte, dass sie Ryan Goslings geilen Arsch wollte.
Und dann kam die Flasche und die fünf Lichter, und etwas knipste endgültig das Licht aus.

TAG 4

Hätte mir schon am nächsten Morgen auffallen müssen, dass ich von der vorangegangenen Nacht beinahe nichts mehr wusste? Dass in meinem Kopf nichts war außer der schwachen Erinnerung an fünf Lichter, einen Joint, an schattendunkle Büsche und einen Maulbeerbaum?

Vielleicht hätte ich nachdenken sollen, Fragen stellen, mich und die anderen aufmerksamer beobachten sollen. Vielleicht wäre dann alles anders gekommen. Vielleicht war ich einfach zu naiv, um mein Bild von einem feuchtfröhlichen Junggesellinnenabschied in Frage zu stellen. Zu meiner Entschuldigung muss ich sagen: Ich hatte einen Kater. Es war der erste Kater seit zehn Jahren.

Und dann war da Nina, die meine Aufmerksamkeit gefangen nahm.

Aber zuerst war da das Licht. Blendend und schmerzhaft überfiel es mich, und während ich versuchte, es abzuwehren, explodierten in meinem Kopf nacheinander eine Reihe von Sprengsätzen. Der Druck presste gewaltsam eine ganze Wagenladung viel zu rauhes Geröll durch viel zu enge Blutgefäße, unendlich laut, unendlich schmerzhaft.

Ich muss wohl ein leises Wimmern ausgestoßen haben, denn im gleißenden Licht über mir erschien ein Schat-

ten, jemand, der sich über mich beugte. Eine Stimme, viel zu laut.
»Mimi? Du Arme, dich hat es ja mächtig erwischt.« Eine Hand griff nach meiner.
Als ich mich aufrichtete, sortierten sich die farbigen Flecken um mich herum zu einem halbwegs sinnvollen Bild. Ich lag in einem Bett, offenbar in Ninas Zimmer.
»Wie wäre es mit Alka-Seltzer? Das hilft bestimmt.« Nina setzte sich auf die Bettkante und sah mich mitfühlend an. Offenbar war es bereits helllichter Tag, denn sie war schon angezogen. Sie reichte mir ein Glas.
Ich nahm einen Schluck von der prickelnden Flüssigkeit, verzog das Gesicht, trank noch einen.
»Geht es?«
»Ich hoffe.« Ich war mir nicht sicher. »Danke. Tut mir furchtbar leid, dass ich solche Umstände mache.« Ich machte eine unbestimmte Handbewegung, die alles umfasste, das Bett, das Glas, das ganze Zimmer.
Nina schüttelte den Kopf, so dass ihre Locken flogen. »Macht doch nichts, Mimi. Macht wirklich gar nichts. Ich bin so froh, dass du gekommen bist. Es hat ja lange genug gedauert. Fast zehn Jahre!« Ihre Stimme überschlug sich beinahe, und sie zwinkerte heftig, als sei ihr etwas ins Auge geraten.
Es entstand ein bedeutungsvolles Schweigen, das ich gern mit Erklärungen gefüllt hätte, aber ehe ich mir auch nur eine ausdenken konnte, überkam mich ein Schwall Übelkeit wie eine Welle, und ich würgte in den Plastikeimer, den Nina geistesgegenwärtig unter meine Nase hielt. Sie hielt meine Haare zurück, während mit Galle vermischter Mageninhalt aus mir herausstürzte.

Als es vorbei war, fühlte ich mich zu Tode erschöpft, wie ausgeblutet. Ich sank auf das Kissen und schloss die Augen, bereit, den beißenden Geschmack in meinem Mund zu ignorieren, wenn ich nur nie wieder aufstehen musste.
»Versuch zu schlafen«, sagte die Stimme an meinem Ohr leise, und dann hörte ich eine Tür zuschnappen.
Scheiße, dachte ich. So also war Nina. Nina, die mich in ihrem Bett schlafen ließ, die mir den Kotzeimer hielt und mir Alka-Seltzer brachte. Die vor Rührung über unser Wiedersehen beinahe weinte, während ich ihre Hochzeitsgeschenke klaute. Die zehn Jahre darauf gewartet hatte, dass ich wiederkam, während ich sie vergessen hatte.
Ich war ein schlechter Mensch. Ein wirklich schlechter Mensch.

Als ich das nächste Mal erwachte, war es dämmrig. Es klopfte. Es musste schon mehrfach geklopft haben, denn ich erkannte das Geräusch, auch in meinem Traum hatte es geklopft, es war darin eingedrungen und hatte mich aufgeschreckt.
»Mimi?«
Verwirrt richtete ich mich auf, den pelzigen, bitteren Geschmack eines noch nicht überwundenen Katers im Mund, und betastete vorsichtig meinen schmerzenden Kopf. Das Alka-Seltzer hatte geholfen, zumindest ein wenig. Ninas Zimmer sah im Halbdunkel aus wie eine Höhle. Decken und Kissen mit rotem Paisley, warmes Holz, Grünpflanzen. Abendlicht fiel schräg durch das Rollo und zerteilte den Dielenboden in helle und dunkle Scheiben.

»Mimi, bist du wach?«

Es war Grit. Sie trug einen grauen Trainingsanzug, und verschwommen überlegte ich, wo die anderen diesen Tag verbracht hatten, den ich komplett verschlafen hatte. Hatten wir Zimmer an Zimmer gelegen, fünf feuchte, schmerzende Köpfe, die vergeblich kühle Stellen im Kissen suchten, fünf Plastikeimer, die abwechselnd gefüllt und geleert wurden?

»Mimi, wir wollen noch kurz an den Rhein.«

»Was?«

»Ein Abendspaziergang. Ninas letzter Gang in Freiheit.« Grit lachte leise und warm, und ich dachte an das Gelächter von letzter Nacht, das laut und wild gewesen war wie das einer Hyäne.

»Kommst du? Die anderen warten unten.«

Ich setzte mich vorsichtig auf die Bettkante und lauschte in mich hinein. Die Übelkeit war verflogen. Nur dieser Druck im Kopf und das Bedürfnis nach einer Zahnbürste und vielen Gläsern Wasser.

»Hab ich noch zehn Minuten?«

»Du kommst mit? Prima! Dann mach dich frisch. Ich sage unten schon mal Bescheid.« Grit verschwand, und einen Moment lang starrte ich auf die geschlossene Tür, in der sie eben noch gestanden hatte.

Das Badezimmer war klein und blau gekachelt. Ich duschte hastig und bediente mich großzügig an Shampoo und Duschgel. In einem bunten Becher auf dem Bord standen einige Zahnbürsten. Ich putzte mir die Zähne und trocknete die Borsten danach sorgfältig ab, als müsste ich die Spuren einer Straftat vertuschen. Nachdem ich mit langen, durstigen Zügen direkt aus dem Hahn getrunken hatte, fühlte ich mich deutlich

besser. Ich zog meine Sachen an, die jemand ordentlich über einen Stuhl gehängt hatte, so ordentlich, wie ich es niemals tun würde, und lief die Treppe hinunter, um mich den anderen anzuschließen. Ein kurzes Zögern, als ich in der Innentasche meiner Kapuzenjacke die zusammengerollten Scheine spürte.
Hatte ich mich allein ausgezogen, oder hatte jemand von den anderen mir geholfen? Hatten sie ein verräterisches Bündel Scheine durch den dicken Baumwollstoff ertastet und sich gefragt, warum ich sie immer auf der Rechnung sitzenließ, obwohl ich so viel Geld spazieren trug? Nein, bestimmt nicht.
Fast schon heiter sprang ich die letzten Stufen hinunter. Die anderen vertrauten mir. Weil wir Freundinnen gewesen waren.
Ab sofort würde ich jemand sein, der dieses Vertrauen verdiente. Und als Erstes würde ich eine Runde schmeißen.

Der Rhein lag da wie leblos.
Simone lehnte sich an das schmale Geländer, uns zugewandt. Es sah aus, als wolle sie Reckturnen, aber vermutlich hatte sie nur früher als wir gesehen, dass auf der Bank nur Platz für vier Personen war.
Die anderen hatten nette, unaufdringliche Bemerkungen über meinen Zustand gemacht, die ich mit einem Grinsen quittiert hatte. Es erschien mir überflüssig zu erklären, dass mein Körper in den letzten zehn Jahren den Umgang mit Alkohol verlernt hatte.
Nina starrte auf die gegenüberliegende Rheinseite. Die Pappeln leuchteten rötlich im letzten Rest der Abendsonne.

»Morgen um diese Zeit ist alles schon vorbei. So viel Vorbereitung, so viel Aufregung, und dann geht es ganz schnell.«

»Erst ist ja noch die Party«, sagte Alla.

»Bist du sehr aufgeregt?«, fragte Simone.

»Eigentlich nicht. Oder doch. Gar nicht so sehr wegen der Trauung, eher wegen der Feier. Ich hoffe, dass alles klappt. Es soll perfekt werden.«

»Mach dir keinen Kopf, natürlich wird es perfekt«, sagte Simone beruhigend. Ich sah, wie sie einen schnellen Blick mit Grit wechselte. »Wir haben alles im Griff.«

»Und wenn nicht?« Nina stand auf und beugte sich vor, als wolle sie die Enten und Möwen bespucken, die reglos auf der schmalen Rampe saßen, die ins Wasser führte. »Was, wenn der Wein nicht reicht? Wenn der Florist die Tischdeko ruiniert? Und stellt euch mal vor …«, sie drehte sich um und sah Simone an, ihre Mundwinkel zuckten, »… stellt euch vor, die Gäste sind nicht bis spätestens neun Uhr randvoll und splitternackt? Was meint ihr, was für einen Ruf ich zu verlieren habe nach dem Gelage gestern Nacht!«

Einen Moment sagte niemand etwas, dann brachen wir alle wie auf ein Zeichen in Gekicher aus, das zu einem lauten Gelächter anschwoll. Ein leichter Schwindel überkam mich, und ich schloss die Augen, ja, da war es wieder, das wilde Gebrüll, das ich gestern Nacht gehört hatte.

Alla stieß mich an und drückte mir eine Flasche in die Hand, ich zögerte kurz und trank. Undefinierbar. Es brannte, ich trank noch einen Schluck und reichte die

Flasche weiter an Nina. Ein warmes Gefühl breitete sich in meinem Bauch aus. Aber das kam nicht vom Alkohol.
»Wie geil Grit gestern auf den Stripper war«, kicherte Simone. »Du hast ja richtig gesabbert.«
»Gar nicht wahr!«
»Und ob! Am liebsten hättest du hinter jeden Busch geschaut, ob sich da nicht doch einer versteckt!«
»Was sollte das dauernde Gerede eigentlich?«, wollte Nina wissen. »Wolltet ihr wirklich einen Stripper bestellen?«
»Grit wollte«, behauptete Simone.
»Gar nicht wahr. Eigentlich war das Ganze Simones Idee.«
»Und warum habt ihr nicht?«
»Haben wir! Aber der junge Mann hat sich geweigert, auf Lohnsteuerkarte zu arbeiten, und ohne Sozialversicherung und den ganzen Quatsch hätten wir uns nicht getraut. Stellt euch mal vor, was los gewesen wäre, wenn wir einen Stripper nachts ins Römerbad bestellt hätten, und der hätte keinen Sozialversicherungsausweis dabeigehabt! Nina hätte doch sofort beim Amt angerufen! Damit wir ihn nicht ausbeuten, und er wäre dann in vierzig Jahren ohne Rente, nur weil wir nicht aufgepasst haben.«
»Huaaaa, Nina, wie sie dem armen Kerl die Sachen vom Leib reißt, um seinen Ausweis aus dem String zu ziehen!«
Ich fiel in das brüllende Gelächter ein, während es in meinem Bauch warm gluckerte und der Himmel sich über dem Rhein langsam verdunkelte. Die Erinnerung kam ganz plötzlich.

Ein Nachmittag im Café. Nina, erbost, in einem orangefarbenen Top. »Und ob ihr wählen geht!«
»Nee, echt nicht.« Simone, die in ihrem Schminktäschchen wühlt. »Jetzt tu nicht so, als wäre das eine Bundestagswahl.«
»Es geht ums Prinzip! Und um Gelder, die verteilt werden – für uns Studenten!«
»Und wenn ich gar nicht weiß, wen ich wählen soll?«
»Das ist egal, Hauptsache, ihr macht euer Kreuz. Andere Studenten reißen sich den Arsch auf, und ihr wollt nicht mal fünf Minuten eurer Freizeit opfern! Also, trinkt aus, wir gehen alle zusammen!«
So war Nina, und ich hatte es fast vergessen, aber jetzt war das Bild wieder da, wie sie wütend vor uns hergestampft war, durch das mächtige Tor des Hauptgebäudes, wir hinterher, kichernd und Augen verdrehend und doch froh, dass sie die Sache in die Hand nahm. Sie war unser soziales Gewissen gewesen, und umso witziger erschien mir Simones Kommentar, und ich lachte lauter als alle anderen. Dann erstarb mein Lachen, und ich runzelte die Stirn. Bisher waren meine wenigen Erinnerungen sehr vage gewesen. Das Bild von Nina im orangefarbenen Top hingegen war glasklar. Wie konnte das sein?
»Noch mal wegen gestern, Mimi«, sagte Alla leise und sah an mir vorbei, als betrachte sie mein Ohrläppchen. »Das war abgefahren, echt. Aber sei lieber ein bisschen vorsichtig. Das meine ich nicht böse, pass einfach auf dich auf, okay?«
»Was meinst du?«
»Gestern. Was du gesagt hast.«
»Was habe ich denn gesagt?«

»Beim Spiel. Also, danach.«
Ich sah sie an, und sie wich meinem Blick aus, verlegen, als fürchte sie, ich könne eine Antwort einfordern. Was war mit dem Spiel? Ich konnte mich nicht erinnern, was ich gesagt hatte. Ich wusste nur von fünf kleinen grünen Geistern, fünf Lichter, eines für jede von uns …
Irgendwo quäkte ein munterer Samba. Grit sprang auf und durchwühlte ihre Tasche.
»Schatz!«, rief sie in ihr Handy. »Ist alles in Ordnung?« Sie lauschte mit angehaltenem Atem. »Ja, das ist gut. Gib ihm Apfelsaft, aber aus der Tasse mit dem Eisbär. Ich komme jetzt, ja?« Sie steckte das Handy ein, ihr Gesicht sah plötzlich besorgt aus.
Simone warf einen Blick auf die Armbanduhr und fluchte verhalten. »Babysitter vergessen«, murmelte sie und griff ebenfalls nach ihrer Handtasche. Dann klappte sie ein elegantes silberfarbenes Handy auf. »Ingo, fahr bitte ganz schnell nach Hause und gib dem Mädchen fünf Euro extra. Das andere Geld habe ich ihr schon gegeben. Ich bin in zwanzig Minuten da.« Sie sah uns entschuldigend an. »Sorry, ich muss los.«
Grit war schon losgelaufen. »Du hast ja einen Schlüssel, Mimi«, rief sie über die Schulter. Meine Antwort wartete sie gar nicht ab.
Der plötzliche Aufbruch der beiden Mütter ließ uns sprachlos zurück. Plötzlich waren wir nur noch zu dritt und sahen Grit und Simone nach, wie sie die Promenade entlanghasteten, ihren Familienpflichten entgegen.
»Eigentlich wollte ich euch noch auf einen Drink einladen«, sagte ich schließlich und tastete erneut nach den

Scheinen. Sie waren noch da. Wohin hätten sie auch verschwinden sollen? Ein empörter Schrei tönte über das dunkle Wasser des Rheins, und ich sah erschrocken auf. Die Möwen schaukelten weiter auf ihren Bojen, aber alle sahen in meine Richtung, und ich fühlte mich unbehaglich. Als ob ich beobachtet wurde. Ich fröstelte.

»Nee, lasst mal, Mädels«, sagte Alla und hielt unruhig Ausschau nach etwas. »Gero müsste auch gleich kommen. Wir haben noch viel vor.« Vielsagend ließ sie die schwarzen Augenbrauen tanzen.

Wie auf ein Stichwort hielt neben uns ein schicker grauer BMW. Eine Scheibe senkte sich, und Geros kantiges Gesicht erschien im Viereck des Fensters. Er winkte uns zu und bedeutete Alla einzusteigen. Sie wandte sich kurz um. »Ich würde gern noch mitkommen, aber ihr seht ja, hier verzehrt sich jemand nach mir.« Verschmitztes Lächeln, dann klapperte sie auf ihren hohen Absätzen zur Beifahrertür. »Wir sehen uns morgen in der Kirche!«, rief sie über die Schulter. »Schlaft gut! Vor allem du, Nina!«

Ein Glucksen war die Antwort, ganz die glückliche Braut.

Der Wagen fuhr an.

»Na ja«, sagte ich, bemüht, meine Enttäuschung zu verbergen. Es sah beinahe so aus, also ob der Abend zu Ende war und ich allein zurückbleiben würde. Die Möwen stießen höhnische Schreie aus.

»Ich komme noch mit«, sagte Nina. »Ich wollte dich ohnehin etwas fragen.«

Vielleicht wollte mir Nina damit ein Zeichen geben, dass wir an diesem Abend nicht ins Café Göttlich gingen, aber wenn es eines war, verstand ich es nicht zu deuten.
Wir hatten dem BMW nachgesehen. Seine Scheinwerfer waren das Letzte, was wir erkennen konnten, ehe auch sie von der einbrechenden Dunkelheit verschluckt wurden. Vielleicht war der Wagen auch nur um die Ecke des Hilton gebogen, ich sah nicht genau hin, weil ich zwischendurch immer wieder Nina ansehen musste.
Der Gedanke an das Geld in meiner Jackentasche hatte mich durch die letzte Stunde begleitet. Hinter all dem Gelächter, der verzauberten Stimmung am Rhein und dem scharfen Brennen in meinem Hals, wenn Alla mir die Flasche reichte, hatte ein leiser, schriller Misston gelegen, und ich wusste, woher er rührte.
Es war das Geld, an dem mein Verrat klebte wie Pech. Es würde mich von den anderen trennen, sobald sie davon erfuhren. Oder wussten sie es bereits? Vielleicht ahnten sie es nur?
Und da war noch ein feiner Stachel, es war Allas Bemerkung und ihr Gesichtsausdruck dabei, bewusst nichtssagend und harmlos, und der Unterton in ihrer Stimme.
Das war abgefahren, echt. Aber sei lieber ein bisschen vorsichtig. Das meine ich nicht böse, pass einfach auf dich auf, okay?
Das ist doch typisch Alla, zischte ich mir zu, Alla mit ihrer Theatralik und dem Drang nach Aufsehen, Alla, die immer alles verderben muss ... Woher wusste ich das so plötzlich? Egal. Ich wusste es.

Inzwischen war es ganz dunkel geworden. Nina hatte ein flottes Tempo eingeschlagen, sie ging nicht in Richtung Innenstadt, sondern folgte der Römerstraße. Sie schien sich ihres Zieles sicher zu sein. Ihr Gesicht hatte sich verändert. Sie sah jetzt nachdenklich aus. Wegen mir? Wegen der Hochzeit?
»Wo ist Casper denn?«, fragte ich, ich fragte nur, um überhaupt etwas zu sagen und in der Hoffnung, dass ein Gespräch mich von meiner Grübelei erlösen würde.
»Ich nehme an, Casper ist zu Hause.« Die Heiterkeit aus ihrer Stimme war verflogen.
»Du bist so still. Denkst du an morgen?«
Nina blieb so abrupt stehen, dass ich beinahe gegen sie prallte. Ihr Gesicht lag halb unter den Haaren verborgen, aber trotzdem sah ich, wie ernst der Ausdruck war, und etwas klumpte mir im Magen zusammen.
»Nein«, sagte sie leise, und dann, als sei ihr urplötzlich eingefallen, dass ich auf ihre Antwort wartete, »ich denke an früher.«
»Wir sind oft hier langgegangen«, sagte ich, und erst, als die Worte meinen Mund verließen, kam die Erinnerung. »Ins Irish Pub.« Das also war unser Ziel. Das musste unser Ziel sein. Wir waren oft da gewesen, um uns zu sammeln, ehe wir in den Abend starteten. Weil es so nah am Römerlager lag. Das Römerlager war das Studentenwohnheim, und auch dessen geographische Lage hätte ich plötzlich zeichnen können, es lag nur wenige hundert Meter vom Rhein entfernt. Vor zweitausend Jahren hatten hier tatsächlich Römer ihr Lager aufgeschlagen, und die Überreste ihrer Legionsfestung waren irgendwo verstreut zwischen dem Schwimm-

bad, der Kneipe und unserem Wohnheim. Jetzt waren nur noch ein paar alte Steine da, aber sie bewiesen, was einmal gewesen war, ebenso wie die wenigen Fragmente meiner Erinnerung die vergessene Freundschaft bezeugten. Es reicht, diese Steine zu sehen, dachte ich. Und zu wissen, was sie bedeuten. Und daran zu glauben, ganz fest.

»Das Shamrock, genau.« Nina sah mich immer noch an, aber jetzt lächelte sie, sie boxte mir gegen den Arm und lachte. »Ich dachte mir, einen Cider schaffen wir noch, aber nur einen einzigen oder höchstens zwei, ich muss morgen früh aufstehen.«

»Das hast du früher auch immer gesagt«, antwortete ich, und wieder wusste ich erst, als ich die Worte sprach, dass es so gewesen war.

Mir schwindelte. Würde das so bleiben? Würden sich alle Worte, die meinen Mund verließen, in Wahrheit verwandeln?

Nina lachte laut und schüttelte den Kopf. »Heute aber wirklich. Nur einen einzigen, ich schwöre!«

»Ich übernehme die Verantwortung.«

»Lieber nicht!«

Wir lachten immer noch, als sich die Tür des Shamrock öffnete und uns warmer Kneipenlärm entgegenschlug. Stimmengewirr, Gelächter, Musik. Früher hatte noch eine Wolke Zigarettenqualm dazugehört, das wenigstens hatte sich verändert, wie in allen Kneipen herrschte Rauchverbot.

Es war sehr voll, als wir uns an den Fässern, die als Tische dienten, vorbeischlängelten. Suchend sahen wir uns um, als sich ein Pärchen in der Ecke erhob. Offenbar befanden sie sich in einem Streit, ihre Gesichter waren verzerrt, während sie aufeinander einschrien. Immerhin gaben sie die niedrige grüne Eckbank frei, und wir quetschten uns schnell auf ihre Plätze, ehe sie uns jemand abspenstig machen konnte. Neben uns spielten drei Kerle Dart, interessiert sahen sie uns an, und ich senkte den Blick.

In diesem Moment fällte ich eine Entscheidung: Ganz egal, ob Nina etwas von dem Geld in meiner Tasche ahnte, sobald das Thema auf die Hochzeitsgeschenke käme, würde ich ihr alles gestehen. Meinen Diebstahl, den Plan, mich hier aushalten zu lassen, die Trennung von Douglas und alles andere. Ich würde rückhaltlos die Wahrheit sagen, nichts als die Wahrheit …

Erst als sich vor meinem inneren Auge eine Flasche zu drehen begann, fiel mir die Doppeldeutigkeit meiner Gedanken ein. Was war gewesen bei dem Spiel? Konnte es sein, dass dort tatsächlich jemand die Wahrheit gesagt hatte? Oder hatten wir alle gelogen? Oder log niemand außer mir?

»Es dauert ewig, bis hier jemand durchkommt. Ich gehe mal Getränke holen«, sagte Nina und schlug mit beiden Händen flach auf den Tisch, eine Geste, die mir verwirrenderweise gleichzeitig fremd und vertraut erschien. »Guinness oder Cider?«

»Cider.«

Ich sah ihr nach, wie sie sich einen Weg durch die Menge bahnte. Sie trug ein ausgewaschenes grünes Shirt und hatte die Haare offen. Mit der spießigen Polterabend-Nina, die ich insgeheim verachtet hatte, hatte sie nichts gemein. Wie sie wohl morgen bei ihrer Hochzeit aussehen würde? Würde sie sich in eine Braut verwandeln, wie die Figuren, die man oben auf die Torten

steckte und deren Füße in Zuckerguß betoniert waren, von Marzipanrosen umzingelt?
Nina kam mit vier Gläsern zurück, sah mich an und zuckte die Achseln. Ihre Lippen bewegten sich, als sie die Gläser vor uns auf den Tisch stellte, aber die Worte gingen im Kneipenlärm unter. Trotzdem hörte ich sie, zu oft hatte ich selbst sie ausgesprochen, damals.
Immer zwei!
Was bedeutete: So voll, wie es hier war, sollte man besser gleich zwei Runden holen, sonst wären wir nüchtern, bevor die nächste Bestellung da war.
»Prost«, sagte sie.
»Prost!« Wir tranken schweigend, und ich kämpfte gegen ein verwirrendes Déjà-vu-Gefühl an. Nina musste es ähnlich gehen, denn sie sah nicht auf, hielt ihr Gesicht hinter dem Vorhang ihrer Haare verborgen und trank ruhig und konzentriert, als lausche sie dem Stimmengewirr, das uns umgab wie ein dunkler Wald. Manchmal begegneten wir verlegen dem Blick der anderen und sahen dann wieder in unsere Gläser. Was ist das hier, dachte ich, ein Blind Date? Ein Vorstellungsgespräch? Es war komisch, wie schnell die Stimmung zwischen uns immer wieder kippen konnte, von Vertrautheit zu Fremdheit, von Fremdheit zu Vertrautheit.
Endlich durchbrach Nina die Befangenheit und legte mir die Hand auf den Arm. »Ich kann dir gar nicht sagen, wie froh ich bin, dass du gekommen bist, Mimi«, sagte sie. »Ich meine, überhaupt …« Sie verstummte.
Ich spürte, wie sich ein Lächeln auf mein Gesicht stahl, und ich versuchte, es auf ein erträgliches Maß zu reduzieren. Es misslang.

»Die anderen haben immer gesagt, klar kommt sie, sie meldet sich schon noch, es ist halt ihre Art, aber ich hatte Angst, du könntest einfach wegbleiben. Simone versprach, dass sie sich darum kümmern würde. Sie kommt garantiert, hat sie immer gesagt. Das verspreche ich dir in die Hand.«

Ich dachte daran, wie es gewesen war, ich sah den Tee im Ausguss, den Garten hinter der Fensterscheibe und hörte das Telefon klingeln, ich hörte Simones muntere Stimme durch den Hörer und las meine eigenen egoistischen Gedanken. »Simone ist dir wirklich eine gute Freundin«, hörte ich mich sagen, und es klang Wehmut durch, und wieder dachte ich an die Scheine.

Unvermittelt beugte sich Nina zu mir herüber und schlang ihre Arme um meinen Hals, ihre kräftigen Oberarme drückten zu, und für einen absurden Moment verspürte ich panische Angst, sie wolle mich zerquetschen. »Ihr alle seid das, ihr seid die besten Freundinnen, die man sich wünschen kann!«, flüsterte sie in meine Haare, und ich schloss die Augen. War jetzt der richtige Moment, um auszupacken und meine Sünden zu beichten?

»Auch wenn du so lange weg warst. Zehn Jahre. Ich versteh das, glaub ich. Ich finde einfach … Ach, ich bin viel zu sentimental heute. Prost«, hörte ich Ninas Stimme an meinem Ohr, dann ließ sie von mir ab, klirrend stießen wir die Gläser aneinander, leerten sie und griffen nach den zweiten, die Blicke fest ineinander verschränkt.

»Du musst mir in die Augen sehen, Mimi, sonst gibt es sieben Jahre schlechten Sex!« – »Besser das als gar keinen!« Gelächter.

Nina ergriff einen der Bierdeckel auf dem Tisch und knickte ihn behutsam. »Ich habe in den letzten Jahren immer wieder daran gedacht, einfach ein Ticket zu buchen und loszufahren, dich zu besuchen. Aber dann … Du weißt ja, wie das ist.« Ihre Finger knickten die mürbe Pappe des Bierdeckels, bis er brach.
»In den letzten Jahren, sagst du. Warum denn so spät?« Es klang beinahe quengelig, das stand mir nicht zu, und ich bemühte mich, es abzuschwächen. »Es hätte ja auch sein können, dass du mich vergisst. Wäre ja verständlich.«
»Niemals hätte ich dich vergessen! Es gibt in den letzten zehn Jahren nicht einen Tag, an dem ich nicht an dich gedacht habe! Na ja … Vielleicht einen, aber da ging es wirklich nicht …« Nina lachte auf, und ich sah überrascht die Röte, die ihr auf die Wangen flog. Es sah aus, als ob sie an etwas Bestimmtes dachte, einen besonders privaten Tag, vielleicht einen sehr schönen.
In diesem Moment begriff ich etwas. Nina war tatsächlich und im buchstäblichen Sinne ehrlich. Sie konnte wirklich und wahrhaftig Zeugnis ablegen über ihre Gedanken in den vergangenen zehn Jahren, und da mochte ein Tag gewesen sein, an dem mich etwas aus ihren Gedanken verdrängt hatte, und auf diesen Tag musste sie mich hinweisen, damit ihre Aussage stimmte, so penibel war ihr Gewissen. Was mochte an diesem Tag gewesen sein? Ein Tag voller Rosen und Geigen mit Casper? Sorge um ihre kranke Mutter? Brechdurchfall? Ein verschwitzter Tag im Hotelzimmer mit einer heimlichen Affäre? Ersteres oder Letzteres, entschied ich nach einem Blick auf die Röte in ihrem Gesicht.

In zehn Jahren nur ein Tag ... Gern hätte ich ihr Geständnis mit etwas ähnlich Bewegendem beantwortet, aber ich konnte nicht lügen, nicht jetzt, in diesem Moment. Ich hatte sie vergessen. Ich hatte meine frühere beste Freundin aus meinem Gedächtnis gelöscht, einfach so.

»Ich hole uns noch was zu trinken«, sagte ich und stand unvermittelt auf. »Cider?«

Nina schüttelte den Kopf. Ihre Wangen waren immer noch rot, aber sie lächelte. »Ich zahle!«

»Quatsch, jetzt bin ich dran!«

»Du bist mein Gast, Mimi, komm ... Ich weiß doch, dass du ...«

Was wusste sie? Warum? Ich ging an den Dartspielern vorbei zur Theke, ohne mich umzudrehen. Zwar hörte ich, dass Nina mir etwas hinterherrief, aber ich verstand ihre Worte nicht.

Wenn sie wusste, dass ich pleite war, lag mein Diebstahl nur einen Gedanken entfernt.

Sie wusste es. Plötzlich war ich davon überzeugt. Wollte sie darüber mit mir reden? Sie hatte aber nicht wirklich wütend gewirkt, eher nachdenklich.

Wir hatten die beiden Cider sehr schnell getrunken, ich spürte den Alkohol bereits. Nach der nächsten Runde würden wir total betrunken sein.

Ich bestellte noch mal das Gleiche, fingerte die Scheine aus der Jackentasche und gab ein viel zu großzügiges Trinkgeld. Und die ganze Zeit fühlte ich Ninas brennenden Blick auf mir wie eine Kamera, die das Corpus Delicti in Großaufnahme zeigt, das Geld, an dem mein Verrat klebte.

Als ich an den Tisch zurückkehrte, sah Nina ernst aus. »Es gibt da ja noch etwas, was ich mit dir besprechen will.«

»Schieß los«, sagte ich und trank. Ich würde alles zugeben. Was auch immer Nina über diese seltsame Schwimmbadnacht wissen wollte, ich würde es zum Anlass nehmen, um endlich auszupacken.
Und ich wartete darauf. Es drängte mich, alles zu gestehen, endlich etwas Wahres in unser Gespräch einzubringen, etwas, das schwer wog und bleibenden Eindruck hinterließ. Ich sehnte mich nach der Vergebung, die Ninas ungläubigem Fragengewitter folgen würde. Vielleicht würden wir uns tränenfeucht in den Armen liegen.
»Ich will wissen, warum du damals weggegangen bist.«
Ich sah sie an, und für einen Moment war mein Kopf ganz und gar leer.
In diesem Moment schrillte Ninas Handy, das vor uns auf dem Tisch lag. Gleichzeitig leuchtete es blau und zuckte in seinem merkwürdigen Vibrationstanz. »Casper ruft an!«, brüllte uns das Display entgegen. Nina hob die Hand und drückte den Anruf weg.
»Vielleicht ist es etwas wegen der Hochzeit?«, fragte ich mit einer zaghaften Geste auf das Handy und verstummte dann.
»Ich will wissen, was damals passiert ist, Mimi. Du kannst es mir sagen, was immer es ist.« Ninas Blick war fest und unerbittlich, er hielt mich fest und verbot mir, ihm auszuweichen.
»Was jetzt?«
»Damals. Warum bist du weggegangen?«
Das Handy auf dem Tisch lag still und starr, und ich fragte mich, warum Casper nicht noch einmal anrief. An seiner Stelle hätte ich es getan.

»Ich will das unbedingt wissen, Mimi. Bevor ich morgen heirate, muss ich das wissen.«
Eines war mir klar: Auch Nina hätte an Caspers Stelle noch einmal angerufen. Sie hätte so oft angerufen, bis sie eine Antwort hatte. In diesem Moment begriff ich, dass mein eigenes Handy auf dem Tisch fehlte. Meine Hände fuhren in die Jackentaschen, streiften die sündenschweren Scheine. Nichts. In der engen Jeans hätte ich es gefühlt, aber ich versuchte es trotzdem, griff in die Gesäßtaschen. Mein Handy war fort. Douglas konnte mich nicht erreichen. Was, wenn er es schon versucht hatte?
Ich starrte auf das gerahmte Bild an der Wand, das etwas Seltsames zeigte, es schien der Hintern eines Pferdes zu sein. Nina redete weiter mit der ihr eigenen Beharrlichkeit. Sie redete gegen mein Schweigen an, und sie würde es brechen, früher oder später. »Du bist von einem Tag auf den anderen verschwunden. Ich kann mich noch erinnern, dass wir eine Wohnheimparty hatten. Ich war nicht lang da, weil ich diese blöde Beowulf-Hausarbeit schreiben musste, aber alle anderen waren da. Und am nächsten Tag warst du so komisch zu mir am Telefon. Und am übernächsten Tag warst du verschwunden.«
Ich sah vor mir auf den Tisch. Ninas Gläser waren unberührt. Sie folgte meinem Blick und lächelte nicht wie sonst.
»Ich habe immer wieder darüber nachgedacht, aber ich kann mir einfach keinen Reim darauf machen. Die anderen sagen, du warst an dem Abend wie immer, aber ich denke, es muss doch etwas passiert sein, sonst wärst du nicht verschwunden. Vielleicht war es ja etwas sehr Persönliches. Etwas mit Casper.«

Sie sah mich an, und ich hielt die Luft an. Ich sagte nichts, ich wartete einfach nur, dass der Moment verstrich, und das tat er.

»Casper war danach auch so komisch. Du kannst es mir sagen, es macht mir nichts aus, ich will es einfach wissen. Ihn habe ich gefragt, aber wir waren ja damals noch nicht so richtig zusammen, und deswegen …«

Ich dachte an Casper und die Blicke, die wir auf dem Polterabend getauscht hatten.

Nina sah mich an und lachte verlegen. »Löchern wollte ich ihn nicht, es war mir wohl peinlich. Aber … du – gibst du mir eine Antwort, Mimi?« Vor dem Du hatte sie eine kleine Pause gemacht, was die Frage dramatisch auflud, ihr Größe und Gewicht verlieh, so dass ich sie unmöglich einfach so würde beiseitewälzen können.

»Da war nichts«, sagte ich, und in diesem Moment glaubte ich fast daran, dass ich nicht log. Ich griff nach einem von Ninas Gläsern und hob es hoch, zögernd. »Da war dieser Schotte, weißt du …«

»Dieser Austauschstudent aus Oxford?«

Ich nickte, auch wenn es in meinen Ohren komisch klang, Douglas so zu beschreiben. Es war eine deutsche Beschreibung, eine von ganz außen. Ich hatte sie lange nicht mehr gehört. Für unsere Freunde war Douglas eben Douglas, oder er war der Kerl mit dem tollen Stipendium, oder er war der Kerl, der seine komische deutsche Freundin durchfütterte, die niemand leiden mochte …

Mir schwindelte. »Douglas«, hörte ich mich sagen. »Er heißt Douglas. Er hatte mich mal in der Cafeteria angesprochen, weißt du. Im Wohnheim war er mir nie aufgefallen. An diesem Abend aber …«

Das Glas vor mir auf dem Tisch verdunkelte sich und verschwamm, und erschrocken merkte ich, dass meine Augen nass geworden waren. »Das ist natürlich Scheiß mit der Liebe auf den ersten Blick und so, das weiß ich selbst. Aber manchmal …«

Nina hörte mir zu, ich fühlte ihren Blick auf mir, ruhig und konzentriert. Mir war, als hätte mir seit langem niemand mehr so intensiv zugehört. Seit Ewigkeiten. Seit zehn Jahren. Oder hatte ich so lang nicht mehr gesprochen?

»Wir waren am Rhein. Und ich bekam diesen komischen Flash, weißt du, wenn man so betrunken ist und eben noch ganz ausgelassen war, und plötzlich steht man da und denkt, dass alles falsch ist, und man ist ganz allein, der einsamste Mensch der Welt, und …«

»Ja?«

»Dass alles falsch ist«, wiederholte ich. Dann malte ich mit dem Glas feuchte Kreise auf die Tischplatte, rund um die Bierdeckelschnipsel, die Nina fabriziert hatte. Ich wollte nicht lügen, ich wollte die Wahrheit sagen, aber gleichzeitig wollte ich, dass diese Wahrheit Nina gefiel.

»Und dann?«

»Dann fuhren diese Schiffe an uns vorbei, die hatten Partybeleuchtung, weißt du, diese vielen bunten Lämpchen, und ich staunte und freute mich darüber, dass der Rhein so schön bleibt, auch wenn in mir immer alles nur Chaos ist, und dann …« Mich würgte ein Schluchzen, als ich mich erinnerte. Douglas hatte anders ausgesehen damals, er war ein junger Austausch-

student in diesen albernen Sportklamotten, die alle Austauschstudenten im Sommer nach meiner Erinnerung trugen. Im Winter trugen sie Lambswoolpullover mit Kragen darunter.
»Er sagte, dass sein Semester zu Ende sei und dass dies sein letzter Abend sei. Und dann fragte er, ob ich mit ihm komme. Ganz einfach.« Meine Erzählung formte ein Bild, ich sah es plötzlich vor mir, ganz so, als habe es seit zehn Jahren in mir geschlummert: Douglas. Sein Gesicht, als er mir die Frage stellte, die alles veränderte. Ich musste lächeln.
»Ganz einfach«, echote Nina. Sie sah nachdenklich aus, ihr Blick war dunkel und schwermütig, aber vielleicht spiegelte sie auch einfach meine eigene Traurigkeit.
»Und ich weiß noch, dass ich dachte, vielleicht ist das der Moment, wo man sein Leben ändern muss, sonst bleibt es immer so. Und ich hatte plötzlich genug von den ganzen Partys und dem Saufen und dem Kater danach und …«
»Und da hast du dich einfach so in ihn verliebt? Das klingt komisch. So etwas passiert doch nur im Film.«
Einer der Dartspieler trat zu uns an den Tisch. Er trug ein viel zu enges weißes Shirt, das überall spannte. »Hey«, sagte er und lächelte breit.
»Jetzt nicht«, sagte Nina unwillig.
»Ich weiß, dass das komisch klingt«, sagte ich.
Der Dartspieler betrachtete uns noch einen Moment unschlüssig, dann zuckte er die breiten Schultern und ging zurück zu seinen grinsenden Freunden.
»Man kann sich doch nicht in jemanden verlieben, nur weil man sein Leben ändern will«, sagte Nina nachdenklich.

Doch, dachte ich, kennst du die Märchen nicht? Die Prinzessin verliebt sich in ihren Retter, weil er sie retten kann.
Aber als ich sprach, klang es nicht überzeugt, sondern zaghaft. »Doch, das geht.«
»Rettet wovor? Vor einer Katerstimmung?« Offenbar hatte ich meinen Gedanken doch laut ausgesprochen.
»Es war mehr als eine Katerstimmung. Du weißt doch, wie unser Leben damals war. Nur Chaos und Saufen und …«
»Ja«, sagte Nina. »Das weiß ich.«
Sie strich sich eine Locke hinters Ohr, und für einen Moment kam es mir so vor, als läge Mitleid in ihrem Blick. Jetzt erst sah ich eines sonnenklar: dass unsere Leben sehr unterschiedlich gewesen waren, damals schon. Nina war die Studentin gewesen, die brav ihre Beowulf-Hausarbeit schrieb, bevor sie auf Partys ging. Und ich … Ich war Mimi, die im Chaos versank, einem Chaos aus Alkohol, wirren Gesprächen und Lebensplänen, die ich ein ums andere Mal über den Haufen warf.
»Hat es denn geklappt?«, fragte Nina.
»Was?«
»Hat er dich gerettet?«
»Ja«, hörte ich mich sagen.
»Und ihr seid glücklich?« Ninas Stimme klang jetzt sanft, trügerisch sanft, etwas war ihr abhandengekommen, aber ich wusste nicht, was es war.
Ich nickte, und ich fuhr fort zu nicken, wobei meine Bewegungen immer langsamer wurden. »Jetzt nicht mehr«, sagte ich, und dann brach die ganze Geschichte aus mir heraus, ich kotzte sie Nina förmlich auf den Tisch, Douglas und das letzte Jahr mit diesen Abenden,

an denen sein Blick so hart geworden war, die Anrufe und schließlich sein Auszug und der Brief. Ich redete und redete, dabei trank ich ihre Gläser leer.
Nina hörte zu, wie sie immer zugehört hatte, eine Ewigkeit hatte mir niemand mehr so zugehört, zehn Jahre nicht …
Als ich geendet hatte, fühlte ich mich seltsam erleichtert, und ich wusste, das kam nicht nur von dem Alkohol, der in meinem Körper kreiste. Ich saß hier mit meiner Freundin, mit meiner einzigen echten Freundin, einer, die wirklicher war als die Alraune im Blumenbeet.
Ich begriff etwas an diesem Abend: Das Leben mochte sonderbar und verwickelt sein, auf die Liebe mochte kein Verlass sein und meine Zukunft weiterhin im Dunkeln liegen, aber das alles war zu ertragen, wenn man nicht allein war. Mit einer Freundin wie Nina an der Seite und einem Getränk in der Hand, das langsam und prickelnd ein wohliges Zittern durch meinen Körper spülte, ließ sich alles ertragen.
Ich sah mich um, nahm die Menschen in mir auf und das wohlige Durcheinander aus Kneipe, Musik und Getümmel, aber Nina sah ich nicht an, ich spürte sie nur, denn sie saß eng neben mir.
Später sollte ich noch oft daran denken, was ich in diesem Moment wohl in ihrem Gesicht hätte lesen können, wenn ich sie nur richtig angesehen hätte, jetzt aber dachte ich an das Glas in meiner Hand und an Nina, warm und lebendig, die hier leibhaftig neben mir saß, während das Handy klingeln mochte oder nicht. Tatsächlich dachte ich gar nicht mehr an das Handy. Das sollte mich wenig später böse einholen.

Was ich dachte, war: Douglas und mich trennte ein Meer, kalt und nass. Nina und mich trennte nur ein wenig Baumwollstoff und ein dünner Schweißfilm; das, was uns verband, war umso vieles mehr.
Freundschaft. Das war, worauf es ankam.
Dass diese Erkenntnis zu spät kam – das wusste ich zu diesem Zeitpunkt noch nicht.

TAG 5

Ob es am Cider lag, an dem Gespräch mit Nina oder an dem Alka-Seltzer, das sie mir fürsorglich in Leitungswasser vom Kneipenklo auflöste, ehe sie mich in ein Taxi bugsierte, ich schlief tief und fest in dieser Nacht. Lachende Frauengesichter zogen durch meinen Traum, denen Witze und Trinksprüche von den Lippen perlten, eine Straße, die ich mit schmerzenden Füßen entlangschritt, ein Kichern im Hals. Eine Braut in strahlendem Weiß, deren Kleid sich in die steifen Blüten Tausender Papageientulpen verwandelte, ehe ein Windsturm kam und es ihr vom Leib pustete. Die nackte Braut, wie sie in Zeitlupe in glitzerndes Wasser tauchte. Und dann hörte ich einen dumpfen Puls, der mich ruhig und verlässlich begleitete. Erst dachte ich, es sei mein eigener Herzschlag oder der von Nina, aber dann begriff ich, dass es der Rhein war, der uns stetig umgab und beobachtete, der Rhein, der immer schon da gewesen war.

Und dann kam der Tag, an dem Nina heiraten sollte.

Der Tag, an dem sich alles änderte.

Ich erwachte in der winzigen Dachkammer, und das Stimmengewirr aus den unteren Stockwerken verriet, dass Grit bereits aufgestanden war und abwechselnd Mark und Jonas herumscheuchte.

»Ich bin so nervös«, sagte sie, als ich im Schlafanzug herunterkam. »Gott, bin ich nervös.«

»Man könnte meinen, du würdest das erste Mal auf eine Hochzeit gehen«, sagte Mark und versenkte sein Gesicht in der Kaffeetasse. Er trug bereits einen Anzug.
»Das kommt mir auch so vor«, entgegnete Grit. Sie hielt einen Kleiderbügel hoch und starrte auf das hellgrüne Kleid. »Ich war mir so sicher ... Aber ich glaube, es ist nicht warm genug dafür. Und in der Kirche ist es noch kälter. In Kirchen ist es immer kalt. Aber das andere ist nicht gebügelt, glaube ich ...«
»Beruhig dich, du wirst schon das Richtige anziehen«, sagte Mark und griff unauffällig nach der Zeitung. Grit sah mich an, im Blick helle Verzweiflung. »Willst du Kaffee, Mimi? Nein, du trinkst ja Tee. Gott, bin ich nervös! Jonas, pass doch auf, du kleckerst! Mark, kannst du ...«
»Schon gut«, sagte Mark.
Ich sagte nichts. Ich versuchte, ruhig zu atmen und meine Kraft zu sammeln für das, was mich erwartete.

Für Getrennte ist jedes glückliche Paar ein Affront. Eine Hochzeit aber ist noch schlimmer, die größtmögliche Demütigung. Dem Brautpaar gratulieren, das Strahlen glücklicher Augen aushalten und Reis werfen – all dies tut man mit einem Würgen im Hals. Denn das eigene Scheitern wird dabei sichtbar, für einen selbst und für die ganze Welt.
Ob ich übertrieb? Oder mir das nur einbildete? Vielleicht. Aber so fühlte es sich an. Und deswegen stritten merkwürdige Gefühle in mir an diesem Morgen. Vorfreude darauf, die anderen zu sehen, war dabei. Aber auch Scham.
Es war kaum zu glauben, dass wir tatsächlich um elf Uhr in der Kirche saßen.

Ganz selbstverständlich hatten wir die zweite Bankreihe in Besitz genommen, und im Gegensatz zu der ersten Reihe mit Ninas besorgt und ängstlich blickenden Eltern inmitten grauer, zerknitterter Verwandter waren wir voll Freude und Leben mit unserem sprudeligen Gekicher und unseren bunten Kleidern. Alla trug ein kräftiges Fuchsia, Simone Mintgrün, und Grit hatte sich nach langen Anproben in mutiges leuchtend-orangenes Chiffon gewandet, das gut zu meinem kanariengelben Sommerkleid passte. Die Männer in ihren Anzügen boten grauschwarze Tupfen wie Felsbrocken, an denen sich der funkelnde Bach unserer Farbigkeit brach.

Scherze flogen von einer zu anderen, eine explosive Heiterkeit hatte uns ergriffen, und die Männer, die zwischen uns verteilt saßen, warfen einander amüsierte, manchmal fast verlegene Blicke zu.

»Ich hab die Blumen …«

»Wenn wir gleich das Foto …«

»Pass auf, dass die Kamera nicht …«

»Hast du den gesehen, da hinten? Der …«

Endlich wich die aufgekratzte Stimmung einer freudigen, gespannten Erwartung, die uns stiller werden ließ. Ich glaube, nichts übertrifft die andächtige Aufmerksamkeit wartender Hochzeitsgäste.

Grit, die aufgeregt an ihren Chiffonlagen zupfte, Simone, die von Zeit zu Zeit unauffällig ihr Make-up überprüfte, und Alla, in deren eckiger schwarzer Handtasche ein silberner Flachmann steckte, den wir verstohlen herumreichten. Wir alle warteten auf unsere Freundin, die Braut, um sie mit unserer Liebe und Bombenstimmung an diesem Tag zu begleiten.

Insgeheim jedoch war ich sicher, niemand wartete so inbrünstig wie ich. Selbst ihr eigener Bräutigam konnte Nina nicht sehnlicher erwarten als ich. Ich warf verstohlene Blicke über die Schulter.
Das gestrige Gespräch hatte etwas in mir bewegt. Nie zuvor hatte ich meine Beziehung zu Douglas vor jemandem offengelegt.
Hatte ich das überhaupt? Oder hatte Nina nur gezielt die treffenden Fragen gestellt? Denn das war es, worauf es ankam. Auf die richtigen Fragen. Und auf ehrliche Antworten. Auf die Wahrheit.
Die Kirchenbank schien leicht zu wackeln, als vor meinen Augen das Bild der Flasche erschien, sie drehte sich und drehte sich …
Was war überhaupt die Wahrheit? Das, was ich Nina gestern erzählt hatte? Oder das, was ich vor zehn Jahren Douglas erzählt hatte und damit mir selbst? Galt die Wahrheit überhaupt länger als zehn Jahre, oder wurde sie brüchig, verformte sich unter dem Druck der Jahre, bekam Kratzer und Spuren von all den Wiederholungen und Auslassungen, die sich zwangsläufig einstellten? War Wahrheit nicht eigentlich nur die Geschichte, auf die sich zwei Zeugen einvernehmlich einigten, die Schnittmenge ihrer Erinnerungen? Und wie veränderte sich diese Wahrheit, wenn eine weitere Person hinzukam, verringerte sich damit nicht automatisch die Schnittmenge?
Nina hatte eine andere Wahrheit von mir erwartet. Gestern war ich zu sehr in der Situation gefangen gewesen, aber jetzt, in der Erinnerung, sah ich ihrem Gesicht ganz deutlich Überraschung an, dann Irritation, ein Anflug von Enttäuschung, als habe sie gedacht, dass

ich sie belüge … Aber nur im ersten Moment, dann hatte sie mir geglaubt. Aber warum nicht sofort? Was hatte sie für eine Geschichte erwartet?
Casper, dachte ich. Sie hatte eine Wahrheit erwartet, die irgendwie mit Casper zusammenhing. Der Blick fiel mir ein, den Casper mir beim Polterabend zugeworfen hatte, ganz kurz nur hatte dieser Blick mich gestreift, dann hatte ich mich abgewandt.
Casper, Ninas Bräutigam. Wo war er überhaupt? Ich drehte mich um und sah, dass viele der Gäste dasselbe taten. »Wo bleiben sie denn?«, wisperte Grit mir zu. »Es ist kurz nach elf, sie müssten doch längst da sein!« Hektisch fummelte sie an ihrer Strumpfhose.
»Lass das, sonst gibt's Laufmaschen«, flüsterte ich ihr zu.
»Na wenn schon! Hauptsache, die Hochzeit geht gleich los!« Grit zog immer noch, und ich legte meine Hand auf ihre, um sie zu bremsen. Ihre Hand fühlte sich warm und weich an, nachgiebig unter meinen nervösen Fingern.
Sie sah mich an und kicherte. »Du Retterin meiner Strumpfhose!« Ihre Lippen formten die Parodie eines Kussmundes.
Ich verdrehte die Augen, um sie zum Lachen zu bringen, weil mir gefiel, wenn sie lachte.
»Seid ihr schon wieder blau oder immer noch?«, wisperte Alla und beugte sich zu uns, ihre Augen glitzerten. »Man darf nicht lachen in der Kirche, sonst lockt man den Teufel an, hat meine Oma immer gesagt!« Sie reichte Grit den Flachmann und bedeutete ihr mit einem seitlichen Kopfwackeln, ihn nach dem Trinken weiterzureichen.

»Langsam mache ich mir Sorgen.« Simone warf einen Blick auf ihre silberne Armbanduhr und runzelte die Stirn. »Nicht, dass etwas passiert ist. Sie ist doch gestern gut nach Hause gekommen?«

»Klar«, sagte ich und nickte heftig, alle Blicke waren jetzt auf mich gerichtet, Simone besorgt, Alla amüsiert, Grit sah unentschlossen aus, warf einen unsicheren Blick auf Simone und übernahm dann deren Gesichtsausdruck.

»Vielleicht ist was mit Casper«, sagte Simone, jetzt erst sah ich das Handy an ihrem Ohr. Sie wartete kurz, dann schüttelte sie den Kopf. »Ans Handy geht sie nicht, und er auch nicht.«

»Vielleicht hat er es sich anders überlegt«, ergänzte Alla und hob spöttisch die schwarzen Augenbrauen.

Ich brach als Erste in ein zaghaftes Gelächter aus, das uns die Anspannung nehmen und zeigen sollte, für wie absurd ich das hielt, aber innerlich fiel Allas Bemerkung auf fruchtbare schwarze Erde und nährte eine gemeine, dunkle Hoffnung, für die ich mich geschämt hätte, wenn sie mir jemand angesehen hätte.

Hier ist die Wahrheit: Ich wollte, dass diese Hochzeit ausfiel. Nach meiner Erfahrung pflegten Ehepaare eine eigenartige Symbiose einzugehen, die andere Menschen ausschloss und die selbst dann noch virulent blieb, wenn sie längst alt und runzlig waren und einander hassten.

Meine eigenen Eltern waren ein gutes Beispiel dafür. Weder hatten sie Interesse an dem anderen noch an der Welt oder ihrer einzigen, viel zu spät geborenen Tochter, und doch konnten sie keinen Tag ohne einander aushalten, und weil sie abwechselnd von unerklärlichen Gebrechen heimgesucht wurden, verließen sie ihr Kaff in Norddeutschland kaum. In zehn Jahren Edinburgh hatten sie mich zweimal besucht, und beide Aufenthalte waren so verlaufen, dass ich keine Wiederholung angestrebt hatte.

Und der gestrige Spaziergang hatte eindrucksvoll bewiesen, dass Ehefrauen der Pflicht der Familie gehorchten, sobald ihre Handys schrillten, und dass ihre Freundinnen dann ohne sie in die Kneipe ziehen mussten. Nina und ich waren als Einzige übrig geblieben. Erst an diesem Abend hatte ich begriffen, dass Nina mir in all den Jahren gefehlt hatte. Frauen brauchten eine beste Freundin. Eine, die sie verstand. Eine, die Fragen stellte. Eine, die Antworten entgegennahm, ohne sie zu bewerten. Eine, die Cider holte und wartete, bis seine Wirkung einsetzte und die Tränen versiegten. Eine, die noch da war, wenn der Mann einen verlassen hatte.

Deswegen wollte ich, dass Nina genau so blieb, wie sie gestern gewesen war, dass sie sich keinesfalls in eine Ehefrau verwandelte, die zu festgelegter Zeit von ihrem Mann zu Hause erwartet wurde.

Mussten Ehefrauen zwangsläufig so werden? Ich wusste es nicht, aber das Risiko erschien mir hoch.

Und dann gab es noch einen anderen Grund, einen dunklen, schäbigen, neidischen.

Ich selbst hätte die nächste Braut sein sollen.

Plötzlich fing ich Gesprächsfetzen auf, die meine Gedanken empfindlich störten.

»… dass das Geld plötzlich …«, sagte eine Frauenstimme.

»… ziemlich unwahrscheinlich … Polizei gerufen …« Eine Männerstimme, ein tiefer Bass.

»… gleich zu Claudia gesagt, dass …« Die Stimme befand sich jetzt genau hinter mir, offenbar hatte das Paar auf den freien Plätzen hinter mir Platz genommen. Ich rührte mich nicht, horchte angestrengt und gleichzeitig voll Furcht, dass ich schamrot werden würde.
»Was für eine bescheuerte Idee, die Geldgeschenke vorher einzusammeln, wer macht das denn, am Polterabend hat man doch anderes zu tun, als an Geschenke zu denken.«
Die Männerstimme, besänftigend. »Es ging doch um diesen komischen Schrank von den Brauteltern … Diese chinesische Sitte, das hat was mit Aussteuer zu tun.«
Ein Schnauben. »Aussteuer! Was haben wir mit chinesischer Aussteuer am Hut! Ich frage mich, ob sie jetzt erwarten, dass wir noch einmal was schenken. Immerhin ist es nicht unsere Schuld, dass …«
»Schschsch …« Ein scharfes Zischen unterbrach den wütenden Wortschwall der Frau, und sie verstummte. Wahrscheinlich hatte ihr Begleiter sie auf Simone aufmerksam gemacht, die schräg vor ihnen saß und vermutlich jedes Wort hatte mithören können. Falls dem so war, ließ sie es sich nicht anmerken. Sie wirkte kühl und schön wie immer, das silberblonde Haar auf seltsam altmodische Weise aus dem Gesicht frisiert. Ich sah mich nach der meckernden Frau um und runzelte die Stirn. Das war es, die atmosphärische Störung, die auf Hochzeiten eigentlich verboten war. Jemand, der sich beschwerte, der sich weigerte, seine Rolle zu spielen. Allerdings war dies streng genommen eine Reaktion auf das, was ich getan hatte.
Grit neben mir erhob sich, und erst als Simone ihre Handtasche ungeduldig gegen mein Knie stieß, verstand ich, warum: Sie wollte aus der Bank.

»Ich suche Nina jetzt«, zischte Simone mir zu, schulterte ihr Handtäschchen und verließ die Kirche.
Wir anderen blieben zurück.
Und warteten weiter. Wir warteten fast eine Dreiviertelstunde.
Dann erst, als sich längst offene Unruhe ausgebreitet hatte, war es so weit.
Die Doppelflügel des Kirchentors öffneten sich, und die helle Silhouette der Braut zeichnete sich im Gegenlicht ab wie eine Erscheinung. Dröhnend setzte der Organist ein, und die wohlbekannten Klänge des Hochzeitsmarschs von Mendelsson Bartholdy ertönten. Ninas Mutter schräg vor mir zog ein Taschentuch heraus und presste es unter den getuschten Wimpernkranz.
Dumdumdedum …
Wie auf Kommando erhob sich die Hochzeitsgesellschaft, das erleichterte, erwartungsfrohe Strahlen im Gesicht der eben noch besorgt dreinblickenden Brauteltern pflanzte sich fort wie eine La-Ola-Welle, bis alle Gäste strahlten und zu der Braut sahen, die in den offenen Pforten der Kirche stand, gekrönt vom gleißenden Sonnenlicht.
Sie rief etwas, das im Donner der Orgel unterging, dann klappten die Tore hinter ihr zu, das Sonnenlicht schwand, als habe jemand einen Flutscheinwerfer ausgeknipst.
Und dann sahen wir es.
Die Braut war keine Braut. Es war Simone, und erst als meine geblendeten Augen sich wieder an das Schummerlicht gewöhnt hatten, sah ich, wie sie aussah. Ihr Gesicht war verzerrt, Mascarabäche rannen ihr die

Wangen hinunter. Ich dachte an Nina, und plötzlich hatte ich Angst.

Als sich die Tür hinter Simone erneut öffnete, machte mein Herz einen ahnungsvollen Satz, aber wieder war es keine Braut, sondern jemand, den niemand erwartet hatte. Es war die Polizei.

Die Orgel verstummte, das Stimmengewirr erstarb. Die Beamten schritten durch den Mittelgang, eine traurige Hochzeitsprozession. Einer von ihnen nahm dem verdutzten Pfarrer das Mikrophon ab und klopfte prüfend dagegen. Die Stimmen in der Kirche schwollen wieder an, aufgeregte Schreie wurden laut, fassungslose Gesichter richteten sich auf den Beamten am Altar.

Als hätte jemand einen Stein in einen Tümpel geworfen, übertrug sich Simones Unruhe in konzentrischen Kreisen vom Zentrum bis ans Ufer, bis in die Kirchenbank, auf der ich saß.

Noch ehe der Beamte etwas sagen konnte, holte Simone tief Luft und schrie.

»Jemand hat den Bräutigam ermordet!«

Die Mittagszeit war längst vorbei. Nach einem genau ausgeklügelten Plan hätte sich die Hochzeitsgesellschaft jetzt auf den Rheinterrassen tummeln sollen, und wenn ich die Augen nur leicht zusammenkniff, sah ich es vor mir: eine buntgemischte, fröhliche Gesellschaft, Sommerkleider, leichte Anzüge, aufgelockert durch die Farbkleckse bunter Krawatten. Mütter, die mit Sonnenhütchen und Sonnenmilch hinter ihren Kindern herliefen, die quiekend versuchten, sich zu verstecken, hinter den anderen Kindern vielleicht oder auch hinter den großen Kübeln mit Grünpflanzen, die strategisch geschickt auf dem hellen Kies verteilt waren. Vielleicht würden einige auf der Flucht vor ihren Müttern Zuflucht unter den langen Tischen suchen, die mit gestärkten Bahnen gedeckt waren, darauf das Porzellan und die funkelnden Gläser und die überflüssigen Silberleuchter mit den weißen Kerzen, die an diesem hellen gleißenden Sommertag sicherlich niemand anzünden würde. Kerzen müssen sein, hatte möglicherweise jemand, vielleicht Nina, beharrt und sich durchgesetzt, und vielleicht, wenn eines der Kinder unter den Tisch tauchte und bei der Flucht einen Zipfel mit sich nahm, würde die fröhliche Hochzeitsgesellschaft sich in Chaos wandeln. Ich sah umstürzende Tische, berstendes Porzellan, zersplitterndes Glas und hörte die spitzen Schreie der erschrockenen Kinder …

»Und Sie befinden sich seit wann genau in Deutschland?«, fragte der Beamte und besah stirnrunzelnd meinen Pass.

»Seit vier Tagen.«

»Zum Zwecke dieser Hochzeit?«

»Genau. Ich bin eine alte Freundin von Nina, noch aus Studienzeiten.«

Mir war heiß. Gleichzeitig erschien es mir unwirklich, dass ich in meinem schicken Kleid, das ich für einen feierlichen Anlass gekauft hatte, auf einem harten Plastikstuhl saß und anstelle eines blumenschweren Banketts die zerkratzte Oberfläche eines Resopaltischs vor mir hatte.

Trotzdem gab ich mir Mühe, die Fragen des Beamten zu beantworten. Immerhin hatte ich Glück gehabt, denn ich war eine der Ersten gewesen, die man zur Befragung ins Präsidium gefahren hatte. Die meisten Gäs-

te warteten wie eine unruhige Herde darauf, dass man ihre Personalien aufnahm.
Während ich Fragen beantwortete und überlegte, was zur Hölle überhaupt passiert war, betasteten meine Finger unablässig die Jacke auf meinem Schoß, in deren Tasche sich die Scheine befanden.
»Wissen Sie, ob Casper Lienhard Drogen genommen hat?«
»Wie meinen Sie das?«
»Drogen. Medikamente, bewusstseinsverändernde Substanzen. Hat er gekifft oder gekokst?«
»Nicht dass ich wüsste. Ich kenne ihn kaum.«
Der Beamte ignorierte meine Antwort. »Unregelmäßig vielleicht? Manchmal?«
»Ich habe keine Ahnung, ich glaube es nicht. Sie haben wahrscheinlich getrunken, beim Junggesellenabschied. Das macht man meines Wissens so.« Eine gute Antwort, fand ich. Sie entlarvte den Polizisten, der knickrige Fragen nach Drogenkonsum stellte, als Spießer.
»Wann haben Sie Herrn Lienhard das letzte Mal gesehen?«
»Beim Polterabend.« Ich dachte an Caspers Blick, seine Augen, die sich erschrocken geweitet hatten.
»Seitdem nicht mehr?«
»Nein.«
»Was hat Herr Lienhard gegessen, als Sie ihn das letzte Mal gesehen haben?«
»Gegessen?« Jetzt war ich perplex. »Das letzte Mal, das war auf dem Polterabend, wie ich Ihnen ja schon gesagt habe. Ich denke, er hat vom Buffet gegessen, wie wir alle.«

»Nämlich was?« Die Frage des Beamten kam wie aus der Pistole geschossen, aber er sah zur Seite in einer Weise, die mir verriet, dass ihn die Antwort nicht sonderlich interessierte. Es ging offensichtlich um eine andere Mahlzeit.

Während ich das umfangreiche Buffet des Polterabends herunterbetete, versuchte ich nachzudenken. Was war das Problem? War Casper tatsächlich ermordet worden, und waren wir jetzt alle verdächtig? Der Mensch, der mich befragte, schien mir keine besondere Leuchte zu sein. Denken und antworten gleichzeitig klappte nicht besonders gut, und erst als der Beamte mir stirnrunzelnd eine Frage stellte, merkte ich, dass ich längst nicht mehr redete.

»Was hat er gestern Abend gegessen?«

»Woher soll ich das wissen? Das müssen Sie seine Frau fragen, beziehungsweise seine Verlobte.« Ich verstummte. Nina hatte, soweit ich das beurteilen konnte, die vergangenen vierundzwanzig Stunden an meiner Seite verbracht. Das hatte sie ihnen vermutlich bereits gesagt.

»Warum fragen Sie mich das überhaupt?« Es gelang mir, das Wörtchen »mich« so spitz und schrill zu betonen, dass ganz deutlich wurde: Ich war die abwegigste Person, um Zeugnis über Caspers Speiseplan abzulegen.

»Beantworten Sie bitte einfach meine Fragen.«

»Natürlich, ja.« Ich schloss die Augen. Ein dumpfer Schmerz hatte sich dahinter gesammelt und formierte sich zu einer Art Spitzhacke. Ich hätte gern etwas gegessen, etwas Salziges, das hätte sicherlich geholfen, aber natürlich war mir bewusst, dass dies nicht die Situation war, in der man derart egoistische Bedürfnisse durchsetzen konnte wie ein Mittagessen.

»Was haben Sie selbst denn gestern gegessen?«
Im ersten Moment dachte ich, der Beamte hätte meine Gedanken gelesen.
»Ich? Ein paar Chips im Pub. Ich habe Ihnen doch schon gesagt, dass ich im Pub war, und vorher habe ich geschlafen.«
»Den ganzen Tag, jaja, Sie sagten es.« Ungeduldig raschelte der Mann mit seinen Papieren, und ich wusste nicht, ob ihm die Antwort nicht gefiel oder ob er meinen Lebenswandel kritisierte.
Mit einer harschen Handbewegung entließ er mich, und ein lautes Knurren meines Magens brachte mir den Kern des Gesprächs nachdrücklich ins Bewusstsein.
Essen. Ich blieb stehen. Die Fragen des Beamten hatten eine deutliche Richtung eingeschlagen.
Casper hatte etwas gegessen, das ihn mutmaßlich umgebracht hatte.
Casper war vergiftet worden.
Im Flur standen etwa zehn Hochzeitsgäste, einige von ihnen schluchzten, andere sahen betreten zu Boden, und erneut fiel mir auf, wie absurd die festliche Kleidung in dieser Situation wirkte. Unter ihnen erkannte ich Gero. Er sah eher erschöpft als traurig aus, aber das war kein Wunder, immerhin hatte er Casper gar nicht gekannt. Als er mich erblickte, trat er auf mich zu.
»Und, wie geht's?«, fragte er nur.
Ich zuckte die Achseln. »Hast du Nina gesehen?«
Er schüttelte den Kopf. »Alla ist schon drin. Seit etwa zehn Minuten.«
Für einen Moment dachte ich, er würde jetzt wieder anfangen, wie sehr er sie vermisste, wie unglaublich und schön sie war und dass er es überhaupt nicht er-

warten könne, hundert Kinder mit ihr zu haben. Eine dieser Dummheiten, die er in den vergangenen Tagen permanent abgesondert hatte, aber er schwieg.
Ich nickte ihm zu. Erst draußen, an der lärmenden Verkehrsstraße, überlegte ich, was ich tun sollte. Wenn ich hierbliebe, würde mich früher oder später einer der anderen Gäste in ein Gespräch verwickeln, und das wollte ich nicht. Ob Simone schon zu Hause war? Ich könnte zu ihr gehen und sie fragen, wo Nina war.
Bei dem Gedanken an Nina biss ich mir auf die Lippen. Nina musste ins Bodenlose gestürzt sein, als sie von der Ermordung ihres Bräutigams gehört hatte. Oder hatte sie ihn gar gesehen?
Nina. Ich dachte daran, wie ihre kräftigen Arme mich gestern noch umarmt und getröstet hatten, als ich ihr von Douglas erzählte, wie sie mir zugehört hatte, ruhig und konzentriert. Bei dem Gedanken wurde mir warm, und ich musste ein Lächeln unterdrücken.
Nina hatte nicht vergeblich auf meine Rückkehr gewartet. Diesmal würde ich für sie da sein.

Es war ein kleines, gepflegtes Reihenhaus, ähnlich wie das von Grit und doch anders, und auch ohne die Hausnummer 18, die mittig über dem blitzenden alufarbenen Briefkasten hing, hätte ich gewusst, dass von allen Häusern in der Straße dieses zu Simone gehörte.
Der Vorgarten war ein geschmackvolles Nebeneinander sorgsam gestutzter Buchsbaumkugeln, umgeben von Katzenminze, die dezent für ein wenig Farbe sorgen würde, wenn die Sonne weiter so schien. Ihr Laub kaschierte geschickt das der vertrockneten Zwiebelblumen, die ihrerseits im Frühling für Farbtupfer gesorgt

hatten. Wie sie wohl geblüht hatten? Ich tippte auf Traubenhyazinthen und weiße Tulpen. Zurückhaltend, edel, praktisch, ganz wie Simone.

Im Innern des Hauses kündigte mich eine Türklingel an. Es waren die Überlegungen zu Caspers Todesart, die meine Schritte hierhergelenkt hatten.

Simone hatte die Leiche gesehen, und anders als die Polizei würde sie mir sicher etwas darüber sagen können. Wenn Casper tatsächlich vergiftet worden war, dann würde der Zustand seiner Leiche einiges über seinen Tod verraten. Erbrochenes. Starre der Gliedmaßen. Schaum vor dem Mund. Farbe des Gesichts. Natürlich war ich kein Profi, aber da ich mich mit Heilpflanzen sehr gut auskannte, waren mir natürlich auch die Wirkungsweisen giftiger Kräuter bekannt. Und wenn sich nun mal ein Giftmord direkt unter meiner Nase abspielte, dann wollte ich wenigstens wissen, worum es sich handelte.

Es gibt gar nicht so viele Gifte, wie die Leute immer denken. Das heißt, natürlich gibt es zahllose, deren Wirksamkeit aber so langwierig, verschlungen und vielfältig ist, dass das Opfer etwas bemerken und einen Arzt aufsuchen würde, was in diesem Fall ganz offensichtlich nicht der Fall gewesen war. Daneben gibt es eine Reihe tropischer Pflanzengifte, dazu giftige Krötensekrete und Schlangengifte, aber die Wahrscheinlichkeit eines Mordes mit derart exotischen Wirkstoffen hielt ich für verschwindend gering. Viel wahrscheinlicher war es, dass der Tod von einem der Gifte herbeigeführt worden war, die ich kannte. Das weckte meinen Ehrgeiz.

Und da war noch etwas. Ich fühlte mich allein. Ich wollte wissen, wo Nina war, und zugleich sehnte ich

mich nach der Gesellschaft der anderen, denn die polizeilichen Befragungen hatten uns zersprengt.
»Komm rein, Mimi.« Es lag etwas Selbstverständliches in Simones Begrüßung, kein überschwengliches Hallo, keine überflüssigen Fragen, sie öffnete einfach die Tür und ließ mich ein, während sie selbst ins Wohnzimmer voranging und es mir überließ, ihr zu folgen. Es war, als wäre ich schon hundertmal hier gewesen.
Ich schloss die Haustür und trat ein.
»Kaffee?«
»Ja, gern.«
Ich setzte mich auf eines der beiden hellen Sofas und sah mich etwas verloren in dem gepflegten Raum um, dann kam Simone auch schon mit Tassen und Kaffee.
Sie sah ein wenig blass aus, aber gefasst. Ihr Gesicht war glatt und ungeschminkt, sie musste geduscht haben. Ich dachte daran, wie sie in der Kirche ausgesehen hatte, verschmiert und verzerrt, entfesselt.
Ich legte meine Finger um den heißen Kaffeebecher, es tat gut, seine Wärme zu spüren.
»Ich kann es nicht glauben«, sagte Simone. »Eigentlich sollten wir jetzt feiern und fröhlich sein, stattdessen …« Sie stockte, und ich sah, wie ihre Augen feucht wurden. Kurz schloss sie die Augen, als wollte sie ihre Tränen am Fließen hindern, und es gelang ihr. Als sie die Augen wieder öffnete, waren sie trocken.
»Arme Nina«, sagte ich.
»Ja, wirklich. Es ist ein Alptraum.«
»Die Polizei hat mich befragt. So ein komischer kleiner Mann mit Habichtnase und eine Dicke. Ich kam mir vor wie eine Verbrecherin.«

»Bei mir waren es drei. Klar, immerhin hab ich die Leiche gefunden.« Simone zog bei der Erinnerung schaudernd die Schultern hoch, aber dann ließ sie sie wieder sinken und griff erneut zur Kaffeekanne. »Noch etwas?«

»Danke nein.« Ich wartete ab, unsicher, wie ich meine Fragen stellen sollte, ohne allzu neugierig oder aufdringlich zu klingen. Nach einiger Überlegung hatte ich den passenden Einstieg gefunden. »Warum hast du eigentlich gleich gewusst, dass Casper ermordet worden ist? Hatte er so etwas wie ein Messer in der Brust?«

»Nein, natürlich nicht.«

So natürlich war das nicht, aber das schien Simone nicht aufzufallen, ihr Tonfall klang erstaunt, und das wunderte mich. Mord war meiner Meinung nach etwas ganz und gar Unnatürliches. Messer oder Pistole erschienen mir nicht wesentlich ungewöhnlicher als Gift.

Simone fuhr mit dem Zeigefinger am unteren Wimpernkranz entlang und betrachtete konzentriert ihre Fingerspitzen. »Sicher war ich mir gar nicht.« Ihre Stimme klang normal, sachlich und überlegt.

»Doch. Warst du dir.«

»War ich nicht. Vielleicht hatte er auch einen Herzinfarkt oder so.«

»In der Kirche hast du aber laut gerufen, dass er ermordet worden ist.«

Simone zögerte einen Augenblick und lächelte dann, aber ihre Augen lächelten nicht mit. »Ich weiß es nicht. Wahrscheinlich sah er nicht aus wie nach einem Herzinfarkt. Albern, denn woher soll ich wissen, wie ein

Herzinfarkt aussieht? Außerdem konnte ich fast nichts erkennen. Nur, dass er tot war.«

Ich schwieg und nahm noch einen Schluck. Mein Schweigen wuchs an und drohte, unbehaglich zu werden, als uns ein Klingeln unterbrach.

»Moment mal«, sagte Simone und erhob sich. Sie sah überrascht aus. Ich hörte sie zur Haustür gehen und öffnen.

Es war Grit, und ich beobachtete verstohlen die herzliche Begrüßung. Die Umarmung der beiden erschien mir lang und intensiv, ein Stich durchfuhr mich, als ich an Simones kühle Begrüßung dachte, doch dann sah Grit mich über Simones Schulter hinweg an und lächelte tränenfeucht, um dann auf mich zuzutreten und mir ihrerseits die Arme um den Hals zu schlingen. Sie war warm und weich, ihre mausbraunen Haare kitzelten mich im Gesicht, und überrascht fühlte ich Tränen in meine Augen steigen.

»Schon gut«, flüsterte ich in Grits Haar, während sie schluchzte.

»Die arme Nina!«

Ja, dachte ich. Nina.

»Kommt, ihr beiden«, hörte ich Simones Stimme. Ein Knallen auf der Glasplatte des Couchtischs verriet, dass sie in Aktion übergegangen war. Glas auf Glas, ein Gluckern, als sie eingoss.

Niemand sagte etwas, als wir die Gläser ergriffen, das Schweigen hing zäh und schwer zwischen uns, auch Simone schien das so zu empfinden, denn sie presste ein knappes »Auf den Schreck« hervor, ein Trinkspruch, dessen Nüchternheit von der verzweifelten Situation zeugte.

»Auf uns!«, hatten wir gejubelt, nachts, zwischen den schweigenden Bäumen, und unser Lachen war in die Luft gestiegen wie die Bläschen des eiskalten Proseccos.

Jetzt war alles anders. Wir tranken schnell und sahen einander auf die Füße, Simone holte die Flasche und füllte die Gläser ein zweites Mal, Grit lehnte dankend ab, um dann doch zuzugreifen, und setzte sich mit einem hörbaren Plumpsen auf das Sofa, das ihr am nächsten stand.

»Wie geht es dir denn?«, fragte sie Simone. »Du musst ja völlig unter Schock sein. Erst das ganze Blut und dann die Befragung …«

»Blut?«, hörte ich mich sagen.

»Hat Simone dir nichts erzählt?« Grit wandte mir ihr Gesicht zu, die Sensationslust schien die Trauer zu verdrängen. »Casper lag in Decken gewickelt auf dem Boden in seiner Kotze, die Lippen zerfetzt, voller Blut …«

»Grit übertreibt. Ganz so war das nicht.« Simones Stimme klang abwehrend.

Mir schoss etwas in die Adern, machte mich flattrig und hellwach. »Aber du hast doch gesagt, du konntest nichts erkennen?«

Simone sammelte die Gläser ein und wischte über die Glasplatte. »Konnte ich auch nicht.«

»Aber …«

Ein fester Blick von Simone zu Grit, und diese senkte den Blick. »Ich musste der Polizei versprechen, keine Details zu verraten, niemandem. Im Interesse der Ermittlung soll die Auffindesituation geheim bleiben. Ist das nicht ein komisches Wort, Auffindesituation? So steril wie aus einem technischen Katalog!«

»Grauenhaft! Immerhin geht es um Casper!« Grit klang ehrlich empört und wandte mir ihr glänzendes Gesicht zu. »Oder nicht?«
Ich nickte zustimmend und registrierte gleichzeitig, wie geschickt Simone das Thema gewechselt hatte.
»Wie geht es denn Nina? Habt ihr sie gesprochen?«
»Nina?« Vier Augen waren auf mich gerichtet, hellwach die von Simone, kreisrund die von Grit.
Und da erst begriff ich, dass etwas ganz und gar anders war, als ich gedacht hatte.
Sie wussten nichts von Nina, zumindest sagten sie das. Alla war noch nicht von der Befragung zurück. Offenbar rechnete Simone fest damit, dass sie unmittelbar danach hier auftauchen würde, dabei war ja keinerlei Einladung an uns ausgesprochen worden, und ich selbst hatte mich mehr oder minder zufällig hier eingefunden. Aber möglicherweise gab es eine Regel: Treffpunkt ist bei Simone.
Hätte mich das misstrauisch machen sollen?
Vielleicht. Aber ich war viel zu erleichtert, mit den beiden auf Simones weicher Couch zu sitzen, den Geschmack von Kaffee und Wodka zwischen den Zähnen. Es war besser, hier zu sein, als allein in meiner Dachkammer zu sitzen. Der Alkohol hatte Grit rosa Wangen gezaubert, sie sprach mit viel Gefühl und zahllosen blumigen Adjektiven von Casper, davon, was für ein wunderbarer Mann er gewesen war. Ich war geneigt, ihr zuzustimmen, auch wenn das Quatsch war – in meiner Erinnerung war Casper ein zwanzigjähriger Student mit rotbraunen Locken, schmal und jungenhaft, er war auf eine charmante Art unerwachsen gewesen und hatte eine Direktheit besessen, die mich damals manchmal bestürzt hatte.

Diese Eigenschaft hatte er verloren. Ich dachte wieder an den Polterabend, wie seine Augen sich geweitet hatten, als er mich sah, und wie er dann schnell zur Seite geguckt und sich die leeren Gläser gegriffen hatte. Das war ein geschickter Rückzug gewesen, taktisch, unauffällig. War er so etwas inzwischen gewohnt? Wenn ja, wo hatte er es gelernt?

Die Stimmen um mich herum waren lauter geworden. Simone und Grit redeten jetzt gleichzeitig, Grit hatte nach der Flasche gegriffen und uns nachgeschenkt, und ich sah, dass auf Simones heller Couch Fussel von ihrer Strickjacke hingen und dass den Glastisch feuchte Ringe zierten, die Simone nicht mehr wegwischte.

Der Wodka hatte gewirkt, das Thema hatte gewechselt. Sie redeten jetzt über ihre Kinder, über Kitaplätze und die Inkompetenz von Erzieherinnen. Ich dachte an das Gespräch im Café Göttlich, wie sehr mich dieses Kinderthema damals genervt hatte, wie ein Affront war es mir vorgekommen, etwas, das mich bewusst ausschloss. Jetzt war es anders. Ein warmer, familiärer Hintergrund, der zu den beiden dazugehörte, auch wenn ich nicht die erste Adressatin ihrer Klagen war.

»Willst du schon los?«, fragte Simone überrascht, als ich mich erhob.

»Ja, ich muss.« Ich sah an mir hinunter. »Ich will endlich raus aus diesem Kleid, und vielleicht wäre eine Dusche gar nicht schlecht. Ich habe echt Angstschweiß vergossen bei dieser Befragung, man fühlt sich ja automatisch wie ein Verdächtiger.«

Simone und Grit lachten beide, und erst später irritierte mich dieses Lachen, konnten wir tatsächlich darüber lachen, dass wir uns wie Verdächtige fühlten?

»Dann mal los«, sagte Simone, während sie mich zur Tür geleitete. »Lass uns morgen zusammen frühstücken, bis dahin gibt es ja hoffentlich Neuigkeiten.«
Einen Moment glaubte ich, dass die Einladung jemand anderem gegolten haben musste, aber ihre grauen Augen waren fest auf mich gerichtet und ihr Mund freundlich verzogen, sie meinte mich, Mimi.
Ich lächelte. »Gern. Wo denn?«
»Café Blau?«
»Ich bin dabei.«
»Die Uhrzeit bespreche ich mit Grit, ihr seht euch ja.«
»Bis dann, Mimi«, rief Grit aus dem Wohnzimmer, und ich gab Simone schnell zwei Abschiedsküsschen.
»Grüß Nina und Alla, wenn sie kommen«, sagte ich und wandte mich zum Gehen, das Lächeln noch im Gesicht. Etwas bewog mich, einen Blick zurückzuwerfen, und ich sah Simone in der sauberen rechteckigen Haustür des sauberen rechteckigen Hauses stehen, und der Blick, den sie mir zuwarf, erschütterte mich ins Mark. Aber ich konnte nicht sagen, warum. Das verstand ich erst viel später.

Mit Hilfe einiger Bücher hatte ich mir die Grundkenntnisse des botanischen Zeichnens angeeignet, und im Winter, wenn ich nicht im Garten hatte arbeiten können, hatte ich viele Stunden damit verbracht.
»Mach doch einen Kurs«, hatte Douglas gesagt. Wie immer war es ihm darum gegangen, mein Interesse einem vernünftigen Zweck, einem Beruf vielleicht oder zumindest einem Zertifikat zuzuführen, aber ich hatte mich wie sonst auch geweigert. Es ging mir nicht darum, etwas zu perfektionieren, es ging mir nicht einmal

um das Zeichnen selbst. Ich genoss die reine Form, die daraus sprach. Die Art, wie die kühle Systematik naturwissenschaftlicher Tatsachen mit einer begrenzten künstlerischen Freiheit in der praktischen Ausgestaltung kombiniert wurde, erschien mir als der Gipfel an Zweckmäßigkeit und Bedeutsamkeit. Jedes einzelne Element der Zeichnung hatte seine Bedeutung, jedes Merkmal half, die Pflanze von ihren vielen Zwillingen und Verwandten zu unterscheiden. Waren die Früchte ein- oder zweikammrig? Standen die Blätter einander gegenüber? Waren sie glatt oder behaart?

Es war eine Vielzahl sehr konkreter Informationen, künstlerisch ausgestaltet in einer hübschen Zeichnung, und schließlich führte dieses Bild den Interpreten unweigerlich zu einer exakten Bestimmung.

Genauso kam mir die Sache mit Caspers Tod vor. Ich musste Details sammeln, konkrete Informationen, die mich Schritt für Schritt zu seiner Todesursache, zu dem richtigen Gift führen würden.

Statt direkt zu Grits Haus zu gehen, hatte ich mich beinahe unwillkürlich zu einem langen, einsamen Spaziergang am Rhein entlang entschlossen und nachgedacht. Schließlich stand mir die Szene so deutlich vor Augen, als hätte ich sie selbst gesehen.

Das Blut. Die zerbissenen Lippen. Die Position unter dem Sofa, höchstwahrscheinlich unfreiwillig eingenommen. Krämpfe vielleicht, wahrscheinlicher aber Lähmungserscheinungen. Heftiges Erbrechen. Dazu die Decken, die darauf hinwiesen, dass er gefroren hatte. Der Tod, der recht schnell eingetreten sein musste, sonst hätte Casper die Wohnung verlassen und Hilfe gesucht.

Das Bild war so eindeutig wie eine botanische Zeichnung, und es wies auf eine Pflanze hin: Blauer Eisenhut. *Aconitum napellus.*

Nur eine Vergiftung mit Aconitum würde das beschriebene Szenario und einen schnellen Tod hervorrufen, so schnell, dass man nicht einmal mehr einen Krankenwagen rufen konnte. Vielleicht hatten dies auch die Lähmungserscheinungen in Gesicht und Gliedmaßen verhindert.

Die Welt ist voll von giftigen Substanzen, aber die meisten davon schmecken auffällig bitter bis ekelhaft, oder aber man muss so große Mengen zu sich nehmen, dass Magen und Schluckreflex nicht mitspielen. Man kann jemanden mit rohen Kartoffeln oder mit Muskatnüssen umbringen, wenn man ihn nur dazu kriegt, dass er eine bestimmte Menge zu sich nimmt, und genau das ist das Problem. Für die klassischen Giftmorde, die, die man aus dem Fernsehen kennt, kommen nur eine Handvoll Substanzen in Frage.

Zyankali konnte auch von unerfahrenen Ärzten und Polizisten leicht identifiziert werden. Arsen und Thallium hatten einen langen, verwickelten Krankheitsverlauf, sie wirkten spät und zäh, das passte nicht zu Caspers offensichtlich überraschendem Tod.

Digitalis purpurea – der gute alte Fingerhut – eignete sich hervorragend. Er war ausgesprochen zuverlässig und führte zu einem raschen Herztod, der die meisten Ärzte täuschen dürfte: Herzinfarkte waren selbst bei jungen Menschen wesentlich häufiger und wahrscheinlicher als ein Giftmord.

Aus irgendeinem Grund hatte der Mörder sich jedoch für Aconitum entschieden.

Ich schloss die Augen und sah ihn vor mir, den leblosen, zerstörten Casper, von einem unvorstellbaren Todeskampf gezeichnet. Wie lang mochte sein Körper gegen das Gift gekämpft haben, das erbarmungslos seine Runden durch Caspers Blutkreislauf zog? Ich sah ihn vor mir, kalter Schweiß auf der fahlen Haut. In Händen und Füßen galoppierten Tausende von Ameisen, Arme und Beine waren nutzlos und steif, die Lippen taub und gelähmt. Der Kreislauf war zusammengebrochen, so dass dem Opfer schlagartig so kalt geworden war, als flösse Eiswasser durch seine Adern. Und die Schmerzen. Oh, die Schmerzen!
Der Tod durch Aconitum ist nicht schön. Es ist der schlimmstmögliche. Wer hatte dieses grausame Urteil über Casper gefällt und dann vollstreckt? Nur jemand, der ihn hasste bis aufs Blut, der ihn geradewegs in die Hölle schicken wollte.
Kein Mensch sollte so sterben. Einen solchen Tod hätte ich meinem schlimmsten Feind nicht gewünscht.
Oder?
Doch, meinem schlimmsten Feind schon, wenn ich einen hätte. Aber ich hatte keinen.

Als ich bei Grit eintraf, stand die Haustür offen, und mir schlug Stimmengewirr entgegen.
Der Tag hatte mich schreckhaft gemacht, mein Kopf flog unruhig herum und registrierte die Veränderungen in dem Wendehammer der beschaulichen Siedlung, als gälte es, einer feindlichen Belagerung auszuweichen. Drei Einsatzwagen, blau gestreift.
Was war hier los? War etwas passiert? Eine weitere Leiche? Ich stürzte in den Flur. Da erst hörte ich, dass die

Geräusche von oben kamen. Aus meiner Dachkammer. Männerstimmen. Ich lief die Treppe hinauf.
Grit kam mir so abrupt entgegen, dass wir beinahe aneinanderstießen. Sie sah verschreckt aus.
»Was ist hier los?«, zischte ich.
»Miriam Rosenow?« Der Beamte stand hinter mir wie ein Baum, unverrückbar.
»Ja?«
»Würden Sie sich bitte zu mir ins Wohnzimmer setzen?«
»Sie durchsuchen dein Zimmer!«, rief Grit mir nach, in ihre Stimme hatte sich etwas Schrilles geschlichen.
Ich nahm an Grits Esstisch Platz und registrierte, dass er wie leergefegt war, keine Krümel, keine Papiere, keine zerknüllten Servietten. Jemand musste gründlich aufgeräumt haben.
»Ich wurde bereits befragt«, sagte ich zu dem Beamten, der mir gegenüber Platz nahm und bedächtig eine freie Seite in seinem Notizbuch suchte. »Eben, nach der Trauung. Vor der Trauung, meine ich natürlich.« Statt der Trauung, wollte ich ergänzen, aber der Blick des Beamten brachte mich zum Verstummen.
»Pfeiffer, Mordkommission. Wissen Sie, warum wir hier sind?«
»Nein«, sagte ich und versuchte verzweifelt, mich zu sammeln.
»Wir haben Hinweise darauf, dass Sie in Ihrem Zimmer giftige Substanzen aufbewahren.«
»Bitte was?«
»Wir durchsuchen Ihr Zimmer auf Gifte.«
»Das ist lächerlich!«
»So«, sagte der Beamte und sah mich beinahe nachdenklich an. Dann wandte er sich an einen Kollegen.

»Fleischer, könntest du Frau Rosenow auf die Sprünge helfen?«
Der andere war dünn und blond, mit einem traurigen Schnurrbart. Er nickte, verschwand im Flur und kam bald darauf mit einer schwarzen Tasche zurück.
»Was soll das jetzt werden?«, fragte ich nervös.
Pfeiffer antwortete nicht. Er breitete eine Anzahl von Tüten vor mir auf dem blanken Tisch aus, als wolle er Patiencen legen, saubere, ordentliche Reihen rechteckiger Plastiktüten, in denen sich unverkennbar getrocknete Pflanzen befanden, Samen und Wurzeln.
Johanniskraut, Aronstab, Spitzwegerich, Christophskraut …
Ich begrüßte sie stumm wie alte Freunde.
»Was sagen Sie nun?« Pfeiffers Blick war unergründlich.
»Sieht nach Pflanzen aus«, sagte ich.
»Pflanzen«, sagte er langsam und musterte mich. »Das scheint mir auch so. Giftpflanzen?«
Ich zuckte die Achseln.
»Wir werden sehen. Ich werde das alles von Experten untersuchen lassen, Frau Rosenow. Aber jetzt kommen Sie erst mal mit aufs Präsidium.«
Grits verschreckter Blick verfolgte mich noch, als ich längst in einem der Wagen saß. Sie hatten alles gefunden, restlos.
Nur die Alraune nicht. Die ruhte still in einem Eckchen von Grits Terrasse und sammelte Kraft für die Herbstblüte.
Das hoffte ich zumindest.

Mir ist klar, dass mich die Tatsache, dass ich Gifte mit mir führe, in einem merkwürdigen Licht erscheinen lässt, besonders im Zusammenhang mit den jüngsten Ereignissen.
Darum möchte ich erklären: Für mich sind es keine Gifte. Es sind lediglich Extrakte, und zwar von meinen Pflanzen, aus meinem Garten. Darunter sind beileibe nicht nur pharmakologisch wirksame Bestandteile. Es sind vor allem Samen oder verholzte Abschnitte, aus denen ich Stecklinge ziehen kann, in manchen davon ist der Wirkstoffgehalt sehr niedrig.
Ich habe meinen Garten geliebt, und ich liebe ihn noch immer. An dem Abend, ehe ich mich in den Flieger nach Deutschland setzte, hatte ich einen Alptraum. Ich sah Douglas mit seiner neuen Freundin, wie sie meinen Garten in Besitz nahmen, sich kichernd und gurrend zwischen zartgrünen Sprösslingen und zaghaften Halmen rollten und sie niederwalzten und abbrachen, und ich erwachte schweißgebadet. Die Gedanken, die folgten, übertrafen den Traum an Grausamkeit, weil mir bewusst war, wie realistisch das Schreckensszenario war: Vielleicht brauchte Douglas' neue Freundin einen Fahrradschuppen für ihr Rennrad, oder sie wollte eine Sonnenterrasse anlegen. Oder aber, und wer könnte ihr das übelnehmen, sie wollte die Erinnerung an ihre Vorgängerin aus dem Garten tilgen.
In der Nacht war ich aufgestanden und hatte Tee gekocht, und dann hatte ich hinaus in die Schwärze des Gartens gesehen, bis sie sich aufhellte, bis helle graue Flecken erschienen und der rosige Schimmer des nahenden Tages die Konturen hervortreten ließ. Da hatte ich entschieden, einen Teil des Gartens mit mir zu neh-

men, für alle Fälle. Ich hatte nur wenige Stunden Zeit gehabt, Ableger zu nehmen, Wurzelstücke auszugraben, Stecklinge zu schneiden und Samen zu ernten, und hatte alles in meinem Koffer verstaut in der Hoffnung, dass es bei der Grenzkontrolle keinen Anstoß erregen würde. Nur die Alraune, meine empfindliche Lieblingsfreundin, war mit ins Handgepäck gewandert. Das ist alles, es macht mich nicht zur Giftmischerin. Ich weiß, dass viele Pflanzenteile Wirkstoffe enthalten, die potenziell gefährlich sind. Kein Grund, deswegen in Hysterie zu verfallen: Die Sachen waren ebenso gefährlich, als sie noch legal in meinem Garten wuchsen. Und zahllose Pflanzen in zahllosen anderen Gärten sind ebenso gefährlich. Ja, manchmal wachsen sogar am Wegesrand und in öffentlichen Parks Substanzen, die so manchen unter die Erde bringen könnten.

Ich denke da an die giftigen roten Beeren der Eiben, die einen tödlichen Kern verbergen. Eibenhecken wachsen auf beinahe jedem Friedhof!

Selbstverständlich erkennen die meisten Menschen eine Eibe nicht, wenn sie davorstehen. Aber kann man mich dafür einsperren, dass *ich* sie erkenne?

So in etwa lautete mein stummer Monolog auf dem Weg zum Präsidium.

Wir sind von Giften umgeben, und einzig unsere Kenntnis oder Unkenntnis entscheidet, ob wir zufällig oder gezielt den Tod bringen oder nicht. Wie gesagt, man kann jemanden mit Kartoffeln oder Muskatnüssen töten, wenn man will.

Heißt das, jemand, der Muskatnüsse und Kartoffeln besitzt, ist gefährlich? Würde man ihn aufs Polizeipräsidium schleifen?

Nein, würde man nicht.
So argumentierte ich vor mich hin, bis das Auto vor dem Präsidium hielt und man mich höflich bat auszusteigen.
Sie nahmen mich immerhin nicht in Untersuchungshaft, und das war beinahe ein Wunder, so schlimm, wie die Dinge gelaufen waren – schlimmer, als ich in dem Moment wusste. Dafür drückten sie sich unmissverständlich aus: Ich durfte Bonn nicht verlassen und musste mich zu ihrer Verfügung halten.
Anfangs verlief das Gespräch in etwa so, wie ich es auf meiner stummen Fahrt zum Präsidium geplant hatte.
»Das sind Sachen aus meinem Garten. Ich habe sie mitgenommen, um sie auszusäen und Stecklinge zu ziehen.«
»Das sind Giftpflanzen.«
»Beinahe alles ist giftig.«
»Verscheißern Sie mich nicht, Frau Rosenow. Ich glaube, Sie schätzen die Situation falsch ein. Es sieht nicht gut aus für Sie.« Die Stimme von Pfeiffer klang gefährlich ruhig.
Ich hielt die Hände unter der Tischplatte verschlungen. Sie waren feucht. »Ich bin Gärtnerin. Ich trage oft Pflanzen mit mir herum.«
Unvermittelt fiel mir Douglas ein. Von dem Traum, den ich gehabt und mit ihm geteilt hatte: eine eigene kleine Gärtnerei, ein Online-Versand für Kräuter, vielleicht ein kleiner Laden für Tee und Cremes in der Victoria Street. Es war ein schöner Traum gewesen.
»Frau Rosenow?«
Ich riss mich zusammen. »Ich bin Gärtnerin. Das bedeutet nicht, dass ich eine Giftmischerin bin, sehen

Sie …« Ich ging die Tüten durch, bis ich gefunden hatte, was ich suchte. »Johanniskraut. Das hilft gegen depressive Verstimmungen, und es ist kein bisschen tödlich, es macht höchstens hellhäutigen Menschen Probleme, weil es die Lichtempfindlichkeit der Haut heraufsetzt. Sie erhalten es in jeder Apotheke, rezeptfrei, in wesentlich größeren Dosen als diese paar Gramm hier. Oder hier, Beifuß. Das ist ein Küchengewürz. Ein ganz einfaches Küchengewürz. Herrgott, das gibt es sogar im Supermarkt!«

Der Themenwechsel erfolgte so schnell, dass mir schwindelig wurde. Es war ein Angriff aus dem Hinterhalt.

»Dem Brautpaar wurde Geld gestohlen, eine Menge Geld, wussten Sie das?«

»Was?« Mein Atem fuhr Karussell.

»Am Abend des …« Er blätterte in seinem Notizbuch, aber seine Augen blitzten schlau und verschlagen. Ich war sicher, das war ein taktisches Manöver, er wusste genau, was Sache war. Ich schwieg.

»Ach, hier haben wir es. Auf dem Polterabend wurde dem Brautpaar Geld gestohlen. Der genaue Betrag ist noch unsicher, aber den vorläufigen Schätzungen zufolge sind es etwa zweitausend Euro.«

Tausendzweihundert, korrigierte ich ihn in Gedanken. Hatten alle bei der Befragung kräftig draufgeschlagen, um sich möglichst großzügig zu geben? Ich versteckte meine Hände erneut unter dem Tisch, damit ihr Zittern mich nicht verriet, aber ich glaubte nicht, dass es etwas nützte.

»Was sagen Sie dazu, Frau Rosenow?«

»Was soll ich dazu sagen?«

»Wir haben in Ihrem Koffer mehr als tausend Euro in gemischten Scheinen gefunden. Können Sie mir sagen, wie das dorthin kommt?«
»Ich habe es gespart.«
»Warum sparen Sie in Euro, wenn Sie in Schottland leben? Nach meiner Kenntnis zahlt man dort in Pfund.« Seine Stimme war jetzt trügerisch sanft, und er fixierte mich, ohne ein einziges Mal zu blinzeln. Ich tat es ihm nach. »Ich wollte Bargeld dabeihaben, weil das Abbuchen aus dem Ausland immer so teuer ist. Ich bin bei einer schottischen Bank. Da fallen jedes Mal Gebühren an.«
»Ach, Sie haben schottisches Geld eingewechselt? Dann können Sie mir sicherlich Quittungen für den Umtausch zeigen. Haben Sie das Geld in Schottland oder hier umgetauscht?«
»Privat«, sagte ich.
»Selbstverständlich«, sagte Pfeiffer. »Privat.«
Er schwieg. Ich betrachtete die Wand.
»Für uns sieht es im Moment folgendermaßen aus: Der Bräutigam wird ermordet, und die Braut verschwindet. Spurlos.«
»Nina ist verschwunden?« Mein Blick flog zu Pfeiffer, als besitze er plötzlich die Anziehungskraft eines Starkstrommagneten.
Er musterte mich ausdruckslos. »Niemand konnte uns bisher etwas zu ihrem aktuellen Aufenthaltsort sagen, offenbar hat auch niemand sie seit gestern Abend gesehen, ausgenommen Sie selbst. Entweder ist sie von sich aus verschwunden, oder sie wurde entführt.«
»Entführt«, wiederholte ich ungläubig.
»Die verschwundene Person hat vor wenigen Tagen eine Straftat gemeldet, der die Kollegen bisher noch

nicht nachgehen konnten. Und jetzt frage ich Sie, Frau Rosenow, was halten Sie davon: Der Bräutigam hatte jemanden Bestimmten in Verdacht. Er wusste, dass es keiner der engen Freunde gewesen sein konnte, also kamen nur wenige Leute in Frage. Einen davon muss er besonders unter die Lupe genommen haben. Er verabredet sich mit diesem Jemand, vielleicht treffen sie sich nachts. Herr Lienhard ist wütend. Er sagt ihr auf den Kopf zu, dass sie das Geld gestohlen hat …«

»Sie? War es eine Frau?«, fragte ich keck. Ich war erstaunt, dass meine Stimmbänder mir nicht den Dienst versagten. Meine Hände waren eiskalt, und in meinem Bauch hatte sich Panik ausgebreitet wie flüssiges Blei, schwer und grau. Dies hier lief ganz und gar nicht gut. Alle Tatsachen schienen einen merkwürdigen leuchtenden Riesenpfeil zu formen, der mit aller Deutlichkeit in meine Richtung zeigte.

»Der Einfachheit halber. Die Person. Gehen wir mal davon aus, dass es eine Frau ist, eine frühere Freundin, vielleicht eine, die eifersüchtig ist. Nebenbei gefragt, Sie sind ohne Begleitung hier, oder?«

»Was tut das zur Sache?«

»Nichts, natürlich. Ich versuche nur, mir einen umfassenden Eindruck zu machen. Die Person also weiß, dass Casper die Polizei rufen wird. Ich weiß nicht, warum die Person solche Angst hat, vielleicht ist es die Angst vor der Strafverfolgung, vielleicht will sie auch nur nicht, dass die anderen alles erfahren. Auf jeden Fall beschließt unsere Verdächtige, Casper umzubringen. Sie ist nicht stark. Sie kann ihn körperlich nicht überwältigen. Aber sie besitzt etwas, das ihn töten kann. Gift.«

»Interessant, was Sie sich da alles ausdenken«, sagte ich. Die Panik in mir verlangsamte ihre Fahrt. Da war ein Wort, das mich beruhigt hatte, das mir etwas verriet. Gift.
Pfeiffer hatte das Wort vage und unspezifisch gebraucht. Er wusste nicht, womit Casper ermordet worden war, und ich würde mich hüten, ihm auf die Sprünge zu helfen.
»Sonst haben Sie mir nichts zu sagen?«
»Nein«, sagte ich und verschränkte die Arme. Ich wollte raus hier. »Außer, dass ich gern mein Geld wiederhätte. Ich brauche es nämlich. Und ich bin mir ziemlich sicher, dass Sie das nicht einfach behalten dürfen, oder irre ich mich da?«
»Sie bekommen es zurück.«
»Na dann ist ja gut«, sagte ich und erhob mich.
Aber Pfeiffer hatte noch ein As im Ärmel.
»Können Sie mir verraten, wo Ihr Handy ist?«
»Ich habe es verlegt«, sagte ich.
Er lächelte kühl. »Das denke ich auch. Es wurde bei der Leiche gefunden. Wie, Frau Rosenow, erklären Sie mir das?«
Für einen Moment blieb mein Herz stehen.
»Bitte was?« Jetzt war mir schlecht. Ich hatte das Handy vollkommen vergessen. Wann hatte ich es verloren? Und wenn ja, wo? Ich wusste es nicht.
Es gab viel zu viel, was ich nicht wusste. Ich dachte an Allas geheimnisvolle Bemerkung und meine schwarzen Gedanken bei der Hochzeit und an Nina, die ich am liebsten für mich allein gehabt hätte und die jetzt verschwunden war. Wie passte das alles zusammen?

»Ihre Telefonliste wird gerade ausgewertet. Mir haben besonders die Bilder gefallen, die Sie gespeichert haben.«
»Bilder?« Ich spürte, wie mir das Blut in die Wangen schoss, als mir einfiel, welche Bilder sich darauf befanden. Douglas, wie er ... Und wir zusammen ... Unvorstellbar, dass Pfeiffer das gesehen hatte, mir erschienen die Aufnahmen so zart und privat, als müssten sie augenblicklich verwelken, wenn ein fremder Blick sie traf.
»Pflanzen.«
»Was?«
»Ihre Bilder. Pflanzen.«
Richtig, ich hatte natürlich auch den Garten fotografiert. Der Atem entwich mir mit lautem Zischen. Wir sprachen hier über andere Bilder, Gott sei Dank. »Ich dokumentiere den Wuchs. Wie gesagt, ich bin Gärtnerin, und damit ich die Entwicklung verfolgen kann, mache ich ab und zu Bilder. So sehe ich im kommenden Jahr, wie manche Sorten unter bestimmten Bedingungen gedeihen.« Der Frühling war nass und kalt gewesen, das hatte die meisten Stauden in ihrem Wuchs gehemmt, die Minze und der Waldmeister dagegen hatten sich prächtig entwickelt.
»Würden Sie mir auf den Bildern bitte die giftigen zeigen? Nur damit ich mir ein Bild machen kann.«
Pfeiffer fragte weiter, aber ich presste die Lippen aufeinander. Ich beschloss, gar nichts mehr zu sagen und abzuwarten, was die Polizei von selbst herausbekam. Meine Gedanken rasten. Ich wusste, dass sich unter meinen importierten Pflanzen Eisenhut befunden hatte. Unter den Tüten auf dem Tisch hatte ich ihn nicht

entdeckt, aber das musste nichts bedeuten, es waren zu viele gewesen. Bisher wusste die Polizei nicht, nach welchem Gift sie suchen musste. Aber sicher gab es ein Gutachten oder einen Fachmann, der früher oder später anhand von Caspers Symptomen erkennen würde, woran er gestorben war.
Was war schlimmer: wenn sie Eisenhut bei mir fanden oder wenn sie ihn nicht fanden?
Wenn sich in meiner Sammlung Eisenhut befand, würde sie das überzeugen, dass ich es gewesen war.
Und wenn sich dort kein Eisenhut mehr befand, würde es *mich* überzeugen, dass ich es gewesen war.

Es war dunkel und still im Haus, als ich die Tür aufschloss. Beinahe Mitternacht. Sie hatten mich wieder und wieder befragt, immer von neuem. Tatsächlich, es war ein Wunder, dass sie mich nicht in Untersuchungshaft genommen hatten.
Halten Sie sich zu unserer Verfügung, Frau Rosenow. – Sie wollen zurück nach Schottland? Oh, da müssen Sie erst das Ende der Ermittlungen abwarten.
»Grit?« Der Flur war gähnend leer und still, nichts regte sich. Mit einem lauten Keuchen stieß ich den Atem aus, es klang wie ein Schluchzen.
Meine Dachkammer erschien mir kleiner und enger denn je, mein Koffer war durchwühlt. Ich sah mich um, entdeckte die Zeichen dessen, was sich hier abgespielt hatte, der Nachttisch war von der Wand gerückt, die Schranktüren standen offen, niemand hatte sich die Mühe gemacht, die Spuren der polizeilichen Durchsuchung zu beseitigen. Hier konnte ich nicht bleiben.
In der Küche fand ich eine Flasche Wein, nach länge-

rem Suchen auch einen Korkenzieher. Ich goss mir ein großzügiges Glas ein und öffnete die Terrassentür. Gern hätte ich Licht angeknipst oder zumindest eine Kerze angezündet, aber ich wollte niemanden wecken, und so trat ich im Dunkeln hinaus und setzte mich in einen Gartenstuhl. Der Wein schmeckte zu süß, ich trank ihn trotzdem.

Die Beamten hatten mir das Geld und mein Handy wiedergegeben, vermutlich hatten sie die Daten zuvor kopiert. Ich schaltete es ein und wartete auf den Signalton. Es sah aus wie immer. Man sah ihm nicht an, dass es auf Fingerabdrücke untersucht, abgehört und durchforstet worden war.

Das Display war die einzige Lichtquelle in dem dunklen Garten. Ich klickte mich durch bis zu den eingegangenen Anrufen, mein Herz sprang in die Höhe, als ich Douglas' Nummer entdeckte.

Er hatte angerufen. Gestern Abend schon. Ungefähr zu der Zeit, als ich mit Nina im Pub gesessen hatte. Keine eingegangenen Nachrichten. Trotzdem hörte ich die Mailbox ab, es konnte ja sein, dass die Polizei etwas durcheinandergebracht hatte. Ich wartete mit angehaltenem Atem. Nichts.

Er hatte keine Nachricht hinterlassen.

Meine Hand zitterte, als ich seine Nummer wählte und den Knopf drückte. Der vertraute britische Signalton scholl aus dem Hörer. Es war Mitternacht vorbei. Zu spät für einen Rückruf? Bereits nach dem zweiten Klingeln ging die Mailbox dran, ich verhaspelte mich, als ich daraufsprach. Die ehemals vertrauten Worte passten nicht mehr, lagen mir aber automatisch auf der Zunge. Und ich wollte ihm so gern berichten, was hier

los war … Ich stotterte herum, bat dann um Rückruf und legte auf. Ich verstaute das Handy in meiner Jackentasche, nahm noch einen Schluck Wein und atmete durch.
Tagsüber, während er arbeitete, hatte Douglas meist die Mailbox eingeschaltet, aber sonst ging er immer ans Telefon. War es ausgeschaltet? Oder hatte er meine Nummer erkannt und mich weggedrückt?
Ruf bitte, bitte nicht mehr an.
Das hatte er gesagt, aber das war, bevor er selbst angerufen hatte. Jetzt durfte ich ihn anrufen, es handelte sich ja um einen Rückruf.
Ich beschloss, ihm morgen zur Sicherheit eine SMS zu schicken. Dann musste ich warten, dass er sich meldete.
Ich stand auf und ging an der Stelle im Dunkeln, wo ich die Alraune vermutete, in die Knie. Ich hätte mit dem Display leuchten können, stattdessen griff ich beherzt ins Schwarze, bis ich Blätter spürte. Sie fühlten sich etwas schlaff an. Ich musste morgen unbedingt prüfen, ob es ihr gutging.
Mein Glas war leer. Es war sehr schwer, auf Douglas' Rückruf zu warten. Ich war sicher, wäre Nina bei mir gewesen, hätte sie mir zugehört, ruhig und konzentriert, vielleicht ihre starken Arme um mich geschlungen, dann hätte ich es ausgehalten.
So hielt ich es nicht aus.
Ich ging in die Küche, um die Weinflasche zu holen.

TAG 6

Wir hatten einen Tisch in der Ecke des Café Blau erwischt, wo wir uns einigermaßen unbeobachtet fühlten. Das war wichtig, denn als Erstes hatten wir verstohlen die Tageszeitungen durchgeblättert, in denen ausführlich über den Hochzeitsmord berichtet wurde.

Im Hintergrund dudelte leise Musik, und die Kaffeemaschine gab ein beruhigendes Brummen von sich. Ein leichter Chlorgeruch drang durch den dunklen Vorhang und erinnerte mich daran, dass dahinter der Eingang zum Viktoriabad lag. Der Geruch brachte eine Erinnerung mit sich. Nina und Simone, wie sie mit feuchten Haaren aus dem Hallenbad kamen, während ich bei einem Milchkaffee auf sie wartete.

Ich war erleichtert, die anderen zu sehen. Die Nacht war nicht gut gewesen, die Gedanken an Nina und das Warten auf das Klingeln des Handys hatten mich beinahe wahnsinnig gemacht. Jetzt, wo ich nicht mehr allein war, entspannte ich mich. Doch so froh ich über die Gesellschaft war, ich machte mir zum ersten Mal Gedanken darüber, wie lange wir noch so selbstverständlich Zeit miteinander verbringen konnten. Wie lang mochten die Sommerferien für Simone und Grit noch dauern? Wann musste Alla wieder nach Rotterdam? Irgendwann würden die anderen zur Tagesord-

nung zurückkehren, und dann müsste ich allein im Café sitzen oder aber einen Flug buchen und zurück nach Edinburgh fliegen.
Ich legte sachte die Hand auf meine Hosentasche. Das Handy hatte noch nicht geklingelt, dabei musste Douglas meine verworrene Nachricht von letzter Nacht spätestens heute Morgen erhalten haben.
Vielleicht rief er an und bat mich, zu ihm zurückzukommen. Doch was dann? Ich durfte erst ein Flugzeug besteigen, wenn die Polizei es erlaubte.
Auch die anderen sahen aus, als hätten sie wenig Schlaf gefunden. Grit zerknüllte fortwährend Taschentücher, und Simone sah blass aus. Nur Alla wirkte wie sonst, auch wenn sie lautstark ihr Bestürzen geäußert hatte.
Grit hatte ganz nebenbei vom gestrigen Besuch der Polizei erzählt, und aus ihrem Mund hatte es nach einem vergleichsweise harmlosen Zwischenfall geklungen, aber Grit wusste nicht, was die Polizisten wussten. Trotzdem schienen die anderen aufgebracht.
»Die haben was?« Alla zupfte an ihrer Sonnenbrille, die sie sich dekorativ ins Haar gesteckt hatte. »Dein Zimmer durchsucht? Gibt's doch gar nicht!«
»Leider doch«, sagte ich.
»Die haben Mimi aufs Präsidium geführt wie eine Verbrecherin!«, ergänzte Grit.
»Um Himmels willen! Was wollten die denn von dir?« Sechs Augen waren auf mich gerichtet, neugierig, ungläubig.
Ich sah von einer zur anderen. »In erster Linie ging es um meine Pflanzen und unsere Abende. Den Ablauf, immer wieder. Wo ich wann war und mit wem. Und

was wir gemacht haben. Wahrscheinlich haben sie darauf gewartet, dass ich mich in Widersprüche verwickle.«

Grit nickte heftig. »So arbeiten die. Wie im Fernsehen.«

Simone schüttelte den Kopf. »Das Zimmer durchsucht … Das ist ganz schön krass!«

»Finde ich auch.«

»Aber mal ehrlich, Leute, wundert euch wirklich, dass sie uns alle unter die Lupe nehmen?«, fragte Alla. »Der erste Verdacht fällt immer auf die nächste Umgebung. Die Elterngeneration können wir wohl ausschließen. Der Ehepartner – nun ja, Nina ist verschwunden und steht nicht zur Verfügung. Wer also bleibt? Die besten Freunde. Die Leute, die die meiste Zeit mit dem Opfer verbracht haben. Oder, in unserem Fall, mit der Braut des Opfers.«

Die besten Freunde. Allas Worte prickelten in meinem Bauch, und ich musste ein Lächeln unterdrücken, das sehr unpassend gewesen wäre.

Simone schürzte die Lippen. »Aber warum Mimi? Die war die letzten zehn Jahre nicht dabei!«

Das Prickeln verschwand.

»Eben!«, sagte Alla. »Überleg doch mal, wie das aus Sicht der Polizei aussieht. Nach zehn Jahren taucht sie auf und plopp! – passiert ein Mord.«

Ich ließ den Teebeutel in meiner Tasse wippen. Goldbraune Schlieren zogen durch das Wasser.

»Gibt es denn was Neues von Nina?« Meine Frage wirkte wie ein Schuss. Jede Bewegung erstarrte, die Gesichter froren ein zu ängstlichen Mienen, die Münder halb offen.

Alla rührte sich als Erste. »Gestern nicht, nein.«

»Ich habe heute früh bei dem Kommissar angerufen. Nichts Neues«, sagte Simone.

»Ich kann mir vorstellen, dass sie die Leiche gesehen hat und im Schock geflohen ist. Und irgendwann kommt sie wieder. Oder was glaubt ihr?« Alla sah uns herausfordernd an.

»Wenn ihr nur nichts passiert ist.« Grit starrte in den weißen Schaum ihres Macchiatoglases und presste die Lippen aufeinander. »Wir müssen einfach warten.«

»Warten, das sagt sich so leicht! Das Verrückte ist ja, dass bestimmte Entscheidungen zu treffen sind.« Simone räusperte sich. »Caspers Eltern wollen einen Termin für die Trauerfeier festlegen, sobald seine ... sobald er freigegeben wird. Wenn es geht, wollen die das schon auf diesen Freitag festsetzen.«

»Und Nina?«

»Die planen das, ohne zu wissen, wann Nina wiederkommt und was mit ihr ist? Es könnte ja auch sein ...« Alla zwirbelte nachdenklich eine Strähne, feine Linien erschienen auf ihrer Stirn, vertieften sich. Dann glättete sich ihr Gesicht, und betont unbekümmert griff sie nach dem Zuckerstreuer. Nichts, nichts!, sagte ihr Blick. Gar nichts habe ich gedacht!

Es könnte ja sein, dass sie auch Ninas Leiche finden.

Aber das war Quatsch, ich fühlte deutlich, dass Nina noch lebte.

»Hoffentlich taucht Nina bald auf«, sagte Grit in diesem Augenblick. »Sie muss doch bei der Trauerfeier und der Beerdigung dabei sein. Für die Trauerarbeit ist das ganz wichtig. Ich habe eine Tante, deren Mann ist bei einem Autounfall gestorben, und sie saß neben ihm auf dem Beifahrersitz und war während der Beerdi-

gung im künstlichen Koma. Die hat sich nie wieder berappelt. Weil sie nicht Abschied nehmen konnte.«
»Nina wird sich berappeln. Sie hat ja uns.« Simone legte sekundenlang die Hand auf Grits Arm.
»Zum Glück. Wir werden ihr helfen!«, sagte ich, und dann ging mir erst auf, dass Simone vielleicht gar nicht uns alle, sondern sich und Grit gemeint hatte. Ich dachte an den letzten Abend mit Nina, an das, was uns verband, wovon die anderen nichts wussten.
Die Bedienung erschien und verteilte Teller mit unserem Frühstück. Wir verstummten, bis sie wieder verschwunden war.
»Was denkt die Polizei, Mimi?«, fragte Simone. »Du hast ja gestern sicher mitbekommen, in welche Richtung die Fragen gingen. Wie ist dein Eindruck?«
Ich dachte an das ausdruckslose Pokerface des Kommissars, an seine Fragen, die er strategisch geschickt plaziert hatte, Fragen nach dem Gift, den Bildern auf meinem Handy, dem Handy selbst, das neben der Leiche gelegen hatte, an das Geld in meinem Koffer. Kein Zweifel, ich war die Hauptverdächtige.
Aber ich sagte: »Keine Ahnung. Er fragte immer wieder nach dem Ablauf der Abende, wer wann wo was gesagt hat und so. Besonders der Junggesellinnenabschied hat ihn interessiert.« Es war ein Schuss ins Blaue gewesen, eigentlich hatte ich nur vom Polterabend ablenken wollen, damit niemand das gestohlene Geld zur Sprache brachte, denn ich war sicher, wenn das Thema darauf kam, würde ich flammend rot werden und mich verraten.
Das Wort *Junggesellinnenabschied* hatte eine magische Wirkung. Die Stimmung am Tisch veränderte sich,

Simone hob ihren Kopf unmerklich, Grit dagegen senkte ihren, und Alla … Alla richtete einen unergründlichen Blick aus glitzernden schwarzen Augen auf mich, und ich hörte das Echo ihrer Stimme.

Was du da gesagt hast …

»Tatsächlich?«, fragte Simone. »Und? Was hast du ihm geantwortet?«

Ich zuckte die Achseln. »Nur das, was ich weiß, und das ist nicht viel. Ich habe echt einen Blackout, keine Ahnung … Zu viel Alkohol, denke ich. Das bin ich nicht mehr gewohnt. Und ihr?«

Simone lächelte spitzbübisch. »Ich erinnere mich an viele schmutzige Witze.«

»Wir sind geschwommen, alle zusammen.« Grit.

»Und du?«, fragte ich Alla direkt.

Sie begegnete meinem Blick ruhig. »Wir haben Wahrheit oder Pflicht gespielt. Weißt du das nicht mehr?«

In diesem Moment klingelte Simones Handy. Sie warf einen Blick auf das Display und erhob sich augenblicklich. »Ninas Mutter!«, zischte sie, strich sich die Haare hinters Ohr und drückte den Knopf. »Hallo?«

Wir sahen ihr nach, wie sie mit geradem Rücken aus dem Café ging, das Handy am Ohr.

»O weh, die arme Simone«, sagte Grit. »Diese Gespräche mit den Eltern sind wirklich furchtbar, und Simone sitzt zwischen den Stühlen … Caspers Eltern sind außer sich und haben wenig Verständnis dafür, dass Simone alles verzögern will.«

»Warum erledigen Ninas Eltern diese Gespräche nicht?«

Grit zuckte die Achseln. »Hast du Ninas Eltern mal kennengelernt? Nicht sehr diplomatische Menschen, da gäbe es gleich Streit. Simone hat schon recht, wenn sie das regelt, ist es besser für Nina. Sonst herrscht totales Chaos, wenn sie zurückkommt.«

Ein Stich durchfuhr mich. Simone war eine wirklich gute, eine tatkräftige Freundin, und an allem, was sie und Grit gerade für Nina taten, hatte ich keinen Anteil.

»Habt ihr euch eigentlich gut mit Casper verstanden?«, fragte ich.

Grit nickte, und erneut schimmerten Tränen in ihren Augen. Alla reichte ihr ein Taschentuch.

»Und du?«, fragte ich Alla.

Sie zuckte die Achseln. »Ja, schon. Aber so oft war ich ja gar nicht hier. Die ersten Studienjahre, klar, da haben wir viel unternommen, alle zusammen. Weißt du noch, Grit, dieser Zeltplatz in der Eifel?«

»Das war schön«, sagte Grit wehmütig. »Und jetzt ist Casper einfach … Ich kann es gar nicht glauben. Tot – ich meine, so etwas passiert im Fernsehen, oder? Aber doch nicht in echt.« Sie knüllte ihr Taschentuch zusammen. »Er wird uns schrecklich fehlen.«

»Das wird er«, sagte Simone, die an den Tisch zurückgekehrt war, und griff nach ihrer Hand.

Grit lächelte warm und tränenfeucht in die Runde. »Zum Glück haben wir uns.«

»Ja«, sagte ich und spürte, wie mir warm wurde. »Wir haben uns.«

Ja, wir hatten uns.

Das war es, was der traurigen Stimmung, in der wir alle uns befanden, eine beinahe beschwingte Note verlieh, zumindest für mich. Als Douglas mich verlassen hatte, war ich unsagbar traurig, fassungslos, entsetzt gewesen, und noch dazu ganz allein. Jetzt waren die Gefühle ähnlich, aber die Gewissheit, dass es den anderen ebenso ging, milderte den Schmerz.

Natürlich war diese Betrachtungsweise reichlich naiv, aber das begriff ich da noch nicht. Erst einmal war ich dankbar für die Normalität in Grits Haus. Jonas saß mit offenem Mund vor dem Fernseher, wo irgendwelche Zeichentrickhelden lärmten, und Grit beugte sich mit gequältem Gesicht über einen Berg Bügelwäsche.

»Ich verstehe eins nicht«, sagte sie.

»Nämlich?«

Sie runzelte die Stirn. »Das mit Casper und Nina verstehe ich nicht, es …«

»Was meinst du?«

Sie sah mich an, dann wurde ihre Stirn glatt. »Nicht so wichtig. Mir fiel nur eben ein, dass wir über diese komische Sache mit dem Geld gar nicht mehr gesprochen haben.«

Mir wurde heiß. »Mit welchem Geld?«

»Mit dem Geld, das geklaut wurde.«

Ich stellte meine Tasse ab. Mir war sehr unbehaglich. Bisher hatte ich nur mit der bohrenden Frage gerungen, ob die Sache mit dem Eisenhut und meinem Handy ein Hinweis darauf war, dass ich irgendwie mit dem Tod von Casper zu tun hatte, selbst wenn ich mich an nichts erinnerte. Jetzt wurde mir klar, dass ich noch etwas ganz anderes zu befürchten hatte. Das Eis unter mir war brüchig, es zeigte längst Risse. Denn wenn die anderen erfuhren, dass ich es gewesen war, die das Geld geklaut hatte, dann würde sich ihr Vertrauen in nichts auflösen.

»Vermutlich haben die Sachen gar nichts miteinander zu tun«, sagte ich.

Grit fuhr mit dem Bügeleisen auf und ab und grub die Schneidezähne in die Unterlippe. »Ich hab eine Idee.«

»Eine Idee?«

»Wie wir etwas Klarheit in die Sache bringen können. Mark hat doch den ganzen Polterabend fotografiert, ich habe die Bilder hier. Vielleicht erkennen wir darauf irgendetwas Verdächtiges.«

Das gefiel mir gar nicht. »Casper wurde aber nicht am Polterabend ermordet.«

»Aber das Geld wurde an dem Abend geklaut! Vielleicht stehen die Dinge ja in einem Zusammenhang. Und selbst wenn nicht – möglicherweise erkennen wir auf den Bildern etwas, das uns weiterhilft. So wie in diesem Film, du weißt schon! Wo sie auf den Vergrößerungen der Fotos einen Mord entdecken.« Grit stellte das Bügeleisen mit einem entschlossenen Ruck hochkant ab und zog den Stecker. Sie schien erleichtert.

»Blow Up«, sagte ich. Douglas hatte ihn gefühlte hundert Mal gesehen.

»Einen Versuch ist es wert.«

Minuten später saßen wir vor dem Laptop am Esstisch und klickten die Bilder durch.

Zuerst war da eine genaue Dokumentation der Raumdekoration. Topfpflanzen. Serviettenstapel. Rosen in kleinen Vasen, papierne Tischdecken.

Das nächste Bild zeigte Nina und Casper in inniger Umarmung. Es war eine Umarmung, die extra für dieses Bild inszeniert war, vielleicht hatte Mark die beiden dazu aufgefordert, obwohl Nina doch eigentlich damit beschäftigt war, die Gäste zu begrüßen, und Casper sich um die Bierfässer kümmern musste. Trotzdem sah man, dass sie glücklich waren. Ein glückliches Paar. Ein Paar, das noch ein wenig länger hätte glücklich sein sollen.

»Mensch«, sagte Grit, und ihre Stimme zitterte. »Guck doch mal, die beiden, das ist … O Mann! Ist es nicht unglaublich? Dass so was passieren kann?«

Auch ich verspürte einen Kloß im Hals. Casper lag jetzt auf irgendeinem metallenen Obduktionstisch, und Nina … Wo mochte sie stecken?

Ich spürte Grits Hand, warm und weich, wie sie meine ergriff und drückte, und ich drückte zurück, und dann war der Moment vorbei.

Grit nahm die Maus und klickte entschlossen weiter.

Jetzt kamen die Gruppenbilder, fröhliche Leute in den Dreißigern, die einander begrüßten und auf die Schultern schlugen. Die meisten davon kannte ich nicht, ängstlich hielt ich Ausschau nach etwas, das mich verraten könnte, während ich Grits harmlosen Kommentaren lauschte.

»Das Kleid von Esther war echt schön, aber die kann so etwas auch tragen. Ich sähe darin … Du lieber Himmel! Hast du gesehen, wie der sie ansieht! Oh, das darf seine Frau nicht sehen, sie wird *ausflippen* … Die Blumen waren so schön. Und …«

Dann kamen die Barfotos. Männer in Anzügen, die träge an der Theke lehnten und an ihren Biergläsern nippten, ein Anzug wie der andere, schwarz, anthrazit …

Dann war da die Frau, die ihr Glas betrachtete. Ich sah es an, und mich durchfuhr etwas, ein vages Wiedererkennen. Magere Schultern, schlechte Haltung, eine

Aura von Bitterkeit, vielleicht auch Trauer. Als ich registrierte, wer das war, griff ich zur Maus und klickte weiter, doch das nächste Bild zeigte dasselbe Motiv: mich.

Ich mag keine Bilder von mir, mochte sie nie. Ich hatte das immer darauf geschoben, dass mir der Akt des Fotografiertwerdens selbst missfiel – dieses kokette Blinzeln in die Linse, eine gespielte Beiläufigkeit, hinter der doch die Hoffnung steckt, dass das Ergebnis möglichst günstig ausfällt. Hier, in Grits Wohnzimmer, kam mir mit einem Mal der Gedanke, dass meine Abneigung vielleicht eher daran lag, dass die Bilder etwas an mir zeigten, das ich sonst verdrängte: eine Frau, die mit sich und ihrer Umwelt auf Kriegsfuß stand.

»Wie süß!«, rief Grit, und ich zwang mich, meine Aufmerksamkeit wieder auf den Bildschirm zu richten. Meine Hand hatte zu klicken aufgehört, und Grit hatte mir die Maus wieder abgenommen und bestimmte nun das Tempo.

»Oh, da hat er ... Guck mal! Ist das nicht süß?« Ich nickte zustimmend. Jonas, wie er konzentriert an einem Zipfel der Tischdecke zog. Jonas, wie er ein Stück Kuchen stibitzte. Anfangs war er dabei gewesen, dann hatten Simones Eltern ihn und Stella abgeholt. Ich hatte mich kurz gewundert, warum die Kinder auf dem Polterabend überhaupt hatten dabei sein sollen.

Das nächste Bild verpasste mir einen Fausthieb in die Magengrube. Es zeigte den Geschenketisch, die bunt beklebte Kiste für die Geldgeschenke.

»Da war sie noch voll«, sagte Grit düster und knabberte an ihrem Daumennagel. Ich sah auf die Zeitanzeige.

Kurz nach sieben. Stimmt, da war sie noch voll gewesen. Aber warum wusste Grit das? Oder dachte sie es nur, weil die Kiste voll aussah? Ich spürte, wie meine Hände feucht wurden.
»Die Polizei hat mich gefragt, wie viel in unserem Umschlag war, dich auch? Komisch, vorgestern erschien mir dieser Diebstahl noch als das schlimmstmögliche Verbrechen, und jetzt hat sich das alles irgendwie verschoben. Ich meine …«
Das nächste Bild zeigte Simone und Ingo. Nein, ein hübsches Paar waren die beiden nicht. Für »Die Schöne und das Biest« hätten sie vielleicht posieren können: Simone strahlte, ganz kühle blonde Eleganz, Ingo dagegen sah gequält aus, als sei ihm der Kragen zu eng und die Luft zu knapp. Auf seiner fahlen Haut glänzte Schweiß, und mein spontaner Gedanke war, dass er dringend zehn Kilo abnehmen müsste. Er sah ungesund aus, krank sogar.
»Weißt du was?«, sagte Grit an meiner Seite. »Wir sollten uns noch mal alle Bilder anschauen. Vielleicht erkennen wir ja beim zweiten Mal mehr.«
Also nahmen wir uns die Bilder nochmals vor. Beim dritten Durchgang schließlich sickerte mir die deprimierende Erkenntnis ins Bewusstsein, dass die einzige Person, die auf den Bildern irgendwie fremd und komisch wirkte, ich selbst war. Dann dachte ich an mein Handy neben der Leiche. An Eisenhut. An den Junggesellinnenabschied, der in meiner Erinnerung aus wenigen Episoden im Römerbad bestand, zwischen denen riesige schwarze Löcher klafften.
Und ich bekam Angst.

Bei Tag sah das Römerbad fremd aus. Grüne Liegeflächen, blaue Wasserbecken, ein Bademeister in Schlappen und knappen weißen Shorts und Badegäste, hauptsächlich Teenager, Mädchen, die schrill kicherten, Jungs, die prahlten und ihre Muckis präsentierten.

Es war anders als bei unserer geheimen Party. Der Zauber fehlte. Langsam ging ich zwischen den Handtüchern und schwatzenden Leuten umher.

Es war ein spontaner Einfall gewesen, das Bad aufzusuchen. Es war immerhin möglich, dass dort meine Erinnerung in Fahrt gebracht würde. Wenn einem etwas entfallen ist, soll man sich an den Ort begeben, an dem man zuletzt daran gedacht hat.

Hier im Freibad funktionierte der Trick nicht. Bald hatte ich die Stelle gefunden, an der wir gesessen hatten, eine harmlose grüne Wiese, ein knutschendes Pärchen auf einem gestreiften Handtuch, zerknülltes Eispapier, drei einsame Gänseblümchen. Ich nahm gerade so weit von ihnen entfernt Platz, dass sie mich nicht für eine Spannerin halten konnten.

War das Gras niedergedrückt? Waren Spuren zwischen den Halmen verborgen, gab es Reste von Absinth, der in die Erde gesickert war, Stummel unserer Joints, winzige Zeugen, Käfer vielleicht, die unseren Gesprächen gelauscht hatten?

Ich schloss die Augen, versuchte, mir alles in Erinnerung zu rufen.

Gelächter. Das Rauschen des Rheins.

Ich wartete. Nichts. Nicht einmal den Rhein hörte ich, nur die einschläfernde Geräuschkulisse des Freibads, Gespräche, spritzendes Wasser, das Platschen, wenn

die Körper beim Sprungturm im Wasser auftrafen, johlende Teenager, entzückte Schreie. Mir fielen die Augen zu.
Dann kam plötzlich etwas.
Eine Flasche, die sich drehte, Gläser, auf denen Flammen züngelten. Fünf Flammen.
Fünf.
Ich schnappte nach Luft und riss die Augen auf, erleichtert fühlte ich, wie Sauerstoff in meine Lungen strömte, ich sah mich um, sah die harmlose grüne Wiese, den blauen Himmel.
Alles war gut. Es gab keinen Grund, sich verrückt zu machen. Warum sollte diese Erinnerung wichtig sein? Nach dem Junggesellinnenabschied war schließlich nichts geschehen. Vielleicht sollte ich mir eher überlegen, wer für den Mord an Casper überhaupt in Frage kam.
Ich zupfte am Gras und zwang mich zum Nachdenken. Nina hatte Casper geliebt, und wir anderen liebten Nina. Wir fünf waren es ganz sicher nicht gewesen.
Ich fand ein Gänseblümchen, meine Finger folgten dem Stengel bis tief hinab zwischen die Grashalme und rissen es aus. Ich hielt es mir vors Gesicht. Der Stengel war zu kurz, um einen Kranz zu flechten.
Bellis perennis. Ein Tee daraus half, den Harndrang zu verstärken. Hilfreich bei einer Blasenentzündung, aber nichts, was mir in meiner Lage weiterhalf. Ich lächelte das Blümchen an.
Dann fielen mir die Fotos vom Polterabend ein, ich, wie ich mit gekrümmtem Rücken an der Bar hing, und mein Lächeln verflog. Ich hatte merkwürdig ausgesehen auf diesen Bildern. Verdächtig.

War es möglich, dass Grit das nicht erkannt hatte? Sie war lieb, sie war arglos, aber sie war nicht dumm. Und außerdem war es ihre eigene Idee gewesen, die Bilder nach etwas Verdächtigem zu durchforsten. Konnte es sein, dass sie das einzig Verdächtige übersehen hatte?

Man traut mir, man traut mir nicht, zählte ich, während ich dem Gänseblümchen seine Blütenblätter raubte.

Man traut mir, man traut mir nicht …

Wie war das gewesen, heute im Café Blau?

Aber warum Mimi? Die war die letzten zehn Jahre nicht dabei!

Eben! Nach zehn Jahren taucht sie auf und plopp! – passiert ein Mord.

Plötzlich fühlte ich mich so einsam, dass es mich würgte. Alle waren innig und vertraut, und ich selbst war ein Fremdkörper. Zwar hatten viel Alkohol und noch mehr Gekicher diese Tatsache kurzfristig verschleiert, aber jetzt war sie wieder zutage getreten, glasklar: Ich war fremd, eine Außenseiterin, die anderen hingegen waren Freunde. Selbst ihre Männer verstanden sich gut, sie vertrauten einander, nur ich war eine Fremde.

Zwar war auch Alla nicht immer dabei gewesen, aber sie hatte mehr Zeit mit den anderen verbracht als ich, drei Jahre mehr, und danach hatten Besuche stattgefunden. Allerdings wohnte sie nicht privat, sondern residierte mit ihrem Lover im Hotel Bristol. Ließ das auf ein distanzierteres Verhältnis schließen oder lediglich auf exklusiven Geschmack und ein volles Konto?

Nachdenklich hob ich das misshandelte Gänseblümchen vor meine Nase und betrachtete das letzte Blatt.
Einer war übrig, über den ich noch nicht nachgedacht hatte.
Gero. Gero war auch fremd.
Ob ihn jemand genauer unter die Lupe genommen hatte?
Ich riss das letzte schneeweiße Blütenblatt ab und sah zu, wie es ins Grün der Wiese hinabschwebte.

Ich war nie im Hotel Bristol gewesen, es wirkte sehr edel und gediegen. Eine Nacht war sicher teuer, und gleich eine ganze Woche, nein, zwei … Alla musste tatsächlich ziemlich gut bei Kasse sein, um hier abzusteigen, überlegte ich, während ich die roten Stufen zum Eingang emporstieg. Oder war es Gero, der so viel verdiente?
Der Herr am Empfang hatte nach ein paar Worten ins Telefon gnädig genickt und mir Allas Zimmernummer genannt.
Gero öffnete. Er trug ein weißes Hemd, das so weit aufgeknöpft war, dass ich seine Brustmuskulatur sah, dazu Jeans und nackte Füße. Verdächtig sah er keineswegs aus. Wäre ich nicht dank Liebeskummer resistent gegen männliche Schönheit gewesen, ich hätte wohl gierige Blicke auf ihn geworfen.
»Alla duscht gerade«, sagte er und trat zur Seite, um mich hereinzulassen. »Willst du was trinken?«
Ich nahm in einem Sessel der kleinen Sitzgruppe Platz. Das Bett sah riesig aus, war aber frisch gemacht. Ich bemühte mich, nicht hinzusehen. Der Gedanke, dass ich die beiden bei irgendwas hätte stören können, war

mir vorher gar nicht gekommen. Der Fernseher lief auf Zimmerlautstärke. Irgendeine Nachmittagsserie.
»Gibt es hier was zu trinken?«
»Minibar.«
»Oh, natürlich. Nee, lass mal.«
»Also, ich trinke jetzt ein Bier. Sag Bescheid, wenn du doch was willst.«
Das Wasser rauschte im Badezimmer. Es war garantiert ein schickes Badezimmer, ich tippte auf vergoldete Hähne. Das Gespräch aus dem Café Göttlich fiel mir ein und dass Alla Marmor gewohnt war, rosa geädert.
Gero öffnete seine Flasche und hielt sie grüßend in die Luft, dann nahm er einen Schluck direkt aus der Flasche. »Alla hat erzählt, dass du Ärger mit der Polizei hattest. Dass sie dich ein zweites Mal befragt haben.«
Ich nickte. »Sie haben mein Zimmer durchsucht.«
»Und, haben sie was gefunden?«
Das war genau die Frage, die mir die anderen seltsamerweise nicht gestellt hatten. Ich zuckte die Achseln und schwieg.
Gero beobachtete mich aufmerksam. »Ich fand diese Befragung schrecklich. Sofort habe ich mich wie ein Verbrecher gefühlt. Und wenn ich mir vorstelle, dass dieser verklemmte Beamte meine Sachen durchwühlt und meine Pornos findet …«
Ich wusste nicht, ob das ein Witz war, aber ich musste trotzdem lachen. »Bei mir ist die Sache etwas ernster. Offenbar wurde mein Handy bei der Leiche gefunden.«
»Oh«, sagte Gero nur.
»Ich hatte in der Nacht zuvor bei Nina übernachtet, wahrscheinlich habe ich es dort vergessen.«

»Was bedeutet denn *bei der Leiche?*«, wollte Gero wissen.
»Ja«, sagte ich nachdenklich. »Das ist die Frage. So genau haben sie das gar nicht gesagt. Ich schätze, im selben Zimmer.«
Gero musterte mich, nahm noch ein Kölsch aus dem kleinen Kühlschrank, öffnete es und reichte es mir.
»Danke.«
»Scheißpolizei«, sagte er nur.
Ich trank.
»Lass dich von denen nicht verunsichern. In so einer Situation verheimlicht doch jeder irgendwas. Die Polizei will wissen, was man sagt, wenn man richtig unter Stress gerät. Also tun die so, als sähe es schlecht aus, und schon sprudelt es nur so. Das werten sie aus.«
»Dein Wort in Gottes Ohr.« Ich wusste, dass es in meinem Fall anders war, immerhin war da noch das gestohlene Geld und die Sache mit dem Eisenhut, aber ich fand es nett von Gero, dass er eine so harmlose Erklärung parat hatte.
»Mich haben sie auch die irrsten Sachen gefragt, glaub mir.«
»Woher kennst du dich so gut aus? Bist du vom Fach?«
Gero lachte laut auf, und mir fielen seine Augen auf. Sie waren von einem ungewöhnlichen Nussbraun.
»Ich, ein Kommissar? Das würde Alla gefallen. Nein, ich arbeite für eine Bank. Aber ich gucke viele Serien, das bildet ungemein.« Er grinste.
»Auf jeden Fall«, stimmte ich zu und dachte an Douglas und seinen Fernsehkonsum. Ob auch Gero Alla immer die Handlung verriet?

Das Prasseln der Dusche hörte auf, und im selben Augenblick schrie Alla los. »Hast du immer noch die blöde Kiste an, das darf doch echt nicht wahr sein!«
Mein Blick traf den von Gero, und er senkte den Kopf, es musste ihm unangenehm sein, dass ich diese Szene mitbekam. »Wir haben Besuch!«, rief er, doch offensichtlich verstand Alla ihn nicht, sie polterte weiter. »Ich ziehe mich jetzt an, und wenn ich aus diesem Badezimmer komme, möchte ich, dass du verschwunden bist, geh meinetwegen in die Stadt und kauf dir was Schönes, aber fall mir nicht mehr auf den … oh …« Sie trat durch die Badezimmertür, ein Handtuch um den Körper geschlungen, mit einem zweiten rubbelte sie ihre nassen Haare.
Ich nickte ihr verlegen zu. »Ich war gerade in der Gegend und wollte kurz vorbeischauen.«
»Schön«, sagte Alla. Es klang etwas lahm.
»Schickes Hotel.«
Allas Blick streifte gleichgültig das elegante Interieur. »Kann man bei der Kategorie ja auch erwarten.«
»Willst du auch ein Bier?« Gero legte Alla liebevoll die Hand auf den Rücken.
»Nein«, fauchte sie und duckte sich unter seiner Berührung. Dann fuhr sie fort, ihre Haare zu frottieren.
Ich stellte die halbvolle Bierflasche auf den Tisch. »Okay, war nett, euch zu sehen, ich muss auch schon … Huch!« In gespieltem Entsetzen sah ich auf die Uhr und erhob mich. »Wir können ja mal telefonieren. Hier ist meine Nummer.« Den Zettel mit meiner Handynummer legte ich gut sichtbar auf den Tisch.
»Bleib doch …«, machte Alla einen schwachen Versuch.
»Nein, nein! Danke für das Bier!«, sagte ich in Richtung Gero, und er nickte mir unmerklich zu.

Ich war schon im Gang, als mir Alla hinterherrief. »Wie wäre es mit einem Bier nachher im Göttlich? Nur wir zwei. Dann kannst du mal von Schottland erzählen und so!«
Ich blieb stehen und lächelte. Da war sie – die Gelegenheit, auf die ich gehofft hatte. Dann drehte ich mich zu Alla um. »Um neun?«
»Neun Uhr ist super!«
Offenbar war ich schneller am Ziel, als ich gedacht hatte. Ich winkte, bis sich die Aufzugtüren hinter mir schlossen. Ein Bier zu zweit. Das war die perfekte Gelegenheit, um Alla nach ihrem Verlobten auszufragen.

Beinahe wäre ich zu spät zu meiner Verabredung mit Alla gekommen, weil ich mich mit Grit verquatscht hatte. Als ich ihr Fahrrad vor dem Café Göttlich abschloss, ging mir durch den Kopf, wie sagenhaft beschäftigt ich plötzlich war. Ich hatte in den letzten Tagen vermutlich so viele Leute getroffen und so viele Worte gewechselt wie sonst in einem halben Jahr, wenn man von den Bestellungen absah, die ich im Pub entgegennahm. Auch die Abende mit Douglas waren eher still gewesen. Das hatte ich gemocht. Wir gehörten eben nicht zu den Leuten, die ständig reden mussten, hatte ich oft gedacht, aber jetzt stellte ich fest, dass ich die rege Gesellschaft genoss.
Es würde bald dunkel werden. Das Rosa des Himmels hatte sich bereits in ein dunkles Violett gewandelt, in dem einige orange behauchte Quellwölkchen blühten. Der Himmel über Bonn war schön. In Schottland waren so klare Abende selten, Bonn aber schien sie am Fließband zu produzieren.

Alla hatte sich in die hinterste Ecke des Cafés verkrochen und fischte spielerisch nach einer Zitronenscheibe, die in ihrem Weizenglas schwamm. Sie hatte die schwarzen Haare zusammengebunden, und ihr Gesicht leuchtete hell im Dämmerlicht der Kneipe.
... was du da gesagt hast, Mimi ...
Ich setzte mich zu ihr, wir tauschten diese Begrüßungsküsse, an die ich mich zu gewöhnen begann, und ich bestellte ein Kölsch.
Allas Glas war bereits halb leer, sie prostete mir zu. »Das ist mein erstes Bier heute, stell dir das vor! Gero sagt immer ...«
Alla und Gero. Bislang war mir das irgendwie unangenehm aufgestoßen, es hatte sich klebrig angefühlt, wie zu dick aufgetragener Zuckerguss. Während Alla sprach, musste ich an den Zwischenfall im Bristol denken, der mir etwas Neues über die beiden verraten hatte: Sie waren ein ganz normales Paar. Alla hatte aggressiv gewirkt, so, als gehe ihr Gero ganz gewaltig auf die Nerven.
Gero war mein letztes Gänseblümchenblatt gewesen. Er war der wirkliche Fremde, nicht ich.
»Woher kommt er eigentlich?«, fragte ich in Allas Redeschwall hinein.
»Gero?«
»Ja.«
»Er hat in Düsseldorf studiert, aber wir haben uns erst in Rotterdam kennengelernt.«
»Kennst du ihn über die Agentur?« Ich gab mir Mühe, meine Frage ganz beiläufig klingen zu lassen.
»Nein.«
»Also habt ihr euch über Freunde kennengelernt? Oder wie?«

Alla blies die Backen auf und hob die Augenbrauen. »Du fragst ganz schön viel, Mimi. Kann es sein, dass du einen bestimmten Zweck verfolgst?«
Ich verbarg mein Gesicht hinter dem Glas und trank. »Entschuldige, ich will dich nicht ausquetschen, es interessiert mich nur.«
»Er ist ja auch ein Hübscher.« Allas Blick wurde lauernd. Oder bildete ich mir das ein? Ich beschloss, erst mal gar nichts mehr zu sagen.
»Das vorhin im Hotel muss dich ganz schön überrascht haben.«
»Was?«
»Unser kleiner Streit. Mein Wutausbruch.«
Ich zuckte die Achseln. »Na ja, vorher habt ihr einen wahnsinnig harmonischen Eindruck gemacht. Frisch verliebt, glücklich. Ein Traumpaar eben.«
»Ein Traumpaar, genau. Weithin sichtbar. Darum sind wir doch hier, stimmt's?« Mit einer schnellen Bewegung ihrer schmalen Hand bedeutete Alla dem jungen Kerl hinter der Theke, ihr ein neues Weizen zu bringen. Aus den Augenwinkeln sah ich den Diamanten an ihrer Hand, wie er Blitze warf.
»Wie meinst du das, darum sind wir hier?«, fragte ich. Allas Augen verengten sich, und sie zögerte, ehe sie antwortete, nahm erst noch einen Schluck, dann stellte sie entschlossen das Glas ab. »Klartext, Mimi?«
Ich wusste nicht, was sie meinte, und nickte trotzdem. Alla beugte sich vor und fixierte mich. Sie sah aus, als ob sie etwas Bahnbrechendes enthüllen würde, und ich war plötzlich gespannt. »Dafür sind Hochzeiten alter Freunde doch da. Damit alle präsentieren können, wie großartig es ihnen geht, was für wundervolle Be-

ziehungen sie führen, wie erfolgreich sie sind, was für süße Kinder sie haben und was für schicke Autos sie fahren.«

»Du übertreibst!«, wehrte ich ab, doch etwas in mir hörte hingerissen zu und wollte mehr hören, etwas prickelte in mir wie Champagner.

»Ich übertreibe kein bisschen. Jeder spielt eine Rolle bei Hochzeiten. Denk doch mal zurück, wie wir hier saßen vor wenigen Tagen. All dieses Gerede über herzige Kinder, großartige Badezimmer, aufregende Kunden … Ein Scheiß!«

»Warum Scheiß?« Ich vergaß beinahe zu atmen, so gespannt wartete ich auf das, was Alla aufdecken würde. Sie schnaubte. »Das war doch nicht echt, das war doch alles Theater. Wir spielen brav unsere Rollen, nichts weiter.«

»Was für eine Rolle hast du denn gespielt?« Mir fiel ein, wie sehr mich dieser Abend aufgeregt hatte, wie sehr ich alle gehasst und wie weit ich mich weggewünscht hatte. War ich einer Inszenierung zum Opfer gefallen, die ich nicht durchschaut hatte? Plötzlich fiel mir ein, dass ich selbst Hochzeiten eigentlich hasste, zwar nicht aus denselben Gründen wie Alla, aber aus ganz ähnlichen.

»Welche Rolle ich spiele?« Alla lachte, es war ein herzliches, spontanes Lachen, es lud mich ein mitzulachen. »Ich bin die wohlhabende, erfolgreiche Karrierefrau, die von draußen dazustößt, die, die ihr schweres Trauma verwunden und doch endlich ihren Prinzen gefunden hat. Einen jungen, knackigen Kerl. Und der trägt sie auf Händen, und alle sind neidisch, denn die Männer, mit denen sie seit Jahren verheiratet sind, sind längst dicklich geworden und schauen ihre Frauen nur noch an, wenn sie ihnen die Tür aufmachen, weil sie den Schlüssel vergessen haben.«

Wovon redete Alla? Was für ein schweres Trauma? Dem Rest ihrer Ausführungen war ich geneigt zuzustimmen. Ziemlich genau so hatte sie gewirkt, und so wirkte sie noch, zumindest auf mich. Warum erzählte sie mir das alles?

»Was denkst du?«

»Ich?«

»Komm, Mimi, Wahrheit oder Pflicht, die Flasche zeigt auf dich … Verrate mir, was du jetzt denkst!«

Ich antwortete, ohne zu überlegen. »Ich frage mich, warum du mir das erzählst. Wenn es so ist, wie du sagst, warum sprichst du dann darüber?«

Alla lachte leise, ihr mysteriöses Alla-Lachen. »Weil ich die Nase voll habe von diesen Spielchen. Und weil die Sache langsam ernster und ernster wird.«

»Du meinst Casper.«

»Unter anderem, ja. Ich finde, es ist Zeit für eine Runde Wahrheit. Fangen wir doch bei dir an. Also raus damit: Welche Rolle spielst *du* uns vor?«

»Ich spiele gar nichts.«

»Du spielst gar nichts?« In Allas Mund bekamen meine Worte einen höhnischen Klang.

»Wirklich nicht. Ich bin einfach so, wie ich bin.«

»Wie du bist«, wiederholte Alla nachdenklich. »So bist du? Die deprimierte kleine Säuferin, die uns alle verlassen hat und erst zurückkommt, als sie im Ausland gescheitert ist und alles gegen die Wand gefahren hat?«

Ich trank mein Glas aus und schwieg.

Alla bestellte wortlos ein neues und wartete, bis es vor mir stand. »Ich werde dich jetzt nicht überreden, dass du mir verrätst, was wirklich los ist. Aber eins solltest du dich mal fragen.«

»Und das wäre?« Ich war neugierig, ganz gegen meinen Willen. Allas Worte hatten mich weniger verletzen können, als sie vermutlich dachte, aber ihre Härte und ihr unverkennbarer Wahrheitsgehalt hatten mich elektrisiert. Mir war, als sei ich durch einen Wald aus Lügengeschichten gewandert auf der Suche nach ein bisschen Wahrheit, und jetzt bot mir jemand ein ganzes Fass davon, Wahrheit, stark und bitter, grell ausgeleuchtet. Ich wollte davon kosten, selbst wenn es nicht schmeckte.

Alla beugte sich vor, ihre Augenbrauen kräuselten sich, und ihr weißer Hals leuchtete. Sie genießt das, schoss es mir durch den Kopf, sie will mich auf die Probe stellen, sie nimmt bitterernst, was sie sagt, und zugleich bereitet es ihr diebisches Vergnügen.

»Die wirklich spannende Frage ist doch, warum man dich überhaupt eingeladen hat! Schon mal darüber nachgedacht?«

Ich schluckte. »Nein.«

Ich dachte an Nina, wie froh sie gewesen war, mich wiederzusehen. An mich, wie froh ich selbst gewesen war, als ich erkannt hatte, was ich verloren und dann wie durch ein Wunder wiedergefunden hatte: eine Freundin. Nina, die jetzt verschwunden war. Alla war die Falsche, um über Nina zu sprechen. Sie würde es nicht verstehen.

Alla warf mir einen langen Blick zu. »Sieht so aus, als wäre es höchste Zeit, dass wir beide uns zusammen-

tun. Immerhin sind wir es, die von der Ferne dazugestoßen sind. Wer weiß, was für ein Süppchen die anderen hier gekocht haben in den letzten sieben Jahren.«
»Zehn. Für mich sind es zehn.«
»Zehn«, wiederholte Alla nachdenklich. »Und du warst die ganze Zeit nicht hier? Kein einziges Mal?«
»Nein.«
Alla malte mit ihrem Weizenglas feuchte Kringel auf den Tisch. »Ich bin manchmal geschäftlich hier gewesen, dann haben wir uns getroffen, Simone, Nina, Grit und ich. Zum Essen oder auf ein Bier. Aber eng war der Kontakt nicht, nicht so wie der von den dreien untereinander. Simone und Grit wohnen ja sogar fast nebeneinander! Die drei haben alles geteilt, denke ich manchmal. Wahrscheinlich sogar ihre Ehemänner.«
»Im Ernst?« Ich dachte an Mark und Simone, Nina und Ingo, Grit und Casper ... Unmöglich.
Alla zuckte die Achseln. »Irgendwie haben die etwas Verschwörerisches. Wie die drei Hexen von Macbeth.«
Ich fühlte, wie ich zornig wurde. Alla war dabei, etwas sehr Schönes in böse schwarze Bestandteile zu zerlegen, unsere ausgelassenen Abende, die kreisende Flasche, das kichernde Miteinander, und obwohl sich auch in mir selbst leiser Zweifel zu regen begann, gefiel mir das nicht. »Du aber auch. Das sind ja die reinsten Verschwörungstheorien, die du da ausbreitest!«
»Meinst du?«, fragte Alla und sah mich seltsam an. Sie leerte ihr Glas. »Immerhin ist hier ein Mord passiert, da kann man schon einmal ins Grübeln kommen.«
»Und was denkst du, wie es wirklich ist?«, fragte ich beinahe gegen meinen Willen. Ich wollte hören, was

Alla sich in ihrer schwarzen, bitteren Phantasie ausmalte, und ich war sicher, dass ein gehöriger Teil ungenießbare Wahrheit darin enthalten sein würde.

»Was ich denke?« Alla beugte sich vor, ihre Augen glitzerten so gefährlich wie in der Nacht am Rhein. »Ich denke viel. Eine Möglichkeit, die mir besonders gut gefällt: dass die drei einen Mord geplant haben und ihn einer von uns anhängen wollten. Wenn du nicht gekommen wärst, hätten sie es bei mir versucht, aber jetzt scheinst du das geeignete Opfer zu sein. Oh, dein Glas ist auch leer, warte, ich bestell uns noch etwas.«

In dieser Nacht schlief ich schlecht.

Ich träumte von einer Wiese, auf der ich lag und zu schlafen versuchte, von schemenhaften Frauengestalten, die mich umschwirrten wie Elfen, in kaltes, funkelndes Wasser zogen. Die mir Flaschen an die Lippen setzten, mich an einen Maulbeerbaum banden und schließlich in die Hände klatschten und verschwanden, und ich war gefangen, an den Stamm gebunden wie an einen Marterpfahl, über dem die saftigen Beeren lockten. Dann hörte ich stampfende Schritte, einen Marsch, und dann sah ich Römer, die sich näherten, eine ganze Legion, sie marschierten vorbei, die Schilde erhoben. Ich rief nach den anderen und schrie um Hilfe, aber niemand antwortete, die Schritte der Römer verklangen. Da war nichts, nur Schwärze und Stille, ehe ein Raunen und Glucksen sich erhob und näher kam. Ich wartete, sicher, man werde mich befreien. Erst als es fast zu spät war, erkannte ich, wer da kam: Es war der Rhein. Ich öffnete den Mund zu einem Schrei, eisiges Wasser füllte ihn augenblicklich und drückte mich

nieder, und dann war der Rhein über mir. Und fünf Flammen.
Fünf.
Ich schreckte hoch, und mein Schrei hing noch in der Luft. Einen Moment lauschte ich ihm nach, hatte ihn jemand außer mir gehört?
Ich lag in Grits Gästezimmer, meine Bettdecke war verrutscht, mein Herz schlug laut und angstvoll, und mein Haar war nass vor Schweiß.
Fünf.
Die Quersumme von 23, der heiligen Zahl der Illuminaten.
Ich zwang mich zur Ruhe. Ich verbannte die Zahl aus meinem Kopf. Ein Alptraum, nichts weiter. Was hatte er zu bedeuten? Während mein Atem langsamer wurde, versuchte ich, mich mit den Ereignissen des vergangenen Tages abzulenken.
Die Fotos von mir waren schrecklich gewesen, verräterisch. Sie zeigten mein Verbrechen nicht, enthüllten keinen Diebstahl und sagten doch alles: Man sah eine deprimierte, verdächtig aussehende Gestalt, geduckt, den Kontakt zu den anderen meidend, konzentriert einzig auf ihren Betrug.
Wusste jemand davon? Grit hatte die Fotos gesehen. Was hatte sie gedacht? Und warum hatte sie sich nichts anmerken lassen?
War ich schon immer so gewesen? Nach dem Junggesellinnenabschied hatte ich mich so anders gefühlt. Leicht, glücklich, ich war Teil von etwas gewesen. Ich hatte die anderen geliebt, sehr sogar, und ich hatte brennend gewünscht, dass auch sie mich liebten. Und so war es gewesen, und sei es für eine Nacht. Oder?

Unvermittelt schoss mir das Gespräch mit Alla in den Kopf. Ihre Fragen, ihr Misstrauen, das mich infiziert hatte. Oder hatte es vielleicht nur etwas verstärkt, das längst da gewesen war?

Alla hatte mir eine elegante cremefarbene Visitenkarte zugesteckt zum Abschied, als letzte unter vielen Zahlenschlangen hatte darauf ihre Handynummer gestanden. »Denk über meine Fragen nach, ich hoffe, du rufst an«, hatte sie schlicht gesagt, sich umgedreht und war gegangen.

Ich wusste nicht, ob ich ihr trauen konnte. Ein Teil von mir war davon überzeugt, dass ihre Verschwörungstheorie stimmte, so absurd sie auch klang. Es wirkte versponnen, irrational, dennoch hatte es den unverfälschten Geschmack von Wahrheit. Es schmeckte bitter, und es brachte mich zum Würgen, aber es schmeckte wahr.

Es bot eine Erklärung für Fragen, die ich mir nicht gestellt hatte, nicht hatte stellen wollen, zum Beispiel die Frage nach der Einladung. Es war schön und schmeichelhaft gewesen, als Nina beschwor, wie sehr sie mich vermisst hatte, aber wenn ich ehrlich war, hatte es mich auch sehr überrascht. Und jetzt, als ich gezwungen war, den Fakten ins Gesicht zu sehen, musste ich zugeben, dass einiges der Klärung bedurfte. Das mit dem Mord war das eine – aber was war mit mir? Alles, was mich selbst betraf, nährte meine Zweifel und spülte mich auf Allas Seite.

Da waren all die Dinge, an die ich mich nicht erinnern konnte. Dinge, die vor zehn Jahren geschehen waren, aber auch Dinge, die vor wenigen Nächten im Schwimmbad passiert waren. Ich konnte meinem Gedächtnis nicht trauen. Und das wiederum brachte mich zum Grübeln: Was, wenn auch die vermeintlich sicheren Erinnerungen falsch waren, künstlich erzeugt von ein paar Worten, zu viel Absinth, etwas Chlorwasser, vielleicht hatte das Raunen des Rheins den göttlichen Funken gespendet, der alles belebte?

Ich dachte an den Abend mit Nina, als ich Erinnerungen ausgesprochen hatte wie Prophezeiungen. Es war ein kreativer Prozess gewesen: Ich sprach etwas aus, und es wurde wahr, Anekdote um Anekdote, Fakt um Fakt.

War es so gewesen? Hatte ich Dinge spontan ausgesprochen und dann für Erinnerungen gehalten? Oder hatte ich an lange verschüttete Erinnerungen gerührt und sie behutsam, unter der Mithilfe einer Menge Cider, ans Licht gespült?

Hatte vielleicht auch Nina alles vergessen und mir blindlings zugestimmt, um zu kaschieren, dass sie keinerlei Erinnerung an unsere gemeinsame Vergangenheit besaß?

Oder – mir stockte der Atem – hatte sie nur zugestimmt, um mich in dem Glauben zu wiegen, es habe einmal etwas gegeben, das eine Erinnerung wert wäre, ein Erlebnis, eine Party, ein Lied, eine Freundschaft?

Ich hob meine Hände und sah im Dämmerlicht des aufkommenden Morgens, wie sie zitterten.

Ich wurde verrückt.

Ich schloss die Augen, atmete ganz tief ein und dann wieder aus. Ganz so schlimm konnte es nicht sein. Im Café Blau war alles gut gewesen, wir hatten uns gemeinsam Sorgen um Nina gemacht, gemeinsam um Casper getrauert. Um Casper, an den ich, als er noch lebte, nicht hatte denken wollen, den ich nicht einmal richtig begrüßt hatte.

... deprimierte kleine Säuferin, die uns alle verlassen hat und erst zurückkommt, als sie im Ausland gescheitert ist und ...

Meine Füße machten keinen Laut, als ich in die Küche trat, um die Weinflasche zu holen.

TAG 7

Ich sah gleich, dass es ihr nicht gutging. Ihre Blätter hingen schlapp herab, es war keinerlei Verfärbung zu erkennen, aber sie hatte alle Kraft verloren, das war eindeutig.

Ich ging neben meiner Alraune in die Knie und berührte sie vorsichtig. Grit war auf einer mysteriösen Hausfrauen- und Muttertour, es ging um allerlei Drogerieartikel, Lebensmittel und Gespräche mit Jonas' Allergologen. Ich hatte dankend abgelehnt, als sie anbot, mich ins Bonner Zentrum zu bringen, und Müdigkeit vorgeschützt. Die Wahrheit war: Ich wollte schnüffeln.

Zunächst aber hatte ich mich auf die Terrasse zu meiner Alraune begeben. Die Erde war leicht durchfeuchtet, die Temperatur nicht bemerkenswert, trotzdem ging es ihr nicht gut. Was konnte ich für sie tun?

Vielleicht, dachte ich und sog prüfend die Luft ein, vielleicht mag sie Deutschland nicht, das Klima im Rheinland war natürlich anders als das schottische, das sie gewohnt war. Hier herrschte Weinbauklima, hier konnten sogar manche tropische Pflanzen überwintern. Möglich, dass eine Alraune hier nicht gedieh. Möglich, dass sie einfach Heimweh hatte, sich nach ihrem Garten sehnte, so wie ich.

Ich dachte an Douglas. Sicher hätte er den Zustand meiner Alraune psychologisch erklärt.

In einem Film würde diese Szene dem Zuschauer erklären, dass es Zeit für eine Veränderung ist, Mimi. Zeit für wirkliche Freundschaften, nicht für Ersatzhandlungen: Lass die Alraune in Ruhe wachsen, lass sie bei ihresgleichen, und kümmere du dich um deinesgleichen. Um deine Freunde.

Ich würde mich gern um meine Freundinnen kümmern, noch vorgestern früh hätte ich es mit Begeisterung getan, aber jetzt war diejenige, die mir am meisten bedeutete, verschwunden, und die anderen … Was war mit den anderen? Woher kamen meine Zweifel?

Noch bei dem Spaziergang vor der Hochzeit waren wir eins gewesen.

Gelächter. Wehende Haare, das Gemurmel des Rheins. Ein scharfer Geschmack im Mund, Brennen in der Kehle. Noch mehr Gelächter.

Das waren meine Freundinnen, und die Erinnerung wärmte mich, so dass ich lächeln musste, aber das Lächeln hielt nicht lang.

Ein Mensch war ermordet worden, und ich war dringend tatverdächtig. Und als wäre das nicht schon schlimm genug, war meine Rekapitulation der Ereignisse nur bruchstückhaft. Das lag an dem Junggesellinnenabschied, der einen schwarzen Krater in das fröhlich-bunte Album meiner Erinnerungen riss. Musste mir das Sorgen machen? Im Zusammenhang mit dem Eisenhut schon. Was war mit meinem Eisenhut? Ich hatte eine Wurzelknolle ausgegraben, das wusste ich genau. Befand sie sich jetzt zwischen all den anderen Tüten und Dosen in der Asservatenkammer der Polizei? Ich hoffte es.

Noch einmal strich ich zärtlich über das schlaffe Blatt. Ach, Douglas! Was, wenn diese kranken Blätter etwas ganz anderes bedeuten: dass meine echte, meine andere Freundin in Gefahr war, dass es schlecht um sie stand, so wie um meine Alraune? Vielleicht bedeutete mir meine grüne Freundin, vorsichtig zu sein, besser aufzupassen.
In einer Hinsicht war ich mir sicher: Ich konnte Nina nur helfen, wenn ich die Wahrheit herausfand. Irgendwo zwischen den vergangenen Tagen und Nächten lag der Schlüssel zu allem verborgen. Ich schloss die Augen und versuchte, mich zu konzentrieren.
An die Nacht vor der Hochzeit erinnerte ich mich gut. Harmloses Geplauder am Rhein. Der Spaziergang zum Pub. Gläser, immer zwei für jede. Nina, wie sie mir zuhörte, ruhig, konzentriert. Ihre Arme, die mich hielten. Und die Erleichterung, endlich über alles zu sprechen, die Erinnerung an Douglas, den Schwung seines Kilts, das Torfaroma seiner Küsse.
Der Abend war da, vollständig. Dann war ich ins Bett gegangen und erst erwacht, als Casper vermutlich schon tot und Nina verschwunden war.
Anders sah es mit dem Junggesellinnenabschied aus. Wir hatten auf der Wiese des Römerbads gesessen, wir hatten gebadet, in Unterwäsche. Ich erinnerte mich genau an die Unterwäsche.
Ja? Das Bild der nackten Grit tanzte durch meinen Kopf, die Erinnerung an ein Handtuch, mit dem ich mich verhüllte, und daneben stand felsenfest ein Bild von uns allen in nasser Unterwäsche. Hatten wir vielleicht zweimal gebadet? So musste es sein. Das war die Erklärung.

Und dann?
Die Bilder, die ich wachrief, waren verwackelt, unscharf. Im schnellen Wechsel lösten sie einander ab, um dann in einem Feuerwerk aus Pixeln zu kollidieren. Grit in der Luft. Wasser, das spritzte, Tausende Tropfen, glitzernd und funkelnd. Grüne Lichter, eine Flasche, die sich drehte. Die immer schneller wurde.
Dann: Der Film riss.
Schwärze.
Nichts. Ich wusste nichts.
Lag das an dem Prosecco? Dem Absinth? War es bei dem einen geblieben?
Was war noch gewesen?
Grits pummelige Finger, die ein Blättchen zerknickten, die Tabakballen rupften und zupften. Die Flamme eines Feuerzeugs, die einen würzigen Klumpen erwärmte.
Bist du verrückt? Das ist doch viel zu viel!
Kichern.
Eine rosa Zungenspitze, die über das gummierte Blättchen flitzte.
Es hatte in meinem Leben ein Jahr gegeben, in dem ich viel gekifft hatte, und das war das Bonner Jahr gewesen. Hatte ich auch damals Blackouts gehabt?
Ich versuchte, mich zu erinnern. Scharf konturierte Formen fielen mir ein, Geräusche, die sich wundersam ergänzten und Melodien formten. Gelächter, das in mir aufstieg und dann in perlenden Trillern meinen Mund verließ, Gelächter, das ich nicht aufhalten konnte. Und wirre, komplizierte Geschichten, die immer länger wurden, Erzählfäden, die niemals abrissen, wie die Käsefäden der Pizza, die wir im Morgengrauen in

der kleinen Bude gegenüber dem Hauptbahnhof gegessen hatten, wenn das Gelächter uns hungrig gemacht hatte.
An Blackouts konnte ich mich nicht erinnern, nicht nach dem Kiffen. Vielleicht lag es doch am Alkohol. Mein letzter Vollrausch lag ebenfalls ein Jahrzehnt zurück. War exzessiver Alkoholgenuss eine hinreichende Erklärung für das Chaos in meinem Kopf?
Flammen, fünf Flammen, eine für jede von uns …
Es war Zeit, meine unzuverlässigen, drogengeschwängerten Erinnerungen um einige Fakten zu ergänzen. Ich lauschte einen Moment in das leere Haus hinein.
Ich begann in Grits Schlafzimmer. Ihr Nachttisch war begraben unter allem möglichen Zeug. Versandkataloge, Taschentücher, Nasentropfen, Pixiebücher, der Impfpass von Jonas, den sie vorgestern gesucht hatte. Ich zog die oberste Schublade auf. Noch mehr Taschentücher, Aspirin, ihre Antibabypille. Ein zerlesenes Taschenbuch, dessen grellfarbiger Umschlag eine leidenschaftliche Brünette zeigte, die von einem wilden Latino nicht minder leidenschaftlich in den Nacken gebissen wurde.
Die zweite Schublade enthielt Briefe und Postkarten. Begierig griff ich zu, doch ich wurde enttäuscht: Sie waren allesamt von Mark und schienen aus der Zeit zu stammen, in der die beiden wild verliebt gewesen waren. Oder schrieb er ihr immer noch solche Briefe, jetzt, wo sie jede Nacht nebeneinander schliefen? Wohl kaum. Ich stopfte die Briefe und Karten zurück und suchte weiter.
Marks Nachttisch war leer bis auf einen Wecker. In den Schubladen fand ich, rechtwinklig angeordnet,

Taschentücher, Handcreme und ein Sachbuch zum Thema »Modernes Management«.
Ich sah unter das Bett: nichts.
Im Schrank hingen Klamotten, links Anzüge und Hemden, rechts Freizeitklamotten, in den Fächern darüber Shirts und Strümpfe.
Auf der Kommode standen Aufnahmen von Jonas, hauptsächlich solche, wie Fotografen sie machen: einfarbiger Hintergrund, die Händchen an der Wange, die Händchen verschränkt unter dem Kinn wie ein Raffael-Engelchen, dann die Händchen zur Faust, das Kinn darauf gestützt. Sie mussten Unmengen von Geld für diese Aufnahmen bezahlt haben, nahezu jeder Lebensmonat von Jonas schien dokumentiert.
In der Mitte stand ein Hochzeitsbild in silbernem Rahmen, eine strahlende, gut geschminkte Grit, und auch Mark sah glücklich aus, in der Luft weiße Punkte, vermutlich Reis oder Konfetti.
Ich sah in die Kommode: heiße Spitzenwäsche in Rot und Rosa. Sieh an, Grit legte sich ja mächtig ins Zeug. Socken. Unterhosen, sportlich gerippt.
Unschlüssig sah ich mich um. Was hatte ich übersehen? Mir fiel nichts ein.
Dann ging ich ins Wohnzimmer. Der Esstisch sprang mir förmlich ins Auge, er war noch immer überraschend leer, Grit musste ihn für die Polizisten freigeräumt haben. Wohin wohl der ganze Kram gewandert war?
Das Bücherregal war voller Taschenbücher, unten dann großformatige Sachbücher und Fotoalben.
Ich setzte mich im Schneidersitz auf den Teppich und zog aufs Geratewohl eines heraus. Jonas auf dem Wi-

ckeltisch, Jonas im Badeeimer, Jonas beim Breiessen. Offenbar gehörten Grit und Mark zu den wenigen Menschen, bei denen der Einsatz digitaler Geräte nicht zu einer Verminderung des Papierverbrauchs geführt hatte. Wer beklebte heutzutage noch Fotoalben?
Ich zog ein Album nach dem anderen heraus und schlug es irgendwo auf, es war eine unsystematische Suche nach etwas Unbekanntem. Es dauerte ein wenig, bis ich auf Bilder von früher stieß, und als ich sie sah, wusste ich, wonach ich gesucht hatte.
Eine fröhliche Grit, die Haare länger und glänzender als jetzt, sie hatte wesentlich weniger gewogen und sah jung und vergnügt aus. Simone in Jeans. Nina in einem knallgelben Zottelkleid, in den Haaren ein buntes Tuch. Ich blätterte zurück an den Anfang, vorsichtig, als könnte ich mich an den Seiten verletzen.
Und da war ich, mitten unter ihnen. Die Haare so struppig und trocken wie jetzt, die Schultern schmal und knochig, aber mein Gesicht war ein anderes, es strahlte. Nina, Alla, Simone, Grit und ich. Auf der grünen Fläche der Hofgartenwiese, im Biergarten, auf einem Konzert, in den Händen durchsichtige Plastikbecher mit Bier. Viele, viele Zeugnisse vieler, vieler lustiger Erlebnisse.
Dann kam ein Bild, bei dessen Anblick ich erschrak. Grit, Nina und ich im Sportdress, wie wir in komplizierter Verrenkung kicherten. Es sah aus, als balancierten wir unsichtbare Tabletts. Tai-Chi. Ich hätte einen Eid darauf geschworen, dass ich niemals so etwas gemacht hatte. Wie vom Donner gerührt betrachtete ich das Bild. Grit hatte recht gehabt.
Ich klappte das Album zu, als habe es nach mir geschnappt.

Es war also wahr. Anfänglich hatte ich echte Zweifel daran gehabt, ob wir diese lustige Studentenzeit, von der alle redeten, tatsächlich gemeinsam erlebt hatten, denn sie war in meinem Hirn wie ausgelöscht, nur wenige Momente waren in den letzten Tagen aus dem Nichts in meinem Kopf aufgetaucht. Aber diese Fotos bezeugten etwas, das ich mir so dringend herbeisehnte: unsere Freundschaft.

Ich war also immerhin einen Schritt weiter. Aber das reichte nicht. Es erklärte nicht, warum jemand Casper ermordet hatte und warum Nina verschwunden war. Und auch nicht, ob da etwas war, wovon ich nichts wusste, ein Geheimnis, das die anderen hüteten.

Hastig griff ich nach einem anderen Album und schlug es auf. Es musste neueren Datums sein, denn Jonas war auf den Bildern zu sehen, klein und rund, auf dem Karussell, beim Eisessen. Sonntagsspaziergänge, eine glückliche Familie vor rosagetünchter Fassade, vor den Ruinen einer Burg, im Wald. Grit hielt den Blick sorgenvoll auf das Netz des Kinderwagens gerichtet, und Jonas schmollte, einzig Mark strahlte entschlossen in die Kamera, ein ganz normales Familienfoto.

Und dann entdeckte ich es. Drei junge Paare in einer Hütte, die Alpen vielleicht oder das Riesengebirge. Sie alle waren der Kamera zugewandt. Nina hielt Casper von hinten umklammert und fletschte die Zähne, als wolle sie ihn beißen. Grit lächelte sittsam an Marks Seite, und Simone ... Simone warf einen Blick auf den Mann, der sie im Arm hielt, einen typischen Simone-Blick mit einer Mischung aus Besitzerstolz, distanzierter Amüsiertheit und etwas, das man nicht benennen konnte.

Es waren drei Paare auf diesem Bild, aber der Mann neben Simone war nicht Ingo. Er war hochgewachsen und sportlich, hatte ein schmales Gesicht, und um seine Mundwinkel lag ein Lächeln.

Wer hatte das Bild gemacht? Vielleicht hatte Ingo geknipst?

Nein, entschied ich, Simone und der Mann gehörten zusammen, zumindest zu diesem Zeitpunkt. Ich blätterte weiter, Abendessen in einer Hütte, die Freunde beim Skifahren. Auf allen anderen Bildern fehlte Mark, wahrscheinlich hatte er die Bilder gemacht und für das Gruppenbild jemand Fremdes gefragt. Auch Ingo war nirgends zu sehen, dafür Simone, wie sie mit dem Mann Händchen hielt. Kinder waren nicht zu sehen, fiel mir auf. Kinderfreier Urlaub? Möglich. Wann war das Bild entstanden?

Vermutlich waren die Bilder chronologisch eingeklebt. Ich blätterte zurück und versuchte, anhand von Jonas' Alter den Zeitpunkt der Aufnahmen einzuschätzen. Jonas war auf den Bildern jünger als jetzt, aber er war erkennbar kein Baby mehr. Vor einem Jahr? Vor zwei? Das Bild auf der Hütte war im Winter aufgenommen worden. Vor etwa anderthalb Jahren, rechnete ich aus. Kurz entschlossen riss ich das Bild heraus und steckte es in meine Jeanstasche.

Dummerweise hatte ich nicht darauf geachtet, ob die Alben sortiert gewesen waren, also räumte ich sie auf gut Glück zurück ins Regal und hoffte, dass es niemandem auffallen würde.

Gerade kniete ich neben dem Schrank mit den TV-Möbeln und sah nach, ob es Videos oder selbstgebrannte DVDs gab, als das Telefon klingelte. Mit einem Satz war ich auf den Füßen, mein Puls jagte hoch.

So ein Quatsch, beruhigte ich mich, niemand konnte mich durchs Telefon sehen, der Anrufer wusste nicht, dass ich da war, geschweige denn, was ich tat. Und wenn es Grit war? Sie wusste, dass ich zu Hause bleiben wollte, und sie hatte meine Handynummer nicht.
Nach dem vierten Klingeln ging ich ans Telefon. »Ja?«
Schweigen in der Leitung. Falsch verbunden?
»Hier bei Heitmanns, Mimi Rosenow am Apparat?«
Nichts. Ein Atmen. Ganz sicher, jemand atmete.
»Wer ist da?«, fragte ich.
Plötzlich hatte ich Angst. Es knackte, als jemand am anderen Ende auflegte.
Ich stellte das Telefon zurück auf die Station und sah mich um, als spielte jemand mit mir Verstecken.
War da was? Sah mich jemand? Mein Blick ging zu den Fotoalben, zum Flur, der zum Schlafzimmer führte. Hatte ich alles wieder in den ursprünglichen Zustand versetzt? Ich überzeugte mich davon und kehrte dann zurück zum Telefon. Der letzte Anrufer ließ sich nicht aufrufen: unterdrückte Rufnummer.
In diesem Moment kam Grit zurück. Ein Schlüssel in der Haustür, Kindergeplapper, ihre Stimme dazwischen. »Ich bin wieder da-ha!«
Ich trat ihr entgegen, etwas schuldbewusst. Ich hatte ihre Gastfreundschaft ausgenutzt, ihre Sachen durchwühlt. Hatte ich ein Recht dazu? Eigentlich hoffte ich, dass es nicht so war.
»Kann ich helfen?«, fragte ich.
»Gern. Das da muss in den Kühlschrank. Hey, Jonas, nicht … Lass das los! Das ist doch der Nachtisch!«
Während ich beim Ausräumen half, jagten mir Fragen durch den Kopf. Wer war der Mann an Simones Seite?

Hatte sie einen geheimen Geliebten, von dem alle wussten, nur Ingo nicht? Dafür war Simone nicht der Typ, da war ich mir eigentlich sicher. Also was dann? Und wer war das eben am Telefon gewesen? Hatte ich einen Fehler gemacht, als ich drangegangen war? Vielleicht hätte der Jemand auf den Anrufbeantworter gesprochen, und ich hätte gehört, was er zu sagen hatte?

»Alles okay?«, fragte Grit. »Du bist so still.«

»Alles klar«, sagte ich. »Alles klar.«

Dabei war gar nichts klar.

TAG 8

Am nächsten Tag wählte ich Allas Handynummer, sobald Grit das Haus verlassen hatte.

Eine Stunde später trafen wir uns am Rhein. Es war noch kühl, aber der Himmel verriet bereits, dass es ein schöner Tag werden würde. Wir tranken Kaffee aus Pappbechern und wichen dem Blick der anderen aus.

»Ich bin froh, dass du angerufen hast«, sagte Alla, lehnte sich ans Geländer und ließ den Blick über die Wasseroberfläche gleiten. Auch wenn sie sich bemühte, unbekümmert zu wirken, merkte ich ihr doch die Anspannung an. »Gestern war ich mir plötzlich nicht sicher, ob ich dir das alles hätte sagen sollen.«

»Ich hatte mir ja auch schon meine Gedanken gemacht.«

»Worüber?«

Ich hatte mir auf dem Hinweg genau überlegt, was ich Alla sagen würde und was nicht. Ich würde herausrücken mit allem, was ich wusste. Einzig die Zweifel an meiner Verfassung würde ich für mich behalten. Es mochte sein, dass mein Vertrauen töricht war – genau genommen war es kein Vertrauen, sondern ein kalkuliertes Risiko. Ich brauchte Informationen, und ich brauchte eine Verbündete.

»Man hat mein Handy neben der Leiche gefunden, und ich habe keine Ahnung, wie es dorthin gekommen

ist. Deswegen hat die Polizei meine Sachen durchsucht.«
»Wow«, sagte Alla und knüllte ihren Becher zusammen. »Und was willst du jetzt machen? Ich meine, was sollen wir jetzt machen?«
Ich erzählte so neutral wie möglich von dem, was mir die letzten Tage durch den Kopf gegangen war, wobei ich alle Zweifel an meiner Zurechnungsfähigkeit und mein intimes Gespräch mit Nina ausließ. Ich berichtete, dass ich Grits Haus durchsucht und das Foto des Fremden gefunden hatte.
Allas Gesicht wurde starr, und sie sah weiter auf den trügerisch glatten Rhein.
Moby Dick fuhr vorbei. An Moby Dick konnte ich mich erinnern, ein blaues Ausflugsschiff in Form eines Wals, mit Zähnen und Augen und Schwanzflosse. Man hatte ihn nach einem Wal benannt, der sich in den Sechzigern im Rhein verirrt hatte und für großes Aufsehen gesorgt hatte. Damals hatten in Bonn zahlreiche Schaulustige sein Eintreffen erwartet, und mir hatte immer gut gefallen, dass man ihm in Gestalt des Ausflugsschiffs ein Denkmal gesetzt hatte.
Ich hatte früher immer, wenn ich am Rhein gewesen war, nach Moby Dick Ausschau gehalten, weil er mir als gutes Omen erschienen war. Jetzt war er da, es war wie ein Wiedersehen. Ich hätte ihm gern zugewunken, aber meine Fäuste steckten in den Taschen meiner Kapuzenjacke, und ich ließ sie dort.
»Simone und ein Geliebter«, sagte Alla tonlos. »Das hätte ich niemals gedacht. Nicht, weil ich es ihr nicht zutraue, ich traue Simone so ziemlich alles zu, aber ich hätte nicht gedacht, dass sie überhaupt Interesse an so

etwas wie einer Affäre hat. Mir kam sie nie besonders, na ja, triebgesteuert vor.«

»So etwas passiert wahrscheinlich einfach«, sagte ich, was lächerlich war, denn ich hatte keine Ahnung.

Alla schnaubte durch die Nase. »Nach meiner Erfahrung gibt es nichts, was Simone einfach so passiert. Sie hat alles im Griff wie … Vergiss es. Aber wie passt das zu dem Mord an Casper?«

Ich zuckte die Achseln.

»Angenommen, Simone wollte nicht, dass es rauskommt … Das wiederum würde zu ihr passen, sie hält den Deckel auf alles. Aber deswegen Casper umbringen? Und warum am Tag vor der Hochzeit?«

»Wegen des dramatischen Effekts«, sagte ich und hörte Douglas. Das war es, was er gesagt hätte. Immer, wenn ich in seine Filmabende hineingequengelt hatte – »warum tut sie das, man würde doch nicht …« –, hatte ich diese Antwort bekommen.

Alla schüttelte den Kopf. »Simone hat keinen Sinn für Drama, sie denkt ganz praktisch. Und außerdem, was ist dann mit Nina?«

»Keine Ahnung.«

»Lass uns mal überlegen, Mimi. Der Junggesellenabschied der Männer war in derselben Nacht wie unserer. Vielleicht ist da etwas passiert?«

»Casper hat nicht zu Hause geschlafen«, sagte ich. »Ich weiß zwar nichts Genaues, aber als ich aufwachte, lag ich bei Nina im Bett.« Auf wessen Seite hatte ich gelegen? Irgendwie war das wichtig für mich, ich hoffte sehr, dass Nina diese Nacht unter der Decke ihres Verlobten gelegen und ich auf ihrer Seite geschlafen hatte. Alles andere würde einen schalen Geschmack hinterlassen. Wieder musste ich an den Blick denken, den Casper mir beim Polterabend zugeworfen hatte. Schnell schob ich das Bild beiseite.

»Casper hat bei Mark und Grit auf dem Sofa geschlafen. Casper und Mark hatten sich ein Taxi teilen wollen, und der Taxifahrer hat sie dann rausgeschmissen, weil er Angst hatte, dass sie ihm den Wagen vollkotzen. Das nächste Haus war das von Grit … Also sind sie da hin, zu Fuß.«

»Das wusste ich gar nicht«, sagte ich.

»Hat Grit mir erzählt, vor dem Spaziergang, während wir auf dich gewartet haben.«

Ich dachte nach. Hatte Casper in meinem Bett geschlafen, während ich in seinem gelegen hatte, in einer seltsam spiegelverkehrten Version eines Partnertauschs? Hatte Casper ausgerechnet in dem Bett gelegen, das die Polizei bald darauf durchsucht hatte? Vielleicht hatte er morgens in meinem Koffer gekramt und die Pflanzen entdeckt? Das war Quatsch – da Casper tot war, konnte er wohl schlecht die Polizei über seinen Fund informiert haben.

»Hat er in meinem Zimmer geschlafen?«, fragte ich.

»Wer?«

»Casper.«

»Sofa, hat Grit gesagt. Wohnzimmer. Zumindest glaube ich, dass sie das gesagt hat.«

»Hm.«

Wir schwiegen beide und sahen Moby Dick nach. Er nahm Kurs auf Königswinter.

Alla warf mir einen Blick zu, prüfend, lauernd beinahe. »Ich wüsste ja zu gern, wer dieser Kerl von Simone ist. Wie sieht er aus?«

»Ach so!« Ich griff in meine Jeanstasche. Zum Glück war es die Hose von gestern. Allas Augen wurden rund, als ich ihr das zerknickte Bild reichte.
»Was ist los?«, fragte ich. »Kennst du ihn?«
Alla sah komisch aus, alle Farbe war aus ihrem Gesicht gewichen. Sie umklammerte das Bild und starrte unverwandt darauf. »Das ist Ingo.«
»Was?«
»Das ist Ingo. So, wie er früher aussah, als ich noch mit ihm zusammen war.«
»Du warst mal mit Ingo zusammen?«
»Ist lange her.« Allas Stimme klang betont gleichmütig, das entging mir nicht. »Na bravo, du hast also einen geheimnisvollen Fremden gejagt, der sich als der rechtmäßige Ehemann entpuppt. Happy End in einer Schmonzette!«
»*Das* ist Ingo?« Ich nahm ihr das Bild aus der Hand und betrachtete jedes Detail, das glatte Kinn, die wachen Augen, die Wangenknochen, das mittelblonde Haar. »Unmöglich, ich habe ihn doch gesehen! Und wenn mich nicht alles täuscht, ist das Bild maximal zwei Jahre alt!«
»Ich find's krass, dass er sich offenbar in so kurzer Zeit so verändert hat. Ich dachte, das sei über Jahre gegangen, das passiert ja manchmal.«
»Jetzt noch mal von vorn, Alla, ich komme nicht mehr mit.«
Alla seufzte. »Als ich mit Ingo zusammen war, sah er so aus wie der hier.« Sie schnippte mit dem Zeigefinger gegen das Bild. »Dann war Schluss, er kam mit Simone zusammen, die Details erspare ich dir. Seitdem habe ich ihn nicht mehr gesehen. Und jetzt, auf dem Polterabend, tritt plötzlich ein Kerl auf mich zu und begrüßt

mich. Ingo. Total verändert. Fett. Komisch. Ich habe einen Schock bekommen.«
»Aber erkannt hast du ihn?« Ich konnte es nicht glauben.
»Ich hätte ihn immer und überall erkannt«, sagte Alla, und etwas in ihrer Stimme vibrierte. Ich sah sie an und merkte, dass über ihren Augen ein seltsamer Schleier lag. Ach du Scheiße, dachte ich. Das wurde ja immer komplizierter.
»Aber du bist doch immer wieder hier gewesen in den letzten Jahren!«, wandte ich ein.
Alla gab ein gepresstes Lachen von sich. »Meinst du im Ernst, Simone hätte zugelassen, dass Ingo dabei war, wenn wir uns sahen? Da kennst du Simone aber schlecht.«
Ich kannte Simone wirklich schlecht, also gab es nichts, was ich sagen konnte.
»Irgendwann zwischen diesem Urlaub und der Hochzeit hat er sich so verändert. Ich wüsste zu gern, was das war.«
»Er sieht krank aus«, sagte ich.
»Findest du? Ich finde eher, er sieht aus, als habe er einen Schock erlitten, von dem er sich nicht mehr erholen kann.«
Alla behielt das Bild lange in der Hand. Und als sie es schließlich sinken ließ, steckte sie es wie selbstverständlich in ihre eigene Handtasche.
Das gab mir zu denken.

Wir blieben über eine Stunde am Rhein, schoben die Fakten hin und her. Dann brachen wir auf.
Alla brannte förmlich vor Ermittlerdrang, und das verwunderte mich etwas. Das Foto hatte in ihr eine

Bombe gezündet. Mit der Tatsache, dass sich Ingo seit ihrer Trennung langsam in einen unattraktiven, phlegmatischen Trauerkloß verwandelt hatte, war sie fertiggeworden, aber der Ingo auf dem Hüttenbild war der, den sie von früher kannte, und das lag nicht weit zurück, beinahe zum Greifen nah. Alla wirkte fiebrig, aufgedreht, bereit, jederzeit loszurennen und den alten Ingo mit Gewalt aus dem neuen herauszuprügeln.

Gern hätte ich sie gefragt, was Gero zu ihrem Interesse an Ingos Veränderung zu sagen hätte, aber ich schwieg.

»Es muss etwas passiert sein, etwas Schreckliches«, sagte Alla und blieb so unvermittelt stehen, dass ich bereits einen Meter von ihr entfernt stand, als ich mich schließlich zu ihr herumdrehte. »Was kann einen Menschen so verwandeln?«

Ich zuckte die Achseln. Wir waren in Richtung Innenstadt gegangen, und die Sonne schien auf den Asphalt. Es würde heiß werden.

»Ich muss dann mal langsam wieder zurück«, sagte ich. Nichts zog mich wirklich zu Grit, außer dem dringenden Bedürfnis, mich davon zu überzeugen, dass sie nichts gemerkt hatte, gestern bei den Polterabendbildern.

Mit einer herrischen Bewegung winkte Alla ein Taxi heran. »Los, Mimi, rein mit dir!«

»Ich muss zurück zu Grit«, protestierte ich.

»Ich bringe dich. Komm schon!«

Ihre Stimme klang grimmig und entschlossen. Ich stieg ein.

Ich hätte mir denken können, dass Alla mich nicht einfach absetzen und dann in ihr Hotelzimmer verschwinden würde. Tatsächlich kam sie mit zu Grit, sie folgte mir dicht auf dem Fuß, so dicht, als bewachte sie mich.

Wir platzten in ein häusliches Idyll. Grit und Simone lagen auf Sonnenstühlen, während die Kinder unter begeistertem Quietschen Sand aus einer riesigen blauen Plastikmuschel schippten und ins Gras rieseln ließen. Auf dem Gartentisch stand eine Glaskaraffe, in der einige grüne Minzzweige in einer Pfütze schwammen. Die Sonne schien, als würde sie dafür bezahlt.

Wie brüchig jede Idylle ist, zeigten die Kinder nach wenigen Sekunden: Stella brach in Tränen aus, als Jonas ihr im Überschwang Sand ins Gesicht warf, und Jonas hob drohend seine Schaufel. Simone erhob sich und ging barfuß zu ihnen, nahm Stella in den Arm und redete besänftigend auf die beiden ein. Es war ein merkwürdiges Bild, Simone mit ihrer Tochter zu sehen. Irgendwie war mir nicht so richtig bewusst gewesen, dass sie wie Grit eine Mutter war, ihre Mutterschaft war nicht ständig präsent, ganz anders als die von Grit.

Alla rief »Hallo«, und ich öffnete die Gartenpforte. Simone sah auf, gab Stella einen liebevollen Klaps auf den Po und trat zu uns, Grit dagegen schien tiefer in ihrer Liege zu versinken. Sie trug eine Sonnenbrille, und ihre Hände umklammerten die Lehnen der Liege.

»Gut, dass ihr da seid«, rief Simone. Ihre Umarmung fühlte sich echt an, sie war geradezu stürmisch. Sofort überkam mich ein schlechtes Gewissen. Was, wenn

alles anders war, wenn Alla unter Verfolgungswahn litt und ich dabei war, Freundschaft und Gastlichkeit mit Schnüffelei und Misstrauen zu vergelten?
»Wirklich gut!«, setzte sie hinzu und machte eine leichte Kopfbewegung hin zu Grits Liegestuhl.
»Alles okay bei euch?«, fragte Alla mit gerunzelter Stirn. »Was hat denn Grit?«
Simone wischte sich die glatte Stirn, auf der winzige Schweißtropfen glänzten. Es war wirklich heiß. »Die Polizei war wieder hier und hat sie total in die Mangel genommen. Grit hat mich angerufen, und ich hab die Kinder früher aus dem Kindergarten geholt und bin hergekommen.«
»Was ist los? Gibt es etwas Neues von Nina?«
»Nein.«
»Wirklich nicht?«
»Nein, sag ich doch.«
Ich hörte meinen eigenen Atem zischen. Ich wusste nicht, was ich wünschen sollte. Neuigkeiten bedeuteten in einem Fall wie diesem wohl meist schlechte Neuigkeiten, oder?
»Grit ist total fertig, die Arme«, fuhr Simone halblaut fort. »Diese Polizisten sind wirklich eine Pest! Wir müssen sie einfach ein bisschen ablenken, dann wird das wieder. Geht schon mal und heitert sie auf, ich mache neuen Eistee.«
Das war nicht die Simone, über die Alla vorhin noch geflucht hatte, die böse, missgünstige, berechnende Hexe. Ich warf Alla einen Seitenblick zu, gespannt, wie sie reagieren würde, aber sie lächelte Simone nur warm an und sagte: »Dann ist ja gut, dass wir gekommen sind.«

Die Situation war bizarr. Ich wusste zwar nicht genau, was Alla im Sinn gehabt hatte, aber es war sicher keine muntere Gartenparty gewesen. Oder war genau dies die Gelegenheit, um unauffällig etwas herauszukriegen? Ich dachte an das, was Gero über Polizeiarbeit gesagt hatte. Verunsichern, Druck aufbauen, beobachten.
Grit lag immer noch reglos im Liegestuhl, aber sie nahm ihre Sonnenbrille ab, als wir näher kamen. Ihre Lider waren geschwollen, ihr Gesicht glänzte.
»Hi«, sagte sie nur.
»Was zum Teufel ist los?« Alla ging neben ihr in die Knie und nahm ihre Hand.
»Die Polizei war hier.«
»Das hat Simone schon gesagt. Und? Was wollten die?«
Grit presste die Lippen zusammen, dann sprach sie doch. »Sie waren ganz anders als vorher. Sie haben richtig … Sie fingen damit an, dass achtundvierzig Stunden ohne Lebenszeichen ein ganz schlechtes Zeichen wären. Dass man ohne Aussicht auf Erfolg die Anzahl der Einsatzkräfte zurückfahren müsste. Es klang furchtbar, sie sprachen so, als ob Nina tot wäre.«
»Mein Gott!«
»Dann haben sie plötzlich umgeschaltet. Es ging darum, wer von Ninas Tod profitieren würde. Casper kann ja nun nicht mehr, und Geschwister hat sie nicht, und dann haben die …« Grits Augen füllten sich mit Tränen, und sie rang nach Luft, dann heulte sie los.
»Total lächerlich«, sagte Simones Stimme hinter uns. Sie stellte das beladene Tablett ab und setzte sich. Mir ging auf, wie selbstverständlich sie sich hier bewegte, mit der Gelassenheit einer Hausherrin. »Nina hatte Grit

mal Geld geliehen, als sie das Haus hier gekauft haben, vor zwei Jahren. Es war alles ganz brav aufgesetzt, schriftlich und so, und sie hat auch brav ihre Raten gezahlt, aber jetzt kam die Polizei damit an. Als ob das ein Grund wäre, Nina umzubringen!«

»Ich halte das nicht mehr aus«, flüsterte Grit. »Nicht zu wissen, was mit Nina ist und wie alles weitergeht. Und die Polizei, die kann ja immer wieder kommen und Fragen stellen oder Zimmer durchsuchen ...«

»Das wird so weitergehen, schätze ich. Bis sie etwas gefunden haben.« Alla sog an ihrem Strohhalm.

»Die gehen davon aus, dass die Vorfälle etwas mit der Hochzeit zu tun haben, dass irgendwas passiert ist. Die haben immer wieder gefragt, warum wir alle hier herumhängen, was Mimi hier macht und so. Wie es sein kann, dass wir so viel Zeit haben. Was wir geplant hatten. Mark und Ingo sollen sogar nachweisen, wie viele Urlaubstage sie ursprünglich eingereicht hatten. Gero etwa nicht?«

»Nein, Gero ist selbständig«, sagte Alla.

Ich überlegte. Hatte er zu mir nicht gesagt, dass er in einer Bank arbeitete? Ging das, als Selbständiger?

Ich nahm einen Schluck von meinem Eistee und dann noch einen. Ich schmeckte Limette, Minze und etwas Fruchtiges, anderes ...

Simone neigte den Kopf. »Aus irgendeinem Grund finden sie das rasend exotisch, dass wir uns alle diese Woche freigenommen haben für die Hochzeit. Als wäre das allein schon verdächtig genug.«

»Wahrscheinlich haben Polizisten keine Freunde«, sagte Alla. »Dabei ist es doch klar, dass man versucht, Zeit miteinander zu verbringen, auch wenn man berufstätig ist und nicht mehr viel Freiraum hat. Ich zum Beispiel fahre im Sommer mit einigen Freunden auf eine Finca. Mallorca, aber im Landesinneren. So ein Urlaub unter Freunden, das ist wichtig.« Der Seitenblick, der mich traf, war beinahe unsichtbar, aber ich fing ihn auf und wusste, worauf sie hinauswollte. Das Hüttenfoto.

»Finca? Nett«, sagte Simone neutral.

»Muss einfach mal wieder sein. Ihr seid doch auch zusammen im Winterurlaub gewesen, oder? Nina erzählte das beim Polterabend. Auf einer Hütte.«

»Das war so schön«, sagte Grit. Sie hatte die Sonnenbrille wieder aufgesetzt. »Eine Woche lang Skifahren, ohne Kinder. Und der Schnee war ein Traum!«

»Hm«, machte Alla. Ich sah ihr an, dass sie Simone gern wieder in die Küche geschickt und Grit einzeln bearbeitet hätte, aber das ging wohl schlecht. »Wer hatte denn die Idee dazu?«

»Nina. Sie hat auch alles organisiert. Und abends haben wir Karten gespielt und getrunken.« Grits Stimme hatte einen träumerischen Klang bekommen. »Doppelkopf, und immer zwei mussten aussetzen und haben gekocht und Cocktails gemacht. Wie so ein Staffettenlauf, weißt du, wenn eine Runde zu Ende war, wurde getauscht. Und manchmal kam man in die Küche und wusste gar nicht, was gerade gekocht wurde, darum hat Mark Sauerkirschen in das Risotto getan, weil er dachte, es wäre Milchreis! Wir haben so gelacht ... Als ob wir abends zum Cocktail Milchreis kochen würden, ich meine, es waren ja keine Kinder dabei!«

»Und außerdem riecht man ja, dass es Risotto ist, schon wegen der Gewürze«, sagte Simone. Sie hielt den Blick erleichtert auf Grit gerichtet, die sich zu entspannen schien.

»Kaum zu glauben«, sagte Alla. »Sechs Leute glücklich auf einer Hütte, alles Friede, Freude, Eierkuchen, und jetzt ist einer davon ermordet, eine verschwunden und Ingo ... Ja, der sieht aus, als ob es ihm nicht gutgeht, finde ich.« Der Blick, den sie Simone zuwarf, war schneidend, und ich merkte, wie ich den Atem anhielt. Eine betretene Stille breitete sich aus, Grit erstarrte in ihrem Liegestuhl.

»Er hat etwas zugenommen«, sagte Simone kühl. »Das kommt vor in einem bestimmten Alter. Manche halten sich natürlich besser als andere, das ist bei Männern nicht anders als bei Frauen.«

»Mark ist auch dicker als vorher«, erklang Grits Stimme aus den Tiefen ihres Liegestuhls, dünn und piepsig, es war eine Stimme, die um Frieden bettelte, und insgeheim stimmte ich ihr zu, auch ich wollte diesen sonnigen Tag plötzlich nicht mehr mit Zweifeln und Verdächtigungen verbringen. Aus dem Sommerflieder stieg ein Zitronenfalter in die Höhe und tanzte über unseren Köpfen, seine zartgelben Flügel zitterten vor dem blauen Himmel.

Simone erhob sich. »Noch etwas Eistee, Mimi? Dein Glas ist leer.«

»Gern.«

Für einen Moment sagte niemand etwas, alle hatten die Entschlossenheit hinter Allas Frage gespürt, harter Fels unter dem weichen, sanften Gras. Es war dumm von Alla gewesen, das Thema sofort auf Ingo zu lenken, ihr eigenes Anliegen hinter der Frage war allzu offensichtlich. Sie hätte unauffälliger weiterbohren müssen.

Aber eigentlich war mir das egal. Ich hörte Vögel zwitschern und leises Flugzeugbrummen. Sommergeräusche. Ich hätte gern die Augen geschlossen und mich auf die Wiese gelegt, zwischen die anderen, und wenn mich ein Grashalm gekitzelt hätte, wären meine Augen geschlossen geblieben, damit ich nicht wusste, wer es war, es könnte dann jeder sein, sogar Nina oder vielleicht Douglas.

»Mimi ist schon etwas beschwipst«, hörte ich Simones Stimme.

»Beschwipst? War da etwa Alkohol drin?« Ich richtete mich auf und riss die Augen auf. Die Sonne blendete.

»Ein bisschen nur. Ich dachte, das muntert uns auf.«

»Das tut es«, sagte Grit, ihre Stimme klang angenehm träge.

»Ich nehme auch gern noch was«, sagte Alla und streckte sich lang aus im Gras. Eine Hummel taumelte an ihr vorbei.

»Nur mal theoretisch«, hörte ich meine Stimme. »Was kann mit Nina passiert sein? Erstens: Sie ist tot, und man hat sie noch nicht gefunden.« Es war ein gutes Gefühl, die schlimmste Möglichkeit gleich vorwegzunehmen, ich war sicher, jede folgende Theorie würde wahrscheinlicher und realistischer klingen als die, dass Nina irgendwo ungesehen verweste, während Flugzeuge über den blitzeblauen Himmel strichen, Vögel zwitscherten und Hummeln summten.

»Möglichkeit zwei: Sie ist weg, geflohen, weil sie Casper umgebracht hat.« Das war Allas Stimme. Sie klang klar. »Da spricht einiges dafür. Wahrscheinlich denkt das auch die Polizei, und sie rückt damit nur nicht raus, solange sie nichts Handfestes hat.«

Ich lauschte Allas Ausführungen, und sie wanderten in meinem immer leichter werdenden Kopf herum, sprangen Schnörkel, drehten anmutige Pirouetten, tänzelten auf und nieder.
Ja, vielleicht war das die wahrscheinlichste Lösung: Nina hatte Casper umgebracht und war verschwunden, um sich einer Festnahme zu entziehen. Aber eines passte nicht dazu: das Gift. Jemanden, den man liebt, den bringt man nicht mit Gift um. Nina hatte nicht viel über Casper gesprochen, aber das war Feinfühligkeit gewesen wegen Douglas, vielleicht auch, weil das Thema Casper kein Thema zwischen uns sein sollte.
Einen Moment streifte mich der Gedanke, dass sie im Pub etwas über Casper hatte hören wollen, als es darum ging, warum ich weggegangen war ... Dann war der Gedanke weg.
Eine Gewissheit blieb: Gift war keine Waffe von Liebenden. Und Nina hatte Casper an jenem Abend noch geliebt, sie hatte so normal gewirkt, und sie war sicher gewesen, dass diese Hochzeit stattfinden würde. Oder?
Ich dachte an den Anruf auf ihrem Handy, den sie nicht angenommen hatte, weil sie mit mir reden wollte.
Nein.
Aconitum verwendete man nicht für einen spontanen Mord. Es gehörte zu einem überlegten, kaltblütigen, möglicherweise sogar sadistischen Mord. Nur jemand, dem die Schmerzen des Opfers völlig egal waren oder der sie sogar beabsichtigte, würde mit Aconitum morden. Egal, was in der Nacht vor der Hochzeit zwischen zwei Verlobten geschehen mochte, kein Mensch würde zu Gift greifen. Gift war etwas für Ehefrauen, die seit

zwanzig Jahren verheiratet waren und sich über einen langen Zeitraum entschlossen hatten, den anderen loszuwerden.
Ich reckte mich. Die anderen diskutierten weiter, ihre Stimmen ein stetes Auf und Ab, wie der Taumelflug der Hummeln.
Ich würde meine Erkenntnis verschweigen. Denn sosehr mich diese improvisierte Teamsitzung faszinierte, ein wenig wollte ich doch für mich behalten, solange ich nicht sicher wusste, wem ich Vertrauen schenken konnte. Ob es die anderen ebenso machten?
Vermutlich, dachte ich. Wir belauern einander, warten auf Fehler, auf Gefühlsausbrüche, verräterische Hinweise …
»Das können wir wohl ausschließen«, sagte Grit. Sie klang jetzt wach, interessiert. Ich richtete mich auf, denn ich wollte die Gesichter der anderen studieren, ich durfte nichts verpassen.
»Noch etwas Eistee, Mimi?«, fragte Simone. Sie hob eine Kanne hoch, randvoll, die Eiswürfel darin klimperten leise und beruhigend.
»Wo kommt der denn plötzlich her?«
»Ich habe neuen gemacht.« Ehe ich antworten konnte, plumpsten Eiswürfel in mein Glas, dann gluckerte die blassgrüne Flüssigkeit. Mein Glas beschlug sofort. Nachdenklich blickte ich auf die Minzzweige und Limettenscheiben. Durfte ich das überhaupt trinken, wenn ich Simone misstraute? Ich konnte mir keine weiteren Erinnerungslücken leisten.
»Möglichkeit drei?«, fragte Alla.
»Nina hat den toten Casper gefunden und ist im Schock und in Panik geflüchtet.« Simones Stimme war fest.

»Warum?« Das Spiel schien allen Spaß zu machen, Blicke und Bemerkungen waren wie Tennisbälle, die rasch hin- und hergeschlagen wurden.

»Weil«, sagte Grit, »weil all ihre Träume mit Casper gestorben sind. Weil sie nicht weiß, wie es weitergehen soll ohne ihn. Und weil sie diesen Hochzeitstag nicht aushält, mit einem toten Bräutigam. Darum konnte sie den Hochzeitsgästen nicht gegenübertreten. Sie wollte das erst mal in Ruhe verdrängen. Und dann wird sie wiederkommen.«

Diese Antwort passte zu Grit, fand ich. Besänftigend, immer das Gute in der Welt im Blick. In Ruhe verdrängen, um Himmels willen!

Allas Stimme erhob sich aus dem grünen Gras wie der Kopf einer Kobra. »Oder weil sie Angst vor dem Mörder hat. Oder natürlich der Mörderin. Vielleicht hat Nina etwas gesehen und weiß, dass sie in Gefahr ist.«

Es prickelte auf meiner Haut, als ob ihre Worte ein Nervengift verströmten, das in meinen Organismus eindrang. Ich griff nach meinem Glas und trank den letzten Schluck aus, Minze landete zwischen meinen Zähnen, ich kaute auf dem Blatt herum. Es schmeckte süß. Das war keine normale Minze. Orangenminze vielleicht? Stevia?

»Es gibt noch Möglichkeit vier«, sagte Simone unbeirrt. »Sie wird gewaltsam irgendwo festgehalten.«

»Dann wäre die Frage: Was will der Entführer? Und auch, bei wem meldet er sich? Casper fällt aus, und Ninas Eltern …«

»Wahrscheinlich würde der Entführer sich hier melden. Bei einer von euch. Bei den besten Freundinnen, die alles tun, die sogar die Beerdigung regeln.« Alla

hob ihr Glas, prostete uns zu und trank. Sie sah zufrieden aus.
»Meinst du?« Grit hatte die Augen weit aufgerissen.
»Sag du es mir«, sagte Alla. »Falls wir es mit Möglichkeit vier zu tun haben, dann müsste er sich längst gemeldet haben. Also: Hat er?«
Die Wirkung auf ihre Frage war seltsam – Grit und Simone sahen einander an, sahen wieder weg und fixierten dann Alla, unbeweglich.
In diesem Moment fiel mir der Anruf ein, bei dem ich nur das Atmen am anderen Ende gehört hatte. War das der Entführer gewesen? Ich ließ mich ins weiche Gras zurücksinken, zauste die Halme und dachte nach.

Ich glaube, dass mein Denken durch die Gesamtsituation ungünstig beeinflusst wurde. Es war gemütlich gewesen in Grits Garten, ein träger Sommertag, ganz so, wie Sommertage sein sollten und wie sie meist nur der Reklame gelangen: Der Himmel leuchtete blau, köstliche selbstgemachte Getränke lockten in beschlagenen Karaffen, Freunde, die nebeneinander auf der beinahe zu grünen Wiese lagen und die braunen Waden ineinander hakten, im Hintergrund Kinder in genau der gedämpften Lautstärke, in der Kinder perfekt waren, ein trügerisch-liebliches Hintergrundgeräusch …
Vielleicht hatte auch der Alkohol in Kombination mit den Sonnenstrahlen alles verlangsamt.
Angenommen, der unbekannte Anrufer war der Entführer gewesen: Was hatte er gewollt?
Es gab nicht viel, was Entführer haben wollten, ich strengte meine Phantasie an und überlegte. Geld. Informationen. Schweigen.

All das konnte sein, aber es passte nicht zu den anderen Fakten. So wie bei der Pflanzenbestimmung. Es gab immer mehrere Anhaltspunkte, die erst in ihrer Gesamtheit Klarheit brachten.
Irgendwie passte diese Entführergeschichte nicht. Warum aber hatte Simone so verschreckt reagiert? Hatte sie überhaupt verschreckt reagiert?
Ich versuchte, mir die Szene ins Gedächtnis zu rufen: Simone, wie sie mit dem Zeigefinger am Glasrand entlangfährt. Grit, die Augen geschlossen, der Kopf hinabgesunken. Alla, und ihre Frage.
Falls wir es mit Möglichkeit vier zu tun haben, dann müsste er sich längst gemeldet haben. Also: Hat er?
Simones Zeigefinger, wie er stockt, ihr Gesicht, das glatt wird, eine Maske; Grit, der ein Seufzer entfährt, leider sind ihre Augen hinter der Sonnenbrille verborgen.
Es ging um Anrufe. Das war das Stichwort gewesen.
Als mein eigenes Handy klingelte, fuhr ich so rasch auf, dass ich mich beinahe an der Dachschräge über dem Bett gestoßen hätte.
»Hallo?«
»Ich bin's, Gero.«
Gero. Meine Gedanken fuhren Achterbahn, Casper war tot, Nina möglicherweise auch, was konnte jetzt sein?
»Was ist los? Ist was mit Alla?« Allas schwarze Glitzeraugen, ihre forsche Art, wie schnell konnte sie sich in Gefahr bringen. Ich dachte an ihre präzisen Fragen: Möglichkeit eins, zwei, drei, vier …
»Nein, alles in Ordnung, ich wollte nur mal anrufen.«
»Wirklich? Ist was passiert?« Ich wechselte nervös das Ohr.

»Echt nicht.«
»Warum rufst du dann an?« Meine Stimme klang laut und unbeherrscht.
»Oh«, sagte er halblaut, und dann noch einmal: »Oh.«
»Stimmt was nicht?«
»Mimi, wirklich, alles okay. Es ist nur ... Du hattest deine Handynummer so demonstrativ auf den Tisch gelegt, da dachte ich ... Ich dachte, vielleicht meinst du ... Vergiss es einfach. War ein Missverständnis.«
Diesmal war ich es, die »oh« sagte.
Geros Stimme klang jetzt gedrückt, entschuldigend. »Mimi, pass auf, ich muss, äh ... Ich muss weg. Wir sehen uns, okay? Ich meine ... Vielleicht sehen wir uns, ich bleibe ja noch einige Tage hier. Aber wenn wir uns nicht sehen, dann ist's auch okay, also ... Ach, Scheiße!«
Er legte auf, ehe ich noch einmal »oh« sagen konnte.
Eine Weile starrte ich das Handy in meiner Hand an. Ein eigenartiges Missverständnis. Hatte ich das richtig verstanden – er dachte, ich hätte ihm meine Handynummer zugespielt? Konnte es sein, dass jemand wie Gero ...? Unmöglich. Vor allem, wenn er Alla hatte.
Hatte er Alla? War nicht ziemlich deutlich geworden, dass Alla immer noch Ingo liebte, auf eine merkwürdige Weise?
Entschlossen schob ich den Gedanken an Geros kantiges Gesicht weit von mir. Ein Missverständnis, nichts weiter. Er hatte etwas falsch verstanden, und deswegen der Anruf.
Ich stockte. Wie war das?
Anruf. Falsch verstanden. Der mutmaßliche Entführer. Jemand hatte angerufen, weil er etwas falsch verstanden hatte.

Jemand hatte einen Anruf bekommen und diesen falsch verstanden. Ich selbst hatte ihn falsch verstanden.
Was, wenn ich die wesentliche Aussage des Anrufs übersehen hatte? Nämlich: Er war nicht für mich bestimmt gewesen. Egal, wie liebreizend Simone mir kühle Getränke servierte, der Anruf zeigte mir, dass ich nicht eingeweiht war.
Ich überlegte. Misstrauten die anderen mir? Vielleicht, weil die Polizei es tat?
Oder – mein Atem stockte – was, wenn es umgekehrt war? Was, wenn die Polizei mir nur misstraute, weil die anderen es taten?
Ich hatte mich nie gefragt, wie die Polizei auf die Pflanzen in meinem Koffer gekommen war. Jetzt wusste ich es.
Zumindest glaubte ich, es zu wissen.

TAG 9

Am nächsten Morgen war alles anders. Zwar lag ich zwischen der mittlerweile vertrauten buntgestreiften Gästebettwäsche von Grit, links neben mir der Nachttisch, vor mir der Schrank, die Vorhänge, die ich aufzog, waren dieselben, und selbst der Himmel versprach erneut einen strahlenden Tag. Trotzdem wusste ich, dass die Welt eine andere geworden war.

Aus dem Wohnzimmer hörte ich betriebsame Frühstücksgeräusche. Jonas plapperte laut und aufgeregt, dazwischen Marks tiefe Stimme, Grit, die mit klappernden Sandalen hin und her lief.

Ich ging ins Bad, duschte und wusch mir die Haare. Dann zog ich frische Sachen an, obwohl die Auswahl in meinem Koffer bereits zu wünschen übrig ließ. Ich würde waschen müssen.

Als ich mich an den Esstisch setzte, waren Jonas und Mark schon unterwegs zum Kindergarten und zur Arbeit.

Grit war gerade dabei, den Tisch abzuräumen. »Immer noch keine Neuigkeiten«, sagte sie. »Kein Anruf. Gar nichts.« Sie sah nervös aus.

»Wir können nur warten«, sagte ich lahm.

»Das stimmt. Tee?«

»Gern.«

Wir schwiegen, als gäbe es nichts hinzuzufügen. Grit räumte weiter die Teller und Tassen ab, ich aß ein Toastbrot und trank Tee.

»Heute wird es wieder so heiß.« Mit dem Kinn deutete Grit zur Terrassentür, die weit offen stand und köstliche Sommerluft hereinströmen ließ. Noch war sie kühl und frisch, aber bald würde sich alles aufheizen. Die Vögel zwitscherten. Es sah ganz nach einem schönen Tag aus, aber ich wusste, für mich würde er erst mal nicht schön werden, und für Grit wahrscheinlich auch nicht.

Mit dem Teebecher in der Hand trat ich auf die Terrasse und kniete neben dem Rhododendron nieder. Meine Alraune sah schlecht aus. Ihre Blätter hingen schlapp und schwach auf den Boden, und eines war bereits braun geworden. Sie würde eingehen. Sie hatte keine Chance mehr. Ob sie sich hätte erholen können, wenn ich sofort zurück nach Edinburgh geflogen wäre, am Tag nach der Hochzeit?

»Vielleicht sollte ich gleich den Rasen mähen«, hörte ich Grits Stimme hinter mir. »Der könnte es brauchen.«

»Aber?«

Grit zuckte die Achseln. Sie war noch im Bademantel, und ihre Haare hatten dringend eine Wäsche nötig, sie klebten in mausbraunen Strähnen am Kopf. »Ich kann mich irgendwie nicht aufraffen.« Sie klang matt.

Ich hörte die weinerliche Stimme, registrierte, wie ihre dünnen Wimpern zitterten, wie erste Tränen hervorquollen und die hellbraune Iris für einen Moment vergrößerten. Ein Lidschlag nur, und sie würden über die müden, weichen Wangen purzeln.

Ich wandte mich ab und ging über den Rasen bis zum Zaun. Ich wollte Abstand zwischen sie und mich bringen. Sollte sie doch allein heulen.
Grit ließ mich nicht, sie folgte mir. Es schien ihr egal zu sein, ob man sie von den Nachbargrundstücken aus im Bademantel sah; alle Gärten waren identisch, die gleiche Größe, die gleiche Grünfläche, der gleiche Grenzstreifen mit Ziersträuchern oder Zäunen.
»Das war schön gestern im Garten.«
»Hmmm.« Ich ging zurück zur Terrasse, aber Grit folgte mir auf Schritt und Tritt.
»Das war echt genau das Richtige, dass du Alla mitgebracht hast. Allein sein ist schlimm, wenn man so grübeln muss. So eine Befragung ... Ich kenne das ja nur aus dem Fernsehen. Schlimm. Ich hatte das Gefühl, die werden immer weiterfragen. Dabei ... Es ist wie mit dem Schwarzfahren. Ich bin früher mal erwischt worden, als ich noch zur Schule gegangen bin. Das war total peinlich, die haben mich mit zum nächsten Bahnhof genommen, weil ich meinen Schülerausweis nicht dabeihatte, und dann haben sie meine Eltern angerufen. Und Jahre später, da hatte ich längst den Studentenausweis und musste gar keine Angst mehr haben, aber immer, wenn Kontrolleure eingestiegen sind, habe ich Herzrasen bekommen. Weißt du noch, als wir nach Köln zu dem Levellers-Konzert gefahren sind und du deinen Studentenausweis nicht dabeihattest? Schrecklich, dabei wusste ich, dass du nachlösen konntest! Aber es hat mir einfach keine Ruhe gelassen. Und du warst so cool!«
»Ja, ich erinnere mich.« Das war eine Lüge. Ich erinnerte mich nicht.

»Genau so ist das jetzt. Ein Gefühl von Bedrohung, als ob mich gleich jemand erwischt. Obwohl das ja Quatsch ist …« Grit erschauderte sichtlich.

Inzwischen hatten wir auf den Gartenstühlen Platz genommen, aber Grit hockte auf der äußersten Kante, zum Sprung bereit.

Ich sagte: »Ich finde das nicht Quatsch. Es ist nun mal bedrohlich, wenn in nächster Nähe Menschen ermordet werden und verschwinden.«

Grit zuckte zusammen und warf mir einen verstörten Blick zu, gleich würde sie wahrscheinlich wieder weinen. »Wie war das denn für dich, als die Polizei dich verhört hat – hat dir das nicht Angst gemacht? Immer wieder diese Fragen, dieses Lauern, dass man einen Fehler macht … Das kannst du doch nicht einfach so wegstecken! Immerhin haben sie dich sogar mit aufs Präsidium genommen.«

»Immerhin haben sie auch meine Sachen durchsucht. Und immerhin war mein Handy neben der Toten, und irgendwie wusste die Polizei auch, dass ich mich mit Kräutern auskenne. Das ist doch komisch, oder? Da fragt man sich, wie die darauf gekommen sind!« Meine Stimme war laut geworden und hatte einen Klang bekommen, den ich nicht kannte, scharf, angriffslustig.

Ich wurde nie laut. Ich griff nie an. Aber die Zeiten hatten sich geändert, definitiv.

Grit gab einen jaulenden Laut von sich, und das verriet mir, das alles so war, wie ich es mir gedacht hatte.

»Für euch war das ganz schön praktisch, oder? Wenn die Polizei mich verdächtigt, habt ihr erst mal Spielraum. Und darum ging es euch. Wofür eigentlich? Kannst du mir das sagen?«

Grits Unterlippe zitterte verdächtig, und sie heftete ihren Blick fest auf den Jägerzaun, der ihren Garten vom Nachbargrundstück trennte. »Ich hab das nicht gewollt, ehrlich. Aber …«

»Was hast du nicht gewollt?«

»Dass du Schwierigkeiten bekommst. Aber als Casper dalag …«

»Was?«

»Ich kann dir das nicht erklären. Ich hab ja nichts gesehen. Ich hab nur …«

»Ja?«, fragte ich. »Ich bin gespannt. Ich bin wirklich, wirklich gespannt.«

»Lass uns Simone anrufen. Sie hat das … Simone soll kommen. Dann erzählen wir dir alles, ehrlich.« Grits Lippen wurden ein feiner Strich, und sie erhob sich, um Simone anzurufen.

Ich spürte, wie ich richtig sauer wurde. »Lass das! Ich will das jetzt von dir hören! Hey … Komm, Grit!«

Aber Grit war ins Wohnzimmer gegangen, zielstrebig, und meine Hand, die nach ihrer Schulter griff, schüttelte sie ab.

»Kannst du eigentlich gar nichts allein entscheiden? Grit! Ich hab dich was gefragt!«

Es war hoffnungslos. Gern hätte ich sie gepackt und geschüttelt, aber sie drückte hektisch die Tasten des Telefons und heulte in den Hörer.

Und erst da begriff ich, dass all dies tatsächlich passierte, dass ich nicht etwa Allas Verschwörungstheorie aufgesessen war, sondern dass es hier ein ganz übles Komplott gab, eines, dessen Opfer ich geworden war. Grit war eingeknickt, und man würde mich aufklären, zumindest hoffte ich das. Ich spürte Adrenalin durch meinen Körper rauschen. Kam jetzt der Showdown? Würden alle meine Fragen beantwortet, alle Erinnerungslücken gefüllt, alle Unklarheiten beseitigt, alle Schuldigen benannt? Und was kam dann, ein Happy End? Versöhnung und Verhaftung? Oder würde es weitere Opfer geben? Ich spürte, dass ich zu schwitzen begann, aber vielleicht lag das auch an dem Sommertag, der langsam Fahrt aufnahm.

Zehn Minuten später war Simone da. Diesmal sparten wir uns die Frauenküsse. Mit ernstem Gesicht kam sie herein, wir nahmen im Wohnzimmer Platz, und Grit schloss die Terrassentür sehr sorgfältig, einen Augenblick lang befürchtete ich, sie werde auch noch die Gardinen vorziehen.

Simone druckste nicht lange herum, sie kam gleich zur Sache. »Wir haben dir wirklich keine Schwierigkeiten machen wollen, das musst du uns glauben.«

»Wer ist wir?«, fragte ich knapp.

Simone und Grit wechselten einen müden Blick. »Na, wir beide, Grit und ich«, sagte Simone. »Wir mussten spontan reagieren, es ging um Nina. Wir wollen sie schützen. Ich gehe davon aus, das hättest du auch getan, aber wir konnten uns nicht absprechen, es musste schnell gehen.«

Ich wartete. Meine Augen brannten, und ich konnte den beiden nicht in die Augen sehen, aber das war auch nicht nötig. Ich hörte hin, sehr genau. Mir würde nichts entgehen, kein falsches Wort, keine seltsame Betonung.

»Als ich Casper daliegen sah, am Hochzeitsmorgen, hab ich sofort Nina angerufen. Sie hatte das Handy ausgeschaltet, aber ich sah dann, dass es im Flur lag. Ich hab in Panik die Polizei gerufen, und erst als ich allein im Sessel saß und auf sie wartete, fiel mir auf, wie schlecht das alles für Nina aussehen würde.«

»Schlecht für Nina?«, fragte ich und legte meinen Finger auf mein linkes Augenlid. Es zuckte.

»Weil sie natürlich die Hauptverdächtige war. Und weil sie verschwunden war, das machte alles noch viel verdächtiger.«

»Und darum hast du dir gedacht, präsentieren wir denen Mimi, der macht das nichts aus. Oder fandest du vielleicht einfach nur, dass es um mich nicht so schade ist?« Noch während ich sprach, wurde mir bewusst, wie albern das klang. Natürlich war es aus Simones Sicht nicht schade um mich. Ich war eine Fremde, die vor zehn Jahren einen ziemlich uncharmanten Abgang hingelegt hatte. Warum sollte es Simone kümmern, wie es mir ging?

Weil wir Freundinnen waren, früher einmal, dachte ich. Und weil wir es dann wieder waren, jetzt, gerade, für ein, zwei Tage, für eine Nacht.

Simone beugte sich vor, die Stirn in hauchfeinen Sorgenfalten. Es schien ihr wichtig zu sein, dass ich sie verstand, aber ich verspürte keinerlei Lust, mich von ihr überzeugen zu lassen. »Denk doch mal nach, Mimi! Ich wollte Nina einen Vorsprung verschaffen. Klar kann ich nicht verhindern, dass man sie zur Fahndung ausschreibt, aber ich kann ihr Zeit geben, damit sie in Ruhe die nächsten Schritte überlegen kann.«

»Was redest du für einen Scheiß? Was soll Nina für nächste Schritte überlegen? Wir wissen doch nicht einmal, was mit ihr ist, wo sie ist, ob sie in Gefahr ist …« Meine Stimme zitterte, ganz wie mein Augenlid. Die beiden arbeiteten im Akkord. »Du behinderst die Ermittlungen der Polizei, das ist dir doch wohl klar! Und wenn die das rauskriegen, bekommst du wahrscheinlich ganz schön Ärger, das ist nämlich verboten, da bin ich mir ziemlich sicher! Wer weiß, vielleicht hätte die Polizei Nina längst gefunden, wenn sie ihre Zeit nicht mit mir und meinem Kräutergarten verschwendet hätte! Mein Gott, ich könnte …« Ich rieb mir das Gesicht, ich hatte keine Lust mehr auf dieses Gespräch, wirklich nicht. Sosehr ich mich nach Erklärungen sehnte, dies hier war zu viel. »Was ist, wenn Nina Hilfe braucht, wenn der Mörder sie …«

»Erzähl ihr den Rest, Simone«, sagte Grit. Sie hatte die Arme über ihrem Bademantel verschränkt und sich zurückgelehnt. Ihre Stimme klang anders als sonst, fester.

»Aber …« Simone ließ den Blick zwischen uns hin- und herschweifen, seufzte dann. »Es ist nicht so, wie du denkst, Mimi. Als ich da war, hab ich … Mir war bewusst, dass … Scheiße.« Sie strich sich die Haare aus dem Gesicht und warf flehende Blicke zur Zimmerdecke, und seltsamerweise dachte ich an Brad Pitt, wie er in *Twelve Monkeys* seinen Kopf zwischen die eigenen Hände nimmt und mit rollenden Augäpfeln das Gesicht zum Himmel hebt und senkt, immer wieder, fleischgewordene Verzweiflung. Douglas hatte mich darauf aufmerksam gemacht.

Er kann nur diese Pose, ich schwör's dir. Er kann nur diese eine Pose, in Seven *macht er es genauso …*

»Es war Nina«, sagte Grit knapp.

Douglas verschwand aus meinem Kopf mit einem hörbaren Plopp. »Was?«

»Es war Nina. Nina hat ihn umgebracht.«

Mein Blick hing verloren in der Luft, sekundenlang, dann seufzte Simone. »Ich könnte einen Kaffee vertragen«, sagte sie, und wie auf Kommando erhob sich Grit und ging in die Küche.

»Jetzt bitte von vorn«, sagte ich.

»Okay.« Simone sah erschöpft aus. »In der Nacht vor der Hochzeit hat Nina mich angerufen. Ich hatte das Handy im Wohnzimmer, und aus irgendeinem Grund versuchte sie es nicht auf dem Festnetz, vielleicht, um Ingo und Stella nicht zu wecken. Auf meine Mailbox hat sie auch nicht gesprochen, aber zehn Minuten später schickte sie mir eine SMS. ›Haltet mich nicht für verrückt, ich weiß, was ich getan hab. Tut mir leid, auch für die Gäste. Sag keinem was. Melde mich. Nina.‹«

»Weiter.«

»Den Anruf hatte ich nicht mitbekommen, aber das Eintreffen der SMS hab ich dann gehört, weil ich aufgestanden war.«

»Warum warst du aufgestanden? Wie spät war das eigentlich?«

»Zwei oder so. Vielleicht auch später.«

»Und warum rennst du nachts um zwei im Haus herum?«

Simone sah fast verwundert aus. »Wegen der Hochzeitstorte. Der Konditor konnte am Hochzeitstag nicht liefern, weil er so viele Bestellungen hatte, und darum haben sie die am Abend vorher gebracht. Und ich hatte überlegt, ob die Blumen passen. Auf der Torte waren diese klassischen roten Marzipanrosen, aber Nina hatte als Tischschmuck gelbe Rosen mit irgendetwas Wei-

ßem ausgesucht, das fiel mir aber erst nachts ein. Ich wollte gucken, ob …«
»Du willst mich verarschen«, sagte ich aufgebracht.
Simone erstarrte in der Bewegung, als hätte ich sie geschlagen.
»Simone ist oft nachts wach und macht die Sachen, die sie tagsüber nicht geschafft hat. Bügeln und so«, sagte Grits Stimme hinter mir. Ich drehte mich um. Grit verteilte Kaffeebecher, Zuckerdose, Milchkännchen.
Es war in dieser Situation nicht von Belang, aber trotzdem fragte ich mich, warum sie nicht daran gedacht hatte, dass ich Tee trank. War das ein Zeichen, dass Simone jetzt die Befehlsgewalt übernommen hatte? Dass es egal war, wie es mir ging?
»Mit Milch, oder?«, fragte Simone und hob das Kännchen. Ich wollte keine Milch, aus Prinzip nicht, aber ich sagte nichts. Stattdessen sah ich zu, wie Simone Milch in unsere Becher verteilte, Zuckerstücke hinterherwarf. Sie war eine Feldherrin, und wir akzeptierten das.
Ich trank einen Schluck, obwohl es nicht schmeckte. Doch meine Hände zu beschäftigen brachte Ruhe in meine kreisenden Gedanken und half mir, mich zu konzentrieren.
Simone war die einzige Person auf der Welt, der ich tatsächlich zutraute, dass sie nachts umherschlich, bügelte und Überweisungen tätigte. Vielleicht polierte sie auch das Klingelschild an der Haustür und streute Unkrautvernichter in die Fugen auf Nachbars Terrasse, das würde zu ihr passen.
»Und weiter?«
Simone seufzte. »Ich rief Nina sofort zurück. Sie hatte das Handy zu dem Zeitpunkt schon ausgeschaltet, und

das wunderte mich. Ich machte mir echt Sorgen. Ich dachte, vielleicht hat sie Streit mit Casper.«
Zum hundertsten Mal musste ich widerwillig daran denken, was für eine gute Freundin Simone war. Eine, die nachts Hochzeitskram organisierte, eine, die man mitten in der Nacht anrufen konnte, wenn man Ärger mit dem Bräutigam hatte.
Bei uns hatte nie jemand mitten in der Nacht angerufen, nur einmal vor zwei Jahren Douglas' Mutter, als sein Vater mit Verdacht auf Schlaganfall ins Krankenhaus eingeliefert worden war und sie für Minuten ihre vornehme Zurückhaltung verloren hatte. Wir waren nicht drangegangen, weil wir gerade vögelten, und als Douglas sich am nächsten Morgen an den Anruf erinnerte, schuldbewusst ihr hysterisches, zusammenhangloses Gerede auf dem Anrufbeantworter abhörte und zurückrief, hatte sie die übliche Fassade wiedergewonnen und empfahl uns, uns keine Sorgen zu machen.
Ich hatte keine Freunde, die nachts anriefen. Und insgeheim war ich sicher, selbst wenn in der Nacht vor der Hochzeit das Handy geklingelt hätte … Natürlich, ich hätte Douglas erwartet und wäre deswegen drangegangen. Bei jeder anderen Nummer aber hätte ich verbissen um meinen Schönheitsschlaf gekämpft, ich hätte das Handy in die Ecke gefeuert und mir das Kissen über den Kopf gezogen und weitergeschlafen.
Auch, wenn es Nina gewesen wäre?, flüsterte eine Stimme in meinem Kopf.
Ja. Auch dann. Vermutlich. Höchstwahrscheinlich. Leider. Mir war mein Schlaf heilig.
»Und was hast du dann gemacht?«, fragte ich und wünschte mir brennend, dass sie ihre Bügelwäsche in

die Tonne getreten, das Telefon ausgestöpselt und sich ins Bett gelegt hatte, um am nächsten Morgen nicht völlig zerknittert aufzuwachen.

»Ich bin natürlich sofort hingefahren.«

»Und?«

»Und da hörte ich, dass die beiden sich wieder vertragen hatten.«

»Du hörtest *was?*«

Grit sah diskret zur Seite, aber Simone hatte den Blick unbeirrt auf mich gerichtet. »Ich hörte die beiden. Nina und Casper. Versöhnungssex.«

»Oh«, sagte ich.

Wir rührten in unseren Kaffeetassen und tranken wie auf Kommando.

»Und wie kannst du so sicher sein?«

»Glaub mir«, sagte Simone und setzte ein starres Lächeln auf. »Ich *bin* mir sicher.«

»Hörte man das denn bis …«

»Nein. Aber ich habe einen Schlüssel. Und als niemand öffnete, schloss ich auf, und, na ja, da wusste ich, warum niemand geöffnet hatte.«

»Ich verstehe«, sagte ich. »Und wie komme ich da jetzt ins Spiel?«

Simone stellte den Becher ab und sah mir geradewegs in die Augen. »Ich werde nicht vor dir kriechen, Mimi. Ich hatte eine Entscheidung zu treffen. Irgendwas muss schiefgegangen sein mit Casper und Nina an dem Abend, danach war Casper tot und Nina weg. Ich wusste von einem Streit. Was hättest du denn gedacht, hm?«

»Wie war der Wortlaut der SMS noch mal?«

Simone runzelte die Stirn. »Genau weiß ich es nicht.«

»Du weißt es nicht? Dann guck nach!«

»Ich habe die Nachricht natürlich gelöscht! Stell dir mal vor, die Polizei hätte mein Handy untersucht … Das Risiko konnte ich nicht eingehen. Das haben sie bei dir schließlich auch gemacht!«

»Weil sie einen konkreten Verdacht hatten, was uns gleich zum nächsten Punkt bringt, oder?« Ich lehnte mich zurück und überlegte einen flüchtigen Moment, ob die anderen wohl das Zucken meines Augenlids bemerkten. Sah ich bedrohlich aus, wie ein Pirat? Oder einfach nur mitleiderregend, so, als sei ich mit den Nerven am Ende?

»Woher hatten sie den? Hast du eine Idee?«

Simone seufzte. Es klang nicht schuldbewusst, eher mitleidig. »Du warst die geeignete Person. Du kommst aus dem Ausland, die Polizei würde lange brauchen, um deinen Hintergrund zu checken. Dein Handy lag zufällig rum …«

»Wo lag es?«

»Im Flur neben dem Telefon, gleich neben dem von Nina. Wahrscheinlich hat Nina es dahin gelegt.«

»Und was hast du mit den Telefonen gemacht?«

»Deins hab ich hinter das Sofakissen geschoben, das von Nina hab ich mitgenommen. Ich hab ihre SIM-Karte zertrümmert und ins Klo gespült, das Gerät habe ich später in einen Mülleimer geworfen. Und dann fiel mir das mit den Kräutern ein.«

»Was?«

»Vom Junggesellinnenabschied. Da hast du uns von den Kräutern erzählt. Was man damit machen kann und so.«

Mein Kopf war plötzlich leer, und das Augenlid begann wieder zu zucken. Ich legte einen Finger darauf, damit es aufhörte, aber das tat es nicht.

»Rede weiter«, sagte ich.

Simone nickte. »Wir wussten also, dass die Polizei bei dir erst mal was finden würde, das sie einige Zeit beschäftigt. Lauter giftiges Pflanzenzeug … Klar, dass sie sich auf dich konzentriert haben. Mehr konnte ich nicht tun. Den Rest muss Nina allein schaffen. Oder uns um Hilfe bitten.«

Ein Schweigen trat zwischen uns, als Ninas Name fiel, es hätte mich nicht gewundert, wenn jemand ein Gebet gesprochen hätte.

»Das heißt, seitdem wartet ihr darauf, dass Nina anruft und ihr erfahrt, was Sache ist oder wie ihr ihr helfen könnt.«

»So ungefähr«, sagte Simone.

»Und sie hat ihr Handy nicht mehr. Weiß sie denn eure Handynummern auswendig?«

Simone zuckte die Achseln, eine Bewegung, die sich mit leichter Verzögerung bei Grit wiederholte. »Wohl eher nicht. Kennst du sämtliche Nummern in deinem Nummernspeicher auswendig?«

Die Frage berührte etwas, das nicht berührt werden wollte, ich dachte an die wenigen Handynummern in meinem Nummernspeicher, außer Douglas waren da Matt und Karen, Mike vom Pub, meine Thekenkollegin Grace, meine Eltern, da war die Nachbarin, falls mal etwas mit dem Haus war, und da waren jetzt sie, drei neue. Ninas Nummer hatte ich nicht, aber wenn stimmte, was Simone sagte, würde ich ihre Nummer nicht brauchen, weil es das Handy nicht mehr gab.

»Und wenn sie anruft, während wir woanders sind?«

»Rufumleitung«, sagte Simone.

»Moment«, sagte ich. »An dem Morgen, als Grit einkaufen war …« Ich rechnete nach.

»Vorgestern«, sagte Grit. »Das war vorgestern. Red weiter.«
Es kam mir wie eine Ewigkeit vor, und einen Moment zählte ich irritiert die Tage nach, nur um festzustellen, dass Grit recht hatte. »An dem Morgen hat das Telefon geklingelt. Ich bin drangegangen, und es war jemand in der Leitung, hat aber nichts gesagt.«
»Nina!«, flüsterte Grit.
»Und dann?«, fragte Simone. Gespannt hatte sie sich vorgebeugt.
»Nichts dann. Der Jemand hat aufgelegt, und das Telefon hat nicht noch einmal geklingelt.«
»Hast du die Nummer gesehen?«
»Unterdrückt.« Ich ersparte mir die Erklärung, warum ich nachgesehen hatte.
»Das war sie«, flüsterte Grit tonlos. »Ganz sicher. Wer sonst?«
Auf Simones Nasenwurzel hatten sich steile Falten gebildet. »Aber warum hat sie nicht bei mir angerufen? Ich hätte die Rufumleitung gehabt, bei mir ...«
Grit legte ihr die Hand auf den Arm. »Mach dir keine Gedanken. Vielleicht wusste sie tatsächlich die Nummer nicht auswendig, immerhin benutzen wir alle fast nur noch die Handys.«
»Sie wird wieder anrufen. Wenn sie es war, wird sie wieder anrufen. Wir müssen ab jetzt immer am Telefon bleiben, eine von uns muss immer da sein.«
Simones Blick schloss auch mich ein, und ich imitierte Grits Nicken, obwohl mir sehr bewusst war, dass der Kreis der Verschwörer sich hier nicht gerade von zwei auf drei erweitert hatte, selbst wenn es so schien.

Ich fragte mich, was Alla zu den Neuigkeiten sagen würde.
Grit trug noch immer ihren Bademantel, und ihr Haar sah selbst aus der Entfernung von drei Metern schlimm aus, aber ich verstand jetzt, woher das rührte, ich sah die Sorge um Nina, die alles andere in den Schatten stellte, und mir wurde warm, wenn ich daran dachte, dass wir alle diese Sorge teilten.
Simone wischte den Tisch sauber, und jetzt sah ich die Verlässlichkeit, die sie ausstrahlte. Jede Handbewegung verriet eine Entschlossenheit und Tatkraft, die Nina zugutekommen konnte.
Niemand stellte eine einzige Frage zu der konkreten Tat, wir blendeten sie einfach aus und konzentrierten uns auf die praktischen Probleme, die wir zu lösen hatten.
Jemand musste immer in Nähe des Telefons bleiben. Wir mussten Bargeld beschaffen, falls Nina welches benötigte. Wir mussten überlegen, welchen Brocken wir der Polizei als Nächstes hinwerfen konnten.
Wir, wir, wir.
Plötzlich sprachen alle von einem »Wir«, das mich einschloss, und ich wehrte mich nicht dagegen, es konnte nicht schaden, wenn die beiden mich in ihre Pläne miteinbezogen. Obwohl – ein wenig verwunderlich fand ich schon, dass sie ohne weiteres davon ausgingen, ich würde mit ihnen eine flüchtige Mörderin unterstützen.
Nina hatte Casper getötet. Dann war sie doch eine Mörderin. Oder?
Ich schob die Entscheidung über diese schwierige Frage erst einmal weit von mir. Für mich war vor allem

eines von Bedeutung: Ich hatte recht gehabt. Es war kein Verfolgungswahn gewesen, der mich glauben ließ, ich sei Opfer einer Intrige geworden. Ich war nicht verrückt. Ein Großteil meiner Fragen war beantwortet, wenn auch nicht alle.
Ich war elektrisiert. Endlich wusste ich, was sich abgespielt hatte. Und bald würde ich noch mehr wissen.

Erst als wir wenig später in Grits Wagen saßen, begann sich meine Aufregung zu verflüchtigen, und mit jeder Ampel, an der wir standen, wurde ich ruhiger. Simones Erklärung, meine Fragen und ihre Antworten, viele flüchtige Details setzten sich zu einem stimmigen Bild zusammen.
Bis zu einem gewissen Restmisstrauen nahm ich Simone die edlen Motive ab, die zu dem Verrat an mir geführt hatten. Ich glaubte ihr nicht etwa, weil ich naiv war oder weil mich der Auftritt von eben besonders beeindruckt hätte, sondern deswegen, weil alles zu dem Gesamteindruck passte, den ich von Simone hatte – kompromisslos loyal gegenüber ihren Freundinnen, skrupellos gegen alle anderen, effizient in der Wahl ihrer Mittel.
Für Simone und Grit schien festzustehen, dass wir drei fortan an einem Strang zogen, und ich wollte ihnen diesen Glauben nicht nehmen. Wie sie zu Alla standen, wusste ich nicht, ich vermied dieses Thema vorerst. Darum ließ ich mich am Bahnhof absetzen, vorgeblich, um in der Stadt nach einer neuen Jacke zu gucken.
Vom Bahnhof war es nicht weit zum Hotel Bristol. Gero war nicht da, und ich hütete mich, nach ihm zu fragen.

Seit seinem seltsamen Anruf war mir unbehaglich, wenn ich an ihn dachte.
»Es ist gut, wenn sie dir vertrauen«, sagte Alla nachdenklich. Sie stand im schwarzen Body vor dem weit geöffneten Kleiderschrank und schob ziellos die Bügel hin und her. »Das tun sie doch, oder?«
Dass ich weiterhin auf ihrer Seite war und bei den anderen nur spionierte, schien für sie festzustehen.
»Ich glaube schon. Mir kam es so vor, als ob sie meine Hilfe brauchten.«
»Hilfe wobei eigentlich?«
»Na ja, wenn Nina sich meldet, kann es sein, dass sie Sachen braucht, Geld.«
»Ihr wollt also einer Mörderin zur Flucht verhelfen.«
»Das kann man so nicht sagen.« Genau in dieselbe Richtung waren meine Gedanken auch gewandert, aber die Deutlichkeit von Allas Worten ging mir doch zu weit.
»Nein?« Alla drehte sich schwungvoll zu mir um, presste ein violettes Baumwollkleid an die Brust und hielt ein schwarzes hoch. »Das hier oder das?«
»Was?«
»Das Kleid. Ist doch wieder so warm heute.«
»Ja, das violette sieht gut aus.« Sie sahen für mich beide gleich aus, ich konnte im Moment wirklich nicht an Kleider denken.
»Hm.« Alla starrte in den Spiegel, machte hohle Wangen und strich sich über die schwarzen Augenbrauen. »Macht mich das nicht zu blass?«
Alla war seltsam. Sie hatte in diesem Hotelkleiderschrank vermutlich mehr Klamotten, als ich in den letzten zehn Jahren besessen hatte. Ich erzählte ihr, was

Simone und Grit mit haarsträubendem Kalkül ausgekocht hatten, und versuchte verzweifelt, mich zu einer Position durchzuringen: War das, was sie taten, unmoralisch oder ein echter Freundschaftsdienst? Hatte Nina womöglich einen tiefgreifenderen Grund für das, was sie getan hatte? Und konnte es etwas geben, das einen Mord rechtfertigte und somit auch rechtfertigte, dass wir Nina halfen? Währenddessen ging Alla ungerührt ihre Garderobe durch, als wäre die Frage, ob sie das Schwarze oder das Violette anziehen sollte, gleichbedeutend mit der, wie man mit einer flüchtigen Mörderin verfahren sollte.

»So ganz logisch finde ich das alles nicht«, sagte Alla, als sie aus dem Badezimmer kam. Sie hatte Lidschatten aufgelegt, der perfekt zum Farbton des Kleides passte.

»Warum?«

»Das alles erklärt zwar in Grundzügen, was in dieser Nacht passiert ist. Es erklärt aber nicht, was zum Beispiel auf der Hütte passiert ist.«

»Kein Mensch hat behauptet, dass diese Woche auf der Hütte etwas mit dem Mord zu tun hat.«

»Überleg doch mal, Mimi. Genau dieselben Leute, und irgendetwas ist passiert, worüber sie Stillschweigen bewahren. Und anderthalb Jahre später passiert ein Mord.«

»Es sind nicht genau dieselben Leute. Du warst auf dieser Hütte nicht dabei, ich war nicht dabei. Und ungefähr fünfzig andere Hochzeitsgäste auch nicht.«

»Trotzdem«, beharrte Alla. »Da ist etwas passiert.«

»Woher willst du das wissen?«

»Ingo. Guck ihn dir an, dort ist etwas passiert, was ihn verändert hat.«

»Es ist ja gar nicht sicher, dass es damals losging. Vielleicht hat er sich im letzten Sommerurlaub eine Infektion geholt, von der er sich nicht erholen kann, oder …«

»Ich hab das abgeglichen.«

»Womit? Wann?«

»Gestern, bei Grit. Jedes Mal, wenn ich auf dem Klo war. Ich hab die Alben durchsucht und andere Bilder gefunden, auf denen er zu sehen war. Eindeutig, es geht los mit dieser Hüttenwoche.«

Ich starrte sie einen Moment lang an. Gestern? Wenn sie länger als zwei Minuten verschwunden gewesen war, so hatte ich nichts davon bemerkt. »Du liebst Ingo noch, oder?«

Der Blick, den Alla mir zuwarf, hielt mich auf Abstand. Sie nahm auf dem eleganten Bristolsessel Platz, schlug die langen Beine übereinander und zupfte am Ausschnitt ihres Kleides. »Liebe ist kein Wort, das für mich noch Bedeutung hat.«

»Sondern?«

»Ich habe Ingo mal geliebt, ja. Und wenn das mit uns damals nicht so schlimm geendet hätte, dann wäre ich dem Thema Liebe vielleicht heute etwas zugeneigter. Aber so … Es ist halt anders gekommen.« Sie piddelte an einer Ecke des Tisches herum.

»Und was willst du jetzt?«

»Ich will wissen, was mit ihm passiert ist. Als ich ihn am Polterabend das erste Mal wiedersah, da fragte ich mich, ob er auch so geworden wäre, wenn wir damals zusammengeblieben wären. Du weißt schon – ob er deswegen so geworden ist, einer, der sein Leben nicht im Griff hat, weil es eben das falsche Leben ist, weil er eigentlich zu mir gehört. Und als ich dann erfuhr, dass

er sich erst seit kurzem so verändert hat, da wollte ich unbedingt wissen, warum.«
Sie sah grimmig aus dem Fenster, und ich begann zu ahnen, was sich in ihr abspielte.
Es musste für ihr Ego ein herber Schlag sein, dass Ingo nicht ihretwegen ins Elend gestürzt war – das hätte sie vermutlich heimlich genossen. Sein Leiden als Zeugnis ihrer dramatischen Liebesbeziehung, sie, die strahlende Schönheit, die nach langen Jahren des Exils zurückkommt und ihm vor Augen führt, was er verloren hat. Mit dieser Version hätte sie leben können. Sie hätte ihren gutaussehenden Verlobten gegriffen und wäre zurück nach Rotterdam gerauscht in dem Bewusstsein, was für einen glamourösen Eindruck sie bei den überarbeiteten Müttern in Bonn hinterlassen hatte.
Stattdessen gab es einen anderen Auslöser – was auch immer es war –, der in Ingo mehr Verwüstung hinterlassen hatte als ihre Trennung damals. War sie wütend oder enttäuscht deswegen? Beleidigt? Ich hätte gern gefragt, aber natürlich tat ich es nicht. Eins wurde mir klar: Allas Leben konnte nicht so toll sein, wie sie vorgab, wenn Ingos Schicksal so einen großen Raum einnahm.
Eine Frage aber musste ich stellen. »Und was ist mit Gero?«
»Gero? Du lieber Himmel!« Alla lachte lauthals heraus.
»Was ist an der Frage so witzig?«
»Gero ist – nichts! Er ist der Schönling, der mich begleitet, damit die anderen neidisch werden. Mein Alibi-Mann, sozusagen.«
»Das heißt, ihr seid gar nicht zusammen?« Ohne es zu wollen, musste ich an Geros Anruf denken, der mich

verwirrt hatte, nicht zuletzt, weil ich an Alla gedacht hatte.
Alla wischte sich die Augen, als wären sie voller Lachtränen, aber ihre Geste war übertrieben, eine theatralische Pose. »Du liebe Güte, nein! Ich könnte nie mit jemandem zusammen sein, der sich den Arsch bräunt!«
»Der …« Ich verstand gar nichts mehr.
»Er hat einen gebräunten Arsch! Kannst du dir das vorstellen?«
»Aber was sagt er denn dazu, ist er nicht …«
Allas Lachen erlosch augenblicklich. »Vergiss es, Mimi. Im Ernst, Gero ist bezahlt. Ein Mann vom Begleitservice.«
»Das ist nicht dein Ernst.«
Begleitservice? Gero? Ich dachte an die kurze Irritation, als sie seine Selbständigkeit erwähnt hatte.
»Doch, klar. Unter meinen Freunden sah keiner auf diese …« Sie pustete vor sich in die Luft, mir war rätselhaft, was das heißen mochte. »… diese billige Weise gut aus, dass es brave Muttis wie Simone und Grit beeindruckt hätte. Und außerdem hätte niemand zwei ganze Wochen Zeit gehabt.«
»Das heißt, du bezahlst ihn dafür, dass er hier die ganze Zeit mit rumrennt und dir vor den anderen Komplimente macht?«
»Und nicht zu knapp, das kannst du mir glauben!«
Ich verstand gar nichts mehr. »Aber warum gibst du so viel Geld aus, nur um einen bestimmten Eindruck zu hinterlassen?« Meine Miene musste Bestürzung verraten haben.
Alla stand auf, schlüpfte in ihre Schuhe und begann, einen Stapel Zeitschriften auf dem Tisch gerade zu rücken. »Warum? Meinst du das im Ernst?«

»Ich verstehe das einfach nicht.«

»Hochzeiten alter Freunde sind Krieg, Mimi. Eine Schlacht. Und ich habe nicht vor, diese Schlacht zu verlieren.«

Alla ist verrückt, schoss mir plötzlich durch den Kopf. Eine verrückte Hochzeitshasserin, die düstere Theorien entwickelte. Nur weil zufälligerweise der Teil, der die Verschwörung von Grit und Simone betraf, sich als wahr herausgestellt hatte, bedeutete das nicht, dass es sich mit ihren sonstigen Ideen ebenso verhielt.

Ein lautes Klatschen ließ mich hochschrecken, Allas Handflächen dicht neben meinem Ohr. »Was, Mimi? Was denkst du jetzt?«

»Ich frage mich nur, was das alles soll«, sagte ich langsam. »Du hast doch ein tolles Leben, da in Rotterdam. Einen tollen Job, Geld … Warum kümmert dich so, was alte Freunde von dir denken?«

»Ein tolles Leben«, wiederholte Alla. Sie lachte kurz und trocken. »Ich verdiene einen Haufen Geld, das stimmt. Ansonsten arbeite ich sechzig, siebzig Stunden in der Woche, und wenn ich damit fertig bin, treffe ich mich zum Essen mit Menschen, die meine Kollegen sind oder Kunden oder Journalisten. Ich habe eine Putzfrau, die sogar meine Klamotten aus der Reinigung holt, weil ich niemals innerhalb der Öffnungszeiten hinkönnte. Ich bekomme so viele Einladungen, dass ich jede Woche mindestens fünf davon absagen muss. In der Mittagspause gehe ich in schicke Läden und kann alles kaufen, was ich sehe. Ist das ein tolles Leben? Ich hab keine Ahnung. Es ist das Leben, das ich mir ausgesucht habe, und schlecht ist es nicht.« Alla spreizte die Finger. »Eins kann ich dir immerhin sagen:

Wenn ich andere Frauen in meinem Alter sehe, müde Muttis mit schlechtem Haarschnitt, dann habe ich nicht das Gefühl, dass ich was falsch gemacht habe.«

»Meinst du damit Grit?«, fragte ich, obwohl die Frage idiotisch war, das ganze Gespräch war idiotisch, ich hätte es gar nicht fortführen sollen.

»Was?«

»Muttis mit schlechtem Haarschnitt, hast du gesagt. Wen meinst du? Grit? Simone sieht immer piekfein aus.«

Alla starrte mich einen Moment ausdruckslos an, dann sagte sie: »Ach, scheiß doch auf Simone!«

Einen Moment starrten wir beide auf den Tisch, ich verstand die Wendung nicht, die dieses Gespräch genommen hatte.

»Wie kamen wir jetzt darauf?«, fragte Alla. »Gero. Es ging um Gero. So, das hätten wir also geklärt. Können wir dann vielleicht das Thema wechseln? Es gibt echt Wichtigeres als Gero. Eins verstehe ich nicht: Warum tun sie das?«

»Warum tun sie was?« Ich konnte Alla nicht folgen. Da war das Bild, das Alla von ihrem Leben entworfen hatte, einerseits so, wie ich es mir vorgestellt hatte, und doch war die Färbung ganz anders … Und dann musste ich immer noch das mit dem Begleitservice verdauen. Hieß das, Gero war so etwas wie ein Callboy? Ging er auf den Strich, gewissermaßen? Es kostete mich plötzlich Anstrengung, nicht auf das Bett zu sehen.

Alla hatte die Minibar geöffnet und stellte zwei Wasserfläschchen vor uns. Die Gläser beschlugen sofort, als sie einschenkte. »Wenn Nina echt die Mörderin ist, dann bekommen die beiden richtig Ärger. Eine Anzeige wegen Vertuschung einer Straftat, wer weiß, was das mit sich bringt. Gefängnis vielleicht. Ich kenne mich da nicht aus.«

»Ich auch nicht«, sagte ich und trank. Ich hatte Durst.

»Man müsste sich mal erkundigen, bei einem Anwalt. Die stehen doch unter Schweigepflicht. Also, warum tun sie das? Meinst du, Nina setzt sie unter Druck? Weiß sie etwas über Simone und Grit, was niemand wissen darf?«

»Glaub ich nicht«, wehrte ich ab. Allas Argumentation begann mich zu nerven.

Sie hörte gar nicht zu. Ihre Augen glitzerten, als sie ihr Glas leerte. »Das muss es sein. Sie hat sie in der Hand!«

Zwar wusste ich nicht mit Bestimmtheit, ob Alla auf der Gegenseite stand, aber eins war klar: Da wollte sie hin. Sie wollte einen Feind bekämpfen, und der Feind hieß Simone. Nur stand Simone auf der Seite von Nina, und da, wo Nina stand, da würde ich auch stehen.

Ich sagte langsam und ohne sie anzusehen: »Vielleicht sind sie einfach Freundinnen, die sich helfen, wenn eine von ihnen in Not ist?«

Alla lachte auf. »Und unter Freundinnen macht man das, ja? Man vertuscht gemeinsam einen Mord?«

»Von Vertuschen kann keine Rede sein. Immerhin hat Simone die Polizei gerufen.« Etwas an meinem Satz setzte eine Gedankenkette in Gang, langsam erst, dann verselbständigte sie sich: War das schlau von Simone gewesen, die Polizei zu rufen? Sie hatte Ninas Handy verschwinden lassen und falsche Spuren gelegt, okay. Aber wäre es nicht besser gewesen, erst mal niemandem Bescheid zu sagen? Dann hätte Nina mehr Zeit gewonnen.

»Sie muss etwas gegen sie in der Hand haben«, sagte Alla noch einmal. »Welche normale Frau tut so etwas aus Freundschaft, kannst du mir das mal verraten?«

Ich!, wollte ich rufen. Ich selbst hätte Nina auch gedeckt. Ganz bestimmt. Ich wäre eine ebenso gute Freundin gewesen wie Simone. Mindestens.

Aber ich schwieg.

»Das ist doch Wahnsinn«, fuhr Alla fort, ungeachtet meiner Gedanken, die sie am Sprechen hindern wollten. »Wer einmal tötet, tut es wieder. Ob die daran mal gedacht haben? Nachher sind sie die Nächsten.«

Ich wünschte plötzlich, ich wäre nicht hier. Ich wünschte, ich würde in diesem Moment mit Grit und Simone im Auto sitzen und überlegen, wie wir Nina aufspüren konnten.

»Willst du schon gehen?«, fragte Alla, als ich mich erhob. »Wann sehen wir uns? Sollen wir morgen wieder frühstücken? Am besten zusammen mit den anderen, dann bekommen wir vielleicht noch was raus. Außerdem sollten sie keinen Verdacht schöpfen, dass wir ihnen misstrauen.« Sie lächelte kumpelhaft.

»Ich weiß nicht, ob die können«, sagte ich ausweichend und öffnete die Tür.

»Morgen um zehn im Café Blau?«, sagte Alla, als habe ich nichts gesagt.

Ich zögerte, die Hand auf der Klinke. »Okay.«

»Ich werde versuchen, Ingo zu treffen. Ich halte dich auf dem Laufenden. Und wenn Simone morgen mitkommen will … gern. Ich bin gespannt, wie sie sich verhält.« Ihre Stimme hatte einen harten Unterton, ich wusste nicht, ob sie an die Sache mit Nina oder die mit Ingo dachte, ich wollte nur weg.

»Wir sehen uns«, sagte ich und verließ das Zimmer beinahe fluchtartig. »Ich ... Oh!«
Ich prallte gegen etwas Großes, noch ehe das Licht im fensterlosen Hotelflur aufflammte und Gero offenbarte.
»Hallo, Mimi«, sagte er und blieb stehen.
Die Aufzugtür hinter ihm stand offen. Ich schlüpfte hinein. Das Letzte, was ich sah, waren zwei Gesichter, die mich anblickten. Ich war erleichtert, als sich die Aufzugtüren schlossen und ich keine Reaktion mehr zeigen musste.

»Die Polizei war für dich da«, empfing mich Grit. Sie wirkte aufgeregt.
»Was?«
»Dieser Pfeiffer und seine Kollegin. Er wollte dich sprechen.«
»Dann hätte er mich doch anrufen können.« Ich warf einen Blick auf mein Handy und runzelte die Stirn. Kein Anruf.
»Sie kommen morgen noch einmal, haben sie gesagt. Wie hast du denn den Tag verbracht?«
»Ich war einkaufen. Und jetzt entschuldige, ich muss erst mal ins Zimmer.« Ich wich Grit aus. Nach dem Gespräch mit Alla im Hotel hatte ich lange am Rhein gesessen und nachgedacht. Über die Frage nach Mord und Mitschuld, über Freundschaft und Hochzeiten, verlorene Schlachten und gewonnene. Irgendwann war es mir zu viel geworden. Hier war eine Menge passiert, aber ich fühlte mich reihum ausgeschlossen – ausgeschlossen von Grit und Simone, die ihr eigenes Ding drehten und mich dabei kaltblütig geopfert hatten, abgestoßen von Alla, die ich inzwischen für mindestens

halbverrückt hielt. Ich wollte das alles nicht, und insgeheim war ich sicher, mich wollte man hier auch nicht.
Ich hätte gern Nina geholfen, aber die war verschwunden.
Douglas, dachte ich. Ich sehnte mich danach, dass er anrief und mich zurück in unser gemeinsames, geordnetes Leben ließ. Nach langem Zögern hatte ich seine Nummer gewählt und war auf der Mailbox gelandet, ich hatte gezögert, den Piepston verpasst und herumgestammelt …
Es war ein schlimmer Nachmittag gewesen. Dann war mir meine Notlüge mit der Jacke eingefallen, und aus gutem Grund hatte ich nicht gewollt, dass Grit und Simone von meinem Besuch bei Alla erfuhren. Um Zeugnis von meiner Shoppingtour abzulegen, war ich also zum Kaufhof gegangen, und als ich die gestohlenen Scheine über den Tresen schob und dafür eine prall gefüllte Plastiktüte entgegennahm, brannten meine Wangen vor Scham.
Dem Nachmittag war ein angespanntes Abendessen gefolgt – Jonas war verschnupft und quengelig, er weigerte sich, sein Brot zu essen, er rührte weder Gurken an noch Tomaten und verlangte nach Erdbeerjoghurt, doch als der vor ihm stand, kippte er den Becher um und heulte, weil er Gurke wollte. Grit blieb zu meiner Überraschung ruhig, und Mark griff nach der Zeitung und verschanzte sich, während Grit Erdbeerjoghurt vom Tisch wischte. Mark ließ die Zeitung erst sinken, als Jonas in seinem Zimmer verschwunden war. Mir kam es vor, als habe er es langsam satt, mich in seinem Wohnzimmer zu sehen. Grit war meinem Blick die gan-

ze Zeit über ausgewichen, wohl, weil das schwierige, uns beide beherrschende Thema nichts war, das an die Ohren ihres Mannes dringen sollte. Das Schweigen hatte mich gelähmt, und ich fühlte mich ihr stärker verbunden, als ich wollte: Wir beide teilten ein Geheimnis. Und zum ersten Mal fragte ich mich, ob ich vielleicht auch Alla nichts von der SMS hätte erzählen sollen. Was, wenn sie die Informationen gegen Nina verwendete?

Nach der bedrückenden Mahlzeit hatte ich eine Entschuldigung gemurmelt und mich in meine winzige Dachkammer verkrochen, wo ich auf das Display des Handys starrte. Drei Balken zeigten vollen Empfang.

Jonas wurde ins Bett gebracht, Schießerei und Geknatter verrieten mir, dass Mark vor dem Fernseher saß, während Grit in der Küche mit Geschirr klapperte. Vielleicht hätte ich ihr helfen sollen. Erwartete man von mir, dass ich mich im Haushalt nützlich machte? Gern wäre ich ein guter Gast gewesen und hätte geholfen, aber ich konnte nicht, irgendetwas blockierte mich. Alles schien mir so fremd. Die Selbstverständlichkeit, mit der Simone sich hier bewegte, hatte mir noch stärker zu Bewusstsein gebracht, dass hier eine Ordnung galt, die ich nicht verstand. Ich wusste nicht, wo die Dinge hingehörten. Dafür fühlte ich ziemlich sicher, dass ich hier nicht hingehörte. Und dann war da Grit, der ich insgeheim nichts wirklich Böses zutraute, vor die sich aber trotzdem immer wieder Allas spöttische Worte schoben. Ich sehnte mich so sehr nach Douglas, dass es schmerzte. Mit ihm war alles klar und einfach gewesen, selbst der Brief, mit dem er Schluss gemacht hatte, erschien mir jetzt beinahe edel – das waren klare

Worte gewesen, saubere Schnitte, ganz anders als die verwirrenden Versteckspielchen, in die ich hier verstrickt worden war.

Es war dunkel draußen geworden, das Geklapper war verstummt, der Lärm aus dem Wohnzimmer auch – dann waren die Lichter erloschen, eines nach dem anderen, und immer noch konnte ich nicht aufhören, auf das Handydisplay zu starren. Es war beinahe Mitternacht.

Gerade als ich aufstand, die Vorhänge zurückzog und versuchte, im schwarzen Himmel ein Licht auszumachen, einen Stern vielleicht, hörte ich ein Geräusch an der Tür, und Grit schlüpfte herein.

»Ich kann einfach nicht schlafen, ehe wir nicht gesprochen haben«, sagte sie, ihre Stimme klang unsicher. Sie hatte sich ans Bettende gesetzt und steckte die Füße unter meine Decke. Der blau-weiße Schlafanzug passte zu ihr, er war kariert und sicher bei hohen Temperaturen waschbar.

Ich zuckte die Achseln. Mein Interesse galt dem Handy auf dem Nachttisch, nicht Grit. Noch am Mittag war meine Enttäuschung über ihren Verrat riesig gewesen, aber irgendwie hatte sie sich im Laufe des Nachmittags verflüchtigt.

»Das mit dem Geld weißt du ja«, sagte sie und zog die Decke noch etwas höher.

»Was für Geld?«

»Das, was sie mir geliehen hat. Nina. Das war vor zwei Jahren. Wir hatten damals das Dachgeschoss ausbauen wollen, aber es hat einfach nicht gereicht.«

»Versteh ich nicht«, sagte ich. Ich wollte nicht mit Grit reden. Ich wollte, dass sie ging. Ich fühlte mich wie in

einer Internatsgeschichte, Teenager-Vertraulichkeiten, die flüsternd ausgetauscht wurden, während der Rest der Welt schlief. Ich wollte das nicht. Ich wollte, dass mein Handy klingelte.
Grit betrachtete mich unverwandt. »Wir hatten das Haus gerade erst gekauft und haben unheimlich viel reinstecken müssen wegen der Renovierung. Darum sagte Mark plötzlich, wir könnten das Dachgeschoss nicht mehr ausbauen, das wäre zu teuer.«
»Und?«
»Mir war das aber wichtig mit dem Dachgeschoss.«
»Das kann man doch später immer noch machen.«
»Meinst du? Einen Durchbruch zwischen den Stockwerken, und eine Treppe einbauen? Das muss man am Anfang machen, sonst macht man es nie. Denk doch mal, der Dreck … und man müsste alles neu verputzen. Und alles wäre offen, für lange Zeit.«
»Hm«, machte ich. Für mich ging das zu sehr ins Detail, mich interessierten weder Umbauten noch deren Preise. Mich berührte höchstens, dass wir über den Ort sprachen, in dem wir jetzt saßen, das Gästezimmer. Mein Zimmer war mit Ninas Geld entstanden. Sie hatte diesen Raum bezahlt, der mir jetzt Heimat war, für eine unbestimmte Zeit. Ich fühlte diffuse Dankbarkeit.
»Ich hatte damals schrecklichen Streit mit Mark«, fuhr Grit fort. »Er meinte, drei Räume reichen für uns, er verstand einfach nicht, worum es ging.«
Ich verstand auch nicht, worum es ging.
Grits mausfarbene Augen schienen mir mehr als sonst zu glänzen. Weinte sie etwa? »Nina aber verstand sofort, wie wichtig mir das war.«
»Nämlich?«

Grit strich vorsichtig über meine Bettdecke, etwa so, als streichle sie ein Kaninchen. »Ich will eine große Familie. Und wenn wir ein Haus kaufen mit einem einzigen Kinderzimmer, dann ist irgendwie klar, dass es so bleibt bis in alle Ewigkeit. Verstehst du?«

»Nein«, sagte ich.

Grit seufzte. Ihre Hände hielten das Bettdecken-Kaninchen fest umklammert. »Aber Nina hat es verstanden. Sie hat mir Geld geliehen, das ich mit dem Kindergeld, das ich für Jonas bekomme, abstottere.«

»Dann muss sie ganz schön reich sein«, sagte ich überrascht. Darüber hatte ich mir nie Gedanken gemacht.

Grit schüttelte den Kopf. »Es war ihr einfach wichtig, mir zu helfen.«

»Ja, okay, aber sie muss das Geld ja irgendwoher gehabt haben.«

Grit zuckte die Achseln. »Sie hatte Geld von ihrer Oma geerbt, und sie brauchte es noch nicht, nicht so wie ich, meinte sie. Sie war glücklich damit, wie es mit ihr und Casper lief, und sie dachte noch nicht im Traum ans Häuserkaufen. So ist Nina. Sie hilft einem immer.«

»Ja«, sagte ich, obwohl das Quatsch war, ich konnte es gar nicht wissen, aber etwas in mir gluckerte warm, und das war die Erinnerung an das Gespräch im Pub, an Ninas starke Arme.

»Und darum musste ich ihr auch helfen, verstehst du?«, fuhr Grit fort. Sie sah mich an, und obwohl es dunkel im Zimmer war, konnte ich sehen, dass ihr Gesicht sehr unglücklich aussah. »Ich wollte ihr einfach nur helfen, und Simone hatte diese Idee mit den falschen Spuren. Und ich dachte, wenn du nichts getan hast, dann wird dir auch nichts passieren, es wird natürlich unangenehm mit der Polizei, aber … Ich hab in dem Moment eben nur an Nina gedacht.«

»Das ist okay«, sagte ich. Und zu meiner Überraschung spürte ich, dass es tatsächlich okay war.

»Hast du dich nicht gefragt, warum sie in den Tagen vor ihrer Hochzeit so viel Zeit hatte? Dass das ungewöhnlich ist und etwas zu bedeuten hat?«

»Nein«, musste ich eingestehen.

»Freundschaft ist für Nina das Wichtigste. Wir sind für sie das Wichtigste.«

Ich nickte. Ja, diese Tage vor der Hochzeit waren etwas Besonderes gewesen, das verstand ich jetzt.

»Und da ist noch etwas«, sagte Grit. »Nina würde niemals etwas Schlechtes tun, niemals. Sie ist der ehrlichste Mensch, den ich kenne. Sie ist absolut moralisch.«

Ich nickte. Das Beispiel mit dem Stripper und seinem Sozialversicherungsausweis fiel mir ein, über das wir Tränen gelacht hatten, in einer anderen Zeit, in einem anderen Leben.

Die Wolken vor dem Mond hatten sich verzogen, und er schien jetzt stark und hell ins Zimmer, zeigte mir Grits entschlossenes Gesicht.

Grit sagte: »Wenn Nina Casper umgebracht hat, dann hat sie dafür einen verdammt guten Grund gehabt.«

TAG 10

Man sagt, dass eine Alraune grässliche Schreie ausstößt, wenn man sie ausgräbt. Meine Alraune sah am nächsten Morgen allerdings nicht so aus, als ob genug Leben in ihr wäre, um auch nur einen schwachen Seufzer zu tun. Sie hatte den Umzug nicht verwunden. Ich befühlte noch einmal die schlaffen Blätter, entfernte einige vertrocknete und hielt unwillkürlich den Atem an, als ich sie aus der Erde zog.

Kein Schrei ertönte, nichts. Die menschenähnlichen Glieder ihrer Wurzelknolle waren eingetrocknet, es tat mir weh, sie zu sehen, und so warf ich sie in die Mülltonne, ging in die Küche und setzte Teewasser auf. Grit war losgefahren, um Jonas in den Kindergarten zu bringen, und sie würde bald zurückkommen.

Das Frühstück war in der üblichen angespannten, unwirklichen Atmosphäre verstrichen, aber für mich hatte sich etwas verändert.

Grit war ein Familienmensch, eindeutig, und Jonas und Mark gingen ihr über alles, aber trotzdem war da einiges, was sie nicht mit ihnen teilte. Während Mark mit der Zeitung raschelte, Grit Brote für Jonas bestrich und Kaffee in die Tassen goss, dachte ich darüber nach, wie sie hinter dem Rücken ihres Mannes Nina deckte, der sie einen Mord zutraute. Passte das zusammen?

Ich hatte Grit vom ersten Moment an als typische liebevolle Versorgerin eingeschätzt, eine gute Hausfrau und Mutter, deren Interessen niemals die Grenzen ihres Jägerzauns überschreiten würden. Und dann so was. Ich hatte mich geirrt. Nicht, was ihre Interessen betraf, aber ihr kriminelles Potenzial, ihre Bereitschaft, Konventionen, ja, Gesetze zu brechen, hatte ich nicht gesehen, ebenso wenig wie ihre Loyalität gegenüber jemandem, der gut zu ihr gewesen war.
Und dann war da die Sache mit dem Dachgeschoss, dem Zimmer, in dem ich schlief: Ich hatte nachts lange wach gelegen und die Wände betrachtet, und irgendwann hatte ich begonnen, die Details um mich herum mit anderen Augen zu sehen. Die kitschige Streifentapete, der Teddy auf dem Stuhl, die duftigen Gardinen. Dies war ein Kinderzimmer. Grit hatte hier kein Gästezimmer eingerichtet, sondern das Zimmer für ein Kind, das nicht Jonas war.
War es das Zimmer eines Kindes, das gestorben war? Das Zimmer eines Kindes, das erwartet wurde? Oder war es das Zimmer eines Kindes, das niemals kommen würde?
Grit war nicht schwanger, da war ich mir ziemlich sicher, auch wenn ich mich nicht sehr gut in solchen Sachen auskannte. Sie war auffallend rundlich, aber sie hatte Alkohol getrunken, immer wieder.
Oder hatte ich das nur gedacht, weil wir alle Alkohol getrunken hatten? Weil sie immer ein Glas in der Hand gehalten hatte? Was hatte sich darin befunden?
Nein, dachte ich. Grit war keine üble Lügnerin. Sie mochte einen Kern haben, der mir bisher verborgen geblieben war, aber es gab keinen Grund zu glauben, dass

die Sache mit dem Kind irgendetwas mit den Geschehnissen zu tun hatte. Grit war vielleicht nicht ganz so einfach gestrickt, wie ich gedacht hatte, aber sie war ganz gewiss nicht böse. Grit war traurig. Das Zimmer war traurig, weil ich darin schlief und nicht das Kind, für das es bestimmt war.

Ich trat mit meiner Tasse in der Hand auf die Terrasse. Alles erschien mir anders.

Man hatte die Alraune von der Terrasse aus nicht gesehen, ich hatte sie im Schatten des Rhododendrons eingepflanzt. Trotzdem erschien mir der Garten leer ohne sie, und ich sah mich ratlos um, auf der Suche nach etwas, das ich tun könnte, aber weder die einfallslosen Ziersträucher noch die Ligusterhecke sprachen mich an. Schließlich ging ich in die Garage, wo ich den Rasenmäher vermutete und auch fand. Als mein Handy klingelte, zog ich es ohne Aufregung heraus, irgendwie wusste ich, dass es nicht Douglas war. Er würde mich nicht aus der Arbeit anrufen, sondern abends oder in der Mittagszeit.

Auf dem Display erschien Allas Nummer. Ich dachte an das Gespräch, daran, wie fanatisch ihre Augen geglitzert hatten, und daran, dass sie mich hatte treffen und weitere düstere Theorien hatte ausbrüten wollen, und mir wurde unwohl. Ich hatte keine Lust auf dieses Gespräch. Ich hatte Lust, den Rasen zu mähen. Ich drückte sie weg und schaltete mein Handy aus. Erst wenn Douglas Feierabend hatte, würde ich es wieder anstellen.

Den angekündigten Besuch von Pfeiffer hatte ich ganz vergessen. Gerade hatte ich mich mit einer Tasse Tee auf die Terrasse gesetzt, als er an der Haustür klingelte.

Ich öffnete. Er besah mich von oben bis unten und folgte mir dann auf die Terrasse.
»Sie haben angegeben, dass Sie aktuell hier wohnen«, sagte er.
»Ja. Das tue ich, wie Sie sehen.«
»Davon wollten wir uns ganz gern überzeugen.«
An der Haustür hörten wir laute Stimmen, der Schlüssel drehte sich im Schloss, und Grit erschien mit Jonas und der unvermeidlichen Anzahl Tüten. Als sie uns sah, schickte sie Jonas in sein Zimmer, ließ die Einkäufe an Ort und Stelle liegen und kam zu uns.
Pfeiffer nickte ihr zu. »Wie ich Frau Rosenow eben sagte – ich wollte nur die Anschrift überprüfen.«
»Ah«, sagte Grit erstaunt. Ich spürte Pfeiffers Blick auf mir, und plötzlich verstand ich, worum es ging: Grit hatte der Polizei von den Pflanzen erzählt. Damit schien es unwahrscheinlich, dass sie mich weiterhin bei sich wohnen ließ, mich, die Giftmischerin, die möglicherweise den Bräutigam ihrer Freundin getötet hatte.
Oder dachte er, ich würde keinen Tag länger im Hause einer Frau bleiben, die mich eiskalt an die Polizei verraten hatte?
Mir schwindelte. Grit stellte sich dicht neben mich. »Sie sehen, bei uns ist alles in Ordnung«, sagte sie. »Gibt es denn etwas Neues?«
»Bislang nicht«, sagte er gedehnt.
»Halten Sie uns auf dem Laufenden?«
Pfeiffer nickte. »Und Sie halten sich dann weiterhin zu unserer Verfügung«, sagte er und ging.
»Blödmann«, sagte Grit leise. Dann sah sie sich um. »Hast du etwa den Rasen gemäht? Das ist ja toll!«

»Geht ja schnell bei den paar Quadratmetern.«

»Danke! Guck mal, ich war beim Bäcker. Sollen wir frühstücken?«

Während Grit die Rosinenbrötchen allein aß, starrte ich in die dunkelgrünen Blätter des Rhododendrons und versuchte, nicht an die Alraune in der Mülltonne zu denken.

»Magst du nichts mehr?« Einladend wies Grit auf den Korb, in dem noch etliche Brötchen und Croissants lagen. Ich fragte mich, für wen sie solche Mengen gekauft hatte. Grit schien grundsätzlich Familienmengen zu kaufen. Wieder dachte ich an das Kinderzimmer. »Nein danke, ich trinke erst mal den Tee.«

»Dann muss Alla mir gleich helfen, allein schaffe ich die nie im Leben.«

»Alla?« Ich stellte meine Tasse ab, etwas Tee schwappte über den Rand. »Kommt sie etwa?«

»Sie hat mich eben angerufen, weil sie dich nicht erreicht hat. Ich glaube, ihr ist langweilig.«

»Aha.« In mir arbeitete es, und kurz überlegte ich, was ich tun sollte. Ich wollte nicht, dass Alla kam. Würde sie Grit in ihre Verschwörungstheorien einweihen? Wohl kaum. Aber sie würde schnüffeln. Während sie plauderte und Grit mit den Rosinenbrötchen half, würden ihre schwarzen Augen durch jeden Winkel dieses Hauses kriechen, und ich würde die ganze Zeit wissen, was sie tat.

»Sie bleibt wohl nur noch bis übermorgen und will uns in der Zeit möglichst viel sehen«, sagte Grit und strich Butter auf eine angebissene Stelle ihres Brötchens. »Schön, dass ihr alle so viel Zeit habt. Seit Simone wieder auf Dreiviertel arbeitet, ist es oft ein bisschen langweilig.«

»Aber du arbeitest doch auch.«
»Ja, aber nur an zwei Vormittagen. Und die ...« Grit verdrehte die Augen in einer Weise, die wohl zeigen sollte, wie doof diese zwei Vormittage waren.
»Ich verstehe«, sagte ich, obwohl ich es nicht verstand.
»Weißt du, Mimi, es klingt vielleicht komisch, wenn ich das sage, aber ...« Sie betrachtete die gebutterte Stelle und legte das Brötchen ab, ohne abgebissen zu haben. »Wenn diese Sache mit Nina nicht wäre, würde ich das richtig genießen, dass ihr alle da seid. Immer Besuch, wir können schön Kaffee trinken ...« Sie starrte in ihre Tasse, wie immer, wenn die Sprache auf Nina kam.
Die Sache mit Nina.
In diesem Moment wurde mir das erste Mal bewusst, wie absurd unsere Formulierungen waren: Niemand erwähnte Casper. Der Mord an ihm war von Anfang an überdeckt gewesen von Ninas Verschwinden, und die Sorge, was mit Nina geschehen sein mochte, schien jede Trauer verdrängt zu haben. Das war komisch. Ich dachte an Grits und Simones Lobgesänge auf Casper und seine Tugenden. War das zunächst ein Reflex gewesen, der sich bei Todesfällen automatisch einstellt – de mortuis nil nisi bene?
Jetzt war davon nichts zu merken. Casper schien wie ausradiert. Die Tatsache, dass Nina seine Mörderin war, verbot jedes Mitleid mit ihrem Opfer.
»Eigentlich komisch, dass Alla so viel Zeit hat«, fuhr Grit fort und fegte mit der Hand Krümel vom Tisch. »Ich meine ... Ich hätte schwören können, dass sie möglichst viel Zeit mit Gero verbringen will. Vor allem in diesem schicken Hotel.« In ihrer Stimme schwang Neid mit, unverkennbar.

»Gero hat sie ja auch zu Hause, uns aber nicht«, sagte ich. Meine Stimme klang gezwungen, ich wollte Allas Spielchen nicht mitspielen, aber es erschien mir zu grob, Grit jetzt und hier darüber aufzuklären, dass Gero in Wahrheit ein bezahlter Begleiter war.

»Gero ist wirklich hübsch. Er könnte Model sein oder so.« Grit war nicht bewusst, wie nahe sie der Wahrheit kam.

Ich sagte gar nichts, und Grit legte den Kopf schief und sah mich herausfordernd an. »Findest du ihn nicht hübsch? Oder ist er dir zu jung und nicht grauhaarig genug?«

»Wie meinst du das?«, fragte ich.

Grit hob die Augenbrauen und grinste. »Ryan Gosling! Versteck dich nur …«

Die Zeile kam mir bekannt vor, und erst dachte ich an ein Film- oder Douglaszitat, aber dann fiel es mir ein. »Ach ja, ich weiß. Im Schwimmbad, beim Junggesellinnenabschied.«

Grit lachte. »Genau. Wie du da oben gestanden hast und gebrüllt hast …«

Ich starrte sie an und schüttelte den Kopf. »Quatsch!«

»Was ist Quatsch?«

»Du hast gesagt, dass ich dagestanden und gebrüllt habe.«

»Ja«, sagte sie. »Und?« Ihre Augen waren rund vor Erstaunen.

»Das mit George Clooney. Das habe ich nicht gebrüllt.«

»Was? Natürlich! Das muss dir doch nicht peinlich sein, wir alle haben Quatsch gebrüllt.«

»Ja«, sagte ich. »Aber nicht das. Das hast *du* gebrüllt.«

Sekundenlang starrten wir uns in die Augen, Grit hielt ihr Rosinenbrötchen in die Luft, dann legte sie es hin. »Meinst du das jetzt im Ernst? Ich weiß genau, dass du …«

»Und ich bin mir sicher, es war umgekehrt.«

»Aber ich kann mich erinnern, ich meine … Ich habe das Bild vor Augen, und dieser Satz …« Sie verstummte.

»Irgendetwas stimmt nicht mit dieser Nacht«, sagte ich langsam. »Ich kann mich an kaum etwas erinnern, nur Fetzen. Ich weiß, dass wir Prosecco getrunken haben und Absinth, und dann sind wir geschwommen. Aber was wirklich war …«

»Was soll denn gewesen sein?«, fragte Grit. Ihre Stimme hatte sich verändert, sie klang jetzt gläsern, hart. Es klang wie ein Angriff.

Ich stutzte. »Nichts. Ich denke nur manchmal, dass etwas war. Mich macht es nervös, dass ich nicht mehr weiß. Und manchmal denke ich, vielleicht hat das etwas mit dem Mord zu tun. Obwohl das Quatsch ist, denn der ist ja erst in der Nacht darauf passiert.«

»Ja«, sagte Grit. »Wahrscheinlich ist es Quatsch.« Ihre Finger hatten begonnen, das Brötchen zu feinen Krümeln zu zerreiben. Wenn ihr eine Rosine zwischen die Finger kam, legte sie die auf den Tellerrand, bis da eine lange Kette von Rosinen lag, wie eine Schnur schrumpligbrauner Perlen.

»Was haben wir gemacht?«, fragte ich.

Ihre Finger schoben die Rosinenkette hin und her. »Wir haben gesungen. Und dann haben wir gespielt.«

»Wahrheit oder Pflicht?«, fragte ich.

Sie lächelte, aber es war kein gutes Lächeln. »Ja.«

»Und?«, fragte ich.
»Was meinst du?«
»Was kam dabei raus?« Noch als ich es aussprach, merkte ich, dass diese Frage tonnenschwer wog, so, als könne sie uns alle zermalmen.
Grit schüttelte den Kopf, aber sie hatte die Schultern zusammengezogen. »Ich habe keine Ahnung. Ich wusste nur noch das mit Ryan Gosling. Dass du dastandest und …« Sie verstummte, und ihr Gesicht veränderte sich.
»Was noch?«, drängte ich.
Sie sah mich an, und da war etwas in ihren Augen, das ich noch nie gesehen hatte, es war nackte Angst. »Ich weiß noch, was ich manchmal dachte, zwischendurch.«
»Was denn?«
Grit erschauderte, als sei ihr plötzlich kalt geworden, obwohl die Sonne unvermindert die Terrasse aufheizte. Dann flüsterte sie: »Dass die Büsche Augen hatten in dieser Nacht.«
Ich starrte in Grits Augen, die hellbraun und reizlos waren, von farblosen, kurzen Wimpern umkränzt. Es waren müde, ängstliche Augen. Ich wollte so gern etwas sagen, aber ich blieb stumm, und so saßen wir da in ängstlichem Schweigen und starrten einander an, bis das schrille Klingeln der Tür uns aufschrecken ließ.
Das musste Alla sein.
Und aus irgendeinem Grund hatte ich vor Alla plötzlich noch mehr Angst als Grit vor den Augen der nächtlichen Büsche.

Ich hörte die beiden im Flur reden, ein gedämpftes Murmeln, dann ging die Wohnzimmertür auf und Alla drängte sich herein, mit ihrem Katzenlächeln.
Ihre Umarmung war leicht und flüchtig. Sie trug ein schwarzes Flatterkleid, das viel von den Armen und dem Dekolleté frei ließ, und roch nach einem holzigen Parfum, das ich vorher nie an ihr bemerkt hatte.
»Tee? Kaffee?«, fragte Grit.
»Kaffee, gern«, sagte Alla. Grit nickte und verschwand in der Küche.
»Gero kommt vielleicht auch noch!«, rief Alla eine Spur zu laut und zwinkerte mir zu. »Ich muss ihn herumzeigen, dafür wird er schließlich bezahlt«, wisperte sie dann.
Ich lehnte mich zurück, ich wollte möglichst viel Abstand zwischen uns bringen. »Warum tust du dir den Stress an, wenn du ihn nicht leiden kannst?«
Alla zuckte die Achseln. »Ich brauche ihn noch für Simone. Nur wenn sie sicher ist, dass ich einen anderen habe, hab ich eine Chance, mit Ingo zu reden.«
»Schon klar.«
»Warum hast du wegen heute Morgen nicht angerufen, Mimi? Ich hab versucht, dich zu erreichen.«
Ich hob die Schultern und deutete mit dem Kinn in Richtung Garten. »Das hab ich wahrscheinlich nicht gehört, ich habe den Rasen gemäht.«
Allas Blick folgte meinem. »Fleißig!«, sagte sie ungerührt.
Sie wusste, dass ich log. Ich senkte das Gesicht in meine Teetasse und war erleichtert, als Grit kam.
»Wobei habe ich euch gerade gestört?«, fragte Alla.
»Was meinst du?«, fragte Grit und goss Kaffee ein.

»Die Stimmung hier ist komisch, ihr seid so komisch. Als hättet ihr ein Gespenst gesehen.« Ihr Blick wanderte von Grit zu mir und wieder zurück.
Grit errötete. »Wir haben über den Mord gesprochen. Oder eher über den Junggesellinnenabschied.«
»Ich höre«, sagte Alla und stellte ihren Becher wieder ab. Sie hatte keinen Schluck getrunken.
»Wir haben festgestellt, dass wir uns nicht erinnern können, was genau passiert ist.«
»So weit war ich auch schon«, sagte Alla. »Aber ich helfe euch gern, so gut ich kann.« Ihre Stimme hatte einen ätzenden Unterton, und ich wusste, woran das lag. Sie spürte, dass ich dabei war, die Seiten zu wechseln, es vielleicht schon getan hatte.
»Also, noch mal alle zusammen fürs Protokoll. Wir haben Prosecco getrunken, etwa sechs Flaschen.«
»So viele?«, staunte Grit.
»Das weiß ich, weil so viele leere in dem Korb waren.«
»Dann haben wir gesungen«, sagte ich. Plötzlich war es da: Ninas Stimme, stark und hell, Grits überraschend warme Altstimme, Simone, etwas dünn, und dazu Allas dunkelperlender Gesang. Und ich dazwischen, das Rauschen des Rheins, ein starker Strom. Und die Geräusche der Nacht, der Schrei eines Käuzchens. Geraschel im Gebüsch, weit entfernt.
Ich weiß noch, dass die Büsche Augen hatten in dieser Nacht.
Grit hatte recht. Da war etwas gewesen. Etwas oder jemand. Oder suggerierte mir Grit das mit Absicht? Um mir einzureden, dass das Böse von außen kam und nicht in unserer Mitte lag?
»Wir haben Pearl Jam gesungen und …«

»Que sera, sera!«, sagte Grit. Sie lächelte wehmütig.
»Nothing else matters.«
»Ein Tag am Meer.«
»Hört auf mit dem Scheiß«, sagte Alla. »Es geht nicht um die Lieder, wir sammeln hier keine Lieder für eine Hochzeits-Hitparade. Wir haben gespielt. Es ging um unsere Wünsche. Das war die Wahrheit, nach der wir gefragt haben.« Sie hob den Kopf und donnerte: »Was wollt ihr vom Leben, was wollt ihr *wirklich?*« Etwas in diesem Satz fand ein Echo in meinem Kopf, und plötzlich wusste ich: Das hatte Nina gefragt. Und dann waren wir auf den Sprungturm gestiegen und hatten unsere Wünsche in die Nacht gerufen, eine nach der anderen, ehe wir gesprungen waren.
Die Frage war nur: Was hatten wir gerufen?
»Jetzt weiß ich es wieder«, sagte Grit erstaunt, sie hob den Kopf und sah Alla an, als sähe sie sie zum ersten Mal. »Du hast dir auch eine Hochzeit gewünscht, Alla, und dann dreißig Jahre glückliches Eheleben. Ich weiß noch, dass ich vorgeschlagen habe, du sollst auf vierzig erhöhen, aber du hast gesagt, so lange willst du gar nicht leben, du willst sterben, ehe du in Rente kommst und schrumplig wirst.«
»Das freut aber die Rentenkasse!«, warf ich ein, das waren Ninas Worte gewesen, plötzlich waren sie wieder da, Nina hatte den Prosecco direkt aus der Flasche getrunken und sich furchtbar verschluckt, ich hatte ihr auf den Rücken klopfen müssen, ehe sie wieder Luft bekam.
»Das war dein Wunsch, Alla«, rief Grit. Ihre Stirn war gerunzelt. »Ich war erstaunt, dass du dir so etwas wünschst, ich meine, das ist doch alles zum Greifen nahe. Ich hatte erwartet, dass du was ganz anderes

willst, fremde Länder bereisen, ein Buch schreiben, irgend so was. Stattdessen wünschst du dir etwas, das sich eh bald erfüllt.«

Alla sah aus, als sei ihr unbehaglich. »Da hast du dich vielleicht getäuscht«, entgegnete sie nur, und da begriff ich, dass sie selbst vergessen hatte, dass sie diesen Wunsch vor uns ausgesprochen hatte. Sie hätte niemals das Thema darauf gebracht, wenn sie sich erinnert hätte. Vor allem aber begriff ich, dass sie dabei einen anderen Bräutigam im Sinn gehabt hatte, als alle dachten, und dass dieser eben nicht zum Greifen nah war.

»Wir haben früher auch immer Wahrheit oder Pflicht gespielt«, sagte Grit. Ihr Gesichtsausdruck verriet, dass sie weit, weit weg war.

»Das stimmt«, sagte Alla.

»Ich kann mich an diese Wohnheimparty erinnern, als du Nina küssen musstest«, sagte Grit und kicherte.

»Ich?« Meine Stimme klang schrill.

»Nicht du! Alla!«

Alla schüttelte den Kopf. »Nina war nicht da an dem Abend, sie musste eine Hausarbeit schreiben. Ich musste Simone küssen.«

Grit kicherte, und ich war verwirrt. Alla? Simone?

»Guck nicht so, Mimi«, grinste Grit, »das war Spaß! Ein Spiel!«

»So ist das eben bei Wahrheit oder Pflicht, man muss oft was machen, was man nicht will.«

»Und was mussten wir machen, letzte Woche?«, fragte ich. Schlagartig verstummte das Kichern der beiden, sie sahen mich an, Grit erschreckt, Allas Gesicht war eine Maske.

»Keine Ahnung«, sagte Grit.

»Oh, da fällt mir was ein …«, sagte Alla und lächelte katzenhaft.
»Was denn?«
»Mir ist gerade Grits Wunsch eingefallen.«
Grit wurde über und über rot, aber ehe sie etwas sagen konnte, klingelte es erneut.
Diesmal war es Simone.

Der Rest des Vormittags verging wie im Flug. Simone hatte lange verwickelte Gespräche mit Caspers Eltern wiederzugeben, die seine Bestattung festlegen wollten, ohne Rücksicht auf Ninas Abwesenheit.
»Man muss sie natürlich verstehen«, meinte Grit.
Und während die Worte hin- und herflogen, wurde ich immer stiller.
Ich dachte an meine Alraune. Sie war das Einzige gewesen, das mir von meinem Garten geblieben war, alles andere steckte in Plastiktüten auf dem Polizeipräsidium, und es war unwahrscheinlich, dass daraus noch einmal Leben sprießen würde. Luftabschluss machte Pflanzenteilen in kürzester Zeit den Garaus, solange sich noch ein wenig Restfeuchtigkeit in ihnen befand, und meine waren nicht etwa getrocknet gewesen, sondern hatten darauf gewartet, eingepflanzt, gesät oder getrocknet zu werden. Falls ich sie je wiederbekäme, wären sie längst verschimmelt.
Ohne es zu merken, war ich hinausgegangen. Eine Weile stand ich reglos vor der offenen Mülltonne, bereit, es mir noch einmal zu überlegen. Ich starrte in die Tonne, vertrocknetes Brot, Joghurtbecher, Grünabfälle, die eigentlich auf den Komposthaufen gehörten, und in der Mitte meine Alraune.

Gerade wollte ich den Deckel endgültig zuschlagen, als etwas meine Aufmerksamkeit erregte. Es war eine Fotodose, die in einen leeren Becher Buttermilch geraten war. Vorsichtig zog ich sie heraus.
Kein Mensch benutzt mehr Filme zum Fotografieren, aber Douglas hatte am Anfang unserer Beziehung noch analog fotografiert, und seine Fotodosen, schwarz mit milchigen Deckeln, hatten überall in unserer Wohnung herumgelegen. Genau so eine war es.
Mit einem Taschentuch wischte ich vorsichtig die Buttermilchreste ab und nahm die Dose mit in die Küche. Während der Tee zog, dachte ich nach. Hatte meine Alraune mir einen letzten Freundschaftsdienst erwiesen, indem sie mir diese Dose gezeigt hatte?
Ich öffnete den Deckel. Die Dose war leer. Ich runzelte die Stirn.
Dank Douglas war der Vorrat an Filmdosen unerschöpflich gewesen. Ich hatte sie gut gebrauchen können, um meine Samen zu archivieren. Nachdem ich Papiertüten über die verblühten Kräuter gebunden hatte, waren die Fruchtstände vollständig vertrocknet und hatten ihre Samen freigegeben. Zum richtigen Zeitpunkt hatte ich die Tüten entfernt und die darin befindlichen Körnchen auf Krepppapier trocknen lassen, ehe sie in die sorgfältig beschrifteten Dosen wanderten.
Das Klebeschildchen war noch gut zu erkennen, weiß, von einem gezackten blauen Rand umgeben, aber die Buttermilch in der Mülltonne hatte die Schrift verblassen lassen. Ich steckte meine Nase in die Dose und sog die Luft ein. Die meisten Kräuter hätte ich an ihrem Geruch erkannt, aber jetzt nahm ich nur den schwa-

chen Geruch von in der Sonne zersetzten Eiweißmolekülen wahr, verdorbene Buttermilch.
Es dauerte, ehe ich im Durcheinander von Grits Badezimmer ein Wattestäbchen gefunden hatte. Behutsam fuhr ich damit in die Ecken der Dose: nichts.
Sie mochte Bestandteile von Eisenhut enthalten haben oder harmlose Minzblätter, vielleicht auch Samen von Muskatellersalbei …
Es war ein Glück, dass die Polizei diese Dose nicht gefunden hatte. Im Labor konnte man sicher Spuren darin analysieren. Wenn ich zur Polizei ging, würde man im Handumdrehen feststellen, ob sich Aconitum im Inneren befunden hatte, aber ich würde mich gleich wieder verdächtig machen. Oder wirkte es eher unschuldig, wenn ich so offen mit meinem Fund umging? Nein, dachte ich. Das Risiko war zu groß. Und außerdem: Wusste ich sicher, dass ich nichts damit zu tun hatte? Vielleicht hatte mich irgendetwas zum Äußersten getrieben. Vielleicht war es nicht Nina gewesen, sondern ich. Wenn tatsächlich Nina Casper vergiftet hatte, warum sollte sie die leere Dose danach in diese Mülltonne geworfen haben, in Grits Mülltonne?
Darauf gab es nur eine logische Antwort: um mich zu belasten.
Mir schwindelte, und ich lehnte mich für einen Augenblick an die kühlen Badezimmerfliesen. Mir ging zu viel im Kopf herum, immer dieselben Fakten in immer neuer Anordnung, ich würde noch verrückt werden.
Ich musste Licht ins Dunkel bringen, musste so viel wie möglich über den seltsamen Abend im Freibad herausfinden. Eine Sache schien es zu geben, über die Klarheit bestand: Grits Wunsch. Was war das gewesen?

Im Wohnzimmer hörte ich Gelächter, die Stimmung hatte sich gelockert. Was würde geschehen, wenn ich direkt fragte? Grit war rot geworden, als Alla den Wunsch ansprach. Das hieß, Grit erinnerte sich. Und es hieß auch, dass es ihr peinlich war. Sie würde nichts verraten.
Ich würde Alla bitten, mich mit in die Stadt zu nehmen. Und dann würde ich sie dazu bringen, mir Grits Geheimnis zu verraten.

»Ich hatte schon gedacht, die beiden hätten dich wieder rumgekriegt«, sagte Alla. Sie fuhr schnell und konzentriert, als habe sie es eilig fortzukommen.
»So ein Quatsch«, sagte ich. »Wie kommst du darauf?«
»Du hast nicht angerufen und meinen Anruf nicht entgegengenommen. Und dann warst du so komisch am Anfang.«
Ich zuckte die Achseln, obwohl Alla das nicht sehen konnte, ihr Blick war unverwandt auf die Fahrbahn gerichtet.
»Es ist jedenfalls gut, dass du mitkommst. Ich wollte noch etwas mit dir besprechen, mir ist da etwas aufgefallen, eine Unstimmigkeit in dem, was Simone erzählt hat.«
Ich hoffte, es war kein weiteres Kapitel zum Thema Ingo-Verschwörung. »Sollen wir ins Göttlich?« Ich sehnte mich zu meiner eigenen Überraschung nach einem Milchkaffee unterm Sonnenschirm, nach fröhlichem Rummel um mich herum, Studenten, die in die Sonne blinzelten.
»Bloß nicht! Ich kann keine Leute mehr sehen, all dieses Geschnatter. Wir fahren ins Hotel.«
Es hatte keinen Zweck, Alla zu widersprechen, im Grunde war es auch egal. Hauptsache war, dass sie mir

von Grits Wunsch erzählte. Warum hatte sie das nicht längst getan?
Macht, dachte ich. Sie will ihren Vorsprung behalten.
Als wir im Hotel ankamen, war Gero nicht da, das Zimmer war leer und aufgeräumt, offenbar war das Zimmermädchen da gewesen. Wir setzten uns in die Sessel, die mir inzwischen vertraut waren.
»Was war mit Grit?«, fragte ich.
»Was meinst du?«
»Grits Wunsch. Du hast Grits Wunsch angesprochen, und sie hat sofort einen knallroten Kopf bekommen. Dann kam Simone, und danach wurde das Thema gewechselt.«
Alla lachte leise, und ich spürte, sie hatte Lust, mich zappeln zu lassen.
»Komm schon! So exotisch kann Grits Wunsch doch nicht sein.«
»Ist er auch nicht. Sie will nur ihren Ehemann. Genauer sein Sperma.«
»Ich höre«, sagte ich.
»Sie will auf Teufel komm raus ein zweites Kind, und das geht nicht, denn seit der Geburt von Jonas ist es im Bett von Ehepaar Heitmann kalt, eiskalt. Der armen Grit hat es seit – wie alt ist der Kleine, vier? So lange hat es ihr niemand mehr besorgt.« Allas Stimme war glatt und süß wie Honig, sie genoss jedes Wort.
Das passte zu Grits umfangreichem Unterwäscherepertoire. Und zu dem Kinderzimmer. Es war also kein verwaistes Zimmer, sondern eines, aus dem Grits Hoffnung sprach.
Alla fuhr amüsiert fort, und ich wurde das Gefühl nicht los, dass sie es auch tat, um von ihrem eigenen Wunsch

abzulenken, der in gewisser Weise ebenso simpel gewesen war wie der von Grit. »Es geht nicht nur darum, wie wunderbar und liebreizend Babys sind, sondern auch um diese entsetzlichen acht Stunden Büroarbeit, die Grit in der Woche zu bewältigen hat. Sie will nicht mehr arbeiten, und sie will eine richtige Familie, also soll noch ein Kind her. Wenn ich mir vorstelle, dass jemand wegen acht Wochenstunden meckert ... Ich arbeite sechzig Stunden in der Woche! Manchmal siebzig!«

Allas Stimme strotzte von Selbstzufriedenheit und Herablassung, und ich spürte das dringende Bedürfnis, Grit zu verteidigen. »Na ja, Kinderpflege und Hausarbeit sind auch Arbeit, oder nicht?«

Alla schnaubte nur.

Ich dachte an Grit, wie sie Jonas Butterbrote schmierte und geduldig seine Fragen beantwortete, und daran, wie sie unglücklich auf ihrer Terrasse saß und bedauerte, dass niemand Zeit für sie hatte. Und ich dachte auch daran, dass sie in der Hoffnung auf dieses Kind Geld geliehen hatte, Geld, mit dem sie ein Zimmer gebaut und ausstaffiert hatte, voller Hoffnung und Vertrauen darauf, dass eines Tages ein Baby darin liegen würde. Ich wünschte ihr dieses Baby, und mein Herz wurde schwer vor Mitleid.

»Vielleicht würde es sie glücklich machen«, sagte ich.

Alla blickte mich überrascht an. »Natürlich würde es sie glücklich machen, darum ging es doch bei der Frage nach dem Wunsch! Aber klar, du warst ja auch an dem Abend ganz Ohr und hast ihr Tipps gegeben.«

»Tipps? Wie man Babys macht? Dafür bin ich wohl kaum die Richtige.«

Alla grinste anzüglich. »Dafür vielleicht nicht, aber immerhin hast du ihr ein Aphrodisiakum empfohlen, das ihr Eheleben etwas beflügelt.«
»Oh.« Ich wurde beinahe rot. Ja, Passionsblume, Damiana, Ginseng oder Maca … Es gab einiges, das helfen würde, Marks Libido auf Trab zu bringen. War es möglich, dass ich Grit etwas empfohlen hatte?
»Schon komisch.« Allas Stimme wurde nachdenklich. »Irgendwie war das ganz schön verräterisch mit diesem Wunsch für die Zukunft. Bei Grit scheint der Wunsch genau zu beschreiben, was sie ausmacht und was sie steuert.«
Wieder ließ sie sich selbst aus, aber genau daran musste ich natürlich denken. Machte auch Alla aus, was sie an jenem Abend gesagt hatte? Dachte sie bei ihrem glamourösen Leben in Rotterdam insgeheim die ganze Zeit an Ingo? Wenn ja, war das schrecklich.
»Weißt du noch, was sich die anderen gewünscht haben?« Ich sagte die anderen, aber ich meinte auch mich, zu gern hätte ich gewusst, was ich in einem Augenblick geäußert hatte, als Alkohol und Gras jede Eitelkeit und Form weggespült hatten und nur noch die nackte Wahrheit übrig blieb.
Alla schüttelte den Kopf. »Mehr weiß ich nicht«, sagte sie.
»Macht nix«, sagte ich, mehr zu mir als zu ihr. Vielleicht war es gut so, wer weiß, was herausgekommen wäre? Ich dachte an mein Döschen in der Mülltonne. Konnte es sein, dass irgendetwas an dem Abend, ein Satz, ein Wunsch, eine Wahrheit, mich dazu gebracht hatte, meine Kräuter einzusetzen, obwohl ich genau wusste, wie grausam sie wirkten?

»Wer war das eigentlich mit dieser Ryan-Gosling-Geschichte?«, fragte ich.
»Ryan Gosling? Was soll das denn sein?« Alla blickte mich verständnislos an.
»Irgendwer hat beim Sprung ins Wasser etwas mit Ryan Gosling gerufen.«
»Echt? Kann ich mich nicht dran erinnern. Was denn genau?« Alla sah amüsiert aus.
»Nichts, vergiss es.«
»Um ehrlich zu sein … An viel kann ich mich eh nicht erinnern. Aber was ich dich noch fragen wollte, was ganz anderes …« Alla zog langsam ihre Ballerinas aus und rieb sich den Spann.
»Schieß los.«
»Die Abläufe in der Mordnacht … Okay, das mag stimmen. Aber warum fragt sich keiner von denen, warum Nina Casper getötet haben soll? Das passt doch nicht. Was kann Nina von der liebenden Verlobten zur Rachegöttin werden lassen?«
»Nicht viel«, räumte ich ein.
Wir schwiegen eine Weile.
»Nach der Logik von Simone sah es so aus: Erst gab es Streit, deswegen die SMS. Dann haben sie sich lautstark versöhnt. Und dann muss wieder etwas passiert sein. Das ist für meinen Geschmack ein bisschen viel Hin und Her, meinst du nicht?«
Ich nickte widerstrebend. Ja, Alla hatte recht, das klang zu konstruiert. Vor allem passte es nicht zu Nina.
»Simone weiß nur das, was sie mitbekommen hat. Was, wenn Nina genau dasselbe gesehen oder gehört hat wie Simone?«
»Nämlich?«

»Casper beim Sex.«
»Du meinst …« Mein Mund klappte auf und wieder zu. Das passte. Es passte sogar sehr gut.
»Nina kommt in der Nacht vor der Hochzeit nach Hause und erwischt Casper im Bett mit einer anderen. Sie schreibt Simone eine SMS, verschwindet, und als Simone wenig später dasselbe hört wie sie, interpretiert sie die Sache falsch und denkt, es sei das junge Brautpaar.«
»Was ja naheliegend ist in der Nacht vor der Hochzeit und in der gemeinsamen Wohnung«, ergänzte ich.
Alla sah mich nachdenklich an. »Ich dachte immer, es bringt Unglück, wenn man in der Nacht davor zusammen ist. Du weißt schon, so, wie wenn der Bräutigam das Brautkleid zu früh sieht.«
Ich zuckte die Achseln. »Aber mir kommt das etwas sehr … banal vor, dieser Betrug in der Nacht vor der Hochzeit. Ich meine, wenn Casper so ein Idiot ist, dann hätte Nina das sicher schon vorher gemerkt und sich nicht vorgenommen, ihn zu heiraten.«
»Männer sind immer solche Idioten, egal ob man es merkt oder nicht«, sagte Alla düster.
Ich schüttelte den Kopf, sagte aber nichts.
Alla fuhr fort. »Es muss ja nicht auf seinem Mist gewachsen sein, das Ganze. Vielleicht hatte er eine enttäuschte Ex-Geliebte, die es den beiden heimzahlen wollte. Sie füllt Casper ab und legt es darauf an, von Nina erwischt zu werden.«
»Das klingt nach Vorabendserie. Du hast echt eine komische Phantasie, Alla!«
»Und du, meine Liebe, weißt nicht, wie die Welt ist.« Allas Gesicht war hart geworden. »So macht man das, wenn man Beziehungen zerstören will.«

Etwas an ihrer Stimme ließ mich meinen Kommentar runterschlucken. Hatte Alla das selbst erlebt? Damals, als Ingo …?

»Eins fehlt noch«, sagte ich. »Das Gift. Wer hat Casper das Gift verabreicht? Nina? Die mysteriöse Fremde? Oder jemand Drittes?« Mir kam die Filmdose aus der Mülltonne in den Sinn, aber ich schob den Gedanken mit aller Macht weg.

Alla schwieg.

Und ich wusste, was Douglas gesagt hätte, ich konnte seine Stimme förmlich hören, ein tonloses Flüstern: Im Serienkillerfilm kann der Täter von außen kommen, ein stiller Anwohner, ein unsichtbarer Verwandter. In jedem anderen Genre aber gibt es ein Gesetz: Der Mörder ist jemand, den die Zuschauer von Anfang an kennen.

Erinnerung ist ein kostbares, aber trügerisches Gut. Wer sie verliert, ist auf die Erinnerung der anderen angewiesen, und die anderen werden von ihrer Macht Gebrauch machen, so, wie Alla von ihrer Erinnerung Gebrauch gemacht hatte, um Grit zu erschrecken.

Ich musste die Erinnerung an den Junggesellinnenabschied wiedergewinnen, aber dafür war ich auf die anderen angewiesen, und jeder Tritt, den ich tat, führte mich in ein anderes Gewässer. Es war unmöglich zu entscheiden, ob es ein Schritt in die richtige Richtung war oder einer, der mich von meinem Ziel entfernte, ob die Hinweise, die ich bekam, wahr waren, oder ob sie mich in die Irre führten.

Alla verabschiedete mich mit trügerischer Herzlichkeit, die mir verriet, dass sie sich tatsächlich gesorgt hatte. Unser Gespräch aber hatte sie offenbar darin bestärkt, dass ich auf ihrer Seite stand. Es war kindisch, diese Entscheidung für die eine oder andere Seite, aber irgendwie verstand ich Allas Unsicherheit, denn ich teilte sie. Es ging um Vertrauen. Um die Frage, wem man Vertrauen schenkte und wem nicht.

Vertrauen war ein großes Wort. Ich vertraute Grit und Simone nicht, aber hieß das, dass ich Alla vertraute? Vielleicht traute ich ihr nicht ganz so wenig wie den anderen.

Nina hätte ich vertraut, aber Nina war nicht da. Ich war sehr nachdenklich, als sich die Aufzugtüren hinter mir schlossen. Ich hatte einen Entschluss gefasst.

Ich würde noch einmal zum Römerbad gehen. Es konnte nicht schaden, und es war immerhin besser, als zurück zu Grit zu laufen und unsere Unterhaltung von vorhin fortzuführen. Zwar sehnte ich die ständigen Treffen mit den anderen herbei, sei es, weil ich mir davon Klarheit versprach, sei es, weil ich nicht allein war und die Gesellschaft genoss, die mir doch immerhin das Warten vertrieb – das Warten darauf, dass Douglas anrief, und auch das Warten auf Nina. Denn sie würde kommen, irgendwann. Und dann war da natürlich noch das Warten auf das, was die Polizei als Nächstes tun oder herausfinden würde.

Gleichzeitig zermürbte mich diese Nähe zu den anderen allmählich. Ich war Nähe nicht gewohnt. Ich musste sie vorsichtig dosieren. Darum wollte ich allein ins Römerbad.

So vertieft war ich in meine Gedanken, dass ich den Mann vor mir erst sah, als ich gegen ihn prallte.

Es war Gero, der offenbar soeben das Hotel betreten wollte.

»Jetzt hast du mich schon wieder beinahe umgerannt«, sagte er. »Ist das eine spezielle Angewohnheit von dir, oder bin ich einfach unsichtbar?« Er trug Sportsachen, und der Kopfhörer, der um seinen Hals baumelte, sowie der leichte Geruch nach frischem Männerschweiß verrieten, dass er vom Laufen kam.

»Entschuldige, war keine Absicht. Ich war in Gedanken«, sagte ich.

»Das sehe ich. Wohin geht's denn?« Gero nahm den zweiten Kopfhörer aus dem Ohr und verstaute sie in seiner Tasche.

»Zum Römerbad.«

Gero nickte und deutete auf Allas Wagen, der wenige Meter entfernt parkte. »Ich fahre dich, ich muss eh noch woandershin.«

»Das ist nicht nötig«, wehrte ich ab.

»Sei nicht albern.« Er hielt mir die Tür auf, und widerstrebend stieg ich ein. Es passte mir tatsächlich ganz gut, dass ich nicht den ganzen Weg laufen musste, und ich hatte keine Ahnung, welcher Bus dorthin fuhr.

Gero schwieg, während wir den Hauptbahnhof passierten, und ich wagte schon zu hoffen, dass ich diese Fahrt ohne Konversation verbringen konnte, aber so war es nicht.

»Was willst du denn da, im Römerbad?«

Erst verstand ich seine Frage nicht, aber dann kapierte ich – es war heiß, ich wollte ins Freibad, aber ganz offensichtlich hatte ich keine Badesachen bei mir.

»Nur was gucken.« Ich drehte den Kopf weg und spürte Geros Blick an meinem Hinterkopf, und gleichzeitig spürte ich, wie unhöflich es von mir war, ihm meinen Hinterkopf zuzuwenden, also sah ich ihn an und unterdrückte ein Seufzen. Mir fiel das Telefonat ein, das nicht wirklich angenehm für ihn gewesen sein konnte. Ich wollte nicht fies sein, aber mit ihm reden wollte ich auch nicht, nicht wirklich.

Oder doch? Ich seufzte wieder.

»Was Schlimmes?«, fragte Gero, ohne den Blick von der Fahrbahn zu nehmen.

»Was?«

»Du seufzt wie aufgezogen.«

»Nein, nichts Schlimmes, echt nicht. Nur ...« Ich zögerte.

Gero hob entschuldigend die Rechte. »Du musst mir nichts erzählen. Ich fahre Alla umher, und du bist ihre Freundin, also fahre ich auch dich. Als bezahlter Fahrer, gewissermaßen.« Er warf mir einen schnellen Seitenblick zu, als er meine Überraschung bemerkte. »Alla hat mir erzählt, dass du Bescheid weißt. Über unsere Beziehung, meine ich.« Vor dem Wort Beziehung hatte er eine kleine verräterische Pause gemacht, hörbare Gänsefüßchen.

»Ja«, sagte ich.

»Dann weißt du auch, dass du keine falsche Höflichkeit mir gegenüber an den Tag legen musst. Das tut Alla auch nicht.« Seine Stimme klang ruhig, keine Ironie, keine Bitterkeit.

»Also rede, wenn du willst, und sonst sind wir einfach ruhig, okay?« Er bog ab in die Römerstraße. Es war nicht mehr weit, vielleicht noch fünf Minuten, je nach Ampel. Fünf Minuten Schweigen waren auszuhalten. Allerdings ...

»Tu ich«, sagte ich.
»Was? Reden oder reden wollen?« Er lachte. Er hatte ein schönes Lachen, warm und männlich.
Ich zuckte die Achseln.
»Also, was suchst du im Römerbad?«
»Eine Erinnerung.«
»Das klingt spannend.«
»Spannend, nun ja … Ich hatte einen Blackout. Ich kann mich an nichts erinnern.«
»An etwas, das im Römerbad war?« Er klang jetzt konzentriert, obwohl er vor sich auf die Straße blickte.
»Genau. Beim Junggesellinnenabschied. Den Anfang weiß ich noch, aber dann …« Ich machte eine bezeichnende Handbewegung. »Alles ist weg. Manchmal kommen Fetzen, aber eigentlich ist alles weg. Das ist ein ziemlich schreckliches Gefühl.«
»Ist es eine wichtige Erinnerung?«, fragte Gero und hielt. Wir waren da.
»Das weiß ich nicht.«
»Der Junggesellinnenabschied war in der Nacht vor dem Mord, oder?«
Ich nahm meine Tasche und öffnete die Wagentür. »Danke fürs Fahren, Gero.« Es war das erste Mal, dass ich seinen Namen aussprach. Es fühlte sich fremd an.
»Ich bin der Fahrer, wie gesagt. Mach's gut.« Er fuhr los, ohne auf eine Antwort zu warten.
Ich sah ihm nicht nach, sondern ging zur Kasse und löste eine Eintrittskarte.

Als der Anruf kam, der alles veränderte, saß ich zwischen lauter Badegästen im Gras und aß Eis, das mir nicht schmeckte.

Ich mag kein Eis. Nicht das in Schwimmbädern. Wenn ich mich im Sommer manchmal dazu hinreißen lasse, eins zu bestellen, dann im Straßencafé – bunte Eisbecher mit Sahne und Schirmchen und Maraschinokirsche, phantasievolle, cremige Gebilde, die nichts gemein haben mit diesem industriell geformten, eingeschweißten Eis, das in den Tiefkühltruhen der Schwimmbäder und Supermärkte vor sich hin gammelt. Wider besseres Wissen hatte ich mir trotzdem eins gekauft. Das lag an den Blicken, die ich erntete, weil ich vollständig bekleidet zwischen den vielen fröhlichen Menschen saß. Während ich versuchte, eine verschüttete Erinnerung zu aktivieren, brannten die Blicke der anderen mir förmlich Löcher in den Leib. Hielten sie mich für eine Spannerin? Für eine Art Kaufhausdetektiv?
Ich konnte mich zwar immer noch nicht konzentrieren, aber das Eis verschaffte mir wenigstens eine einigermaßen respektable Beschäftigung. Während ich also versuchte zu verhindern, dass mir geschmolzenes Himbeereis auf die Kleidung tropfte, klingelte mein Handy. Wer war das? Douglas würde nie tagsüber anrufen, sondern immer warten, bis er zu Hause war. Da war ich sicher. Warum stand dann seine Büronummer auf dem Display?
»Störe ich gerade?«, fragte er. Er klang fremd. Das lag zum einen an seiner Frage – eine absurde Frage, die er niemals vorher gestellt hatte, wobei sollte er mich stören? – und dann auch an etwas anderem, etwas, das seine Stimme verändert hatte. Plötzlich hatte ich Angst.
»Natürlich nicht«, sagte ich. Eis lief kalt und nass über meine Finger.

»Eigentlich wollte ich abends anrufen, aber ...« Eine winzige Pause, die viel verriet. »Es passt irgendwie nie. Darum rufe ich jetzt an.«

»Fein«, sagte ich. Mein Herz schlug wild und hart gegen den Rippenbogen, und ich wünschte, er würde nicht weiterreden.

»Wir hatten ja immer gesagt, wir reden noch mal und ... Nun ja, ich will das nicht länger aufschieben.«

»Worüber?«, fragte ich. Ich wechselte das Handy von der Rechten in die Linke, das Eis wechselte umgekehrt, ein kompliziertes Unterfangen, damit ich mein Eis besser kontrollieren konnte. Es tropfte auf meine Jeans, ein himbeerroter Fleck auf ausgewaschenem Blau.

Ich hörte ihn seufzen, und ich wusste genau, wie er jetzt gerade guckte, wie er die schmalen Lippen aufeinanderpresste und das Kinn auf die Brust senkte, so dass es ein wunderbar stoppeliges Doppelkinn ergab, eines, das man sonst nie sah, es war reserviert für dieses spezielle Gesicht, das er nur machte, wenn er eine Antwort hinauszögerte.

»Mein Brief. Ich hab geschrieben, dass das alles nichts mit dir zu tun hatte, und das stimmte nicht. Natürlich hat es auch etwas mit dir zu tun, mit dir und mir, mit uns beiden.«

Ich versuchte zu schlucken, aber mein Mund war sehr trocken.

»Es geht vor allem um dich. Um das, was du machst. Und darum, dass ich das nicht mehr will. Du machst nichts und du willst nichts, Mimi. Dein Leben reicht vom Pub zum Garten, und dazwischen bin ich.«

»Das ist nicht wahr!«

»Doch, das ist es. Seit Jahren tust du nichts, außer im Pub zu arbeiten und darauf zu warten, dass ich nach Hause komme. Es geht gar nicht darum, dass du dein Studium nicht beendet hast, Mimi, das werfe ich dir nicht vor. Aber man muss doch irgendetwas wollen!«

Ich will dich!, hätte ich gern gebrüllt, aber stattdessen sagte ich: »Das ist so unfair, Douglas! Du weißt genau, was ich will. Wovon ich träume.«

»Meinst du diese Gärtnereisache?«

»Ja«, sagte ich leise. »Aber ich habe eben nicht die Mittel, um mich selbständig zu machen. Ich verdiene im Pub leider nicht so viel wie …« Wie du, hatte ich sagen wollen.

»Und wann, denkst du, wird sich das ändern? Und wie? Von selbst vielleicht?«

Ich schluckte. Er hatte seine Anklage gut vorbereitet.

»Du hast gar keinen Traum, Mimi. Du hast nur eine gute Ausrede dafür, dass du nichts machst außer rumzuhängen.«

Ich sah auf den Stiel in meiner Hand, an dem ein winziger Rest rosafarbene Eiscreme klebte, und ließ ihn fallen.

Douglas sprach weiter, ungerührt. Mein Eis spielte keine Rolle für ihn, natürlich nicht. »Es war nicht gut, wie wir gelebt haben. Geredet haben wir schon lange nicht mehr, manchmal frage ich mich, ob wir überhaupt je geredet haben. Im Grunde bestand das mit uns doch nur aus Gewohnheiten.«

Ich fragte mich, was er meinte, dachte an torfige Küsse zwischen klammen Laken, an seine Finger, wenn sie sich in mich krallten, an seine Bartstoppeln, die mich wund scheuerten. Ich schluckte. Unmöglich, dass er das meinte.

In mir zersprang etwas. Der wunderbar wortkarge Schotte, der in der einen Hand seinen Bass und in der anderen das Whiskyglas hielt, während die Zigarette im Mundwinkel wippte … Dieses vollkommene Bild schenkte mir ein letztes trauriges Lächeln und löste sich dann auf, zerstob in einer Wolke aus Schmerz und erschrockenem Begreifen.

Wir haben nie geredet.

Wir haben nichts geteilt.

»Was soll das«, flüsterte ich. »Dass du eine andere kennengelernt hast … so etwas passiert, da kann niemand etwas dafür. Aber wir hatten es doch gut miteinander! Wir verstehen uns. Wir verstehen uns ohne Worte, so etwas ist kostbar, es ist besonders.«

»Ohne Worte, soso«, sagte er. »Eigentlich«, er zögerte, und ich spürte durch das Telefon, wie schwer ihm das Gespräch fiel, was ihn seine Worte kosteten, was ihn die ganze Auseinandersetzung kostete. »Eigentlich stelle ich mir mein Leben nicht so vor, Mimi. Mein ideales Leben, meine ich, so, wie es bis zum Ende sein soll. Dass ich nach Hause komme und da bist du und sagst hallo, und dann schweigen wir uns an und du gräbst in der Erde und ich saufe und spiele Bass dazu, und dann machen wir eine Dose Bohnen auf und danach vögeln wir. Das ist doch, als wäre ich fünfzehn und im Haus meiner Eltern zwischen den alten Kinderzimmermöbeln. Das will man doch hinter sich lassen, irgendwann.«

»Aber du liebst deinen Bass!«, rief ich hilflos und spürte Panik in mir emporschwappen, ätzend und schmerzhaft.

»Ich liebe meinen Bass«, wiederholte er. »Ja, stimmt. Aber das ist nicht der Punkt. Ich arbeite den ganzen Tag, und ich hab einen echt anspruchsvollen Job. Ich will etwas anderes, wenn ich nach Hause komme.«
»Was soll ich tun?«, rief ich und hörte angewidert die Verzweiflung in meiner Stimme, die Bereitschaft, vor ihm zu kriechen, ihm alles zu versprechen. »Soll ich kochen? Irgendwie ist das ja wirklich blöd, immer nur Eier und Bohnen.« Ich sah mich inmitten dampfender Töpfe, es zischte und blubberte, auf einem hölzernen Schneidebrett warteten Kräuter aus dem Garten darauf, geschnitten und gehackt zu werden, Mittelmeerkräuter gediehen ja leider nicht, aber ich hatte Borretsch und Ysop und Schnittlauch, Schnittlauch ging immer, den Rest konnte ich im Supermarkt besorgen. Ich wusste theoretisch, was mit diesen Kräutern zu tun war, wenn man sie in der Küche verwenden wollte, ich hatte nur nie Interesse daran gehabt, mich interessierte ihr Wuchs, ihre Blüte, vielleicht noch ihre Heilwirkung. Ich wollte nie eine der ambitionierten Köchinnen in den Nachmittagskochshows werden, Bärlauchgnocchi an Wiesenschaumkrautbeignets, warum nicht, dachte ich. Wenn es mir Douglas zurückbrachte …
»Ich mag Eier. Ich will keine Frau, die Menüs für mich kocht.« Douglas' Stimme klang müde, und ich verspürte ein unerträgliches Verlangen, durch das Telefon an sein kratziges Kinn zu fassen.
»Was willst du dann?«
»Ich will reden. Jemanden, der nach meiner Arbeit fragt, der richtig fragt, der versteht, was da los ist. Jemanden, der mir von seiner Arbeit erzählt und dem ich dabei vielleicht helfen kann. Ich will darüber reden,

was mich beschäftigt, ich will, dass mir jemand hilft, wenn ich Entscheidungen treffen muss oder Konflikte lösen. Das wünsche ich mir von der Frau, mit der ich zusammenlebe.«

»Ich hätte gern gehört, was du von der Arbeit erzählst«, brachte ich hervor.

Ich hörte durchs Telefon, wie Douglas seufzte. »Hättest du das? Mal ehrlich, Mimi, weißt du überhaupt, woran ich gerade arbeite?«

Ich öffnete den Mund und schloss ihn wieder. Ich dachte an Douglas, wie er morgens zum Institut fuhr, ich dachte an seine Doktorarbeit, ich suchte nach einem einzigen halbwegs schlauen Satz, den ich sagen konnte, aber ich fand ihn nicht. »Du guckst Filme«, sagte ich schließlich. Er seufzte wieder.

Mir wurde kalt, und gleichzeitig war es, als sei ein Scheinwerfer auf mich gerichtet worden, auf mich und die letzten zehn Jahre.

Das, was ich in diesem Scheinwerferlicht sah, ließ mich nach Luft schnappen.

Ich hatte nichts zu erzählen gehabt, nie. Mein Tag wechselte zwischen Pub und der dunklen Erde meines Gartens, das eine war mir egal, mit dem anderen war ich im Einklang. Kein Gesprächsstoff, kein Konflikt, nur alltägliches Einerlei und das Wachsen und Vergehen meiner Beete. Das war mein Leben, aber es war kein Leben, nicht in Douglas' Augen, das begriff ich plötzlich.

»Du hast keine Kontakte, Mimi, keine Freunde, in deiner Nähe ist es still wie … Als wärst du ein Teich oder so. Ich will Lebendigkeit.«

Mir fiel das Gespräch im Garten ein, das Jahre zurücklag. *Deine Alraune, deine einzige Freundin …*

Ich hatte gelacht, ich hatte es für einen Witz gehalten, der aus Douglas' einzigartiger Sichtweise etwas beschrieb, was grundsätzlich gut und okay war, aber jetzt begriff ich, es war ein Vorwurf gewesen, damals schon, einer, der oft wiederholt worden war, und kein einziges Mal hatte ich verstanden, worum es wirklich ging und wie ernst es war.

Gern hätte ich ihm von Nina erzählt und auch von den anderen, von den Cafés und Kneipen, in denen wir uns trafen, den Gesprächen, die wir führten, und auch von dem Gelächter, ja, vor allem von dem Gelächter. Vielleicht hätte ich auch gern von meiner Sorge um Nina erzählt und dem, was die anderen für sie getan hatten, und dem, was ich selbst zu tun bereit war.

Aber ich schwieg.

»Du hast Freundinnen? Seit wann, seit einer Woche?«, hätte Douglas gefragt, mit einer Mischung aus Ungläubigkeit und Müdigkeit in der Stimme.

Was hätte ich darauf antworten sollen?

»Seit zehn Jahren. Seitdem sind wir Freundinnen, ich hatte es nur vergessen.«

Da war nichts, was ich auf seinen Vorwurf entgegnen konnte, gar nichts.

»Aber du bist auch ruhig«, wagte ich einen zaghaften Versuch. »Du sagst selbst nicht viel.«

»Das kann sein, Mimi. Aber es gibt Schweigen und Schweigen. Bei dir habe ich immer das Gefühl, du schweigst, weil du nichts zu sagen hast. Und …« Seine Stimme war leise geworden. »… weil du mir nicht vertraust.«

»Natürlich vertrau ich dir!«

»Wenn es so ist, dann merke ich es nicht.«

»Das ist unfair, Douglas! Es ist doch toll, wenn zwei sich finden, die gemeinsam schweigen können!«
»Nein«, sagte er leise. »Es ist toll, wenn jemand, der lange geschwiegen hat, endlich eine Frau findet, die ihn zum Reden bringt. Das ist ein Happy End.«
Ich hörte nichts mehr, es rauschte leise in der Leitung, aber das mochte das Meer zwischen uns sein oder auch das Tosen des Blutes in meinem Ohr, eine nahende Ohnmacht vielleicht.
»Und diese Frau hast du gefunden.« Meine Stimme klang ganz sachlich, aber sie schien mir weit entfernt.
Er schwieg, ich wusste jedoch, dass er nickte.
»Tja«, sagte ich hilflos.
»Ich wünsche dir das auch, Mimi. Ich wünsche dir einen Mann, der dich eines Tages zum Reden bringt. Ich war dafür nicht der Richtige.«
Ich legte auf.
Jetzt hörte ich das Summen um mich herum wieder, die Freibadgeräusche. Spritzendes Wasser, Schreie, das Quieken der Kinder.
Ich wischte meine klebrigen Eishände an der Hose ab und ging in Richtung Ausgang.
Nun wusste ich, warum meine Alraune eingegangen war. Sie hatte früher als ich begriffen, dass wir nicht in unseren Garten zurückkehren würden. Es war Zeit für einen neuen Garten.
Und für neue Freunde.

Grit empfing mich in höchster Aufregung.
»Sie haben Caspers Leiche freigegeben«, sagte sie. Sie saß im Wohnzimmer, um sich herum Berge von frischgewaschener Wäsche. Es erschien mir unglaublich,

dass eine so kleine Familie so viel Wäsche produzierte. Meine neuen Klamotten fielen mir ein, die ich gekauft hatte, um meinen Besuch bei Alla zu verschleiern. Sie steckten in einer Plastiktüte unter dem Gästebett. Vielleicht sollte ich sie auch waschen?

»Aha«, sagte ich und ließ mich zwischen zwei Stapeln Handtüchern nieder, einer weiß, einer bunt.

»Und jetzt wollen Caspers Eltern die Beerdigung so schnell wie möglich. Offenbar haben sie alles in die Wege geleitet. Jedenfalls soll es morgen schon so weit sein.«

»Morgen?« Ich nahm zaghaft ein hellblaues Kindershirt und strich es glatt.

»Morgen. In irgendeinem Kaff im Schwarzwald.« Grits Stimme verriet höchste Empörung.

»Warum denn dort?«

»Da kommen seine Eltern her. Es soll nur im engsten Familienkreis stattfinden.«

»Ohne Nina?«

»Ohne Nina und ohne uns alle. Das können die doch nicht machen, immerhin sind wir seine Freunde! Wir haben die letzten zehn Jahre miteinander verbracht!« Langsam verstand ich Grits Aufregung.

»Das ist furchtbar«, sagte ich.

»Und stell dir mal vor, wenn Nina ... Ich meine, trotz allem, was geschehen ist, will sie vielleicht bei seiner Beerdigung dabei sein, meinst du nicht?«

»Was sollen wir tun?«

»Wir können gar nichts tun. Simone hat ja oft versucht, mit denen zu reden. Aber wir haben überlegt, wir sollten wenigstens ein kleines Abendessen machen, zum Gedenken.«

Zum Gedenken an Casper? Oder an Nina? Oder das Brautpaar? Die geplatzte Hochzeit? Ich hätte gern gefragt, aber natürlich tat ich es nicht. »Das ist eine gute Idee«, sagte ich stattdessen.
»Das war Simones Idee. Es soll keine richtige Trauerfeier werden oder so, nur ein gemeinsames Abendessen. Es ist alles so ...« Sie verstummte. Sie hatte recht. Es war alles so komisch. So unwirklich.
»Das ist eine gute Idee«, wiederholte ich.
»Wir können nicht einfach so zur Tagesordnung übergehen, ohne richtigen Abschluss.«
»Kann ich irgendwie helfen?«, fiel mir gerade noch rechtzeitig ein.
»Simone sagt, sie schafft das schon. Ich hab Stella mitgenommen, die beiden spielen draußen.« Grit deutete zum Garten, wo man die Kinder hören konnte. »Wenn du vielleicht Alla und Gero Bescheid sagen könntest? Um acht bei Simone.«
»Alla und Gero? Ist es ein Abendessen mit Männern?«
»Ja, klar. Auf der Beerdigung wären die Männer ja auch dabei gewesen.«
Ich legte ein Shirt auf das andere, Kante auf Kante, und schwieg. Ein Abendessen mit Männern. Ingo und Alla und Simone an einem Tisch, dazu mindestens eine Rede auf den Verstorbenen und die Verschwundene. Das konnte ja heiter werden.
Hoffentlich blieben alle nüchtern, sonst würden sich unschöne Szenen ereignen, da war ich mir ziemlich sicher.

Wenn dieser Abend so etwas wie eine inoffizielle Trauerfeier werden sollte, dann war die entsprechende Kleidung angebracht. Dummerweise konnte ich damit

nicht dienen, so meine Erkenntnis, nachdem ich in meiner Dachkammer den Inhalt meines Koffers und der Plastiktüte mit den Sommersachen inspiziert hatte. Ich besaß kein einziges schwarzes Kleidungsstück. Da war mal eine schwarze Hose mit Bügelfalten für theoretisch angedachte Bewerbungsgespräche gewesen und auch ein Wollkleid, das wir für die Beerdigung von Douglas' Großtante gekauft hatten, aber beides lag in Edinburgh in dem Karton mit den Wintersachen.
Eigentlich hätte bei dem Gedanken an Edinburgh ein dunkler Schmerz in mir explodieren müssen, aber so war es nicht.
Es gab einen Kniff, den ich beherrschte und der mir als Kellnerin besonders zugutegekommen war. Früher oder später verliert man beim Kellnern den Überblick. Zu viele Bestellungen gleichzeitig, zu viele überflüssige Informationen. Der Trick bestand darin, den Überblick von vorn herein preiszugeben. Es gab keinen Überblick. Es gab nur einen Schritt nach dem anderen und die Gläser auf meinem Tablett. Einfach einen Fuß vor den anderen setzen, den Kopf über Wasser halten und lächeln. Ausblenden, was nicht wirklich wichtig war, alle Bestellungen notieren, keinesfalls versuchen, etwas im Kopf zu behalten, und dann warten, warten, bis die Schicht vorbei war.
Darum gelang mir dieser Tag so gut. Ich setzte Fuß vor Fuß und hielt den Kopf über Wasser, einfach weitergehen, immer nach vorn … Etwas in mir schüttelte vielleicht ungläubig den Kopf darüber, dass es in dieser Richtung keinen Douglas mehr geben sollte, aber ich ließ diesen Gedanken noch nicht zu, ich verschob ihn auf Schichtende. Erst einmal war die Trauerfeier dran.

Ziellos hob ich einen grünen Pullover hoch, besah ihn und ließ ihn wieder in den Koffer sinken. Vielleicht konnte Grit mir was leihen? Zwar trug sie bestimmt einige Nummern größer als ich, aber möglicherweise gab es etwas Schwarzes, das ihr früher mal gepasst hatte.
Ich stieg die Treppe hinunter, um sie zu fragen, als ich Stimmen aus dem Wohnzimmer hörte. Jonas spielte im ersten Stock mit seiner Parkgarage. Besuch? Überrascht blieb ich stehen. Offenbar war Mark schon zu Hause. Vielleicht wegen der Trauerfeier?
»… jetzt schon seit fast zwei Wochen«, sagte er.
Grit entgegnete: »Ich weiß, aber was soll sie machen? Es dauert bestimmt nicht mehr lang, vielleicht …« Ihre Stimme senkte sich zu einem Flüstern.
»Dann muss sie sich eben ein Hotelzimmer nehmen.« Marks Stimme, unerbittlich.
Ging es um mich? Ich verspürte wenig Lust, es herauszufinden.
Leise ging ich die Treppe wieder hinauf. Vorher hörte ich noch Grit, sie hatte die Stimme erhoben. »Ich will aber, dass sie bleibt. Sie ist meine Freundin.«

Wir waren in einer seltsamen, befangenen Stimmung, als wir zu dritt vor Simones Haus standen. Mark hatte vorher ein ähnliches Getue um die Kleiderfrage gemacht wie ich, seine laute, verärgerte Stimme hatte man im ganzen Haus gehört, während Grit wie ein stiller, guter Geist hin und her huschte und dunkle Krawatten und gebügelte Hemden für Mark sowie verschiedene gedeckte Blazer für mich herbeischaffte, die allesamt komisch an mir aussahen. Mark hatte sich schließlich für einen dunklen Anzug und ein Hemd ohne Krawatte entschieden, ich trug meine saubersten Jeans und dazu einen schwarzen Pullover von Grit. Grit sah in ihrem schwarzen Kostüm und mit gescheiteltem Haar ernst und traurig aus, wie eine Witwe in einem Fünfziger-Jahre-Streifen.

Simone öffnete in einem schwarzen Hosenanzug, der ihr gut stand. Am Revers steckte eine Nelke. »Kommt herein«, sagte sie etwas gemessener als sonst und bot uns mit gesenktem Blick ihre Wange.

Die anderen waren schon da.

Alla und Gero saßen auf dem einen Sofa, Ingo stand etwas verloren mitten im Raum. Nach einer zaghaften Begrüßung nahmen Grit und Mark auf dem anderen Sofa Platz, und während die anderen einander bedrückt und verlegen begrüßten, ließ ich mich auf einem der Stühle am Esstisch nieder, direkt vor den leeren Sektflöten, die auf einem Tablett warteten.

Simone trat zu mir und schob unnötigerweise die Gläser hin und her. Ich sah ihr gleich an, dass sie etwas auf dem Herzen hatte.

»Womit stoßen wir an?«, fragte sie halblaut. »Ich habe Cava kalt gestellt, aber irgendwie ist das unpassend, meinst du nicht? Soll ich Sherry holen? Campari?«

Im ersten Moment dachte ich, es sei ein Scherz, aber irgendwie passte es zu Simone, dass sie selbst bei einer Trauerfeier ihre Gastgeberrolle perfekt ausfüllen wollte.

»Cava ist okay.«

»Meinst du wirklich?« Ihre Schneidezähne gruben sich in die Unterlippe und vernichteten den Lippenstift. Sie tat mir beinahe leid.

»Cava ist gut.«

»Aber ist das nicht eher zum Feiern?«
»Simone, es geht hier nicht um Getränke. Wir sollten mit irgendetwas anstoßen. Hol einfach die Flasche, ja? Ich mach sie dann auf.«
»Okay, wenn du meinst.« Ein dankbarer Blick traf mich.
In Windeseile war sie zurück und reichte mir eine der eiskalten Flaschen. Ich schälte die Folie vom Korken, dann ploppte es, und der Cava schäumte aus meiner Flasche wie Gischt.
»Gläser her!«, rief ich.
Simone schenkte aus und räusperte sich kurz, eine befangene Stille trat ein, als alle in Erwartung einer Rede den Atem anhielten.
Die Gesichter der anderen prägten sich mir ein: Marks helles Jungengesicht, so sauber wie frischgewaschene Wäsche; Grit mit dem ganzen Ernst ihres Witwenkostüms; Ingo, fahl und schwammig, aber konzentriert, so als sammle er alle Kraft für diese letzte Feier zu Ehren seines verstorbenen Freundes; Gero, dunkel und attraktiv, dem man seinen eigenartigen Status nicht anmerkte. Er wirkte ganz wie der Verlobte, den er nun seit beinahe zwei Wochen spielte, einzig sein markantes Kinn schien wie trotzig nach vorn gereckt, und dicht neben ihm Alla in einem schwarzen Seidenkleid, das sie noch größer und feingliedriger erscheinen ließ, ihre Augen glitzernd umschattet.
»Also …«, begann Simone und stockte, es mochte Rührung sein, ich hatte noch nie erlebt, dass ihr die Stimme wegblieb.
Grit hob entschlossen ihr Glas. »Auf Casper«, rief sie dazwischen, und irgendwie lockerte dieser Zwischen-

ruf die Stimmung, vielleicht, weil er so angenehm kurz und unprätentiös ausfiel, vielleicht aber auch, weil niemand erwartet hätte, dass jemand Simone zu unterbrechen wagte. Ich musste zu meiner eigenen Überraschung ein Kichern unterdrücken und trank.
Als wir uns zum Essen setzten, hatte sich die gedrückte Stimmung verwandelt in verschwörerische Feierlichkeit, leise Bemerkungen flogen über den Tisch, dann und wann stieg sogar ein Lachen in die Luft.
Ich saß zwischen Mark und Simone, mir gegenüber Grit, daneben Alla, Gero saß ganz rechts neben ihr, und aus irgendeinem Grund war ich froh, dass ich ihn nicht die ganze Zeit im Blick hatte.
Auf dem Tisch brannten weiße Kerzen, um sie herum diskrete Sträußchen aus Buchs und weißen Nelken, denselben wie jene, die Simone am Revers trug. Die Nelken deprimierten mich, sie standen für nichts als Tod und Trauer, zu Nina hätten andere, kraftvollere Blumen gepasst und zu Casper vermutlich auch.
Bald stand die Vorspeise vor uns, rosa gebratene Entenbrust auf buntem Salat. Ich war überrascht, als Mark sich mir zuwandte und sein Glas hob. Mir klang seine Stimme noch in den Ohren – *muss sie sich eben ein Hotelzimmer nehmen* –, aber davon wusste er nichts, und ich konnte ihm nicht vorwerfen, dass er sein Haus lieber für sich haben wollte. Vermutlich war dies auch für ihn eine schwere Zeit. Immerhin war Casper sein Freund gewesen, rief ich mir in Erinnerung.
»Auf Casper«, sagte er, als unsere Gläser aneinanderklirrten, dann sah er mich an und fragte, als erkenne er mich jetzt erst: »Hast du ihn überhaupt richtig kennengelernt?«

Seine Frage machte mich verlegen, mir war fast, als sei ich unrechtmäßig hier. »Nicht wirklich. Wir haben uns beim Polterabend kurz gesehen, danach nicht mehr.« Ich spießte ein Stück Entenbrust auf und kostete. Es war köstlich.
»Im Studium seid ihr euch nicht begegnet?«
»Nicht direkt. Und du? Kanntest du ihn damals schon?«
»Wir haben eine Zeitlang in derselben Kanzlei gearbeitet, ehe ich zum Gericht gewechselt bin.«
»Oh, dann habt ihr ja viel miteinander zu tun gehabt.« Ich musterte Mark mit erwachendem Interesse. Ich bin immer wieder erstaunt, welche Berufserfahrung Menschen meines Alters schon vorweisen können, und Arbeit sowohl in einer Kanzlei als auch bei Gericht erschien mir sehr respektabel. Somit schien er mehr mit Casper zu tun gehabt zu haben, es waren nicht nur diese Abendverabredungen mit Ehefrauen gewesen, die ich mir vorgestellt hatte.
Mark nickte. »Ziemlich. Wir haben uns immer zum Mittagessen getroffen, wenn wir gleichzeitig Gerichtstermine hatten. Und dann war da natürlich der Kontakt über unsere Frauen.« Sein Blick ruhte auf Grit, die uns gegenübersaß und halblaut mit Simone sprach. Von den drei Frauen, die er meinte, waren nur zwei übrig. Was war mit der dritten? Dachte er daran?
»Welchen Wein wollt ihr? Ich habe italienischen und spanischen«, fragte Ingo. Er hatte sich erhoben, und mir fiel auf, dass er recht salopp gekleidet war, was ich von Simones Ehemann nicht erwartet hätte. Jeans und ein Baumwollpullover mit V-Ausschnitt und einem Hemd darunter. Auf der anderen Seite – dies war keine Beerdigung, und unsere eigene Unsicherheit bezüglich

der Kleidung hatte daraus resultiert, dass es für diesen speziellen Sonderfall keine Regel gab.
»Den Spanier, bitte«, rief Alla und drehte die nackte Schulter, so dass die Pailletten am Ausschnitt ihres schwarzen Kleides aufblitzten. Es war eine kokette Bewegung, absichtsvoll, genau kalkuliert, und ich sah Mark einen unwillkürlichen Blick auf sie werfen.
Ingo nickte und ging in die Küche. Alla sah ihm nach, und ihre Pose zerfiel zu Staub.
Simone fuhr fort, sich mit Grit zu unterhalten, es schien sie nicht zu kümmern, was Alla tat oder nicht tat. Das würde bestimmt nicht so bleiben. Ich dachte an all das, was Alla Simone unterstellt hatte, und eine prickelnde Erregung baute sich in mir auf. Wollte Alla sie provozieren? Ausgerechnet hier und heute, bei diesem Abendessen?
Natürlich, dachte ich. Wann sonst? Bald schon würde alles seinen gewohnten Gang nehmen, Simone würde wieder arbeiten, Alla nach Rotterdam zurückfahren. Ob sie jemals zu dem Ritual ihrer halbjährlichen Abendessen zurückfinden würden? Oder hatten diese zwei Wochen der Scheinfreundschaft den Todesstoß versetzt?
»Sie sieht gut aus«, sagte Mark, als habe er meine Gedanken gelesen, und nickte nachdenklich in Allas Richtung.
Ja, Alla war tatsächlich schön, aber es war eine gefährliche Schönheit, flackernd und unstet, wie eine Fackel, bereit, alles zu verzehren, was sich ihr in den Weg stellte.
»War immer schon so«, sagte ich und brach mir ein Stück Baguette ab.

Mark zog verlegen die Nase hoch, als fiele ihm ein, dass die Schönheit anderer Frauen kein passendes Gesprächsthema war. »Wann geht es denn wieder nach Schottland?«, fragte er beiläufig.
»Bald«, sagte ich einsilbig.
»Ich war noch nie in Edinburgh. Wie ist es denn da?«
»Mir gefällt es. Ihr solltet mal hinfahren.«
»Tun wir bestimmt mal. Für Jonas ist das sicher spannend, die ganzen Dudelsäcke und so.«
»Ja, sicher.«
»Ich hab gehört, am schönsten soll es im Sommer sein, während des Festivals.«
»Das stimmt, vor allem, wenn das Wetter stimmt. Aber natürlich ist es dann auch sehr voll.«
Unser Gespräch erstarb kläglich, was angesichts des offensichtlichen Ausbleibens einer Einladung von mir kein Wunder war.
»Sag mal, Mark, wie ging es Casper eigentlich vor der Hochzeit?«, fragte Alla vom anderen Ende des Tisches. »War er aufgeregt?« Ihre Frage erschien mir viel zu direkt und indiskret, aber Mark schien das nicht zu stören.
»Eigentlich schon«, sagte er und schenkte uns Wein nach, obwohl wir kaum etwas getrunken hatten.
»Er hatte Schlafstörungen, aber das hat ja fast jeder vor der Hochzeit. Ingo und ich sagten immer nur, hey, das haben wir alle mitgemacht, und wir haben es überlebt, schau uns an!« Er lachte zu meiner Überraschung auf, und Ingo lachte mit, und als ich die beiden so nebeneinander sah, überlegte ich kurz, ob das wohl ihre wesentliche Gemeinsamkeit war – beide waren junge Ehemänner, junge Väter, reichte das aus als Gemeinsamkeit

für eine Freundschaft, oder war da noch etwas anderes? Und woraus bestand dieses andere?
»Trotzdem – ich hätte gedacht, dass er das lockerer nimmt.« Wieder hob Mark die Flasche und goss uns nach. Mir kam es vor, als habe sich mein Glas wiederholt gefüllt und geleert, ohne dass ich etwas dafür hatte tun müssen. Ich griff danach und trank.
»Na ja, vielleicht war es nicht so wild, Schlafstörungen hat jeder mal«, sagte Simone.
»Meinst du?«
»Klar.«
»Aber er war wirklich gestresst«, bestätigte Ingo. »Als ich ihn kürzlich zum Mittagessen abgeholt habe, saß er vor seinem Laptop und sah richtig fertig aus. Als ich ihn ansprach, klappte er es schnell zusammen und war wieder normal.«
»Laptop?«, fragte ich. »Meinst du, es hatte was mit der Arbeit zu tun?«
»Keine Ahnung. Da war es auch nicht leicht, es gibt einen neuen Teilhaber und so … Aber er hätte bestimmt gesagt, wenn er sich deswegen mehr Sorgen gemacht hätte als üblich.« Ingo starrte vor sich hin.
»Das wusste ich nicht!« Mark wirkte nachdenklich. Er saß zusammengesunken auf seinem Stuhl. »Weiß das die Polizei denn?«
»Natürlich nicht, das war eine rein private Beobachtung.« Ingo blickte von einem zum anderen, als bereue er es, Aufmerksamkeit auf sich gezogen zu haben. Sein teigiges Gesicht glänzte ungesund.
»Aber die Polizei hat doch extra nach so etwas gefragt«, sagte Mark.
»Ich klatsche nicht über meine Freunde.«

»Ich finde nicht, dass das etwas mit Klatsch zu tun hat. Die Polizei braucht alle nötigen Informationen, damit sie anständig arbeiten kann. Welche Details dabei wichtig sind, hast nicht du zu entscheiden.«
Ingo zuckte die Schultern.
»Wirklich …« Mark sah ihn an. »Du bist Jurist! Ich hätte dir etwas mehr Urteilskraft zugetraut. Man kann sich schuldig machen, wenn man …«
»Herrgott, ich weiß nichts, was denen helfen könnte! Ich hatte nur den Eindruck, dass er gestresst ist!«
Grit mischte sich ein. »Aber unter Freunden …«
Es fiel mir schwer, mich auf das Gespräch zu konzentrieren. Am Rande meines Sichtfeldes nahm ich Allas schlanke Hände wahr, die zärtlich Geros Rücken rauf- und runterfuhren, sich in seine kurzen dunklen Haare gruben, spielerisch an seinem Ohrläppchen zogen.
Ich war die einzige Singlefrau in dieser Runde, und plötzlich empfand ich diese simple Tatsache sehr deutlich: Grit und Mark stritten immer noch über die Frage, ob Ingo zur Polizei hätte gehen sollen, Alla versank beinahe in Geros Armen, und selbst Simone hatte begonnen, sich an Ingo zu schmiegen, aber vielleicht war das nur eine Reaktion auf Allas Pärchengetue. Meine Augen brannten, und entschlossen griff ich nach meinem Weinglas und leerte es.
Ein Fuß vor den anderen. Nicht an Douglas denken. Ein Fuß vor den anderen. Ein Schluck nach dem anderen. Etwas stahl sich in meine Kehle, war es der Wein, den ich zu hastig geschluckt hatte, oder ein hysterisches Lachen? Es fehlte nicht viel, und ich würde beginnen zu kichern.
Zum Glück erhob sich Simone und räumte die Vorspeisenteller ab, und ich nutzte die Gelegenheit und half

ihr. In der Küche herrschte überraschende Ordnung, Simone hatte wie immer alles im Griff. »Kannst du mal in die Pastete stechen? Die Zahnstocher sind da links in der Schublade.«

Die Schublade war peinlich aufgeräumt. Taschentuchpakete, Strohhalme, Plastikpiekser und Zahnstocher. Ich griff nach den Zahnstochern. »Und dann?«

»Ist sie gar?«

»Keine Ahnung.«

»Einfach reinstechen.«

»Hab ich.« Hilflos betrachtete ich den Zahnstocher.

Simone trat zu mir und nahm ihn mir aus der Hand. »Das ist schwer heute«, sagte sie zusammenhanglos, mir kam es vor, als spreche sie nicht zu mir, sondern zu sich selbst, vielleicht auch zum Backofen.

Ich blieb einfach stehen und wartete ab, ob sie mir den Zahnstocher zurückgeben würde. Vielleicht wartete ich auch ab, ob sie weinen würde.

Aber Simone weinte nicht. Simone würde niemals weinen. Sie lächelte mich an. »Geh ruhig, ich schaff das schon.«

»Sicher?«

»Ja.«

Auf dem Weg zurück ins Wohnzimmer schwindelte mir, und der Türpfosten schlug hart gegen meine Hüfte. Ich hatte zu schnell getrunken.

Im Wohnzimmer hatte sich die Stimmung verändert. Alla kniete vor der Stereoanlage, und die ersten Klänge von *After Dark* wehten durch den Raum. From Dusk Till Dawn.

»O Mann, den haben wir doch an dem Abend geguckt, als …«, rief Grit.

Alla begann zu tanzen. Sie hob die Arme, warf uns unter halbgesenkten Lidern ein spöttisches Lächeln zu und schloss die Augen, und dann begann sie sich in den Hüften zu wiegen und sich zu drehen.
Ich setzte mich wieder an meinen Platz und starrte das Weinglas an. Keiner der anderen beachtete mich, alle sahen in Allas Richtung.
Aus den Augenwinkeln bemerkte ich, wie Alla auf Ingo zuschlängelte und ihn mit einer Handbewegung aufforderte, mit ihr zu tanzen. Er erhob sich, da war etwas in seinem Blick, das ich nicht einordnen konnte, er machte ein, zwei Schritte und ließ sich dann zurück auf seinen Stuhl sinken. Wenn Alla von seinem Rückzug getroffen war, so sah man es nicht, sie drehte uns den Rücken zu und tanzte weiter, ihre Hüften schwangen hin und her im Takt.
Now I know her secret name
You can tear her temple down
But she'll be back
and rule again ...
»Alles okay?«, fragte eine leise Stimme hinter mir. Ich drehte den Kopf. Gero hatte sich auf den freien Platz neben mir gesetzt.
»Du wirkst ein bisschen komisch.« Er betrachtete mich prüfend.
»Kann schon sein«, sagte ich und trank mein Glas aus. Ich hatte keine Lust, mit ihm zu reden, es war mir unangenehm, dass er mich ansprach. Ein bezahlter Mann. Ein viel zu schöner, bezahlter Mann, dem ich es indirekt zu verdanken hatte, dass zwischen mir, Simone und Grit ein letzter Lügenschleier wehte. Ich wollte keine Geheimnisse mehr, aber dank Alla und diesem

Mann musste ich etwas verbergen. Musste ich? Oder wollte ich? Ich könnte ihnen auch einfach verraten, dass Alla sich einen Callboy hielt.

»Irgendwie wirkst du bedrückt. Dich belastet etwas, oder? Hat es etwas mit deiner Erinnerung zu tun?«

»Mit meiner ... Ach!« Einen Moment war ich verwirrt, dann fiel mir ein, dass Gero auf unser Gespräch im Auto anspielte. In meinem Kopf begann es sich langsam zu drehen, da war Douglas im Hintergrund, wohin ich ihn verbannt hatte, aber natürlich war er ständig präsent, er thronte über allem wie ein überdimensionales Ahnenbild, das alle Anwesenden geflissentlich ignorieren und das doch die Macht besitzt, sie in einen dunklen, bedrückenden Zauber zu bannen. Nur dass hier niemand von Douglas und seinem Anruf wusste. Nur ich. Und ich würde es noch schaffen, diesen Anruf zu vergessen. Ich griff nach der Flasche und schenkte nach.

»Was ist denn passiert?«, fragte Gero leise. Ich konnte ihn riechen. Er trug irgend so ein klassisches Männerparfum, was mich verwunderte, ich hätte getippt, dass er etwas Extravaganteres bevorzugte.

»Gar nichts. Warum soll etwas passiert sein?«

»Du bist weiß wie ein Gespenst, und du trinkst den ganzen Abend.«

»Dies ist eine Trauerfeier«, sagte ich. »Hier darf man trinken und traurig sein.« Meine Stimme hatte einen aggressiveren Dreh als beabsichtigt, Gero schreckte förmlich zurück.

»Entschuldige«, sagte er und hob die Hände. »Ich wollte dir nicht zu nahe treten.«

Ich sah ihn an, und plötzlich überkam mich das große Bedürfnis, seinen schönen Mund zu küssen, mit ihm ein Taxi zu nehmen und irgendwo ein paar grellbunte Cocktails zu trinken, so viele, bis ich bereit war, mit ihm in einem Hotelzimmer zu verschwinden, wo ich für ein paar Stunden den Toten und die Verschwundene und vor allem Douglas vergessen konnte.

Douglas. Die Erinnerung an seinen Torfatem schlug mir ins Gesicht wie eine Ohrfeige. Es war eine ganz und gar dumme Idee, diese Erinnerung mit einem Mann zu verwischen, der freiwillig gebügelte Hemden trug und nach Parfum roch.

»Ich muss wegen deiner Erinnerungslücken noch mal mit dir reden, aber vielleicht machen wir das besser, wenn du wieder nüchtern bist«, sagte Gero. Dann nickte er mir zu, erhob sich und verschwand in den Flur.

Ein neues Lied, ich kannte es, aber mir fiel der Name der Band nicht ein. Es war zu lange her. Alla hob beide Arme an die Brust und neigte den Kopf, ich wusste, gleich, wenn das Schlagzeug einsetzte, würde ihr Tanz explodieren. Für einen Moment schloss ich die Augen. Ich wurde das Gefühl nicht los, dass hier etwas inszeniert wurde, eine Art Retroabend, Lieder, die damals liefen, zu denen wir getanzt, gelacht und uns vielleicht geliebt hatten.

Warum auch nicht, dachte ich. Dies ist eine Art Gedenkfeier, wir erinnern uns an die schöne Zeit mit Casper. Die schöne Zeit mit Casper? Ein böses Kichern stahl sich in meine Kehle.

»Das Essen ist fertig«, rief Simone von der Tür.

In diesem Moment klingelte das Telefon. Simone stellte die dampfende Pastete vor uns auf den Tisch, und während alle begierig und etwas übertrieben enthusiastisch schnupperten und Vorfreude versprühten, sah ich, wie sie zu dem Tisch ging, auf dem das Telefon stand. Sie legte den Kopf schief, zog ihren Ohrring heraus und nahm den Hörer ab, ein Lachen im Gesicht. Dann gefror ihre Miene, und sie drehte sich blitzschnell zur Wand. Es war eine bemerkenswert schnelle Reaktion, aber ich hatte ihr Gesicht gesehen. Ich sah Simone nach, wie sie den Hörer nahm und in den Flur verschwand. Ich war hellwach und nüchtern, auf einen Schlag, als habe jemand die Fenster aufgerissen und beißend kalte Luft hereingelassen.

Die anderen schwatzten und lachten, Alla tanzte immer noch in sich selbst versunken, Mark steckte vorwitzig eine Gabel in die Blätterteighülle, wofür Grit ihn tadelte, keiner hatte etwas von Simones Reaktion bemerkt, sie schwatzten durcheinander.

»Sollen wir schon mal servieren?«

»Klar, das ist irre heiß, dann kann es abkühlen, ich hab solchen Hunger.«

»Warte lieber, wir sollten ...«

»Gib schon!«

»Halt, nicht so viel!«

»Alla, das Essen! Alla! Du musst sagen, wie viel du haben willst!«

Dann saßen wir alle an unseren Plätzen vor den dampfenden Tellern, nur Gero wollte nichts essen. Mark wurde unruhig.

»Ich hol sie mal«, sagte Grit, aber ich schüttelte den Kopf.

»Ich glaube, wir können schon anfangen.«

»Sicher?«, fragte Mark und hob die Augenbrauen. »Nicht dass es Ärger mit Simone gibt! Ich will nicht der sein, der dafür den Hintern voll kriegt.«

Ich sah Ingo grinsen und Grit kichern und war für einen Moment erschrocken, es war das erste Mal, dass jemand sich offen über ihre bestimmende Art lustig machte, aber vielleicht herrschten in der Runde mit Ehemännern andere Regeln als unter uns Frauen.

»Wir fangen an«, entschied Alla.

Als Simone bald darauf ohne das Telefon wiederkam, verriet ihr Gesichtsausdruck absolut gar nichts. Sie kommentierte weder den Anruf noch die Tatsache, dass wir bereits aßen. »Guten Appetit«, sagte sie und ließ sich an ihrem Platz nieder.

»Das schmeckt super«, versicherte Grit.

»Wer war es denn, um diese Zeit?«, fragte Ingo.

»Nur meine Mutter. Entschuldigt bitte.« Sie nahm ihre Gabel und begann zu essen.

Vielleicht war es das, was mich irritierte: Sie fragte nicht, ob es schmeckte, und realisierte offenbar auch nicht, dass Gero nichts auf dem Teller hatte. Irgendetwas ging hier vor. Ich warf einen schnellen Blick auf die anderen: Sie aßen, unterhielten sich. Niemand hatte etwas gemerkt. Niemand außer mir.

Das Misstrauen war wieder da, wie hartnäckiges Unkraut, das sich einfach nicht ausrotten ließ, Quecken etwa, die ihre langen Wurzeln in alle Richtungen schicken, um den Boden zu erobern; auch wenn längst alles oberirdische Grün ausgerissen ist, wühlen sich die Wurzeln durch den Grund, um in einem unerwarteten Moment an die Oberfläche durchzustoßen und zu zeigen: Ha! Ich bin da! Ich war die ganze Zeit da, du hast mich nur nicht gesehen.

»Entschuldigt mich«, sagte ich hastig und stand auf.

Im Bad starrte ich in den Spiegel, ein hohläugiges Wesen mit Augenringen starrte zurück. Ich krempelte den Pullover hoch und hielt meine Arme unter kaltes Wasser, bis ich mich besser fühlte.
Ich hatte genug von all diesem Misstrauen, den Überlegungen, wer was warum gesagt oder getan hatte, vor allem aber hatte ich genug von diesem Mörderspiel.
Warum hatte Nina Casper umgebracht?
Gab es da draußen einen fremden Feind? Wenn ja, wer war es und was wollte er? Was hatte er von Casper gewollt, was von Nina? War sein Werk vollbracht, würde er unerkannt weiterziehen, oder belauerte er uns?
Oder war der Mörder mitten unter uns? Auf wessen Stuhl saß er?
Dummerweise gab es keine Möglichkeit, diese Fragen abzustellen. Und die Beobachtungen, die ich machte, ließen sich auch nicht einfach ignorieren.
Zum Beispiel Simones Gesichtsausdruck. Wer hatte angerufen? Ich drehte das Wasser ab, trocknete meine Arme, ging in den Flur und überlegte.
Simone hatte das Telefon nicht mit zurück ins Wohnzimmer genommen. Warum? Wollte sie später noch einmal telefonieren?
Ich ging in die Küche und sah mich um. Es war tadellos aufgeräumt, nicht so, als befänden wir uns gerade inmitten eines Abendessens. Schließlich fand ich das Telefon neben der Kaffeemaschine und rief den letzten Anrufer auf. Eine ausländische Nummer. Dummerweise kannte ich mich mit Ländervorwahlen nicht aus. Ich sah mich um nach etwas zu schreiben, um die Nummer zu notieren, aber dann hörte ich Schritte im Flur und

legte das Telefon blitzschnell wieder hin, keinen Augenblick zu früh.

»Suchst du was?«, fragte Simone. Hinter ihr stand Ingo, und mir schien, dass selbst er mich misstrauisch musterte.

»Nein«, sagte ich und drängelte mich an beiden vorbei. Im Wohnzimmer waren alle Teller leer, nur meiner nicht. »Ist dir nicht gut?«, fragte Grit besorgt. »Du siehst blass aus.«

»Ich glaube, ich habe etwas zu schnell getrunken. Geht schon wieder.« Aus den Augenwinkeln sah ich Allas schmale Hände an Geros schönem Kopf. Ich aß meinen Teller leer, ohne dass ich hätte sagen können, was ich da zu mir nahm.

»Nachtisch!«, rief Simone von der Tür und balancierte einen Teller, auf dem eine perfekte Charlotte Russe thronte, mit Wänden aus Löffelbiskuits, mit Sahnetupfen und kandierten Kirschen.

»Wow!«

»Ist da Eigelb drin?«, fragte Alla und reckte den Kopf. Sie hatte Gero losgelassen.

»Ja, aber gestockt. Es …«

In diesem Moment brach Ingo zusammen. Er sackte einfach auf dem Stuhl zusammen, sein ohnehin fahles Gesicht verzog sich, und sein Kopf fiel nach vorn.

In der ersten Schrecksekunde sagte niemand etwas, sprachlos starrten wir ihn an, dann, von einer Sekunde zur anderen, verwandelte sich alles, Chaos brach aus.

Wir sprangen auf, als habe eine Bombe eingeschlagen, Gläser kippten um, dunkelrote Sturzbäche ergossen sich auf das weiße Tischtuch, ein Sektglas flog in hohem Bogen durch die Luft und zerschellte. Mark war mit wenigen Schritten bei Ingo und riss ihm den Kragen auf, Alla schlug die Hände vors Gesicht und sank neben ihm nieder, Grit öffnete den Mund zu einem lautlosen, entsetzten Schrei, und Gero zog sein Handy. »Ich rufe einen Krankenwagen«, murmelte er.

Ich glaube, erst in diesem Moment begriff ich, dass ich nicht die Einzige war, deren Nerven angegriffen waren, die sich in ständiger Habachtstellung befand. Auch die anderen rechneten mit dem Schlimmsten, nicht nur meine Freundinnen, sondern auch ihre Männer. Caspers Tod hatte sie alle getroffen und verwundet.

Der Tod war in ihre Leben eingedrungen, hatte ungeachtet ihrer Häuser, Kinder und Berufe einen Freund aus ihrer Mitte gerissen und war unsichtbar wieder entkommen. Das konnte wieder geschehen. Jederzeit. Vielleicht geschah es gerade jetzt.

Nur ein Mensch trotzte dem Chaos, und das war Simone. Kühl und silberblond ragte sie aus dem Durcheinander wie ein Leuchtturm, was mich um so mehr verwunderte, da sie zu Anfang des Abends und vor allem nach dem mysteriösen Anruf durchaus nervös gewirkt hatte.

»Alles in Ordnung«, beschwichtigte sie und versuchte, Mark von Ingo wegzuziehen. »Alles okay, keine Panik!« Sie versuchte, Alla beiseitezuschieben, die in ihrem schwarzen Seidenkleid neben Ingo kniete wie eine Gestalt in einer griechischen Tragödie und Ingos Hand ergriffen hatte.

Eine Art Wiedererkennen durchzuckte mich: Da war eine Filmszene, in der ein Ehemann bei Tisch zusammenbrach, während sein Mörder zwischen den Umste-

henden stand. Ein schrecklicher Verdacht fiel mich an und verbiss sich in mir.
Hatte Simone Ingo vergiftet? Damit er nicht mit Alla tanzte? Das war absurd.
»Es ist nur ein Schwächeanfall, so etwas hat er öfter«, rief Simone, immer lauter werdend, weil niemand auf sie hörte. »Ingo!« Ihre Stimme klang laut, befehlend.
Und ein Wunder geschah: Ingo schlug die Augen auf.
»Es ist nur ein Schwächeanfall«, wiederholte er die Worte seiner Frau. Dann schloss er die Augen wieder.
Simone entnahm ihrer Handtasche ein Pillenröhrchen und schob ihm etwas in den Mund. Er öffnete gehorsam die Lippen. Dann richtete er sich auf. »Schon wieder okay«, sagte er.
Gero trat zu Alla und ergriff ihre Schultern, es kostete ihn sichtlich Kraft, sie von Ingos Seite zu ziehen. »Es geht ihm gut, siehst du das nicht?«, raunte er ihr zu. Sie sah sich verstört um, und erst als sie begriff, wie sehr sie sich hatte gehenlassen, verschloss sich ihr Gesicht wieder.
»Setzt euch doch wieder«, bat Simone. »Es ist alles in Ordnung, wirklich!«
Zögernd und verlegen suchten wir unsere Plätze auf, den Schrecken noch im Gesicht.
»Ich bringe ihn ins Bett.« Simone griff Ingo unter die Arme und hievte ihn hoch. »Fangt doch schon mal mit dem Nachtisch an. Komm, Ingo.« Ihre Stimme klang ruhig, liebevoll, sie sprach wie zu einem Kind. Die beiden verließen Arm in Arm das Wohnzimmer, seine Schritte schleppend, ihre entschlossen.
»Das sah furchtbar aus«, sagte Mark. »Ich habe so etwas noch nie gesehen.«

»Schrecklich«, sagte Alla. Unter ihrer Schminke war sie blass geworden, und man merkte ihr an, wie sehr sie sich bemühte, uns vergessen zu machen, dass sie die Kontrolle über sich verloren hatte.
Grit griff nach dem Arm ihres Mannes. »In der Schwangerschaft bin ich auch einige Male umgekippt, weißt du noch, Mark? Ein komisches Gefühl, erst sieht man lauter bunte Farben und dann gar nichts mehr.«
»Vielleicht hätten wir doch einen Arzt rufen sollen.« Gero warf einen besorgten Blick zur Wohnzimmertür.
»Er hat das öfter, Simone wird schon wissen, was sie tut«, beruhigte Grit.
»Was hat Ingo denn eigentlich?« Alla griff nach ihrem Glas und trank. Sie schien es nötig zu haben.
»Kreislauf«, mutmaßte Grit und zuckte die Achseln.
»Und was sagt der Arzt?«, fragte Gero.
Mark lachte kurz auf. »Ingo und Arzt? Vergiss es. Er hat panische Angst vor Spritzen und Ärzten allgemein.«
»Er sollte trotzdem zu einem Arzt gehen. Er sieht schlecht aus.«
Darauf gab es nichts zu erwidern, wir schwiegen und lauschten auf die Geräusche aus dem oberen Stockwerk.
»Was sollen wir denn jetzt tun? Wir können ja schlecht hier sitzen bleiben und essen und trinken, wenn es ihm so schlechtgeht«, sagte ich.
Gero erhob sich wie auf ein Stichwort. »Du hast recht.«
»Aber wir können doch nicht gehen, ohne uns zu verabschieden, vielleicht braucht Simone uns. Ich meine, wenn es Ingo schlechter geht …«
»Dann ruft sie eben einen Arzt.«

Wir schwiegen.
»Ich glaube, wir gehen dann mal besser«, sagte Grit schließlich und warf einen bedauernden Blick auf die unangetastete Charlotte auf dem Esstisch.
»Das ist wahrscheinlich das Beste.« Mark warf einen Blick auf seine Armbanduhr.
»Ein komisches Ende für eine Trauerfeier«, sagte Gero halblaut zu mir und griff nach den Nachtischtellern, um sie zu stapeln. »Weißt du, wohin die gehören? Sie sind noch sauber.«
»Ich mach das schon.«
»Okay. Wir sprechen uns morgen!«
Ich sah ihm einen Moment irritiert nach. Warum sollten wir uns morgen sprechen? Ich musste mich verhört haben.
Während die Männer ihre Jacken anzogen, räumten wir den Tisch ab. Grit deckte die Charlotte mit Frischhaltefolie ab und stellte sie wieder in den Kühlschrank. Aus dem Flur hörten wir Stimmen, Simone, die sich gedämpft verabschiedete.
»Tschüß«, rief Alla, dann knallte die Haustür hinter ihr und Gero zu.
»Kommst du, Grit?«, fragte Mark und steckte den Kopf durch die Tür.
»Sofort. Ich … Weißt du, ich helfe hier noch eben beim Aufräumen. Ich …« Grits Blick irrte durch die picobello aufgeräumte Küche. Jetzt erst sah ich Simones Gesicht hinter dem von Mark, die Zeichen, die sie machte.
Worum ging es?
»Bist du sicher? Ich kann auch noch warten«, sagte Mark.

Grit lächelte und umarmte ihn. »Ich will Simone nicht allein lassen«, flüsterte sie ihm zu, aber ich verstand sie trotzdem.
»Und du …«, wandte Mark sich an mich.
Ich zögerte, aber nur den Bruchteil einer Sekunde, dann mischte Grit sich ein.
»Mimi kommt mit mir nach«, sagte sie und hielt ihrem Mann die Tür auf. Als sie sich hinter ihm geschlossen hatte, lehnte sie sich dagegen und schloss die Augen.
»Was ist los?«, fragte ich.
»Sind sie weg?«, fragte Simone aus dem Wohnzimmer.
»Ja«, antwortete Grit.
»Gott sei Dank. Kommt, setzt euch, ich hole erst mal einen Schnaps.«
»Was ist los?«, wiederholte ich, als wir um den Couchtisch saßen, und sah mit wachsender Verwirrung von einer zur anderen.
»Warum sollten die anderen gehen?«, fragte Grit Simone.
Simone strich sich eine unsichtbare Strähne aus der Stirn. »Der Anruf«, sagte sie müde.
Mein Herz begann zu klopfen. Ich hatte es gewusst. Der Anruf.
In diesem Moment schrillte es an der Tür, laut und empört. Ich wusste sofort, was das zu bedeuten hatte.
»Mach ihr auf«, sagte Simone zu mir und holte die Flasche.
Ich öffnete die Tür, und da stand Alla, die nackten Schultern in der Abendkühle hochgezogen, und schüttelte sich das schwarze Haar auf.
»Was soll das denn? Warum sitzt ihr hier ohne mich?«, polterte sie. »Ich hab die Männer einzeln aus

dem Haus gehen sehen, und da hab ich Gero natürlich allein ins Hotel geschickt. Was ist los? Ist was mit Ingo?«

Simone sagte nichts. Konzentriert schenkte sie den Schnaps ein. »Leider war das ganze Durcheinander nötig«, sagte sie und reichte die Gläser herum.

»Das Durcheinander war nötig? Was soll das heißen? Simone! Was hast du mit Ingo gemacht?« Allas Stimme wurde laut und erregt.

Mein Gott, dachte ich, sie denkt dasselbe wie ich! Da erst bemerkte ich meinen Denkfehler: Es war genau umgekehrt. Alla hatte schon immer das Schlimmste erwartet, ich selbst war es, die erst jetzt, nach Ingos Zusammenbruch, das Undenkbare für möglich hielt: dass Simone ihrem Ehemann etwas angetan hatte.

»Er liegt oben im Bett und schläft vermutlich«, sagte Simone kühl und reichte die Gläser herum. »Ich habe ihn gebeten, einen Schwächeanfall zu simulieren, weil ich etwas mit Grit besprechen muss.«

»Machen die Leute eigentlich immer, was du willst?«, fragte Alla.

Simone zuckte die Achseln. »Setz dich doch bitte und hör zu«, sagte sie, und diese Bitte schien für Alla zu viel zu sein, denn sie sah Simone einen Moment lang sprachlos an und stürmte dann los, wir hörten ihre zornigen Schritte, als sie mit den hohen Absätzen die Treppe hinauflief, zu Ingo.

»Ach herrje«, sagte Simone. Mehr sagte sie nicht. Halb erwartete ich, dass sie hinterherlaufen und einen erbitterten Kampf im ehelichen Schlafzimmer austragen würde, um Alla von Ingo fernzuhalten, aber nichts dergleichen geschah.

Grit warf ängstliche Blicke von links nach rechts. »Ist was mit Alla? Was hat sie denn?«

Simones Gesicht war unbewegt. »Offenbar denkt sie, ich hätte ihm etwas angetan.«

»Das ist ja …« Grit verstummte, und gemeinsam horchten wir nach oben.

Allas Stimme, erregt und hysterisch, dann Ingo, der antwortete, ruhig, leise. Der Wortwechsel dauerte nicht lange, dann verstummten beide, erst hörte man nichts mehr, dann ertönten Allas Schritte auf der Treppe, schleppend, langsam, ganz anders als das zornige Stakkato von vorhin.

Als sie im Türrahmen erschien, war ihr Gesicht blass und ernst. Sie sah überhaupt ganz anders aus, ihre Körperspannung hatte sich verflüssigt, die langen dünnen Arme hingen leblos herunter. Ich fühlte plötzlich Mitleid in mir aufwallen.

»Es geht ihm gut«, sagte sie und machte einige Schritte hinein in den Raum, dann blieb sie stehen. »Er hat nur so getan, als habe er einen Schwächeanfall, weil Simone ihn darum gebeten hat. Die anderen Männer sollten verschwinden. Simone wollte mit uns allein sein.«

»Ja«, sagte Simone, »ganz wie ich sagte.«

»Es tut mir so leid«, sagte Alla, den Blick unverwandt auf Simone gerichtet. »Ich habe wohl etwas zu viel getrunken. Ich dachte, er wäre … Ich dachte, du hättest …« Ihr Gesicht zuckte.

Simone erhob sich und ging auf sie zu. »Schon gut. Ich woiß ja, wio sohr du …«

»Ja«, sagte Alla. Dann schlang sie plötzlich die Arme um Simone und schluchzte los, haltlos, verzweifelt.

»Ich dachte, er würde auch sterben!«, schrie sie. »Ich dachte, er wäre vergiftet!«
»Ist schon gut«, sagte Simone und tätschelte ihren Rücken.
Alla weinte weiter, und das verwunderte mich mehr als alles andere, es passte nicht zu dem, was ich in den vergangenen Tagen von ihr mitbekommen hatte, es schien mir auch nicht zu der Alla von früher zu passen. Es war eine ganz andere Alla, eine, deren Wahrheit jetzt, von aller Verstellung befreit, ans Licht trat. Eine Alla voller Angst. Angst um Ingo.
Verlegen beobachteten Grit und ich die Szene.
»Verstehst du das?«, zischte Grit mir zu. »Sie hat doch Gero! Die beiden wollen heiraten!«
Ich zuckte die Achseln. Es lag wirklich nicht an mir, Allas Verhältnisse aufzudecken. Ich griff nach meinem Glas und trank, aber es beruhigte mich nicht wie vorher, ich war über den Punkt hinaus, wo Alkohol mir Ruhe schenken konnte. Ich wollte wissen, was hier los war. Ich erhob mich, und als ich stand, spürte ich an der Schwingung meiner Glieder, wie betrunken ich war.
»Der Anruf«, sagte ich und versuchte, meine Stimme zu kontrollieren, denn auch meine Zunge war schwer. »Um was geht es?«
Alla hob den Kopf und wischte sich über das Gesicht. »Warum das alles, Simone, erklär mir das mal. Warum sollte Ingo diese Show abziehen? Ich meine, das ist doch total bescheuert!«
Simone setzte sich, strich die Haare zurück und deutete auf die Stühle, eine gebieterische Aufforderung an uns. Sie sah ernst aus, etwa so, als würde sie einer

Hochsicherheitskonferenz vorsitzen. »Damit die Männer verschwinden. Ich wollte die Veranstaltung hier möglichst schnell abbrechen, denn ich muss dringend mit euch reden, die Lage hat sich komplett verändert, aber davon sollten die erst einmal nichts mitbekommen. Nach dem, was Mark gesagt hat über Juristenehre und all das, konnte ich kein Risiko eingehen.«

»Was?«, fragte Grit, die Augen weit aufgerissen.

»Der Anruf«, sagte Simone. »Das war Nina. Nina hat eben angerufen. Sie braucht unsere Hilfe. Sie sitzt in einer Pension in Brüssel. Eine von uns muss hinfahren und sie abholen.«

Einen Moment herrschte ungläubiges Schweigen, dann redeten wir alle durcheinander.

»Was soll das heißen, sie hat angerufen? Gerade eben? Als wir alle hier saßen?«

»Was hat sie noch gesagt?«

»Wie geht es ihr?«

»Warum Brüssel, wie kommt sie nach Brüssel?«

»Warum kommt sie nicht von selbst nach Hause, ist sie verletzt?«

Simone hielt ihr Glas umklammert. Sie sprach erst, als wir alle der Reihe nach verstummt waren. »Nina braucht uns jetzt. Als sie die Stimmen im Hintergrund hörte, bat sie mich, dass ich Casper ans Telefon hole.«

Die Stille, die ihren Worten folgte, war schrecklich. Grit war die Erste von uns, die so etwas wie einen Satz herausbrachte. »Casper? Aber weiß sie denn nicht …«

»Nein«, sagte Simone. »Sie hat keine Ahnung, dass er tot ist. Sie hat nur ein furchtbar schlechtes Gewissen, weil sie die Hochzeit hat platzen lassen.«

Für einen Moment sagte niemand etwas.

»Aber das bedeutet ja … Das heißt, sie hat ihn nicht umgebracht!«, rief Grit. »Sie ist gar keine … O Gott, bin ich froh!«

»Nina kommt zurück«, rief ich. Dann sagte ich halblaut zu Simone: »Ist noch eine Flasche von dem Cava da?«

Gegen Mitternacht begann ein leiser Regen. Mir schien, als wehte er durch die weit offene Terrassentür zu uns herein. Grit hatte zu meiner Überraschung gegen elf lautstark nach einem Joint verlangt, und weil die geheimen Haschischvorräte des Junggesellinnenabschieds aufgebraucht waren, hatte sie das Haus verlassen und war bald darauf mit trotzigem Gesicht und einer Schachtel Zigaretten aufgetaucht. Simone hatte wortlos die Terrassentür geöffnet und sich dann selbst eine Zigarette genommen, und so hingen wir jetzt auf den Sofas, rauchten, tranken und versuchten zu verstehen, was geschehen war. Erst langsam dämmerte uns, was die veränderte Lage für neue Wahrheiten mit sich gebracht hatte. Da war nicht nur die Sache mit Nina, sondern auch Alla und ihre Aussprache mit Simone. Nachdem Alla tagelang so beherrscht ihre Rolle gespielt hatte, konnte sie jetzt nicht genug davon bekommen, über das zu reden, was ihr wirklich wichtig war.

Ingo.

»Ich hatte solche Angst um ihn«, sagte sie. Es war ungefähr das zwanzigste Mal, dass sie das sagte. »Nicht nur, als er zusammengebrochen ist, sondern schon vorher. Seit ich ihn das erste Mal gesehen habe. Er hat sich so verändert. Er ist so … Ich hatte Angst.«

»Er hat eine endogene Depression, seit längerem schon«, sagte Simone.
»Was bedeutet das, endogen?«, fragte Alla. Sie hielt den Blick fest und vertrauensvoll auf Simone geheftet.
»Es ist angeboren, erblich. Seine Mutter hatte das auch.«
»Das ist furchtbar.« Allas Lippen formten das Wort noch einmal lautlos: *furchtbar.*
»Nimmt er denn keine Tabletten?«, fragte sie dann.
»Will er nicht.«
»Aber die würden helfen, ganz sicher. Eine Assistentin bei uns hatte Depressionen, und sie hat sich was verschreiben lassen. Die Mittel sind heute anders als früher, sie puschen einen nicht künstlich auf oder dämpfen, sondern sie heilen sogar irgendwas im Gehirn.«
Simone schüttelte den Kopf. »Er will nicht. Ich hab tausendmal versucht, mit ihm zu reden, aber er hat eine solche Abneigung gegen Tabletten. Seine Mutter hat damals viele Tabletten genommen, Lithium. Das fand er schlimm, darum hasst er Tabletten. Ingo nimmt nie was, nicht mal Aspirin.«
Allas Augen weiteten sich. »Ich kann mich erinnern«, sagte sie nachdenklich.
»Ich hab alles versucht. Ich wollte ihn auch zur Therapie schleppen. Er will nicht. So ist er eben.«
Alla warf ihr einen Blick zu, in dem vieles lag, vor allem aber Respekt. Sie dachte wohl dasselbe wie ich: Wenn Simone etwas mit aller Kraft versuchte, dann war das die geballte Kraft einer ganzen Mannschaft, einer Dampfmaschine vielleicht, ganz sicher war es mehr

Kraft, als jede andere von uns aufbringen konnte. Sie hatte es versucht, und es war ihr nicht gelungen. Das war eigentlich unglaublich.

Allas Stimme war ganz leise geworden, kleinlaut fast. »Es tut mir sehr leid für dich, Simone. Ganz ehrlich. Das muss ... Es muss schrecklich sein.«

Simone presste die Lippen zusammen, ihr Mund war ein schmaler Strich. »Wir schaffen das schon.«

»Man müsste ihm das Zeug einfach unterschieben«, sagte Grit, was mich überraschte.

»Es ist sicher nicht leicht«, sagte Alla. Sie nahm die Flasche und hielt sie über ihr Glas, dann schüttelte sie, zwei, drei Tropfen fielen heraus. Sie war leer.

»Nein, leicht ist es nicht.«

»Ich weiß nicht, ob ich so was aushalten könnte, das geht jetzt ja schon länger. Wie lang ist er schon so – ein Jahr? Zwei Jahre?«

Simone nahm ihr die leere Flasche aus der Hand und erhob sich. »Ich hole eine neue. Und, überleg mal ...« Im Gehen wandte sie sich um und sah Alla an. »Vielleicht ist es ganz gut, wie alles gekommen ist, mit Ingo und dir damals. Denn, weißt du ... Ich halte das aus. Ich halte das sogar sehr gut aus.«

»Ich weiß«, sagte Alla. Ihre Lippen zitterten, gleich würde sie wieder losheulen. »Du bist stark.«

Simone nahm sie noch einmal in den Arm. »Ist schon gut«, flüsterte sie in ihr schwarzes Haar. »Jetzt hör auf zu heulen. Wir müssen über Nina sprechen, ich brauche eure Hilfe für morgen.«

»Musst du nicht eigentlich wieder arbeiten?«, fragte Alla. Ich war dankbar für den Themenwechsel, und ich glaube, den anderen erging es ähnlich.

Simone zuckte die Achseln. »Ich kann es nicht ändern«, sagte sie einfach. »Nina ist jetzt wichtiger.«
»Ich könnte fahren, mit meinem Wagen«, sagte Alla zögernd.
»Ich glaube, es ist ganz gut, wenn ich das mache.«
»Wo trefft ihr euch?«
»Am Bahnhof. Etwas melodramatisch, oder?«
»Total, wie im Film!«
»Nina wollte noch mal anrufen, aber ich dachte – wenn die Polizei nachher unser Telefon abhört? Sie sollen nicht kommen und sie verhaften oder so. Nicht, ehe wir nicht mit ihr gesprochen haben. Vielleicht war das übervorsichtig von mir, aber ich wollte kein Risiko eingehen.«
»Das war schon richtig«, bekräftigte Grit.
»Wenn sie will, wird sie selbst zur Polizei gehen.«
»Weswegen ist Nina bloß abgehauen?«, fragte Alla und sah nachdenklich dem grauen Rauchkringel ihrer Zigarette nach, der in Zeitlupe an die Zimmerdecke stieg und sich dort oben verlor.
»Sie hat nichts mit Caspers Tod zu tun«, sagte Grit, es klang wie ein Echo ihrer eigenen Worte, ich weiß nicht, wie oft sie an diesem Abend diese Worte wiederholt hatte, mit einer Mischung aus Erleichterung und Ungläubigkeit.
»Es ging um die Hochzeit«, sagte Simone. »Sie wollte die Hochzeit plötzlich nicht mehr, aus irgendeinem Grund.«
»Sie hat ihn nicht umgebracht«, sagte Grit. »Ich bin so froh, dass sie es nicht getan hat!« Grit saß mir gegenüber auf dem Sofa, wir hatten unsere Fußsohlen aneinandergepresst wie bei einer komplizierten Yoga-Part-

nerübung. Sie bettete den Kopf auf das zerknautschte Rückenkissen des Sofas, das sie herausgenommen und als Verstärkung der Lehne aufgetürmt hatte. Simone würde morgen schön damit zu tun haben, das Sofa wieder zusammenzubauen, ging mir verschwommen durch den Kopf. Und dann dachte ich noch, dass es jetzt, wo Nina als Täterin ausschied, einen anderen Mörder geben musste.

»Ich bin nicht froh darüber«, sagte ich, aber ich sprach so leise, dass niemand mich hörte, oder aber die anderen ignorierten meine Bemerkung.

»Warum wollte sie plötzlich nicht mehr heiraten?«, wiederholte Simone.

Alla legte den Kopf vertrauensvoll auf Simones Schoß und schloss die Augen. »Ich vermute mal, sie hat genau dasselbe gesehen und gehört wie du.«

»Wen meinst du mit du?«, warf Grit ein.

»Wie Simone. Als Simone nachts zu Nina gegangen ist und meinte, die beiden überrascht zu haben.«

»Woher weißt du denn davon?«, fragte Simone, aber sie hob die Stimme kaum an.

»Mimi hat es mir erzählt. Er hat gevögelt, aber wohl kaum mit Nina. Überlegt doch mal, wenn Nina dasselbe gehört hat, nur vorher, bevor sie Simone angerufen hat, weil sie die Hochzeit abblasen wollte.«

»Vorher? Das wäre ja eine Stunde vorher, allermindestens!« Grit kicherte. »Soooo lang … Ich wusste gar nicht, dass Casper so lang kann!«

»Findest du das lang?«, fragte Alla irritiert, aber Grit kicherte einfach weiter.

Ich gab ihr einen Schubs, damit sie aufhörte, und fragte: »Aber mit wem denn dann, wenn es nicht Nina

war?« Ohne es zu wollen, ging mein Blick ungläubig von einer zur anderen, auf der Suche nach einer Verdächtigen.
Denn das war das winzige neue Problem, das meiner Ansicht nach entstanden war: Die Suche nach dem Mörder würde von neuem beginnen.
Es war mir irgendwie recht gewesen, dass Nina es gewesen war. Denn Nina war ein guter Mensch. Wenn sie es getan hätte, dann müsste ein furchtbares Unglück geschehen sein, etwas Kosmisches, ein irrwitziger Zusammenfall von Umständen. Wenn Nina es gewesen wäre, hieße das, dass keiner wirklich schuld war. Wenn Nina es gewesen wäre, wäre es ein bedauerlicher Unfall gewesen. Oder aber Casper hätte etwas so Entsetzliches getan, dass sein Tod nur eine logische, moralisch wertfreie Konsequenz davon gewesen wäre. Jetzt aber …
Grit kicherte wieder. »Über eine Stunde, ich meine, nicht nur über eine Stunde, sondern auch noch mit Ton, denn man hat ja was gehört, also eine Stunde Dauerstöhnen … huuuu …«
»Du bist betrunken, Grit«, sagte Simone.
Alla nahm den Kopf von Simones Schoß und richtete sich auf. »Es muss ja nicht zwangsläufig jemand sein, den wir kennen, es könnte eine Kollegin von ihm gewesen sein oder eine Fremde, vielleicht hatte er sie gerade erst kennengelernt.«
»Eine Stunde mit Ton!«, flüsterte Grit. Sie versuchte, nicht zu kichern, aber es gelang nicht, ständig entwichen ihren aufeinandergepressten Lippen kleine Gluckser.
Simone strich sich die Haare aus der Stirn. »Aber gibt es nicht dieses Gesetz, wenn jemand beim Fremdgehen

ertappt wird … dass es immer jemand ist, den man kennt?«
»Den frau kennt«, rief Grit dazwischen. »Eine, die frau kennt!« Sie kicherte nicht mehr.
Ich sah in die Flasche und spürte, dass sie mir etwas sagen wollte, nur was war es?
Grit. Grit hatte etwas gesagt.
Simone erhob sich und brachte überflüssigerweise Ordnung in ihre silberblonden Haare. »Wir müssen uns gut um Nina kümmern. Wenn sie noch gar nichts weiß … Das wird ein unglaublicher Schock. Soll ich sie wirklich allein abholen, ich meine, was, wenn sie …«
»Es wird sie furchtbar mitnehmen«, sagte Alla.
»Und das bei dem, was sie schon alles mitgemacht hat«, ergänzte Grit und nickte. Ich überlegte, was sie damit meinte, vermutlich das, was Nina gehört hatte, die Geräusche, die Casper …
Das war es.
»Jetzt hab ich's«, sagte ich. »Sag noch mal genau, was du gehört und gesehen hast, Simone.«
Drei Gesichter wandten sich mir zu, träge, müde und betrunkene Gesichter, auf denen sich unterschiedliche Nuancen von Überraschung abzeichneten.
»Was?«, fragte Simone. »Hab ich doch schon gesagt. Ich hab die Tür aufgemacht und hörte sie laut in Aktion. Stöhnen, sie wälzten sich … Und dann ging ich hinein und sah sie. Also, umgekehrt, ich hörte die komischen Geräusche, und als ich sie sah, verstand ich erst, was es gewesen war.«
»Was genau hast du gesehen?«, fragte ich und beugte mich vor.

»Ich sah nicht alles, nur Caspers Kopf und, na ja, ein Bein oder so, sie lagen auf dem Wohnzimmerboden und …«
»Auf dem Wohnzimmerboden? Da, wo du nachher seine Leiche gefunden hast?«
»Ja, genau da«, sagte Simone, die Überraschung in ihrem Gesicht wandelte sich zu Ungläubigkeit. »Warum?«
»Hast du mehrere Beine gesehen oder nur eins?«
»Wie meinst du das?«
»Bist du sicher, dass da zwei Menschen lagen?«
»Natürlich bin ich mir sicher! Das heißt, ich dachte natürlich … Oh. Hm.«
Vor meinem inneren Auge summierten sich die Details zu einem Gesamtbild, es war kein schönes Bild, es war ein schreckliches. »Du hast seinen Todeskampf gesehen«, sagte ich atemlos. »Beim Tod durch Aconitum, Eisenhut … Mein Gott.« Ich setzte mich auf und rieb mir mit den Händen über das Gesicht. Es hätte mich nicht gewundert, wenn ich schweißnass gewesen wäre.
»Das glaub ich nicht«, sagte Simone langsam. Alla an ihrer Seite gab einen erstickten Laut von sich.
»Es muss so gewesen sein. Krämpfe in den Gliedmaßen, Zuckungen. Atemnot. Natürlich klang das wie Stöhnen. Ich meine, es *war* Stöhnen. Er ist erstickt, Simone.«
Simone starrte mich an, auf ihrem Gesicht zeichnete sich eine schreckliche Erkenntnis ab. »Und ich hab ihn da liegen lassen, weil ich dachte … Ich hätte einen Krankenwagen rufen müssen. Vielleicht würde er dann noch leben.«

»Das bringt jetzt nichts«, sagte Alla tonlos. »Mach dir keine Vorwürfe.«
»Klar mach ich mir Vorwürfe!«
»Das darfst du nicht. Niemand konnte ahnen, dass so etwas passiert!«
»Nina«, sagte Grit. »Hat Nina denn nun dasselbe gesehen wie Simone? Ist sie deswegen abgehauen?«
Simone stöhnte auf und presste sich eine Faust vor den Mund. »Hör auf, Grit! Dann hätten wir beide …«
»Wenn Nina das hört, bringt sie das um«, sagte Alla.
»Dann darf sie es nicht wissen.«
»Genau. Wir sagen einfach …«
»Ja, was?«
»Hört auf!«, rief ich erregt. Ich versuchte, mich zu konzentrieren, aber es fiel mir schwer, zu vieles stürmte mir durch den Kopf. »Ich müsste das genau nachschlagen, aber ich glaube nie und nimmer, dass der Todeskampf so lang gedauert hat. So etwas durchläuft verschiedene Stufen, die Lähmungen erfassen erst nur die äußere Muskulatur, da konnte er vielleicht noch schreien, später dann …« Jetzt erst sah ich die Gesichter der anderen, stummes, bodenloses Entsetzen stand darin geschrieben. Die Details waren zu viel. Ich brach ab. »Egal. Jedenfalls brauchen wir uns keine Vorwürfe zu machen. Und zu dem Ablauf … Nina hat sich beinahe eine Stunde vor Simones Eintreffen gemeldet. Das passt nicht. Es kann nicht so lange gedauert haben. Nina ist ganz bestimmt nicht abgehauen, weil sie Casper gehört und das falsch interpretiert hat.«
»Aber ausschließen können wir es nicht«, sagte Simone nachdenklich.

»Sie hat nicht dasselbe gesehen und gehört wie du, da bin ich sicher.«
»Aber vielleicht hat sie ihn erst mit einer Frau beim Sex erwischt und dann ich ihn, als es nur so aussah wie Sex?« Die Verwirrung in Simones Stimme übertrug sich auf die anderen, ich sah ratlose Gesichter, Fragezeichen mischten sich in ihren Augen mit Angst und Trunkenheit.
»Das wären ein bisschen viele Zufälle auf einmal«, sagte Alla langsam. »So viele komische Sachen passieren nicht hintereinander, nicht mal im Film.«
»So viele komische Sachen wie hier in den letzten Tagen habe ich noch in keinem Film gesehen«, sagte Grit. »Mimi, denk nach. Du hast sie zuletzt gesehen. Worüber habt ihr da gesprochen?«
Ich versuchte erneut, mich zu konzentrieren. »Ich habe von Schottland erzählt.«
»Von deinem Schotten?«
Ich wäre in dieser Nacht der Wahrheiten gern damit herausgeplatzt, dass es nicht mehr mein Schotte war, aber es hatte genug Bekenntnisse gegeben. Jetzt ging es um etwas anderes, etwas Wichtigeres. »Wir haben über früher geredet. Darüber, warum ich weggegangen bin, das war es, was sie von mir wissen wollte.«
»Und warum bist du weggegangen?«, fragte Grit.
Ich zögerte, in der Antwort lag so viel, was ich jetzt gar nicht abschätzen konnte, so betrunken, wie ich war. »Ich hatte mich verliebt. Und ich wollte ein neues Leben anfangen.«
Wenn ich Reaktionen darauf erwartet hatte, so blieben sie aus. »Und dann?«, fragte Grit etwas ungeduldig. »Was kann Nina danach gemacht haben?«

»Wir sprachen über die Hochzeit. Das heißt, eigentlich sprachen wir wenig darüber.« Ohne dass ich es wollte, musste ich an die gestohlenen Geschenke denken. Das war es, woran *ich* gedacht hatte.

Eine Gesprächspause trat ein und dehnte sich aus. Als Simone nachschenkte, fiel mir auf, wie oft sie das schon getan hatte. Wir hatten eine ganze Menge getrunken.

»Wann heiratet ihr denn jetzt eigentlich? Du und Gero?«, fragte Grit. Dass sie Gero eigens erwähnte, legte offen, dass es ihr um etwas anderes ging, denn wen sonst hätte Alla ihrer Meinung nach heiraten sollen? Wahrscheinlich hatte die Frage, was mit Gero war, Grit die ganze Zeit über beschäftigt.

»Gero«, sagte Alla, es klang wie ein Schlachtruf.

»Ich finde ihn wirklich sehr nett«, sagte Grit.

»Gero mit seinem gebräunten Arsch«, sagte Alla und rülpste.

»Was?«

»Er bräunt seinen Arsch«, sagte Alla. Ich wartete auf ihr Geständnis und dachte derweil an Geros Arsch, etwas zu lang vermutlich. »Ich schätze, er geht auf die Sonnenbank, woher sonst bekommt man einen braunen Arsch?«

»Du schätzt?«, fragte Grit verständnislos. »Das wirst du doch wissen!«

»Manchmal ist es ja ganz gut, wenn man noch etwas wartet mit so einer Hochzeit«, sagte Simone und lächelte rätselhaft.

Alla lachte auf, es war ein brüchiges Lachen. »Manchmal ist es vielleicht ganz gut, wenn gar niemand heiratet. Warum sollen eigentlich immer alle heiraten? Jeder will, dass man heiratet, jeder gratuliert, ohne sich überlegt zu haben, was das ist, so eine Hochzeit. Als ob eine Hochzeit reiner Selbstzweck wäre … Wem bringt das was? Wer sagt, dass eine Hochzeit etwas Gutes ist? Warum gratuliert man überhaupt, wo doch eh meist alles schiefgeht, früher oder später? Und guckt euch doch um. Diese Hochzeit … Ihr seht ja, was passiert ist. Das wäre uns alles erspart geblieben, wenn Nina nicht diese absolut beschissene Idee mit dem Heiraten gehabt hätte.«

»Du bist betrunken, Alla«, sagte Simone sehr sanft. »Soll ich dir einen Kaffee machen?«

»Ich will keinen verdammten Kaffee!«

»Es sind keine Zigaretten mehr da«, sagte Grit trübsinnig und zerknüllte die leere Schachtel.

»Du wirst morgen Kopfschmerzen haben, wenn du so viel rauchst«, sagte Simone.

»Ich war das nicht allein, ihr habt alle mitgeraucht. Ich geh noch welche holen. Kommt jemand mit?« Ihr Blick kreiste suchend durch den Raum und fixierte Alla, wahrscheinlich dachte sie, ein Spaziergang würde ihr ganz guttun.

»Ich nicht.«

»Ich auch nicht.«

»Ich glaube, wir sollten langsam schlafen«, sagte Simone und wies auf die Uhr. Sie zeigte zwei. »Morgen wird ein harter Tag.«

»Ich kann jetzt nicht schlafen«, sagte Grit hartnäckig. »Ich bin viel zu aufgeregt.«

»Lass uns noch einen Film gucken oder so. Zum Runterkommen.«

Simone hob die Achseln. »Wenn ihr wollt … Ich hole auf jeden Fall mal Wasser für alle. Und was zu essen.

Ihr solltet dringend noch etwas essen, damit ihr morgen kein böses Erwachen erlebt.« Sie verschwand in Richtung Küche, und Grit und Alla durchforsteten die DVDs. Sie unterhielten sich halblaut und legten alle, die in die engere Wahl kamen, heraus. Ich versuchte, nicht hinzusehen, DVDs erinnerten schmerzlich an ein anderes Leben, hoffentlich mussten wir keine DVD gucken, die mich auf mein schottisches Sofa katapultierte.

Simone kam mit einem Tablett zurück, Käse, Brot, Oliven, dazu eine Karaffe Wasser. »Ich geh schon mal schlafen«, sagte sie. »Ist, glaube ich, besser. Die Fahrt nach Brüssel und so ... Falls ihr hier schlaft, könnt ihr euch Decken aus dem Arbeitszimmer nehmen. Ein Gästebett habe ich leider nicht.«

»Ich geh nach dem Film rüber«, versicherte Grit.

»Schlaf gut, Simone!«, sagte Alla und warf ihr den neuen Blick zu, den Blick voller Achtung, Wärme, Respekt. Dann beugten sie und Grit sich wieder über die DVDs und entschieden sich schließlich für »Legenden der Leidenschaft«, eine gute Wahl, was mich betraf – es bestand keine Gefahr, dass er mich an Douglas erinnern würde. Davon abgesehen war es natürlich eine schlechte Wahl, nicht nur, weil es ein schlechter Film war, sondern vor allem, weil er so langweilig war. Nach fünf Minuten sank Grits Kopf zur Seite, nach sechs begann sie zu schnarchen. Ich zog vorsichtig meine Füße unter ihren Beinen hervor, deckte Grit zu und huschte hinüber zu Alla aufs Sofa.

Alla machte Platz, sah aber unverwandt auf den Fernseher, wo Brad Pitt und seine Brüder über eine grüne Landschaft galoppierten. Dann und wann musste sie aufstoßen, und zuerst kam es mir beinahe so vor, als geschehe dies im Rhythmus der galoppierenden Pferde.

Ihr Gesicht wirkte verändert. Als die Party begonnen hatte, hatte Fanatismus in ihren schwarzen, glitzernd umschatteten Augen geglommen, ihr Kinn war trotzig und straff gewesen, entschlossen, da war der feste Wille, den Abend in einem Eklat gipfeln zu lassen. Jetzt war ihr Gesicht wie aufgeweicht, die Tränen, die sie an Simones Schulter vergossen hatte, hatten alles verändert.

Ich glaube, dass sie sich schämte. Für uns beide hatte sich erst an diesem Abend gezeigt, wie es um Ingo bestellt war, auch wenn das den anderen längst bekannt gewesen sein mochte.

Es war leicht, verführerisch leicht gewesen, vorschnelle Bewertungen über Ingo und Simone abzugeben. Ich selbst hatte vermutlich die Einladung dazu ausgesprochen, als ich in meiner Spionierlust das Foto von der Hüttenfahrt als Anzeichen für ein dunkles Geheimnis bestimmt hatte. Und Alla hatte auf Basis ihrer Beobachtungen zu spekulieren begonnen, wilde, filmreife Phantasien, die doch in Wahrheit nichts als fieberhaftes Wunschdenken gewesen waren: Dahinter steckte die Hoffnung, dass Ingo das arme Opfer fieser Machenschaften geworden war, dass er sich unfreiwillig in dieser Lage befand, dass es eine Handlung gab, die Simone zur Übeltäterin machte, eine Person, die man getrost hassen durfte.

Und nun dies.

Die unverkennbare Realität von Ingos Krankheit, vor allem aber der Gedanke an den bedrückenden Alltag

mit einem Menschen, der kaum allein zurechtkam, ließ uns verstummen.
Ingo hatte das Leben, für das er sich entschieden hatte, gemeinsam mit der Frau, für die er sich entschieden hatte. Und auch wenn dieses Leben nicht mehr so leicht und unbeschwert war, wie sie es sich anfangs sicherlich erhofft hatten, hielten die beiden zusammen.
Ich musste an Simones Äußerung denken.
Vielleicht ist es ganz gut, wie alles gekommen ist, mit Ingo und dir damals. Denn, weißt du … Ich halte das aus. Ich halte das sogar sehr gut aus.
Ich konnte mir Alla, die kapriziöse, schillernde Alla, beim besten Willen nicht neben einem kranken Mann vorstellen. Sie war keine hingebungsvolle Jane Eyre, die liebevoll ihren siechen Rochester versorgte und in der Krankenpflege ihre himmlische Bestimmung fand. Sie war … Sie war eben Alla. Sie hätte diesen Alltag nicht ertragen. Und deswegen schämte sie sich jetzt.
»Schläfst du?«, fragte Alla. Sie sprach undeutlich.
»Nein.«
»Der Film ist total scheiße.« Sie sah unverwandt auf den Bildschirm. Grit hatte sich zusammengerollt wie ein Kätzchen, die Hände an den Mund gepresst.
»Ich weiß.«
»Manchmal muss man einfach Filme gucken, obwohl sie scheiße sind.« Auf dem Bildschirm versanken Brad Pitt und Julia Ormond in einem herzzerreißend verzweifelten Kuss.
»Ich weiß.« Ich legte ihr die Hand auf die Schulter, ganz sacht. Alla war kein Mensch, den man einfach so in den Arm nahm. Es bestand die Gefahr, dass sie zersprang, wenn man das tat.

Alla hielt die Augen auf das Paar geheftet und nickte knapp, als wolle sie zeigen, dass sie meine Hand registriert hatte und an dieser Stelle guthieß.
Nein, sie war keine Jane Eyre. Ich hätte auch nicht gedacht, dass Simone eine war, aber offenbar war es so. Simone war eine Frau, die für andere sorgte.
Sie hielt Ingos Kopf über Wasser, und morgen würde sie Nina holen, Nina, für die sie die Polizei angelogen und Beweise gefälscht hatte.
Für die sie mich verraten hatte.
Weil sie eine gute Freundin war.
Während sie sich um Nina kümmerte, würde Grit für die Hintergrundmusik sorgen, so, wie es vermutlich immer gewesen war, während ich mein Leben jenseits des Kanals gelebt und keinen Gedanken an Dinge wie Freundschaft und Rettung verschwendet hatte. Diesmal aber war ich da. Diesmal war alles anders.
Morgen würde ich hier in Bonn sitzen und darauf warten, dass auch ich meine Freundschaft beweisen konnte.
Und während mein Kopf an Allas Schulter sank und mir die Augen zufielen, zog mir ein letzter Gedanke durch den Sinn, wie das Spruchband eines Flugzeugs, das vor einem blassblauen Himmel flattert.
Ich würde Nina eine wunderbare Freundin sein, die beste, die sie sich wünschen konnte.

TAG 11

In dieser Nacht träumte ich nicht von Douglas.

Es mag sein, dass ihm in einer abgelegenen Kammer meines Unterbewusstseins ein Eckchen vorbehalten blieb, aber wenn dem so war, so störte es meine Träume nicht. Ich träumte von Frauen, die im Auto eine breite Straße entlangfuhren, vorbei an wechselnden Landschaften. Haare flatterten im Wind, das wusste ich, obwohl ich die Augen meist geschlossen hielt. Es war ein komischer Traum, weil so wenig geschah – ich fuhr einfach, auf ein Ziel zu, ich spürte Sonne in meinem Gesicht, und ich fuhr nicht allein.

In mein Erwachen mischte sich die Gewissheit, dass ich hier, auf diesem Sofa in Simones Wohnzimmer, nicht weit von meinen Träumen entfernt war, und so verharrte ich mit geschlossenen Augen an der Pforte zwischen Traum und Wachsein und dachte daran, wie ich für Nina da sein würde. Ich war zum Bersten gefüllt mit dieser Absicht, ich überlegte, wie Nina schmal und verheult in ihrem Bett liegen, wie ich ihr Tee bringen und sie zum Trinken ermuntern würde, ich würde Kekse kreisförmig auf einem Teller anordnen und einen Apfel in Spalten teilen und ihr sagen, dass sie doch etwas essen musste, ein klein wenig nur. Dann würde ich sie zum Präsidium begleiten, ich würde ihr später bei den Kondolenzkarten zur Hand gehen und meine unordentliche Handschrift in würdige, angemessen traurige Schleifen zwingen, nun ja, die Karten würde sie selbst schreiben, aber vielleicht konnte ich die Umschläge beschriften, mit schwarzer Tinte …

Und irgendwann, wenn die Wunde geheilt und Nina ein kleines bisschen fröhlicher geworden war, würden wir wieder in die Kneipe gehen, nur wir beide.

»Es tut gut, wieder mal mit dir allein auszugehen«, würde sie sagen und mir die Hand auf den Arm legen. »Weißt du, es ist natürlich nett mit den anderen, mit Alla und Simone und Grit, aber zu zweit kann man sich irgendwie besser unterhalten.« Und dann würde sie mir ihr Herz ausschütten, und was auch immer sich in diesem Herz befinden mochte, ich würde ihr aufmerksam zuhören, ich würde sie festhalten mit Armen, die vielleicht nicht ganz so stark waren wie ihre, aber eins war sicher, wenn Nina nach diesem Kneipenabend kotzen musste, und das würde sie, dann würde ich ihren Kopf halten, ganz so, wie sie es bei mir getan hatte.

»Mensch, Mimi, deine Träume möchte ich haben«, sagte Simones Stimme halblaut in meine Gedanken hinein.

Ich schlug erschrocken die Augen auf. Es war Morgen. Es war bereits hell, aber gnädigerweise hatte jemand die Rollläden heruntergelassen, so dass das grelle Sonnenlicht nicht hereindrang.

»Hallo«, sagte ich und gähnte. Mein Atem ließ die Erinnerung an den vergangenen Abend wach werden, und erschrocken hielt ich mir die Hand vor den Mund.

»Zähne putzen«, sagte ich entschuldigend.

»Du musst was Schönes geträumt haben, du sahst ganz glücklich aus.«

»Hab ich.«

»Ich setze schon mal Wasser auf. Komm, wenn du so weit bist.«
Ich rieb mir die Augen. In meinem Schädel tobte etwas. Auf dem Sofa mir gegenüber lag Grit und schlief, eine zusammengeknüllte Decke im Arm. Die leeren Gläser und Flaschen vom Couchtisch waren wie durch Zauberhand verschwunden, die Oberfläche des Tischs glänzte vor Sauberkeit.
Aus der Küche drangen vertraute Geräusche. Barfuß tapste ich die Treppe hinauf ins Bad und putzte mir die Zähne mit dem Zeigefinger, auf den ich großzügig Zahnpasta gestrichen hatte. Nach einem hilflosen Blick auf mein wirres Haar band ich es mit einem von Simones Haargummis zu einem strengen Knuddel. Immer noch trug ich den von Grit geborgten Trauerpullover, ein durchdringender Geruch stieg aus ihm auf, aber das konnte ich nicht ändern. Also besprühte ich mich beherzt mit Deo und ging wieder hinunter.
Alla saß am Küchentisch und starrte in eine Tasse, während Simone sich am Kühlschrank zu schaffen machte.
»Auch schon wach?«, fragte Alla. Sie sah ungeschminkt komisch aus, die hellen Augenlider waren geschwollen, ihre schwarzen Haare standen zu Berge.
Ich gähnte. »Ich hab einen ganz schönen Schädel.«
»Ich geb dir ein Aspirin, dann bist du gleich wieder fit.« Simone drehte sich zu uns und stellte Teller mit Käse und Aufschnitt auf den Tisch.
»Esst mal. Und dann müssen wir überlegen, was wir machen. Ich fahre gegen Mittag los. Wir müssen …«
Schritte im Flur, Grits aufgeregte Stimme. »Mist, ich habe verschlafen! Ich muss doch Jonas in den Kindergarten …«

»Ich hab ihn mitgenommen, Grit. Alles in Ordnung, setz dich erst mal«, beruhigte sie Simone.
»Seit wann bist du denn auf?«, fragte Alla ungläubig.
»Schon etwas länger. Kaffee? Tee?«
Grit sah immer noch besorgt aus. »Ich muss Mark anrufen. Er wird sich wundern, warum ich nicht zu Hause geschlafen habe.«
Simone hob die Kanne und schenkte reihum Kaffee aus, nur vor mir stand eine Teetasse. »Vielleicht sagst du ihm einfach, dass du dich um mich kümmern musstest oder so. Dass du mich nicht allein lassen wolltest.«
»Ich weiß nicht«, zögerte Grit.
Ich musste beinahe lachen, es war ein absurder Gedanke, dass jemand sich um Simone kümmern sollte.
»Mark macht sich bestimmt total Sorgen. Das muss komisch für ihn gewesen sein gestern, erst Ingos Zusammenbruch, dann hauen alle ab, und ich bleibe da und komme nicht nach Hause.«
»Er wirkte vorhin nicht besorgt. Er hat gestern noch ferngesehen und ist schlafen gegangen, und als du morgens nicht da warst, hat er sich gleich gedacht, dass es wohl später geworden ist. Das hab ich ihm bestätigt. Kein Problem also.«
»Und er hat Jonas allein angezogen?« Grit klang skeptisch.
»Hat er.«
»Das hätte ich ihm nicht zugetraut. Und Jonas, er …?«
»Grit, mach mal halblang!« Simone wurde ungeduldig. »Ich hab mit Stella geklingelt, und während ich mit deinem werten Gatten sprach, haben sich die Kinder schon ins Auto gesetzt. So wie immer.«

Grit stieß hörbar die Luft aus und fuhr sich durch die strähnigen Haare. »Okay. Ich hab echt ein schlechtes Gewissen, aber das musste ja sein. Es war ein Notfall, sozusagen.«

»Sozusagen«, sagte Simone ernsthaft.

»Ein Trauerfall, da versteht jeder, wenn man einen über den Durst trinkt und am nächsten Morgen nicht normal funktioniert«, ergänzte Alla.

Ich sah, wie Grit bei diesen Worten zusammenzuckte.

»Meint ihr echt, es wäre was Schlimmes passiert, wenn die Männer von Ninas Anruf erfahren hätten?«, fragte ich.

Simone zuckte die Achseln. »Es wäre auf jeden Fall eine Riesensache gewesen. Das Risiko konnte ich nicht eingehen.«

»Vielleicht hätte Mark die Polizei gerufen. Das kann schon sein«, sagte Grit.

»Echt? Auch wenn du dagegen bist?«

»Er hätte es für seine Pflicht gehalten.«

»Es hat doch niemand die Pflicht, die Polizei zu rufen und einen Anruf zu melden!«

»Mark schon. Juristen müssen aufpassen, dass sie bestimmte Gesetze nicht brechen, und wenn er etwas über den Verbleib einer vermissten Person weiß …« Grit hob die Schultern.

»Wir haben es richtig gemacht«, sagte Simone bestimmt. »Nach Juristenlogik haben wir es richtig gemacht. Sie wissen nichts. Kein Gewissenskonflikt, keine Schuld.«

»Du scheinst dich auszukennen.«

»Ich höre solche Sachen immer am Abendbrottisch.«

Ich dachte an Simones Abendbrottisch und an den von Grit. Und da erst fiel mir auf, dass die Ehemänner alle Juristen waren.

»Ich muss gleich noch mal in Ninas Wohnung«, sagte Simone unvermittelt. »Ich soll ihr saubere Klamotten mitbringen. Kommt jemand mit?«

Das Erste, was ich an Ninas Wohnung wahrnahm, war der Geruch.

Ich war nur einmal hier gewesen, in der Nacht nach dem Junggesellinnenabschied, als ich in Ninas Bett meinen Rausch ausgeschlafen hatte. Ganz bestimmt hatte ich nicht viel wahrgenommen, in meinen Haaren müssen Rauch und Chlor gehangen haben, dann war da der Eimer gewesen, in den ich mich mehrfach hatte übergeben müssen. Trotzdem war ich sicher, eine Erinnerung an den Geruch der Wohnung zu haben. Ninas Wohnung war eine warme Höhle aus Holz, Kerzen und rotgrundigem Paisleymuster, und ihr Geruch war eine Mischung aus Sandelholz, Wäsche, die in der Sonne getrocknet war, Gewürzen, und darunter der etwas bittere, kaum wahrnehmbare Schimmelgeruch von alten Büchern und Flohmarktsachen.

Jetzt roch es anders. Es roch nach Tatort. Nach Gefahr.

Simone, die mir den Vortritt gelassen hatte, rümpfte die Nase. »Man könnte mal lüften«, bemerkte sie und spähte durch die zugezogenen Gardinen auf die Straße. »Aber wahrscheinlich darf man nicht, wegen der Spuren. Als ich hier raus bin, waren die Gardinen offen. Die Polizei muss sie zugezogen haben.«

Wir warfen uns einen Blick zu, ehe wir ins Wohnzimmer traten, dann nickte Simone kurz und entschlossen.

Das Sofa, vor dem Casper gelegen hatte, war ein Stück nach hinten gerückt, wie gebannt starrten Simone und ich auf den blanken Dielenboden. Die roten Paisleyvorhänge, all die Kissen, ein verschnörkelter Vogelkäfig in der Ecke, in dem eine Lichterkette hing. Eine Wohnung, die zu Nina gehörte.

»Ninas Klamotten sind im Schlafzimmerschrank«, sagte Simone. Sie sah mich an und zögerte. »Ich hole die dann mal.«

Ich nickte bloß und setzte mich vorsichtig auf das Sofa. Während Simone im Nebenzimmer kramte, glitt mein Blick verschreckt durch den Raum, bereit, alle grausigen Details aufzunehmen. Aber da waren keine grausigen Details. Da war nur das Weinfass, das Nina als Couchtisch diente, die gemusterte Decke, die unordentlich über der Sofalehne lag, der stumme Fernseher, die Kiefernholzregale, vollgestopft mit zerlesenen Taschenbüchern und Krimskrams.

Man sah dem Raum nicht an, was sich hier abgespielt hatte. Caspers Todeskampf hatte keine Spuren hinterlassen, vielleicht aber hatte die Polizei alles beseitigt. Ohne mir dessen bewusst zu sein, hatte ich mich auf die staubigen Dielen gekniet. Hier, in der Lücke zwischen Couch und Fass, musste Casper gelegen haben. Von der Tür aus konnte man tatsächlich nicht viel erkennen, allerdings hätte Simone sich denken können, dass es für Liebesspiele etwas eng und unbequem war. Oder?

Ich legte mich auf den Boden und schloss die Augen. An meiner Schulter spürte ich das Sofa. Ich hob die Arme. Es war eng. Casper musste allerlei heruntergerissen haben, wenn er so wild gezuckt hatte, wie Simone gesagt hatte. Ich spähte ohne Hoffnung unter das Sofa. Staub und Wollmäuse.

Meine Finger griffen in die Polster. Samtiger Cordbezug. Die Polizei hatte bestimmt Proben genommen. Auf dem Boden, zwischen zwei Dielen, konnte ich einen dunklen Fleck erkennen. Hatte Casper sich erbrochen? Auf den Boden oder seine Kleidung? Das kam darauf an, ob er auf dem Rücken oder auf dem Bauch gelegen hatte.

Ich rieb mit dem Zeigefinger über den Fleck und betrachtete danach meine Fingerspitze. Nichts. Womöglich war es Rotwein, den Nina vor Jahren vergossen hatte.

Ich schlängelte mich aus der Lücke empor und setzte mich auf das Sofa. Mein Blick blieb an der Wolldecke hängen. Hatte die Polizei sie so knitterig hingelegt, nachdem sie sie untersucht hatte? Überhaupt, warum hatten sie die Decke nicht mitgenommen, um sie auf Faserspuren zu untersuchen?

Ich packte die Decke bei den Zipfeln und schüttelte sie vorsichtig aus, mit angehaltenem Atem wartete ich, ob ein mysteriöser Zettel durch die Luft wirbeln würde oder etwas Ähnliches, aber da war nichts.

»Machst du hier sauber?«, fragte Simone von der Tür.

Ich fuhr herum. Sie trug eine Jeans und einen grauen Pullover über dem Arm.

»Nein, ich hab nur geguckt.«

»Hmmm.« Simone trat zu mir und sah sich um. »Es ist komisch, sich vorzustellen, was hier passiert ist.«

»Ja.« Ich sah auf den Fernseher. Wie oft mochte Nina hier gesessen haben, abends nach der Arbeit, mit Casper, ohne Casper. Was hatte sie geguckt? Welche Filme mochte sie? Ich wünschte, ich wüsste es, aber ich genierte mich, Simone zu fragen. Doch ich würde es erfahren. Bald. Nina würde es mir sagen, wir würden zusammen ins Kino gehen. Oder DVD gucken.

So wie gestern mit Alla.
Plötzlich war da ein Gedanke. An Douglas, wenn er wieder einmal nicht hatte schlafen können.
»Mal angenommen, sie konnte nicht schlafen vor Aufregung«, sagte ich und brach ab. Der DVD-Player stand im Regal neben dem Fernseher.
»Was machst du da?«, fragte Simone.
Das rote Licht blinkte, als ich den Knopf drückte, dann fuhr die DVD-Lade heraus. Sie war leer.
»Nichts«, sagte ich und biss mir auf die Unterlippe. »Ich hatte nur überlegt, was Nina wohl getan haben könnte, bevor …«
Da sah ich es. Im Regal, inmitten des Durcheinanders. Der Diaprojektor.
»Ist das deiner?«, fragte ich und griff schon danach.
»Was meinst du? Ja. Genau, das ist der, den wir für die Vorführung wollten. Ich hab ihn Nina gegeben, weil sie sich die Bilder noch mal mit Casper in Ruhe ansehen wollte. Ach, verdammt … Das haben sie jetzt gar nicht mehr geschafft, die beiden.«
»Vielleicht doch«, sagte ich nachdenklich.
»Wie meinst du das?«
»Ich musste gerade an gestern Abend denken. Grit war sicher, dass sie nicht schlafen könnte. Auch Nina war wahrscheinlich zu aufgeregt zum Schlafen. Und was macht man, wenn man nicht schlafen kann? Man guckt einen Film.«
Simones Hand griff ins Haar, konzentriert zog sie Strähne um Strähne zurück. »Und?«
»Im DVD-Player war nichts. Ich dachte, vielleicht haben sie die Dias geguckt.«
»Und?«

Ich beugte mich vor. »Aber das war es doch, was wir uns die ganze Zeit gefragt haben: Was Nina als Letztes getan und warum sie sich mit Casper gestritten hat. Also! Vielleicht liegt das Geheimnis hier drin.« Ich tippte gegen das Gehäuse des Projektors.
Simone starrte mich einen Moment an, dann zuckte sie die Achseln. »Das kriegen wir schnell heraus.«
»Welche Wand? Die hier?«, fragte sie, während ich den Fernseher ausstöpselte, um eine Steckdose für den Diaprojektor frei zu machen.
Ich deutete auf die Wand hinter dem Fernseher und setzte mich aufs Sofa. Ja, so mussten Nina und Casper gesessen haben, falls es so war, wie ich vermutete.
»Geht das so?« Simone schaltete den Projektor ein, an der weißen Wohnzimmerwand erschien ein helles Rechteck.
Ich nickte. Langsam breitete sich gespannte Erwartung in mir aus, das Gefühl, ganz nah an der Lösung zu sein.
»Warum habt ihr eigentlich eine Diashow gemacht? Ich dachte, kein Mensch macht mehr Dias.«
»Darum ging es ja.« Simone nahm vorsichtig neben mir Platz. »Ich wollte eigentlich Powerpoint machen.«
»Wäre ja logisch.«
»Ingo und ich hatten das zusammen geplant, wir haben diese ganzen Bilder angefordert von Verwandten und alten Freunden. Und Ingo sagte, er macht unter der Woche ständig Powerpoint, wenn es was Festliches sein soll, muss es ein Diaprojektor sein, das hat einfach mehr Atmosphäre. Nostalgisch, weißt du.«
»Aha«, sagte ich. Ich hatte mir nie Gedanken darüber gemacht, ob ein Diaprojektor Atmosphäre hatte.
»Dieses gemütliche Knistern«, sagte Simone mit erhobener Stimme. »Das passt irgendwie zu Nina.«

»Bitte was?«
»Sagt Ingo. Diaprojektoren haben dieses Knacken beim Bildwechseln. Hör mal!« Wie zum Beweis drückte sie den Knopf, und ein lautes Knistern zerriss die Stille. An der Wohnzimmerwand erschien eine Deutschlandkarte.
»Das ist also unsere Diashow. Was hast du jetzt erwartet?«
Ich schüttelte den Kopf. »Ich erwarte gar nichts. Ich will nur sehen, was Nina und Casper gesehen haben könnten, vielleicht hilft uns das zu verstehen, was passiert ist.«
»Okay, also …« Simone räusperte sich. »1980. Ganz Deutschland wird von einer Hitzewelle erfasst. Ganz Deutschland? Nein!« Simone brach ab und sah mich an. »Das ist doch bescheuert, Mimi. Wenn ich hier unsere Show mache. Ich meine, die war für Casper und …«
»Mach einfach weiter«, bat ich.
Simone seufzte. »Okay, aber nur, weil du es bist!« Sie drückte erneut. Das Bild eines schweißüberströmten Babys im Nickistrampler erschien, auf dem Kopf ein weißes Mützchen.
»Nur ein einziges Kind friert offenbar«, sagte Simone weiter. Dann seufzte sie noch einmal. »Das wäre Ingos Text gewesen.«
»Ist der Text jetzt wichtig?«, fragte ich vorsichtig.
Simone schüttelte den Kopf. »Wahrscheinlich nicht. Falls Nina das geguckt hat, hat sie ja auch nur die Bilder gesehen.« Sie betonte das Wort »falls«.
»Mach weiter«, bat ich, und Simone schaltete weiter, Bild um Bild. Casper mit Lockenkopf, die Haare erheb-

lich wuscheliger und rötlicher als später. Er war ein niedliches Kind gewesen, mit braunen Knopfaugen. Da war nichts, was einen Streit bei einem Brautpaar auslösen konnte. Oder?

Konnten Simone und ich überhaupt nachvollziehen, was Nina und Casper gefühlt und gedacht hatten? Simone schien Nina sehr nahe zu stehen und hatte sicherlich keine Bilder ausgewählt, die irritieren konnten. Andererseits fiel ihr jetzt, wo sie darauf achtete, vielleicht etwas ein – Urlaubsfotos mit einem Ex-Freund, die Aufnahme eines Gegenstandes unklarer Herkunft ... Aufnahmen einer Party, von der einer der beiden nichts hatte wissen dürfen ... Irgendetwas. Nur was?, dachte ich. Plötzlich kam ich mir albern vor in meinem Detektiveifer.

»Weiter?«, fragte Simone.

Ich nickte.

Casper mit seinem ersten Fahrrad und lückenhaftem Schulgebiss.

Dann kamen die ersten Bilder von Nina als Kind, überraschend haarlos. Es waren viele Kinderbilder, und es wurden immer mehr. Wenn nicht das Adrenalin über meine plötzliche Eingebung in meinem Blut gekreist und die Hoffnung auf eine brisante Entdeckung bestanden hätte, wäre ich eingeschlafen. Mit ziemlicher Sicherheit war den Leuten am Polterabend keine glanzvolle Vorstellung entgangen. »Wie lang hätte das Ganze denn gedauert?«, fragte ich.

»Etwa eine Dreiviertelstunde.«

»Das ist ganz schön lang.«

»Ich weiß, wir haben schon gekürzt. Aber wir hatten so tolles Material, wir wollten einiges davon unbedingt zeigen. Auch, weil … Hey! Was ist das?« Sie hörte auf, den Knopf zu drücken, und beugte sich vor.

Das Bild an der Wand zeigte eine junge Frau, eigentlich beinahe ein Mädchen. Sie war etwa zwanzig, hatte langes, glattes, rotblondes Haar und eine Zigarette zwischen die geschminkten Lippen geklemmt.

»Das ist nicht von uns«, sagte Simone verwirrt. »Das gehört nicht zur Show. Eigentlich hätte hier ein Bild von Silvester … Ach du Scheiße!« Simone hatte weitergeklickt.

Der Anblick des nächsten Dias traf mich mit der Wucht einer Abrissbirne.

Eine Leiche. Eine gräulich verfärbte, grässliche Leiche. Mein Herzschlag setzte für einen Moment aus, und mein Mund wurde trocken. Was war das?

»Was ist das?«, echote Simone, die grauen Augen weit aufgerissen.

»*Wer* ist das?«, fragte ich.

»Ich habe keine Ahnung!« Das Wort »keine« schrie sie fast.

»Was heißt das, keine Ahnung? Es sind doch deine Dias!«

»Sind es nicht! Die anderen, ja, aber diese beiden hab ich noch nie gesehen!«

»Wie kommen sie dann dazwischen?«

»Frag – mich – nicht!« Simone kreischte jedes Wort einzeln.

Ich atmete tief durch und vermied den Blick auf die Wand. »Mach das weg«, sagte ich.

Simone klickte weiter, einen Moment hielten wir beide den Atem an vor Furcht, was das nächste Bild zeigen würde, aber es war nur Nina, die uns entgegenlachte,

Nina im Badeanzug, einen bunten Strohhalm zwischen den Lippen, eine Blume im Haar.
»Das ist wieder eines von unseren Bildern«, sagte Simone. Ihr Gesicht war starr.
Ich versuchte, mich zu konzentrieren. »Okay. Du hattest die Dias Nina gegeben. Meinst du, Nina hat diese ...« Ich stutzte. »... die neuen dazwischen getan?«
»Warum sollte sie?«
»Keine Ahnung.« Was konnte man mit diesem grauenhaften Bild bezwecken außer ... »Wollte sie jemanden erschrecken?«
»Nina? Das ist Blödsinn. Nachdem wir die Bilder auf dem Polterabend nicht gezeigt hatten, hätte sie niemand mehr zu Gesicht bekommen.«
»Warum? Ihr hättet sie doch auf der Hochzeitsfeier zeigen können.«
Simone seufzte. »Caspers Eltern hatten zusammen mit seinen Kusinen einen Bildervortrag geplant. Das hatten sie schon vor Wochen gesagt. Zwei davon an einem Abend hält niemand aus, darum haben Ingo und ich unseren auf den Polterabend verschoben. Eigentlich ist das ja unüblich.«
»Ist es das?« Ich hatte keine Ahnung.
»Ja. Am Polterabend wird normalerweise nur gesoffen.«
»Wann habt ihr die Bilder das letzte Mal durchgesehen?«
»Vielleicht drei Tage vor dem Polterabend, ich meine ... Lass mich mal nachdenken. Nein. Bevor wir alle uns im Café Göttlich getroffen haben, hatte Ingo was an seinem Text geändert.«
»Hat er dafür die Bilder angesehen?«

»Ich glaube schon. Ich muss ihn fragen. Aber … Doch … Ja, hat er. Ich kann mich erinnern.«
»Dann wurden sie erst danach manipuliert. Hm. Diese Bilder waren für den Polterabend bestimmt. Jemand hat sie daruntergemischt und wollte, dass alle das sehen. Wäre das möglich?«
»Der Projektor stand beim Polterabend in der Nähe der Geschenke. Jeder hätte sich daran zu schaffen machen können. Aber … Das ist doch verrückt! Wer würde so etwas tun?«
Ich sagte nichts. Ich dachte daran, wie Grit gestern gesagt hatte, dass in der vergangenen Woche so einige Sachen geschehen waren, die den Rahmen des Wahrscheinlichen arg strapazierten. All das musste zusammenhängen, aber wie?
»Zeig noch mal das Bild von dem Mädchen.«
Simone presste die Lippen aufeinander und drückte den Knopf, zweimal. In dem kurzen Augenblick, als das Leichenbild an der Wand erschien, blickten wir einander an, einig, nicht hinzusehen, dann erschien das andere Bild.
Das rotblonde Mädchen. Je länger ich sie ansah, umso mehr kam sie mir bekannt vor. Vage nur, aber immerhin bekannt.
Simone seufzte. »Wenn jemand das Dia dazwischengeschmuggelt hat, muss das was zu bedeuten haben.«
»Was soll denn ein Dia, bitte schön, bedeuten? Entweder man kennt die Person darauf oder nicht.«
»Eben. Also muss jemand sie kennen.«
Ich kannte sie nicht. Vage bekannt war etwas anderes als kennen. Ich fragte: »Nina? Nina soll deswegen verschwunden sein?«

»Wenn sie nicht wegen Casper verschwunden ist, dann wegen des Bildes.«

»Niemand verschwindet wegen eines Bildes, das ist doch total lächerlich.«

»Jetzt mal logisch. Nina kennt dieses Mädchen.«

Ich schüttelte den Kopf. »Es geht nicht um das Mädchen, sondern um die Leiche. Die hängen zusammen.«

Wir sahen uns an, keine von uns wollte das andere Bild noch einmal anschauen, es war zu gruselig.

»Wir fragen die anderen«, sagte Simone. »Vielleicht wissen sie etwas. Wir fahren zu Grit, vielleicht ist Alla noch da und … O Mist, es ist schon fast zwölf! Ich muss gleich los, Nina wartet.«

»Fahr einfach«, sagte ich. »Nina braucht dich.«

Simone schüttelte langsam den Kopf. »Das alles ergibt überhaupt keinen Sinn! Wenn jemand wollte, dass die ganze Hochzeitsgesellschaft diese Bilder sieht, dann müssen die Bilder uns etwas sagen. Lass uns noch einmal genau überlegen, Mimi.«

Ich nickte stumm.

»Ich zeig's noch mal«, sagte Simone. »Achtung.«

Wir hielten den Atem an, und in der Stille knackte es laut, als das Bild erneut wechselte und die Leiche erschien.

Der Anblick traf mich mit derselben Wucht wie vorhin, aber jetzt registrierte ich mehr Details: Der Körper war aufgebläht, langes, zottiges Haar, augenscheinlich verklebt. Und die Umgebung: Die Leiche lag auf einem metallisch glänzenden Tisch. Einem Präparationstisch? Wahrscheinlich. War es die Frau mit den rötlich blonden Haaren? Wenn ja, dann hatte der Tod sie so entstellt, dass man sie nicht mehr wiedererkannte.

»Die Körperhaltung ist seltsam«, sagte Simone nachdenklich, die Furcht in ihrer Stimme war jetzt von der Neugierde verdrängt worden.
Die Leiche lag tatsächlich seltsam. Der Kopf ruhte auf der Seite, so dass man das Gesicht nicht sehen konnte – ein Detail, für das ich dem Fotografen dankbar war –, dafür bot es einen guten Überblick der schillernden Verletzungen von Po und Rücken. Waren es Verletzungen? Oder Spuren der Verwesung? Fraßspuren? Mir wurde übel, und ich hätte gern etwas getrunken, etwas, das scharf und beißend war.
»Es sieht aus wie eine groteske erotische Pose.« Simone trat näher heran. »Wie diese Bilder, auf denen man den speziellen Rückenausschnitt eines kleinen Schwarzen zur Schau stellen will.«
Ich sagte nichts. Irgendetwas bewegte sich in mir, ausgelöst durch das Bild, es war etwas Bedrohliches. Es nahm Fahrt auf … Ich wollte hier raus.
Simone zeigte auf das Bild. Der Projektor malte ihr Schatten ins Gesicht, geheimnisvoll, wie Kriegsbemalung.
»Hier ist etwas Komisches, Mimi, guck mal.«
Ich wandte mich ab. Ich wollte nichts mehr von dieser Leiche sehen, ich wollte weg, zu Grit nach Hause, mir die Decke über den Kopf ziehen und es dem Alkohol überlassen, meine Glieder zum Schlaf zu lockern.
»Ich glaube, das ist eine Tätowierung!«, rief Simone aufgeregt. »Guck! Eine Zahl! Das Bild wurde extra so komisch aufgenommen, damit man sie erkennen kann!«
»Du musst los«, sagte ich und wies auf die Uhr. »Nina wartet. Wir können das hier so stehen lassen.«

»Es ist eine Dreizehn! Oder?« Simone näherte ihr Gesicht der Wand. »Eindeutig, eine Dreizehn!«, rief sie triumphierend.
»Wir sehen uns dann später«, sagte ich, doch ich rührte mich nicht vom Fleck.
Simone ignorierte mich und sah unverwandt auf das Bild. Plötzlich war etwas in meinem Kopf, eine Stimme.
Man muss nur die Tinte in die mittlere Hautschicht bringen.
Ich rieb mir das Gesicht. Woher kam dieser Satz?
»Wir müssen diese Bilder den anderen zeigen. Gemeinsam finden wir bestimmt raus, worum es geht.«
»Vergiss die Klamotten für Nina nicht«, sagte ich abwesend.
»Nina kann uns bestimmt mehr sagen.« Simone nickte nachdenklich und griff nach den Kleidern. »Bis dahin sollten wir nichts unternehmen. Und vor allem keinem davon erzählen. Sag mal – ist dir nicht gut? Du siehst ganz grün aus.«
Sie schaltete den Projektor aus, aber es half nicht, die Zahl hatte sich rot glühend in mein Sichtfeld gebrannt.
»Mir ist ein bisschen schlecht.«
»Kein Wunder bei dem Schreck! Was für ein schreckliches Bild ...« Simone hob die Schultern, als ob sie erschauderte, aber eigentlich kam sie mir vor wie sonst.
»Mimi, ich fahre dann los ... Soll ich dich vorher bei Grit absetzen?«
»Quatsch, ich geh zu Fuß«, wehrte ich ab. Irgendwie wünschte ich, dass Simone so schnell wie möglich verschwand.
»Ich lass dich nicht allein, nachher kippst du um!«

»Es geht schon. Ich hab vielleicht einen kleinen Kater, aber der wird vergehen. Gib mir einfach den Schlüssel, ich warte hier, bis es bessergeht. Und jetzt fahr. Wir sollten Nina nicht warten lassen.«
Das war das richtige Stichwort. Simone umarmte mich flüchtig, drückte mir den Schlüssel in die Hand und verschwand, ich sah ihr nach, wie sie die Treppe hinunterlief.
Ninas Badezimmer kam mir plötzlich sehr klein vor, die gekachelten Wände traten auf mich zu, sie kamen immer näher. Ich war schon einmal hier gewesen, in der Nacht, als ich den scheußlichen Kater gehabt hatte. Ich sehnte diese Nacht zurück. Damals war noch nichts Schlimmes passiert gewesen. Oder?
Mir brach der Schweiß urplötzlich aus, aus allen Poren. Mein Gesicht im Spiegel war grau. So grau wie das der Leiche. Der tätowierten Leiche. Der Leiche mit der Zahl.
Es war eine Dreizehn.
Eine Fünf war es nicht, nein, keine Fünf.
Niemand würde einer Leiche eine Fünf tätowieren. Die Fünf war für Lebende reserviert.
Ich drehte das kalte Wasser auf und ließ es so lange über Hände und Unterarme laufen, bis meine Beine aufhörten zu zittern. Ich grinste versuchsweise, und mein Gesicht grinste zurück, eine Grimasse. Schlecht sah ich aus, richtig scheiße, aber immerhin lebendig. Wie würde ich mich wohl machen auf einem Präparationstisch? Wie hatte Casper sich gemacht?
Ich zog den Pullover aus. Ohne den Blick von meinen geröteten Augen zu lösen, drehte ich mich langsam vor dem Spiegel. Grüne Klauen blitzten unter einem der

BH-Träger hervor. So oft schon hatte ich meinen Rücken im Spiegel betrachtet, dass ich ihn blind hätte malen können. Zusammengekringelt zwischen meinen Schulterblättern und dem Rand der Unterhose lauerte mein Lindwurm, den bärtigen Kopf vorsichtig auf meine linke Pobacke gelegt. Von seinem leuchtenden Grün hoben sich scharf die schwarzen Konturen ab, die deutlich gezeichneten Schuppen seines Körpers und die blauen Fransen an Kopf und Klauen.
Kaum hatte ich die Passkontrolle passiert und meinen Koffer vom Rollband gezogen, war ich, den gefalteten Bogen mit der Zeichnung in der Jeanstasche, in die erstbeste Tattoostube gelatscht, die ich finden konnte. Seitdem bewachte der Lindwurm meinen Rücken. Am Kinn seines Löwenkopfes wucherten unentwirrbare Zotteln, schwarze Schnörkel und Kringel, feine Linien und dickere, ein ganzes Labyrinth davon.
Falls sich darunter eine Zahl befand, so war sie gut verborgen, verborgen vor mir und dem Rest der Welt. Auch das Tattoo blieb allen anderen verborgen, ich gehörte nicht zu denen, die leicht bekleidet durch die Gegend rannten.
Nur in der Nacht im Schwimmbad … Mag sein, dass ich da nackt war.
In dem Fall hoffte ich, dass der Lindwurm mich beschützt und die Zahl verborgen hatte.

»Wo die beiden wohl gerade sind?«, sagte Grit. »Ich hoffe nur, es geht alles gut. Ist ja komisch, dieses Treffen am Bahnhof in Brüssel. Das hat etwas Geheimnisvolles, wie bei Agenten, findest du nicht? Sie rufen bestimmt bald an. Ich wünschte, sie würden anrufen.«

Wir saßen in ihrem Wohnzimmer. Ich hatte mindestens einen Liter Wasser trinken müssen, ehe ich mich in der Lage fühlte, Ninas Wohnung zu verlassen. Zwar hatte Simone den Diaprojektor ausgeschaltet, aber er ließ mich erschaudern, jedes Mal, wenn mein Blick darauf fiel. Ich hatte es eilig gehabt rauszukommen, nicht nur der Diaprojektor bedrohte mich, auch die Tatsache, dass wir uns Zutritt zu einem Tatort verschafft hatten, war mir plötzlich sehr gefährlich erschienen. Was, wenn die Polizei plötzlich wieder auf mich aufmerksam wurde? Was, wenn sie die Dias fand, und was, wenn sie daraufhin alle Menschen in Gewahrsam nahm, die verräterische Tätowierungen besaßen?

Als ich endlich vor der Tür stand, fühlte ich in meinen Beinen noch immer ein Beben von mindestens der Stärke sieben. Ich hatte mir ein Taxi gerufen.

Und nun saß ich hier bei Grit und wartete mit ihr auf den erlösenden Anruf aus Brüssel, während in meinem Kopf die beiden Dias Achterbahn fuhren. Ich stand unter Hochspannung. Am liebsten hätte ich Simone im Minutentakt angerufen, um zu erfahren, was es mit den Dias auf sich hatte, was Nina zu alldem sagte, ob sie das Mädchen kannte, was Casper gewusst hatte … Ich spürte genau, dass jetzt, wo die Leiche mit dem Tattoo aufgetaucht war, eine unheilvolle Verbindung zwischen mir und allem anderen bestand. Ein Pfeil deutete auf mich, auf meinen tätowierten Rücken. Ich wusste nicht, was all das zu bedeuten hatte, aber ich hoffte, Nina würde es wissen.

Grit hatte Musik aufgelegt in einer Lautstärke, die mich nervte, irgendeine kitschige Filmmusik, mir fiel nicht

ein, was es war. Wenn wir sprachen, hörte man nichts, aber sobald wir beide schwiegen, klimperte es im Hintergrund wie in den Restaurants, wo man die Musik nur einstellt, damit die Gäste sich zwar unterhalten können, aber das Schmatzen und Gläserrücken ihres Tischnachbarn nicht hören.
Grit war wieder einmal dabei, Wäsche zusammenzulegen, und ich sah ihr dabei zu. Es war eigenartig, sie bei dieser Tätigkeit zu sehen, es wollte nicht zu dem Eindruck passen, den sie in der vergangenen Nacht auf mich gemacht hatte, als sie eine nach der anderen geraucht und dabei unablässig getrunken hatte.
Gern hätte ich von dem gesprochen, was mich beschäftigte, über die grauenvollen Dias und darüber, wen sie zeigen mochten, aber Simones Vorschlag, erst einmal Ninas Reaktion abzuwarten, erschien mir vernünftig. Überhaupt hatte Simone auf unerklärliche Weise an Autorität gewonnen. Ich dachte daran, wie anders Alla sie seit dem Abendessen behandelt hatte, respektvoll, beinahe mit Hochachtung.
»Irgendwie hat die Trauerfeier doch gutgetan«, unterbrach Grit meine Gedanken und legte das hellblaue Shirt auf die drei blütenweißen, Kante auf Kante. »Nach Trauerfeiern fühlt man sich immer besser, dafür sind sie da. Man war erst sehr traurig, man hatte Angst davor, und dann heulen alle, und danach hat man genug von der Trauer. Man geht wieder zur Arbeit und so, alles wird normaler. Ich bin zwar wirklich nicht scharf darauf, wieder arbeiten zu gehen, aber so kann das ja nicht ewig weitergehen, dieser Zustand der letzten Woche.«

Ich zuckte die Achseln und dachte an all das, was noch auf uns zukommen konnte, an die Leiche auf dem Bild.
»Weißt du denn schon, wann du wieder nach Schottland gehst?«, fragte Grit, es klang betont harmlos.
»Sicher bald«, sagte ich und griff nach einer Turnhose. Halbherzig strich ich sie glatt und versuchte, sie zu falten, aber sie hatte oben einen Gummizug, und das Ergebnis war nicht zufriedenstellend.
»Natürlich kannst du bleiben, solange du willst«, beeilte sich Grit zu sagen und betrachtete irritiert meine Bemühungen.
Ich dachte an Marks deutliche Worte und schüttelte den Kopf. »Noch ein, zwei Tage vielleicht. Bis wir wissen, wie es mit Nina weitergeht.«
Grit nahm mir entschlossen die Hose aus der Hand und schüttelte sie einmal, ehe sie sie selbst zusammenlegte. Irgendwie reizte mich das, eben noch hatte sie davon gesprochen, dass Nina unser aller Hilfe benötigte, und im selben Atemzug nahm sie ungerührt zur Kenntnis, dass ich bald abreisen würde. Das passte doch nicht zusammen.
»Ich kann nicht glauben, dass du so ruhig bist«, platzte ich heraus. »Ich meine, Nina kommt heute, alles ist anders, als wir dachten – kein tödlicher Zwischenfall unter Geliebten, die Karten sind ganz neu gemischt, das bedeutet, es gibt wahrscheinlich einen Mörder –, und du tust so, als wäre es ein Happy End!«
Grit sah mich bestürzt an, dann legte sie den Wäschestapel beiseite. »Das ist es für mich auch«, sagte sie. »Ich dachte, Nina wäre da in etwas Furchtbares verstrickt. Das ist sie nicht. Sie hat nichts mit Caspers Tod zu tun, sondern ist einfach nur eine traurige Witwe,

und heute kommt sie zurück, und wir werden uns um sie kümmern. Das ist leicht. Das ist viel leichter, als wenn wir sie jetzt hätten verstecken müssen oder so.«
Aus ihrem Mund klang alles so einfach und klar, und ihre Worte – traurige Witwe, kümmern – umschwirrten mich und schienen mich zu verspotten.
»Aber das ist doch nicht einfach«, beharrte ich. »Wir wissen jetzt viel weniger über diesen Mord, als wir dachten! Derjenige, der das getan hat, rennt da draußen rum, er tut es vielleicht wieder!«
Grit hob seelenruhig ein weißes Hemdchen an die Augen und fuhr prüfend über den Saum. »Mir ging es nur darum, ob Nina schuldig ist. Ich warte jetzt einfach ab, was sie zu erzählen hat, dann sehen wir weiter. Die Hauptsache ist doch, dass es ihr gutgeht.«
»Aber ihr geht es nicht gut, es *kann* ihr gar nicht gutgehen! Immerhin wird sie nachher von Simone erfahren, dass ihr Bräutigam umgebracht wurde!«
»Du weißt schon, was ich meine!« Grits Stimme klang ungeduldig. »Natürlich geht es ihr nicht gut, aber wir werden das irgendwie hinkriegen. Sie wird trauern, klar, da muss sie durch. Aber immerhin …« Sie steckte die Finger in ein Paar gestreifte Söckchen und wedelte damit.
»Was?«, bohrte ich.
»Immerhin muss ich nichts Illegales tun, um ihr zu helfen. Nur das Übliche, das man macht, wenn eine Freundin traurig ist. Wir müssen keine Angst mehr vor der Polizei haben und so. Ich fand das gar nicht leicht, dass ich Mark anlügen musste und so, weißt du.«
Irgendwie reizte mich ihre Pose einer tugendhaften Ehefrau. »Warum hast du es dann getan?«

Grit sah mich an, als zweifle sie an meinem Verstand. »Weil es sein musste, für Nina. Ich hab Nina so viel zu verdanken! Sie würde alles für mich tun, das weiß ich. Also muss ich auch alles für sie tun.«

Ich atmete tief durch und versuchte, Grits Gedankengang nachzuvollziehen. »Und darum ist es so, wie es sich jetzt darstellt, besser für dich. Nina ist fix und fertig, und Caspers Mörder rennt frei herum. Das ist besser als eine schuldige Nina. Weil du nichts Kompliziertes machen musst.« Ich sprach ganz ruhig und versuchte, jeden Sarkasmus aus meinen Worten herauszuhalten.

»So ungefähr.« Grit legte die Strümpfe beiseite und runzelte die Stirn. »Jetzt tu doch nicht so, Mimi. Wir alle hätten das für Nina gemacht, aber es fällt eben nicht jedem gleich leicht. Was ist denn los mit dir? Du siehst auch irgendwie komisch aus, so blass. Geht's dir nicht gut?«

»Doch«, sagte ich. »Wie spät ist es?«

»Du hast gerade eben erst nach der Uhrzeit gefragt. Eben war es halb drei, jetzt sind fünfzehn Minuten vergangen.«

»Ich bin nervös.«

»Ich weiß. Simone ist frühestens um halb vier in Brüssel.«

»Wenn sie gut durchkommt, auch schon früher.«

»Sagt wer?«

»Simone!«

»Hm.« Grit runzelte die Stirn, dann nahm sie sich wieder die Wäsche vor. Sie sah irgendwie erwachsener aus, wenn sie auf ihrem Sofa saß und Hausarbeit verrichtete. Zwischen Simone und Alla war Grit mir immer naiv erschienen, beinahe kindlich, die brave Hausfrau zwischen ihren erfolgreichen Freundinnen, aber jetzt fiel mir das erste Mal auf, dass dieser Eindruck vielleicht nur an dem Kontrast zu den anderen lag und an ihren konventionellen Klamotten. Vielleicht war sie ganz anders?

»Ich glaube nicht, dass ich zurück nach Edinburgh gehe«, platzte ich heraus. »Ich suche mir was hier.«

»Echt?« Grit lächelte erfreut, dann nahm sie eine Kinderjeans und legte sie sich auf den Schoß. »Wegen der Sache mit deinem Schotten?«

»Wir sind gar nicht mehr zusammen. Er hat vor kurzem Schluss gemacht.«

»Ich weiß.«

»Woher weißt du das?«

»Das hat man gemerkt. Ihr habt nie telefoniert und so.«

Ich hätte gern aufbegehrt gegen die Selbstverständlichkeit, die in ihrer Antwort lag – man musste nicht ständig telefonieren, manche Paare taten das grundsätzlich nicht –, aber unbestreitbar lag Grit mit ihrer Einschätzung meines Beziehungsstatus richtig, und darum sagte ich nichts.

»Und was ist mit deinem Job? Kannst du einfach so hier in Deutschland bleiben?«

»Ich wollte mir eh gerade was Neues suchen.«

»Was denn?«

In diesem Moment klingelte das Telefon. Ich sprang sofort auf, es war nicht höflich, aber ich hätte, ohne zu zögern, an Grits Stelle abgenommen, dummerweise war sie schneller.

»Hallo?«, sagte sie nur, dann glitt ein Ausdruck der Erleichterung über ihr Gesicht, und sie rief: »Simone!«

Sie sah aus dem Fenster, während sie in den Hörer lauschte.
»Was ist mit Nina?«, zischte ich, aber Grit wehrte mit einer Handbewegung ab und sagte nur einige Male »ja, ja« und auch »ich verstehe«.
Ich setzte mich wieder, bemüht, mich zurückzuhalten. Als Grit aufgelegt hatte, setzte sie sich zu mir und sagte nachdenklich: »Sie hat Nina gefunden.«
»Kommen sie? Wann sind sie da?«
»Die beiden sind unterwegs in den Schwarzwald.«
»Hat Simone was gesagt? Von dem Dia?«
»Von welchem Dia? Nein, hat sie nicht.«
»Ach so.« Dann erst verarbeitete ich, was Grit gesagt hatte. »Was ist mit Schwarzwald?«
»Nina will zur Beerdigung fahren. Das war ihr wohl erst mal das Wichtigste, sagt Simone.«
»Aber die Beerdigung fängt gleich an!«
Grit zuckte die Achseln. »Das war Nina egal, sie wollte einfach nur so schnell es geht da hin. Sie ist wohl ziemlich durcheinander, kein Wunder, die Arme. Jetzt kurven sie durch halb Deutschland.«
»Okay«, sagte ich verwirrt und setzte mich wieder. »Das bedeutet, sie kommt noch lange nicht.«
»Sie werden vermutlich da schlafen«, sagte Grit. »Bei Caspers Eltern oder irgendwelchen Verwandten. Darum muss ich Stella mitnehmen. O weh, wie soll ich das Ingo erklären?« Ich musste an die Normalität denken, die sie eben noch herbeigesehnt hatte. Keine Frage, für ihr Leben bedeutete die aktuelle Situation mehr Chaos als für meines.
Ich zuckte die Achseln. Ingo interessierte mich im Moment weniger.

Grit knetete ihre Unterlippe. »Simone ruft ihn an und erzählt ihm irgendwas, hat sie gesagt. Hoffentlich glaubt er das.«

Ich sagte nichts, in mir rasten die Gedanken. Wenn Nina und Simone jetzt in den Schwarzwald fuhren, dann würde viel Zeit vergehen, ehe Nina die Dias sah und uns erklären konnte, was es damit auf sich hatte. Zu viel Zeit für meinen Geschmack. Ich hatte Angst. Ich dachte an das Tattoo der Leiche. Es betraf auch mich. Ich konnte nicht warten. Unmöglich konnte ich so lange warten.

»Grit, ich muss dir was zeigen«, sagte ich. »Können wir die Kinder irgendwo anders abgeben? Die sollten besser nichts davon mitbekommen.«

»Was hast du vor?« Grit sah mich erstaunt an, eine Latzhose in der erhobenen Hand.

»Wir müssen in Ninas Wohnung.«

»Die kenne ich«, sagte Grit.

Auf dem Weg zu Ninas Wohnung hatte ich unablässig nach dem Schlüssel in meiner Hosentasche getastet. Es war Simones Schlüssel, aber er gehörte zu Ninas Wohnung, und jetzt hatte ich ihn. Immer wieder überlegte ich, ob es zu eigenmächtig war, Grit die Dias zu zeigen. Ich hätte mich gern mit Simone abgesprochen. Andererseits war ich durch Ninas Plan, überstürzt zu Caspers Beerdigung zu fahren, von den Ermittlungsfortschritten abgeschnitten – was wusste ich, was Nina Simone auf der Fahrt alles erzählte? Es war nicht fair, dass man Grit und mich hier im Unklaren ließ. Deswegen fühlte ich mich berechtigt, Grit die Dias zu zeigen.

»Sie hat mit Casper und Alla zusammen im Wohnheim gewohnt. Ich glaube, sie hatte das Zimmer neben Alla, die beiden haben sich laufend gefetzt. Warte mal, das war … Cornelia! Cornelia heißt sie. Cornelia Kreisler. Medizinstudentin.«

Kaum hatte Grit den Namen ausgesprochen, als etwas in meinem Kopf beiseiterückte und die Erinnerung an das Mädchen auf dem Bild freigab.

Cornelia. Sie hatte die schlimme Angewohnheit, wie ein Schulmädchen an ihren Zöpfen zu kauen. Sie hatte ständig von ihrem Hund geredet, den sie so vermisste und der bei ihren Eltern geblieben war, weil die Hausordnung des Wohnheims keine Tiere zuließ. War es ein Spaniel gewesen? Ja. Bingo hatte er geheißen.

Ich schüttelte ungläubig den Kopf, gespannt, ob noch mehr Erinnerungen herauspurzeln würden, aber da war nichts mehr.

»Sie ist tot«, rief Grit erregt, noch ehe ich ihr das zweite Bild gezeigt hatte. »Jetzt fällt's mir wieder ein! Sie ist spurlos verschwunden, und zwar in den Semesterferien, als sie bei ihren Eltern war. Und irgendwann haben sie dann ihre Leiche aus dem Rhein gezogen.«

»Die hier«, sagte ich dumpf und drückte den Knopf.

Grit entfuhr ein leiser Schrei. »Ist sie das etwa? O mein Gott!«

Wir betrachteten sekundenlang wortlos das Bild, das mir nun, da ich wusste, wen es zeigte, anders vorkam als vorher. Nicht mehr gruselig und erschreckend. Sondern sehr, sehr traurig. Und beunruhigend.

Vor allem das.

»Was soll das, Mimi?«

»Das frage ich mich auch.«

»Ich habe damals gedacht, sie hat sich umgebracht. Kannst du dich erinnern, da war so eine blöde Geschichte mit ihrem Ex-Freund, der in Koblenz geblieben war. Cornelia wollte, dass er nach Bonn zieht, dass sie zusammen eine Wohnung nehmen, damit sie ihren Hund bei sich haben könnte. Und der wollte nicht. Aber was sollen jetzt diese Bilder? Was hat das mit Nina zu tun?«
In diesem Moment klingelte mein Handy. Nicht Grits Telefon, auf dem Simone vorher angerufen hatte. Trotzdem zuckte ich zusammen, und erst als ich hastig danach griff, merkte ich, dass ich diesmal nicht auf Douglas' Anruf lauerte, sondern auf den von Nina und Simone. Aber Simone war es nicht. Es war Gero. Sekundenlang starrte ich ungläubig aufs Display, dann drückte ich ihn weg.
»Wer war das?«, fragte Grit.
»Nicht wichtig«, sagte ich. »Red weiter. Du hattest gerade von Cornelias Ex-Freund gesprochen. Ich kann mich nicht an die Geschichte erinnern.«
»Ich dachte, es hätte was damit zu tun. Obwohl ich schon damals dachte, dass man sich wegen so was nicht einfach umbringt.« Grit verstummte, als ob ihr selbst auffiele, wie bedeutungslos ihre Gedanken klangen. Dann heftete sie ihre Augen wieder an die Wand und sprach weiter, schnell, ihre Worte überschlugen sich förmlich. »Was hat das zu bedeuten? Warum mischt jemand das Bild einer toten ehemaligen Kommilitonin unter die Bilder für Ninas Hochzeit? Was macht das für einen Sinn? Und warum haut Nina ab, als sie das sieht? Und warum ist Casper tot?« Ihre Stimme kippte, sie klang etwas hysterisch.

Ich schaltete entschlossen den Diaprojektor aus. »Erzähl mir alles, was du von dem Mädchen weißt.«
Grit sah auf. Plötzlich wirkte sie nicht mehr aufgeregt. »Wir sollten das zuerst einmal googeln.«

Eine Stunde später waren wir im Bilde.
Cornelia Kreisler war am 18. Juli vor genau zehn Jahren vermisst gemeldet worden. Sie hatte die Semesterferien bei ihren Eltern in Koblenz – »und ihrem Hund!«, hatte Grit gemurmelt – verbringen wollen, sich vor ihrer Ankunft zu Hause jedoch noch mit alten Schulfreunden verabredet. Als sie nicht bei ihren Eltern erschienen war, hatten diese zunächst vermutet, sie sei noch in Bonn. Erst im Rahmen der Ermittlungen stellte sich heraus, dass eine Schulkameradin sie im New Dreams, einer Koblenzer Diskothek, getroffen hatte, wogegen die Freunde beteuerten, sie hätten vergeblich auf Cornelias Anruf gewartet. Die Schulkameradin gab an, Cornelia habe betrunken gewirkt und mit einem unbekannten Mädchen auf der Tanzfläche getanzt. Danach hatte sie niemand mehr gesehen, bis drei Monate später ihre Leiche gefunden worden war. Ein Pressesprecher der Polizei gab an, der Körper des Mädchens sei zwar durch die Verseifung ausgesprochen gut erhalten gewesen, man habe jedoch die Todesursache nicht feststellen können. Auf die schleppenden Ermittlungen angesprochen, gab er an, es habe anfangs keinerlei Hinweise auf ein Verbrechen gegeben. In der Presse hatte sich offenbar die Auffassung durchgesetzt, dass die unklaren Zuständigkeiten bei der länderübergreifenden Polizeiarbeit für zusätzliche Verwirrung gesorgt hatten.

Grit googelte »Verseifung«, sprang beim Anblick der Bilder hastig auf und schloss sich für zehn Minuten im Bad ein, ehe sie sichtlich blass wieder erschien.
Mir ging es seltsam. Etwas in mir war starr und ungläubig, als ob da eine taube Stelle wäre, bei der sich in Kürze ein Kribbeln einstellen sollte. Ich wartete auf dieses Kribbeln, aber nichts geschah.
Es musste an Cornelia liegen. Ich dachte daran, wie ich mit ihrem Gesicht nichts hatte anfangen können, ehe Grit mir ihren Namen gereicht hatte wie einen Schlüssel, der mein Gedächtnis öffnete.
So etwas würde wieder geschehen, das spürte ich, aber je dringender ich darauf wartete, umso tauber fühlte ich mich. Die Zeit verging nicht mehr. Grit hatte zum Aufbruch gedrängt, weil sie Jonas und Stella von irgendeiner Mutter abholen musste, die die beiden nach dem Kindergarten mitgenommen hatte, und so stieg ich widerwillig zu ihr in den Wagen. Während der gesamten Fahrt schwieg ich, meine Gedanken rasten.
Während Grit im Innern des pastellgelben Reihenhauses mit der unbekannten Mutter sprach, wartete ich im Wagen, zum Zerreißen gespannt. Dann erschien Grit mit den Kindern, sie schnallte die beiden an, wir fuhren zu Grit, sie leerte die Kindergartentaschen, schenkte Milch aus, verteilte Kekse und bugsierte die Kinder schließlich vor den Fernseher, es war unendliche, vergeudete Zeit. Zeit, während der die taube Stelle in mir kribbelte und darauf wartete, sich wie ein Bildschirm mit einer Erinnerung zu füllen, die nicht kommen wollte. Als ich auf die Uhr sah, musste ich feststellen, dass kaum eine halbe Stunde vergangen war. Das Warten machte mich verrückt. Das Warten auf einen erneu-

ten Anruf von Simone und auch das Warten auf die Bilder, die meinen Kopf fluten und die leeren Stellen ersetzen sollten. Bei Simone ging die Mailbox dran. Offenbar hatte sie das Handy ausgeschaltet.

Ich setzte mich an den Küchentisch und wartete, bis Grit kam. Sie sah nervös aus.

»Ich muss dauernd an diese Sache mit der Verseifung denken«, sagte sie. »Das ist so eklig. Das ist eine Leiche, die ...«

»Grit«, sagte ich. Ich sagte es etwas zu scharf, und sie verstummte augenblicklich. »Wir müssen aufpassen. Ich glaube, dass dieses Bild eine Drohung war. Offenbar hat Cornelia sich umgebracht, und es gibt nur eine logische Erklärung dafür, dass jemand das zwischen die Dias geschmuggelt hat – es muss eine Warnung oder so gewesen sein. Jemand hat Nina gedroht.« Ich dachte an meinen Rücken und den der Leiche und daran, ob das bedeutete, dass der Jemand auch mir drohte.

»Und Casper umgebracht?«, fragte Grit schrill.

Ich zuckte die Achseln. »Wir brauchen mehr Anhaltspunkte. Vor allem müssen wir rausbekommen, was Casper überhaupt mit dieser Frau zu tun gehabt hat.« Ich sagte nicht, was auf der Hand lag: dass Nina uns ohnehin bald alle offenen Fragen beantworten würde. Die taube Stelle in mir pochte, und ich brauchte so schnell es ging Informationen. Ich konnte nicht nur darauf warten, dass Simone und Nina wiederkamen, sonst würde ich verrückt werden. Die allgemeine Angst hatte sich durch die Tätowierung der Leiche in eine konkrete Bedrohung verwandelt. Ich musste wissen, was vor sich ging. Ich war in Gefahr.

»Aber wie sollen wir das machen? Wir könnten Alla fragen. Alla war eine Zeitlang mit ihr befreundet, aber dann ging der Zoff los – Cornelia war etwas nervig, und Alla nimmt ja kein Blatt vor den Mund, und … ups!« Grit schlug die Hand vor den Mund. »Darf man über Tote überhaupt sagen, dass sie nervig waren?«

Ich zuckte die Achseln.

»Ist dir nicht gut, Mimi? Du siehst irgendwie richtig grau aus.«

»Alles okay.« Mir war auch grau zumute. Insgeheim fragte ich mich, wie ich diesen Tag überstehen sollte.

»Trink mal was.«

Mehr um sie zu beruhigen nahm ich meinen Becher und schloss die Hände darum, um sie zu wärmen. »Grit, wir müssen etwas über diese Frau in Erfahrung bringen.«

Ihr Gesicht hellte sich auf. »Ich hab noch ziemlich viele Bilder von damals. Ich hab alles sauber in mein Album geklebt. Mark macht sich immer lustig, dass ich mir diese Mühe mache, wo man das Ganze doch viel besser digital aufbewahren kann, aber mir macht es Spaß.«

Der Gedanke an ihre Fotoalben gefiel mir nicht. »Die Hochzeitsbilder waren aber auf dem Rechner«, sagte ich.

»Das sind nur die von Mark. Ich entwickle immer noch, oder zumindest hab ich das bis vor kurzem getan.« Sie ging zu dem Regal, in dessen unterstem Fach sich, wie ich wusste, die Fotoalben befanden. Sie nahm gleich mehrere heraus, weil die Alben nicht beschriftet waren.

Ich setzte neues Teewasser auf und warf einen Blick auf das Telefon. Mir war unbehaglich zumute.
»Hey, das ist seltsam!«, rief Grit. Mit einem Album in der Hand kam sie zu mir und deutete auf die aufgeschlagene Seite. »Hier hat jemand ein Bild rausgerissen!«
»Was für ein Bild war das denn?« Ich sah betont interessiert auf die gähnende Lücke auf dem farbigen Karton. Rundum waren Bilder aus der Hütte, Simone und Nina in Umarmung, Nina mit Kochlöffel in der Hand am Herd, Mark, der einen rustikalen Holztisch deckte.
»Keine Ahnung. Es muss eins von unserem Urlaub gewesen sein. Ich versteh das nicht.« Grits Augen waren so rund wie Murmeln.
Ich sagte: »Vielleicht hat Simone es gebraucht, für ihren Vortrag.« Mein Blick blieb auf den Bildern kleben, die Szenen zeigten, bei denen ich gefehlt hatte.
»Aber dann hätte sie mich doch gefragt!«
Der alte Ingo auf den Bildern brachte etwas in mir zum Klingen, eine Frage, die immer noch unbeantwortet war, die Frage nach seiner Veränderung. Plötzlich reichte mir Simones Erklärung nicht mehr. »Wie war denn dieser Urlaub?«
Grit seufzte. »Schön! Ich darf gar nicht daran denken, da war noch alles in Ordnung, Casper war so gut drauf … Er hat sich total auf die Hochzeit gefreut, er war richtig aufgeregt. Dabei sind es ja meistens die Frauen, die so ein Ding drum machen, bei Nina und Casper war das aber gleich verteilt. Sie haben es richtig spannend gemacht, als sie uns das verkündet haben.« Ihr Blick wurde etwas glasig, ich sah ihr an, wie sie sich in wehmütigen Erinnerungen verlor.

»Sprich weiter«, sagte ich schnell.
»Casper wirkte so aufgekratzt, schon bevor er was gesagt hat. Mit dem ist was, hatte Mark am Abend vorher zu mir gesagt, aber ehrlich gesagt habe ich nicht geglaubt, dass es was mit einer Hochzeit zu tun haben könnte, mal ehrlich, irgendwie war eine Hochzeit zu der Zeit nicht sooo besonders – ich meine, immerhin war ja schon Simones und Ingos Hochzeit gewesen und unsere auch …« Grit hatte dramatisch begonnen, aber sie verhedderte sich und erzählte weitschweifend und ohne Pointe, doch das war egal.
»Was war denn sonst noch besonders an dieser Woche?«
Grit lächelte. »Jonas war die ganze Zeit bei seinen Großeltern! Wir waren das erste Mal ohne ihn weg, und das war toll. Ich meine, natürlich habe ich ihn schrecklich vermisst und so, aber Mark hat gesagt …«
»Und sonst? Ist sonst nichts passiert?«
Grit sah mich erstaunt an. »Nein. Was soll denn passiert sein?«
»Ich überleg nur so«, sagte ich. Und dachte nach. Offenbar war tatsächlich nichts geschehen, was einen triftigen Anlass für Ingos Depression geboten hätte. Nichts außer der freudigen Ankündigung, dass Nina und Casper heiraten würden. Unmöglich, dass Ingo deswegen in eine Depression verfallen war. Außerdem dürfte die Nachricht von der Hochzeit kaum jemanden überrascht haben. Oder?
Nina und Casper, Simone und Ingo, Grit und Mark. Lauter mehr oder weniger glückliche Pärchen, traute Zweisamkeit, keine Störfaktoren. Daran hatte auch die Ankündigung von Ninas Heirat nichts geändert.

Ich versuchte, mir das Gespräch vorzustellen. Hatten sie am Tisch gesessen, Gelächter war hin und her geflogen, Gläser aneinandergeklirrt – genau die Art von Abenden im Freundeskreis, die ich nie gewollt und die Douglas vermisst hatte?
Immer hocken wir zu zweit hier herum, so stelle ich mir mein Leben nicht vor, Mimi, ich will raus, ich will Leute treffen …
Ihm hätte es gefallen, mit Freunden in Urlaub zu fahren. Ich malte mir aus, wie Nina aufgestanden war, die kräftigen Arme auf die zerschrammte Holzplatte gestemmt, wie sie sich die dunkelblonden Haare aus dem erhitzten Gesicht gestrichen und auf den Tisch geklopft hatte – plötzlich wusste ich, dass sie auf den Tisch geklopft hatte. Die anderen hatten den Blick auf sie gerichtet, nur Casper hatte zur Seite geguckt, ein wenig verlegen möglicherweise, aber auch stolz. »Wir heiraten«, hatte Nina vielleicht gesagt. »Übernächsten Sommer ist es so weit.« Dann hatte sie ihr Glas gehoben.
Bestimmt war ein Sturm losgebrochen, nicht, weil alle tatsächlich überrascht waren, eher, weil sich das einfach gehörte, weil man gespielt ungläubig und übertrieben begeistert auf derlei Ankündigungen zu reagieren pflegte.
»Warum erst im übernächsten Sommer?«, mochte jemand gefragt haben. Warum diese lange Zeitspanne zwischen Entscheidung und Durchführung?
»Warum haben sie es anderthalb Jahre vorher angekündigt? Sie hätten doch auch sofort heiraten können.«
»Weil sie so lange für die Vorbereitung brauchten«, sagte Grit und sah mich überrascht an. »Was denkst du denn? So eine Hochzeit will geplant sein!«

»Mehr als ein Jahr?«
Grit lachte. »Man merkt, dass du noch keine Hochzeit organisiert hast! Man muss den Wunschtermin für die kirchliche Trauung festmachen, dann muss man sich für ein Restaurant entscheiden, überlegen, ob man Sektempfang oder Party will …« Ihre Augen hatten zu glänzen begonnen, sie nahm bei ihrer Aufzählung die Finger zu Hilfe, und ich bemerkte den schmalen goldenen Ehering, der mir zuvor nie aufgefallen war. »Es sind ja im Grunde zwei Trauungen und dann noch der Polterabend. Und erst, wenn man alle Termine fest hat, kann man die Einladungen drucken. Und da wiederum muss man sich für einen Text und das Layout entscheiden, eine schöne Schrift, das Papier und so weiter. Es soll schließlich perfekt sein! Man heiratet ja nur einmal im Leben.« Jetzt strahlte sie, und es fiel mir leicht, sie mir als Braut vorzustellen, das mausfarbene Haar mit weißen Blumen geschmückt, das Gesicht gerötet, die Augen glänzend, eine glückliche Braut. Das Hochzeitsbild in ihrem Schlafzimmer fiel mir ein. Ja, genau so hatte sie ausgesehen.
»Hm«, sagte ich.
Grit nickte eifrig mit dem Kopf. »Und die Einladungen müssen ein halbes Jahr vorher rausgehen, wenn man sicher sein will, dass viele kommen. Immerhin ging es ja um mehrere Tage, mit dem Polterabend und so, das bedeutet, die engeren Freunde müssen ihren Jahresurlaub entsprechend planen. Und es war Nina wichtig, dass alle alten Freunde kommen konnten, es ging ihr nicht nur um die Hochzeit, sondern auch darum, dass man endlich mal wieder Zeit miteinander verbringt, das hat sie immer wieder gesagt.«

Ich spürte, wie mir das Blut in den Kopf schoss. Ich schämte mich entsetzlich, dass ich die Einladung, der so viele Gedanken vorangegangen waren, kaum eines Blickes gewürdigt hatte.
»Natürlich hätte sie es einfacher haben können«, fuhr Grit fort, »wenn sie einen kleineren Rahmen gewählt hätten. Simone hat gefragt, ob ihr das nicht zu viel wird, ob es nicht eine kleinere Runde auch tun würde, aber Nina wollte unbedingt ganz groß feiern. Mir kam es anfangs fast so vor, als ob Simone das nicht passte.« Sie lachte, wohl um zu betonen, wie albern dieser Gedanke war.
In diesem Moment tönte markerschütterndes Gebrüll aus dem Wohnzimmer, wo die Kinder vor dem Fernseher saßen. »Mama!«, schrie Jonas. »Stella hat umgeschaltet!« Grit verschwand durch die Tür, und ich blieb allein in der Küche zurück. Die Kinder nervten mich, aber ich bemühte mich, das Gefühl zu unterdrücken. Es stand mir nicht zu. Ich war hier zu Gast, und eigentlich bekam ich sie kaum zu Gesicht. Trotzdem wollte ich ohne lästige Unterbrechungen mit Grit reden. Ich war nervös. Ich war sogar sehr nervös, und das würde sich nicht legen. Ich musste wissen, was Simone an der Hochzeit gestört hatte.
In diesem Moment klingelte erneut mein Handy. Es war wieder Gero, und diesmal ging ich dran.
»Hättest du Lust auf ein Bier?«, fragte er.
»Ich bin gerade bei Grit.«
»Ist das ein Ja oder ein Nein?«
»Eher ein Nein«, sagte ich und sah auf die Küchentür. Grit ließ auf sich warten.
»Pass auf«, sagte er. »Ich bin in einer Stunde in dem Café, in dem wir am ersten Abend waren.«

»Café Göttlich.«
»Ja, genau. Wenn du Lust hast, komm dazu. Wenn nicht, ist das auch kein Problem.«
»Okay«, sagte ich und legte auf. Einen Moment lang starrte ich verwirrt vor mich auf den Küchentisch. Gero wollte mich treffen. Warum?
Dann kam Grit zurück. »Ich hoffe, jetzt geben sie Ruhe!«, seufzte sie. »Ach ja, was ich dich noch fragen wollte, Mimi: Was willst du denn genau machen, wenn du in Deutschland bleibst?«
»Ich bin da ganz flexibel«, sagte ich.
Grit sah mich neugierig an. »Was hast du denn zuletzt gearbeitet? Das hast du, glaub ich, nie erzählt.«
»Gastronomie.«
»Wirklich?« Sie sah verblüfft aus. »Und willst du das weitermachen? So auf Dauer?«
»Mal sehen.« Irgendwie hatte ich das Gefühl, als seien wir vorhin an einer wichtigen Stelle unterbrochen worden, aber sosehr ich auch grübelte, mir fiel nicht ein, was es gewesen war.
Ich vergaß Simone, aber Gero vergaß ich nicht.

Als ich mich dem Café näherte, dachte ich, dass das ein unpassender Ort für Gero war. Er gehörte nicht hierher. Das Ambiente war zu studentisch.
Die Tische draußen in der warmen Abendluft waren überfüllt, ich sah mich suchend um, ohne Gero zu entdecken. Also ging ich ins dämmrige Innere des schmalen, verspiegelten Raums, und da saß er am Tisch vor der Theke und sah mir entgegen. »Hi«, sagte er nur.
Ich setzte mich und sah ihn an. »Da bin ich.« Ich war unsicher. Eigentlich war ich nur gekommen, weil ich

den bohrenden Fragen von Grit nach meinen beruflichen Plänen hatte entkommen wollen. Unwillkürlich musste ich an Douglas denken.
Du haust immer einfach ab, wenn es schwierig wird. Du sagst nie, was dich stört. Wenn jemand ein Problem mit dir hat, verschwindest du.
»Das stimmt gar nicht«, hatte ich damals entgegnet. Aber vielleicht stimmte es doch?
»Schön, dass du gekommen bist«, sagte Gero. »Eigentlich wollte ich noch eine Kleinigkeit essen. Wäre es okay für dich, wenn wir um die Ecke gehen? Ins Roses vielleicht?«
»Von mir aus«, sagte ich und ärgerte mich im selben Moment. Eigentlich wollte ich nicht.
»Dann lass uns gehen. Ich habe Hunger.«
Fünf Minuten später saßen wir in einer ruhigen Ecke. Während ich die Speisekarte musterte und überlegte, was ich eigentlich hier wollte, bestellte Gero Wein. Es war eine komische Situation, wir saßen am Tisch, zwischen uns flackerte eine Kerze, es war ein beinahe romantisches Ambiente, und ich fragte mich, ob es sein konnte, dass Gero das im Sinn gehabt hatte.
Zum Glück kam er gleich zur Sache.
»Ich habe viel über die Sache mit deinem Blackout nachgedacht«, sagte er und hob sein Glas.
»Was?« Einen Moment wusste ich nicht, wovon er sprach. Es gab so viel, was mir im Kopf herumging, es gab eine weitere Leiche, das Mädchen auf dem Dia, Grits Fragen nach meiner Zukunft, und dann gab es Nina, die wieder aufgetaucht war und die doch so weit weg war.
»Dein Blackout. Du hast mir im Auto davon erzählt, als ich dich zum Römerbad gefahren habe.«

Ich sagte nichts. Es war ein merkwürdiges Gefühl, dass Gero über mich nachgedacht hatte, ich konnte nicht sagen, ob mir das gefiel.
»Bist du inzwischen weitergekommen? Kannst du dich erinnern?«
»Nein.«
»Hast du es versucht?«
Der Kellner erschien, schenkte Wein ein und fragte, ob wir gewählt hätten.
»Ich weiß nicht«, sagte ich etwas hilflos.
»Sie nimmt dasselbe wie ich«, sagte Gero zum Kellner, und er verschwand wieder.
Ich sagte: »Die Sache klang in dem Moment wahrscheinlich viel dramatischer, als sie war. Mich hat das mit Caspers Mord einfach sehr verunsichert, darum war ich etwas hysterisch an dem Tag.«
»Hat?«, fragte Gero.
Ich verstand ihn nicht.
»Heißt das, dass dich das jetzt nicht mehr verunsichert? Der Mord?«
»Doch, natürlich.«
»Und dein Blackout nicht?«
Ich zuckte die Achseln. »Ich habe eben zu viel getrunken. Da kommen Filmrisse nun mal vor.«
»Klingt, als ob du das öfter hättest.«
»Oft nicht gerade.« Die Zeiten meines exzessiven Alkoholkonsums lagen weit zurück, in meiner Studentenzeit.
Gero runzelte die Stirn. »Es muss nicht am Alkohol liegen. Manchmal gibt es auch einen anderen Grund, wenn Menschen sich nicht erinnern können.«
»Welchen?«

»Sie wollen es nicht.« Er betrachtete so aufmerksam mein Gesicht, dass ich versucht war, es anzufassen. Was sah er?

»Ich will aber«, sagte ich.

Er zuckte die Achseln. »Okay.«

»Du glaubst mir nicht.«

»Das hat mit Glauben nichts zu tun. Es ist nur … Vielleicht hast du mehr Gründe, als du denkst.«

»Red keinen Scheiß.« Ich bewegte meine Zehen in den Sandalen, sie erschienen mir plötzlich zu eng.

»Es kann zum Beispiel sein, dass du jemanden schützt.«

»Dass ich …« Ich sah ihm forschend ins Gesicht, er sah aus wie immer, eine Spur ernster vielleicht. »Du guckst zu viel fern«, sagte ich.

Gero schüttelte langsam den Kopf. »Ich zähle nur die Fakten zusammen. Jemand ist tot, jemand ist verschwunden, jemand hat sein Gedächtnis verloren. Warum das alles?«

»Ich habe keine Ahnung.«

»Du hattest doch gestern selbst ein komisches Gefühl! Nur deswegen wolltest du ins Römerbad, Mimi! Also denk nach! Versuch dich zu erinnern!«

Wieder spürte ich die taube Stelle in mir. Die Erinnerung, die sich nicht einstellen wollte. Die Wände erschienen mir plötzlich viel zu nah. Es war eng hier, zu eng für mich. Ich versuchte zu lachen, aber es misslang.

Gero redete zu viel. Vor allem fragte er zu viel. Ich wollte nicht mit ihm reden, ich hatte lediglich Grit entfliehen wollen, weil Grit ganz schlecht für meine Nerven war, und jetzt saß ich hier mit Gero und Wein und einem Gespräch, das mir zu eng wurde.

Urplötzlich fiel mir Douglas ein. War es das, was er gesucht und gefunden hatte, diese Art von Gespräch, Intimität, bei der die Wände zusammenrückten?

»Du weinst ja«, sagte Gero.

»Quatsch.« Ich wischte mir entschlossen die Augen, aber sie wurden immer nasser.

Wortlos reichte mir Gero ein Taschentuch. Ich nahm es und wollte ihm danken, aber aus meinem Mund kam nur ein klagendes Quäken.

»Ist schon gut«, sagte Gero, und erschrocken merkte ich, dass ich tatsächlich heulte, es war ein offenes, rücksichtsloses Weinen, das keinerlei Spielraum für Interpretationen ließ.

Gero schwieg, und ein Teil von mir fragte sich ängstlich, ob er die Gelegenheit nutzen und mich in den Arm nehmen würde, aber er tat es nicht, er wartete einfach, bis ich mich beruhigt hatte.

Der Kellner erschien, nahm die leere Karaffe Wein und fragte mechanisch nach unseren Wünschen, Gero machte eine ungeduldige Handbewegung, als wolle er eine Fliege verscheuchen, aber er schien ihn nicht zu verstehen und blieb hartnäckig neben uns stehen, erst als ich mein verrotztes Gesicht hob, starrte er mich erschrocken an und verschwand.

»Ich will jetzt nichts essen«, sagte ich, es kostete mich ungeheure Anstrengung, diese Worte einigermaßen verständlich herauszubringen, da warteten noch viele unterdrückte Schluchzer in meiner Kehle, die die geringste Chance nutzen und den Weg in die Freiheit suchen würden.

»Du musst jetzt auch nichts essen«, sagte Gero. Seine Stimme klang sehr sanft. »Komm, wir gehen.«

Er erhob sich und wartete neben mir, der Kellner kam und sah uns ratlos an.

»Wir müssen leider gehen«, sagte Gero bestimmt, aus den Augenwinkeln sah ich, wie er ihm einen Schein in die Hand drückte, dann führte er mich mit sanftem Druck hinaus und bugsierte mich zu seinem Wagen.

Kaum saß ich, wühlte ich in meiner Tasche nach einem frischen Taschentuch, dabei wartete ich darauf, dass der Wagen anspringen würde, aber der Wagen blieb stumm. Ich fand mein Taschentuch, schneuzte mich und sah dann erst fragend zu Gero. »Was ist los?«

»Wohin wollen wir?« In Geros Blick stand eine Frage, die ich nicht ganz verstand, die ich vielleicht auch nicht verstehen wollte.

»Soll ich dich zu Grit fahren? Sollen wir zu mir? Alla ist aus. Oder willst du vielleicht spazieren gehen?«

Ich zuckte die Achseln, ich fühlte mich zu schwach für jede Entscheidung, mir schoss durch den Kopf, wie ich am Abend der Trauerfeier für einen kurzen Moment in Erwägung gezogen hatte, mit Gero zu fliehen, ein Hotelzimmer zu nehmen … Doch da war ich betrunken gewesen, jetzt war ich nüchtern. Nüchtern und verheult.

»Bestimm du«, sagte ich und schloss die Augen.

Er fuhr an, und ich überließ mich der Fahrt, Linkskurven, Rechtskurven, dem schwebenden Schwindel, wenn der Wagen bremste, der Kraft, die mich in den Sitz drückte, wenn er anfuhr.

»Wir sind da«, sagte Gero. Ich schlug die Augen auf und sah Grits Haus, und einen winzigen Moment war ich enttäuscht.

»Ich glaube, du brauchst erst mal Ruhe«, sagte Gero, »kann das sein?«

Ich hob die Achseln.
Gero lächelte, es war ein Lächeln, das seinen schönen schmalen Männermund in etwas Einladendes, Freundliches verwandelte. »Du hast gesagt, ich soll bestimmen. Ich möchte aber nicht über dich bestimmen, das kannst nur du allein. Aber dafür solltest du dich erst mal beruhigt haben.«
Er sah mich einen Augenblick lang an, als erwarte er eine Antwort, dann stieg er aus und öffnete meine Wagentür. »Ich ruf dich an.«
Ich sah ihm nach, bis er um die Ecke gebogen war.

Nie zuvor war mir mein kleines Gästezimmer so lieb gewesen wie jetzt, als ich voll bekleidet in dem schmalen Bett lag, die Decke bis zum Kinn gezogen.
Ich war verwirrt. Außerdem hatte ich nichts gegessen, und das Glas Wein brannte sauer in meinem Magen. Kurz überlegte ich, mir aus der Küche ein Stück Brot zu holen, aber dafür hätte ich aufstehen müssen, und dazu fühlte ich mich nicht in der Lage.
Ich hörte meinen Atem rasseln, dazu tönte mir der eigene Herzschlag in den Ohren. Ich war allein. Ich war in Sicherheit. Auf keinen Fall wollte ich daran denken, dass ich beinahe mit Gero in ein beliebiges stilles Kämmerlein verschwunden wäre.
Das war kein gutes Zeugnis für meinen Geisteszustand. Es hatte Zeiten gegeben, in denen so etwas ständig vorgekommen war, aber die lagen weit, weit hinter mir, und ich sehnte mich nicht dorthin zurück.
Aber was, wisperte eine leise Stimme an meinem Ohr, so nah, dass ich zusammenzuckte, was, wenn alles anders war? Wer sagte denn, dass eine Nacht mit Gero

ebenso enden würde wie diese Geschichten damals im Vollrausch? Gero hatte mich zu Grit gefahren, statt mich abzuschleppen. Vielleicht wäre es anders gewesen. Vielleicht der Anfang von etwas. Vielleicht …

Ich hätte gern mit Nina gesprochen und sie um Rat gefragt. Morgen war sie wieder da.

Tuscheleien in einem Café oder einer Bar, bei einem Latte macchiato oder einem Cocktail mit Kirsche, all dieses Freundinnenzeug eben, das war etwas, das ich nur aus dem Fernsehen kannte.

Plötzlich wusste ich, was ich wollte. Ich wollte Frauengespräche. Vielleicht nicht die mit Cocktail, sondern lieber bei einem Bier oder Cider. Das war wichtiger als Douglas oder Gero, sei es für eine Nacht oder den Rest meines Lebens. Ich würde mich erst einmal um Nina kümmern und die Männer Männer sein lassen.

Ich atmete durch. Es klärte auf wundersame Weise meinen Kopf und ordnete meine Gedanken, wenn ich an Nina dachte. Nina hatte einen schrecklichen Verlust erlitten, und Gespräche über Männer waren mit ziemlicher Sicherheit das Letzte, wonach ihr der Sinn stand, also würden es andere Gespräche sein.

Ich hatte Grit nicht kommen hören, sie musste lautlos die Tür geöffnet und durch das dunkle Zimmer zu mir gehuscht sein, denn plötzlich saß sie an meinem Bett.

»Hey«, sagte sie leise. Sie trug ihren Schlafanzug.

»Hey!«

»Ist alles okay mit dir?«

»Klar, warum?«

»Du siehst schrecklich aus, Mimi«, sagte sie und griff nach meiner Hand. Ich überließ sie ihr.

»Sag mal, war das Geros Auto, das da eben weggefahren ist?«
»Ja.«
»Hm.« Mit gerunzelter Stirn sah Grit zum Fenster, sie strahlte Missbilligung aus, und das war mir zu anstrengend. Ich schloss die Augen.
»Du fängst aber nichts mit ihm an, oder?«
»Was?« Vor Schreck richtete ich mich auf.
»Ob du was mit ihm anfängst. Das solltest du nicht. Ich meine, ihr telefoniert, trefft euch …«
Kurz war ich verwirrt, woher Grit wusste, dass er angerufen hatte. Hatte ich was gesagt?
»Er ist Allas Freund, vergiss das nicht.«
»Ist er nicht«, sagte ich und ließ mich wieder ins Bett sinken.
»Ist er doch. Okay, es ist ziemlich offensichtlich, dass Alla noch sehr an Ingo hängt, aber sie wird das überwinden. Und dann ist es gut, wenn sie Gero hat. Er liebt sie, er betet sie an. Das wird ihr helfen.«
»Ach, Grit«, sagte ich kraftlos, plötzlich hatte ich den Eindruck, ich würde kein einziges weiteres Wort mehr ertragen, Grit war so naiv, ihr Weltbild war aus Zement gegossen, es zeigte nur die heilende Kraft der Liebe, die lohnende Wirkung der Treue. Ich dachte an ihre eigene Ehe und das, was die Absinthnacht uns und den Büschen des Römerbads verraten hatte, und dann schwappte urplötzlich eine ungeheure Mutlosigkeit wie eine Woge über mich, und ich klappte den Mund zu.
»Morgen kommt Nina, das wird anstrengend. Wir sollten jetzt schlafen«, flüsterte Grit an meinem Ohr. Sie legte mir sekundenlang die Hand auf die Stirn, das war

schön, kühl, beruhigend, und dann stand sie auf. An der Tür blieb sie noch mal stehen. Ihre Silhouette zeichnete sich deutlich gegen das Dämmerlicht des Flurs ab, aber der Kontrast ließ sie anders erscheinen, gewichtig, dramatisch.

»Unter Freundinnen darf man das nicht. Man fängt nichts mit dem Freund der Freundin an, niemals, auch wenn man sich einbildet, dass da nicht mehr viel läuft.«

Es klang wie eine Drohung.

TAG 12

Ich blieb so lange im Bett liegen, bis das Zuklappen der Haustür mir verriet, dass die Luft rein war. Ich hatte keine Lust auf Frühstücksgespräche mit Mark. Kurz dachte ich daran, dass er mir bei der Trauerfeier das erste Mal wie ein Mensch erschienen war, mit dem man reden konnte, ein netter Mensch, gar nicht so langweilig, wie ich ihn eingeschätzt hatte.
Aber die Lage hatte sich verändert. Da war Nina, die heute kommen würde und die in seinen Augen möglicherweise eine Schwerverbrecherin war, und dann war da das nächtliche Gespräch mit Grit über Gero. Sofort verbannte ich Gero aus meinen Gedanken.
Egal. Ich hatte jedenfalls keine Lust, neben Mark am Frühstückstisch zu sitzen und heuchlerische Kommentare über den danebensitzenden Jonas auszutauschen. Ich setzte mich auf und schüttelte die Bettdecke ab.
Nina würde kommen. Es war das erste Mal nach unserem Gespräch im Pub, dass wir uns sehen würden. Dieses Gespräch kam mir geradezu absurd lange her vor, so viel war passiert seitdem. Wir würden eine Menge zu besprechen haben.
Als ich hinunterkam, saß Grit am Küchentisch und starrte in ihre Kaffeetasse. Sie lächelte, als sie mich sah. »Es ist unglaublich, dass sie kommt, oder? Ich bin total

aufgeregt. Es ist wie das Nachhausekommen nach einer Entbindung oder so, wo man als Willkommensgruß Störche aufstellt.«

»Ich weiß nicht, wie das ist nach einer Entbindung«, sagte ich und setzte mich zu ihr.

»Genau so. Na ja, fast. Feierlich, aufregend. Man weiß genau, es wird nichts mehr so sein wie vorher ...« Sie verstummte. »Ich hoffe nur, es geht ihr gut. Das muss so schrecklich sein für sie.«

»Ja, das muss es.«

»Vielleicht sollten wir etwas vorbereiten. Einen Kuchen backen oder so.«

»Das wäre nett. Es ...« Ich zögerte und sah Grit an. In ihrem Gesicht fand ich meine eigene Ratlosigkeit wieder.

»Aber vielleicht ist das unpassend. Es gibt ja nicht wirklich was zu feiern.«

»Doch! Sie ist wieder da!«

»Aber Casper ... Sie weiß es erst seit gestern. Und wir wissen noch nicht mal, was vorgefallen ist zwischen den beiden.«

Grit seufzte und erhob sich, dann stellte sie den Wasserkocher an. »Ich mache dir erst mal Tee.«

»Danke.« Während ich Grit dabei beobachtete, wie sie mit Teekanne und Filter hantierte, überlegte ich, ob sie wohl an unser nächtliches Gespräch denken musste. Die Erinnerung daran nagte an mir und rief Gedanken an Gero wach. Ich wollte nicht an Gero denken.

Außerdem war da die Drohung, die Grit ausgestoßen hatte. Ja, je öfter ich mir das Bild ihrer Silhouette im Türrahmen vor Augen rief, umso sicherer war ich, dass es eine Drohung gewesen war.

Unter Freundinnen darf man das nicht. Man fängt nichts mit dem Freund der Freundin an, niemals, auch wenn man sich einbildet, dass da nicht mehr viel läuft …
Grit stellte eine Tasse vor mich hin und schenkte ein.
»Du brauchst dir keine Sorgen zu machen, alles wird gut.«
»Weiß ich«, antwortete ich automatisch.
»Dann entspann dich mal, Mimi.«
»Ich *bin* entspannt.«
»Bist du nicht, du zitterst.« Wie auf Kommando sahen wir beide auf meine Hand, auf den Löffel, der darin flatterte wie der Flügel eines Kolibris. Einen Moment starrte ich auf dieses deutliche Zeichen meiner seelischen Verfassung, dann ließ ich den Löffel fallen und versteckte die Hände unterm Küchentisch.
»Du brauchst Nervenfutter«, sagte Grit, ihre Miene war mütterlich besorgt. Sie holte eine Schachtel Schokokekse und riss sie auf. »Da, iss.«
Gehorsam griff ich nach einem und biss hinein. Mein Kiefer zerkleinerte ihn mechanisch, während Grit in die Packung griff.
»Machst du dir Sorgen wegen Nina?«, fragte sie zwischen zwei Bissen.
»Ja.«
»Das musst du nicht. Wir sind für sie da. Wir schaffen das. Wir haben schon ganz andere Sachen geschafft.«
Ich nickte, obwohl da eine kurze Irritation war; was immer die anderen gemeinsam geschafft hatten, ich war nicht Teil von Grits »wir«, aber das war egal. Jetzt war ich da, und ich würde helfen, alles zu bewältigen. Dafür waren Freundinnen da.

Ja, die Gewissheit, dass ich für Nina da sein würde, war mein einziger Trost, ein kleiner, heller Stern in einer ganzen Menge schwarzer Angst.

Sie kam erst am Abend, als Stella im Bett war. Wir saßen in Simones Wohnzimmer.

»Ich bin so froh, dass ich bei euch bin«, sagte Nina. Es klang erschöpft. Sie kauerte in dem hellgrauen Pullover, den wir gestern für sie eingepackt hatten, auf Simones Sofa und nippte an einem Kräutertee.

Ich warf verstohlene Blicke umher, um das harmonische Gruppenbild tief in mir aufzunehmen: Simone, die sich gleich nach der Ankunft umgezogen hatte und so frisch und kühl wirkte wie immer, Alla, die ein anderes schwarzes Flatterkleid und dazu pfundweise Modeschmuck trug, Grit, die dicht neben Nina saß und ihre Hand hielt, den Blick unablässig auf ihr Gesicht geheftet, und natürlich Nina. Nina, die endlich wieder da war.

»Wir sind auch so froh«, sagte Grit.

Es war nach acht gewesen, als wir Simones grauen Volvo in der Einfahrt hörten. Vorher hatten wir mit Ingo im Wohnzimmer gesessen und gewartet. Ich glaube nicht, dass Ingo viel verstanden hatte von dem, was wir ihm auftischten.

»Mark hätte mehr Fragen gestellt«, hatte Grit gesagt, als Ingo einmal kurz in die Küche ging, um neue Getränke zu holen. »Wahrscheinlich liegt es an seiner Krankheit, dass er alles hinnimmt. So gleichgültig.«

Nun, Mark hatte tatsächlich Fragen gestellt. Grit hatte in bewundernswerter Selbstverständlichkeit erst drüben in ihrer eigenen Küche Abendbrot gemacht und

Jonas ins Bett gebracht, anschließend hatte sie dasselbe bei Simone getan. »Ihr Frauen immer«, hatte Mark kopfschüttelnd gesagt, ehe er sich vor den Fernseher gesetzt hatte. »Was ist bei euch nur immer los? Wann ist endlich Ruhe?«

»Bald«, hatte Grit brav versprochen und ihn auf die Wange geküsst, dann war sie mit mir zu Simone gelaufen, wo wir Nina erwarteten. Nur verschwommen hatte ich registriert, dass Grit tatsächlich bei aller Hausfraulichkeit mehr Einsatz bewies, als ich ihr zugetraut hätte. Jetzt waren wir alle wieder zusammen.

Ich hatte Nina stark und unverwüstlich in Erinnerung gehabt, klein, kräftig, mit dunkelblonden Locken, die unter einer Schirmmütze hervorquollen, und blitzenden Augen, die einen durchleuchteten wie Scheinwerfer. Jetzt, auf Simones Sofa, sah sie anders aus. Scharfe Falten hatten sich um ihren Mund gegraben, und der Blick aus ihren grauen Augen war kraftlos, fast erloschen. Trotzdem senkte sich bei ihrem Anblick eine ungeheure Ruhe auf mich.

Und dann erzählte sie endlich, was geschehen war.

»Ich konnte nicht schlafen in der Nacht. Casper schnarchte, und ich wollte ihn nicht wecken, ich dachte, dass ja wenigstens einer von uns fit sein sollte am nächsten Tag. Erst wollte ich den Fernseher anmachen, aber dann fielen mir die Dias ein. Die Dias, für die wir am Polterabend keine Zeit gehabt hatten.«

Ich nickte. Genau so hatte ich mir das vorgestellt.

»Dann kam das Bild mit Cornelia. Ich hab mich gewundert, warum Simone das ausgewählt hatte, so viel Kontakt hatten wir gar nicht. Ich hab weitergeschaltet, und da war dann die Leiche.«

Grit stieß einen erschreckten Laut aus, aber Nina beachtete sie gar nicht, sondern redete einfach weiter. »Ich hab einen Schock bekommen, als ich die Leiche gesehen hab, zuerst wollte ich Simone anrufen und fragen, was diese Geschmacklosigkeit zu bedeuten hatte, aber dann wurde mir klar, dass Simone mit Sicherheit nichts davon wusste. Jemand anders musste das Bild dazwischengemischt haben. Darum sah ich genauer hin, und dann entdeckte ich das Tattoo.«

Ich hörte das zischende Geräusch meines eigenen Atems, ich hatte scharf die Luft eingesogen, ohne es zu merken.

»Was ist mit dem Tattoo?«, fragte Simone. »Wir haben uns das auch schon gefragt.«

Nina drehte den Kopf, als koste sie das eine besondere Anstrengung. »Gefragt?«, fragte sie. »Warum habt ihr euch das gefragt?« Ihr Blick streifte mich, und ich versuchte ihr zuzulächeln, aber mein Lächeln erreichte sie nicht.

»Natürlich haben wir uns das gefragt«, sagte Simone beinahe ungeduldig. »Mimi hat das Dia entdeckt, sozusagen. Und da haben wir uns natürlich Gedanken gemacht. Es sieht ja so aus, als sei das Bild wegen dieser Tätowierung aufgenommen worden, die Körperhaltung … Ich meine, die Pose der Leiche …« Sie verstummte.

»Mimi hat das Dia entdeckt?«, fragte Nina. Jetzt sah sie mich wieder an, und ich versuchte mein Lächeln erneut, aber es misslang. Das mochte an dem Lindwurm auf meinem Rücken liegen, der zu prickeln begonnen hatte, es war ein unheilvolles Prickeln, es fühlte sich an, als werde mein Rücken gleich in Flammen stehen.

»Ja«, sagte Simone. »Wir haben immer wieder überlegt, warum du wohl verschwunden bist. Und Mimi kam dann auf die Idee, dass wir uns die Dias anschauen sollten.«
»Ach«, sagte Nina und sah von einer zur anderen. Sie sah nachdenklich aus.
Etwas war komisch an der Situation, es war ganz so, als ob ich einen Fürsprecher brauchte, jemanden, der meine Anwesenheit vor Nina rechtfertigte, und es schien, als ob ausgerechnet Simone diese Rolle für mich übernahm.
Nina schloss die Augen. »So«, sagte sie dann. »Jedenfalls, als ich die Tätowierung sah, bekam ich Angst. Und ich weckte Casper.«
»Warum hast du nicht sofort angerufen?«, fragte Simone und biss sich auf die Lippen. Vielleicht dachte sie daran, dass sie nicht lückenlos erreichbar gewesen war an dem Abend. Ich war mir sicher, dass jemand wie Simone sich so etwas schwer verzeihen konnte.
»Weil ich zuerst mit Casper sprechen wollte«, sagte Nina. »Das liegt doch auf der Hand, bei dieser Tätowierung, oder?«
Einen Moment sagte niemand etwas, Simone und Grit wechselten Blicke, die ich sie schon oft hatte wechseln sehen, ein einvernehmliches gegenseitiges Überprüfen des Gesichtsausdrucks. Weißt du, worum es geht?, hieß dieser Blick.
»Warum?«, fragte Simone.
»Weil Casper dasselbe Tattoo hat wie die Leiche. Also, bei ihm ist es eine Dreiundzwanzig. Wusstet ihr das nicht?«
Mein Atem setzte aus, und ich griff hilfesuchend nach der Armlehne, stattdessen erwischte ich Grits Hand. Sie nahm meine und drückte sie.

»Casper?«, fragte Simone entgeistert.
»Was?«, fragte Alla alarmiert.
Nina sah beinahe überrascht aus. »Habt ihr das noch nie gesehen? An derselben Stelle. Eine Dreiundzwanzig.«
»Ich hab Casper nie in Badehose gesehen«, sagte Simone. »Oder wenn, hab ich vielleicht nicht hingeguckt.«
»Was hat Casper dann gesagt?«, fragte Alla. Es war das erste Mal, dass sie sich aktiv ins Gespräch einschaltete, sie war ruhig gewesen und hatte unablässig geraucht, ihre schmalen Hände waren wie immer ständig in Bewegung gewesen, und sie hatte graue Rauchkringel aufsteigen lassen wie geheimnisvolle schwerelose Schlangen.
Nina knüllte ihr Taschentuch und presste es unter die Nase. »Er hat gar nichts gesagt. Er ist kreidebleich geworden und hat nichts gesagt. Ich hab auf ihn eingeredet, ihn mit Fragen bestürmt, und schließlich hab ich gedroht, dass ich diese verdammte Hochzeit absage, wenn er mir nicht sofort verrät, was dieses Bild und die Tätowierungen zu bedeuten haben.«
»O mein Gott«, sagte Simone langsam. »Deswegen habt ihr gestritten? Weil er dieses Tattoo hat?«
Nina nickte. »So war das. Ich hab noch versucht, dich zu erreichen, Simone, dann bin ich rausgerannt. Ich konnte nicht bei ihm bleiben, vor allem aber konnte ich diese Hochzeit nicht durchziehen, nicht, wenn es um Leichen ging und wenn Casper vielleicht in Gefahr war … Ich meine, wer legt denn so ein Bild zwischen eine Hochzeitsdiashow? Das war doch eine Drohung, oder? Auf Casper hat es jedenfalls gewirkt, er war fix und fertig. Aber wenn er mir nicht sagen will … Ich bin

seine Frau, verdammt! Wir wollten heiraten! Bis dass der Tod uns scheidet …« Sie gab ein trockenes, bitteres Lachen von sich.
»Nina«, sagte Grit, aber Nina achtete nicht auf sie.
»Das mit der Gefahr stimmte ja offenbar. Wenn er mir doch nur gesagt hätte … Wobei die Gefahr zu dem Zeitpunkt nicht das Schlimme war für mich. Sondern dass er mir nichts gesagt hat. Er hatte kein Vertrauen zu mir. Wie soll ich einen Mann heiraten, der mir nicht vertraut?« Nina presste die Lippen aufeinander, dann hob sie die Schultern und ließ sie wieder fallen. »Das war das letzte Mal, dass ich ihn gesehen habe. Wenn ich nicht gegangen wäre, dann würde er vielleicht noch …«
Für einen Moment sagte niemand etwas, stumm und hilflos sahen wir Nina beim Weinen zu, dann setzte sich Grit zu ihr und nahm sie in den Arm. »Schscht«, sagte sie leise in Ninas Locken hinein. »Schscht.«
Es war dasselbe Geräusch, mit dem sie Jonas tröstete, wenn er weinte, ich betrachtete die beiden, und am liebsten hätte ich dagesessen an Grits Stelle, aber ich wagte es nicht. Schon vorhin bei der Begrüßung war die Umarmung mit Nina sperrig gewesen, anders, als ich es erwartet hatte, auch da hatte mir wieder der Kontrast zu der warmen Herzlichkeit, mit der sie Grit umarmt hatte, einen Stich gegeben.
»Er muss doch irgendwas gesagt haben«, sagte Alla.
Nina schüttelte den Kopf, ihre schweren Locken flogen. »Nichts. Nichts zu Cornelia. Nichts zu der Leiche. Nichts zu dem Tattoo.«
»Hatte er früher mal was dazu gesagt?«, fragte ich.
Nina zuckte die Achseln.
Alla schaltete sich ein. »Darüber redet man doch.«

»Die heilige Zahl der Illuminaten, hat er mal gesagt und gelacht, ich habe das für einen Scherz gehalten. Ich hab auch nicht weiter nachgefragt. Mensch, es war nur ein kleines, langweiliges Tattoo, schlecht gemacht dazu, wenn es jetzt ein Frauenname gewesen wäre oder ein chinesisches Schriftzeichen, dann hätte ich wissen wollen, was es bedeutet, aber so? Was soll das denn schon bedeuten, eine ...« Ihre Stimme erstarb.

Wir saßen in betretenem Schweigen, und in mir pochte und wühlte etwas, da war der prickelnde Lindwurm auf meinem Rücken, und dann waren da Zahlen, die rot glühend in meinem Sichtfeld flimmerten wie die Punkteanzeige in einem Computerspiel, drei Zahlen, eine Fünf, eine Dreizehn und eine Dreiundzwanzig.

»Ich hab das Bild noch gar nicht gesehen«, sagte Alla.

»Später«, sagte Simone. Sie sah erschrocken aus. »Bitte nicht jetzt.«

Cornelia. Casper. Ich.

Wir drei.

Was bedeutete das? Mir war schlecht vor Angst.

»Was war denn bei euch los?«, fragte Nina, ich zwang mich, ihr zuzuhören.

»Simone hat mir schon erzählt, wie sie Casper ...« Sie machte eine Pause, es kostete sie Kraft, weiterzusprechen. »Wie sie Casper gefunden hat. Und dass er vergiftet wurde.« Ninas Blick wurde starr.

»Wie war denn die Beerdigung?«, fragte Grit hastig.

Nina zuckte die Schultern. »Wir waren natürlich zu spät. Die Leute waren alle weg, nur ...« Ihre Augen füllten sich erneut mit Tränen. »Nur Caspers Mutter habe ich am Grab noch getroffen. Meine Schwiegermutter. Sie war ganz schön erschrocken, als ich plötzlich auftauchte.«

Caspers Mutter musste gedacht haben, dass Nina seine Mörderin war. Wusste Nina, dass selbst Grit und Simone das gedacht hatten? Und auch ich, flüsterte es in mir, selbst ich!
»Sie war total durcheinander, als sie Nina gesehen hat«, ergänzte Simone. »Wir haben ihr versichert, dass Nina sofort die Polizei aufsucht, dass sie unschuldig ist. Ich glaube, es hat sie am Ende doch überzeugt, dass Nina so spontan auf dem Friedhof aufgetaucht ist, das hätte sie ja nicht gemacht, wenn sie Casper umgebracht hätte.«
Mir stockte der Atem bei Simones direkter Ausdrucksweise, und ich warf einen ängstlichen Blick zu Nina, aber die nickte bloß.
»Wann gehst du denn zur Polizei?«
»Morgen früh, ich muss mich erst mal berappeln. Danach rufe ich meine Eltern an. Und die Polizei. Ich hab denen ja einiges zu erklären. Ich wundere mich nur, dass sie euch nicht wegen der Tätowierung gefragt haben.«
»Warum?«, fragte Alla. »Was interessiert die Polizei, welche Tattoos ein Opfer hat?«
»Die werden doch etwas im Computer haben, wegen Cornelia.«
»Wenn es Cornelia ist«, sagte Grit. Das Rot war aus ihren Wangen gewichen.
In mir aber hatte sich etwas festgesetzt, hartnäckig, es hinderte mich daran, dem Gespräch zu folgen.
»Was können wir denn für dich tun, Nina?« Simone war aufgestanden. »Tee? Kaffee? Ein Schnaps? Willst du schlafen?«
»Noch so einen Kräutertee«, sagte Nina. Sie lächelte Simone dankbar an. »Und dann muss ich ins Bett.«

»Wo schläfst du denn?«, fragte ich. Jetzt erst fiel mir ein, dass Ninas Wohnung ja der Tatort war.
»Hier«, sagte Nina. »Ich glaube, ich hätte gern meine Ruhe.«
»Natürlich«, sagte Alla und stand auf.
»Ist doch klar«, sagte ich und tat es ihr nach.
Grit blieb sitzen. »Ich bleib noch etwas bei Nina«, sagte sie zu mir. »Du hast ja den Hausschlüssel.«
Während Alla sich durch die Reihe küsste, stand ich daneben und betrachtete Nina. Warum blieb Grit und nicht ich?
»Tschüß, Mimi«, sagte Nina und hob die Hand zum Abschied.
In ihrer Stimme war etwas, das mich auf Abstand hielt. Es klang wie Eis.

Alla wollte mich überreden, in der Stadt ein Bier zu trinken, aber ich wimmelte sie ab. Kaum war ich in meinem Dachzimmer angekommen, als mein Handy schrillte. Es war Gero. Ich drückte ihn weg. Ich wollte meine Ruhe. Ich würde schreien und platzen, wenn man mir nicht endlich die Zeit ließ, um über alles nachzudenken.
Cornelia.
Casper.
Ich.
Drei Studenten.
Drei Tattoos.
Zwei Leichen.
Ich war übrig.
Man konnte die Fakten nicht anders lesen. Hätte ich über mein Tattoo sprechen sollen? Aber was genau hät-

te ich sagen sollen? Mein Tattoo gab es nicht mehr. Es war verschwunden unter dem Lindwurm. Ich wusste nichts. Da war ein weißer Fleck auf der Landkarte meiner Erinnerung.
Nichts.
Eine Leerstelle unter so vielen anderen Leerstellen. Einige hatten sich während der letzten Tage gefüllt. Diese nicht.
Und noch etwas beschäftigte mich. Einerseits war ich erleichtert, bodenlos erleichtert, dass Nina wieder da und dass sie augenscheinlich wohlbehalten war. Andererseits war da etwas gewesen mit ihr. Sie war so kühl mir gegenüber. Warum nur?
Ich legte mich angezogen aufs Bett und verschränkte die Hände im Nacken. Als wir uns das letzte Mal gesehen hatten, war alles in bester Ordnung gewesen. Wir hatten im Pub gesessen, vor uns mehrere Pints Cider. Bei der Erinnerung musste ich lächeln.
Etwas musste in der Zwischenzeit geschehen sein. Caspers Tod, natürlich, aber der hatte ja nichts mit mir zu tun. Zu den anderen aber war Nina ganz normal gewesen.
Bei dem Gedanken an das, was geschehen sein mochte, war mir unbehaglich. Simone. Was konnte Simone ihr erzählt haben? Und vor allem: Warum?
Ich verwarf den Gedanken. Nach der improvisierten Trauerfeier waren alle Missverständnisse und Unstimmigkeiten beseitigt gewesen. Ich wollte nicht wieder damit anfangen, mein Misstrauen mit Spekulationen zu nähren.
Ich wollte es nicht, und trotzdem geschah es, ganz ohne mein Zutun.

Irgendetwas war bei dem Gespräch mit Grit über den Skiurlaub gewesen, das mein Vertrauen in Simone in leichte Erschütterung versetzt hatte.
Die Bilder aus der Hütte. Das Gespräch über die bevorstehende Hochzeit. Und die Erinnerung an etwas, das Simone bei der Trauerfeier gesagt hatte.
Für einen Moment verlor ich den Faden – was war da gewesen am Abend der Trauerfeier?
Man müsste ihm das Zeug einfach unterschieben …
Das hatte Grit gesagt. Und in dieselbe Richtung hatte Alla gedacht, vorher. Dass Simone Ingo irgendwie vergiftet hatte.
Aber warum sollte sie das tun?
War es so etwas wie das Münchhausen-Stellvertreter-Syndrom, bei dem Frauen ihre Kinder vergifteten, um ihr aufopferungsvolles Engagement zu beweisen? Frauen, die in der Rolle als Retterin und Pflegerin aufgingen und dafür die Krankheiten ihrer Kinder benutzten?
So etwas gab es bestimmt auch bei Ehepartnern. Doch brauchte Simone diese Aufmerksamkeit? Eigentlich passte das gar nicht zu ihr.
Was war Simone wichtig? Bei Grit war es die Familie. Bei Simone hingegen ging es um Kontrolle. Kontrolle über die Menschen um sie herum.
Wäre das eine Erklärung für Ingos Zustand?
Stopp, zurück, dachte ich. Er hat Depressionen. Erblich bedingt. Das ist etwas ganz anderes. Eine schlimme Krankheit. Nichts, was man mit einer Vergiftung hervorrufen kann.
Trotzdem störte mich etwas an dem Bild, ich wusste nur nicht, was es war.

Ich versuchte, mir das Gespräch über Ingos Krankheit in Erinnerung zu rufen. Alla in ihrem gefährlich schönen Kleid, die Augen flackernd. Simone, kühl und streng. Ingo, wie er leblos auf dem Boden lag.
Ich hab alles versucht. Ich wollte ihn auch zur Therapie schleppen. Er will nicht. So ist er eben.
Wieder und wieder siebte ich die Sätze, die an dem Abend gefallen waren, durch in der Hoffung, dass etwas in den Maschen hängenbleiben würde.
Ich hab tausendmal versucht, mit ihm zu reden, aber er hat eine solche Abneigung gegen Tabletten.
Jetzt wusste ich es.
Man müsste ihm das Zeug einfach unterschieben …
Das hatte Grit gesagt.
Damit hatte sie etwas ausgesprochen, woran Simone mit Sicherheit auch selbst schon gedacht hatte. Doch warum hatte sie Grits Vorschlag nicht kommentiert? Simone würde niemals aufgeben, nur weil sich ihr jemand widersetzte. Die Simone, die ich kannte, akzeptierte kein Nein.
Die Simone, die ich kannte, würde ihn zum Arzt schleifen und ihm notfalls die Medikamente in den Kaffee rühren, wenn sie davon überzeugt war, dass es ihm und ihr helfen würde.
Das konnte nur eines bedeuten: Simone wollte, dass Ingo krank blieb.
Und irgendwie stand das in Verbindung mit der Hochzeit von Nina.
Etwas rastete in meinem Kopf ein, klickte, und plötzlich wusste ich es. Plötzlich verstand ich die Bedrohung, die von der Hochzeitsankündigung ausgegangen war, zumindest für Simone.

Die Bedrohung hieß Alla.
Es war Nina wichtig, dass alle alten Freunde kommen konnten, es ging ihr nicht nur um die Hochzeit, sondern auch darum, dass man endlich mal wieder Zeit miteinander verbringt, das hat sie immer wieder gesagt.
Simone hatte immer verhindert, dass Alla und Ingo sich sahen. Ninas Hochzeit aber hatte bedeutet, dass sie Alla nicht länger von Ingo fernhalten konnte. Die beiden würden eine Woche in unmittelbarer Nähe voneinander verbringen, und nicht einmal Simone konnte verhindern, dass sie miteinander sprachen.
Das war krank. Andererseits war Simone eine extrem dominante Person. Andererseits hatte ich Allas Gesicht gesehen, als sie von Ingo sprach. Ich hatte gesehen, wie sie auf ihn zugeflogen war, als er am Tisch zusammengebrochen war. Wenn die Gefahr bestand, dass Ingo zumindest in Ansätzen ähnlich empfand, dann würde Simone alles tun, um ein Zusammentreffen der beiden zu verhindern.
Wirklich alles?
An den Tod von Casper dachte ich zunächst gar nicht, aber an Ingo und seine Depression. An seinen Zusammenbruch, der nur vorgetäuscht gewesen war. Was stimmte überhaupt an dem Bild, das Simone von ihm entworfen hatte? War seine Krankheit real?
Ingo war dick geworden. Er hatte Kopfschmerzen. Er hatte offenbar Kreislaufprobleme. Er wirkte insgesamt gedämpft. War das eine Depression?
Meine Kenntnisse in Medizin und Pharmakologie beschränkten sich hauptsächlich auf die Schnittmenge, die sie mit Heilkräutern bildeten. Über die Wirkungs-

weise von Medikamenten wusste ich nicht viel, wenn man die üblichen empfängnisverhütenden Hormone einmal ausließ.

Ich sog scharf die Luft ein.

Wäre Ingo eine Frau, dann hätte ich einen starken Verdacht, worunter er litt. Aber Ingo war ganz offensichtlich keine Frau.

Ich stutzte.

Ich würde mir gleich am nächsten Morgen Gewissheit verschaffen.

TAG 13

Einer der unbestreitbaren Vorteile meines Kräutergartens ist, dass ich kaum zum Arzt muss. Die meisten kleineren Wehwehchen behandle ich selbst, und von größeren bin ich glücklicherweise in meinem bisherigen Leben verschont geblieben. Ich war lange in keiner Apotheke mehr.

Es bimmelte, als ich durch die Tür ging. Ich suchte in den Regalen eine Nachtcreme, ein Haarwaschmittel gegen trockene Kopfhaut und Sonnenmilch, ehe ich an den Tresen trat.

»Sonst noch etwas?«, fragte der hochgewachsene Mann im weißen Kittel.

Ich fragte nach Kopfschmerztabletten, eine große Packung, und zögerte.

»Kann ich Ihnen sonst noch helfen?«

Ich beugte mich vertraulich vor. »Ich habe eine Frage. Mir geht es seit einiger Zeit nicht so gut, ich leide unter starken Kopfschmerzen, und außerdem ist meine Stimmung irgendwie sehr gedrückt.«

Ich stockte beim Gedanken an Ingos Symptome. Bei meiner Statur konnte ich wohl kaum behaupten, ich litte an Gewichtszunahme.

»Das kann viele Ursachen haben«, sagte der Apotheker mit neutralem Lächeln. »Haben Sie Ihren Arzt aufgesucht?«

Ich schüttelte den Kopf. »Ich frage mich, ob es an meiner Pille liegen könnte.«

»Welche Pille nehmen Sie denn?«

Ich zögerte. Woher sollte ich wissen, welche Pille Simone verschrieben bekam? »Eine sehr starke Pille.«

»Ein Einphasenpräparat?«

Ich zuckte die Achseln.

Der Apotheker sah mich zweifelnd an, und ich konnte es ihm nicht verdenken. »Das ist natürlich grundsätzlich möglich, Ihre Beschwerden gehören ja zu den üblichen Nebenwirkungen, das steht auch im Beipackzettel.«

Ich kam mir urplötzlich sehr blöd vor. Was hatte ich erwartet? Doch eigentlich nur, dass er mir etwas bestätigte, was ich längst wusste. Ich spürte, wie ich rot wurde. »Ich habe nur gedacht ... Vielleicht sollte ich sie absetzen. Man tut sich wirklich etwas an mit diesen Hormonen. Nur mal so aus Interesse, was würde eigentlich geschehen, wenn mein Freund die Pille nähme?«

»Das wäre zur Empfängnisverhütung nur bedingt geeignet«, sagte der Apotheker. Er lächelte jetzt immerhin.

»Also?«, hakte ich nach. »Nur mal so theoretisch.«

»Dasselbe wie bei Ihnen im Prinzip, nur ohne die erwünschte Wirkung. Und ein männlicher Organismus könnte natürlich wesentlich stärker reagieren. Kopfschmerzen, Stimmungsveränderungen. Vermutlich würde er durch die ungewohnten Östrogene stark zunehmen.« Das Thema schien ihn jetzt zu interessieren.

»Na, Männern würde man so etwas ja auch nicht antun«, sagte ich in dem schwachen Versuch, das Gespräch in die Länge zu ziehen.

»Nur sehr selten«, sagte der Mann. Sein Gesicht hellte sich auf. »Soweit ich weiß, werden Triebtäter mit denselben Antiandrogenen behandelt, die sich in vielen Antibabypillen befinden. Die Nebenwirkungen sind dann natürlich beachtlich, weil man die Dosis so weit heraufsetzt, bis die Wirkstoffe das gewünschte Ergebnis erzielen.«

»Das gewünschte Ergebnis?«

»Dämpfung des Geschlechtstriebs«, sagte der Mann und blinzelte, überrascht, dass ich nicht selbst darauf gekommen war. »Die nehmen es teilweise sogar freiwillig, soweit ich weiß, trotz der Nebenwirkungen. Die armen Schweine!«

Mir wurde heiß, und mein Herz begann zu klopfen. »Das bedeutet, bei Männern bewirken die Hormone vor allem, dass sie impotent werden?«

»Knapp gefasst, ja«, sagte der Mann. »Bei Antiandrogenen, wie gesagt. Ohne Indikation würde das natürlich niemand nehmen, die Auswirkungen sind beträchtlich, vor allem auf die Leber.«

Es passte alles. Ich starrte den Mann an. Es passte exakt. Konnte ich an dem Bild zweifeln, das sich Puzzlestück für Puzzlestück zusammensetzte?

Mühsam bezahlte ich, fischte die Scheine aus der Hosentasche, einige flatterten zu Boden, und ich beugte mich hastig hinunter, um sie aufzuheben. Ich legte dreißig Euro auf die Ladentheke, griff nach dem Plastikbeutel mit meinen Einkäufen und ging grußlos hinaus, die Stimme des Apothekers rief mich zurück, weil ich mein Wechselgeld vergessen hatte.

Als ich endlich auf dem Münsterplatz stand, klopfte mein Herz so stark, dass sein Trommelschlag in mei-

nen Ohren tobte und alle anderen Geräusche übertönte.
Simone war gefährlich.
Das änderte alles.
Mein erster Impuls war, zu Grit zu rennen, mich in ihr Sofa sinken zu lassen und ihr zu berichten, welche Wahrheit ich Stück für Stück zusammengesetzt hatte. Woher aber sollte ich wissen, ob ich ihr trauen durfte? Noch gestern war ich sicher gewesen, dass ich auf Simone zählen konnte, dass mein Misstrauen nur ein Echo meines eigenen schlechten Gewissens gewesen war, wegen der zehn Jahre, in denen ich sie vergessen hatte, wegen der gestohlenen Hochzeitsgeschenke.
Jetzt hatte sich alles verdreht. Es mochte sein, dass wir in Bezug auf Nina tatsächlich an einem Strang zogen, dass sich alles weitestgehend so verhielt, wie es schien – dass Simone mit Nina im Schwarzwald gewesen war, dass die nichts zu tun hatte mit Caspers Tod. Aber wusste ich das?
Nein. Ich hatte es einfach nur geglaubt. Eine Frau, die ihren eigenen Mann vergiftete … Ich dachte daran, wie Simone zu Alla gewesen war, die Worte, die sie gewechselt hatten, daran, wie innig sie sich umarmt hatten. Wenn hinter alldem Simones Misstrauen gelauert hatte und der kalte Wille, Ingo um jeden Preis zu behalten, dann traute ich ihr alles zu.
Und Grit?
Wie von selbst hatten meine Füße den Weg zum Rhein gefunden. Ich stieg die Treppen am Alten Zoll hinab, überquerte die Straße und setzte mich auf eine Bank in der Nähe des Rosenpavillons. Vor mir floss träge der Rhein.

Grit war kein gefährlicher Mensch, ganz bestimmt nicht. Sie erschien mir arglos, freundlich, harmlos. Andererseits war Simone ihre engste Freundin. Sie würde alles für Simone tun, da war ich sicher, ebenso, wie sie alles für Nina getan hätte. Bei dem Gedanken daran, was sie bereits getan hatte, zuckte ich zusammen. Sie hatte gemeinsam mit Simone die Polizei auf meine Fährte gesetzt, mich, die in ihrer Dachkammer wohnte und mit der sie morgens frühstückte. Natürlich war das im ersten Schrecken über Caspers Tod und Ninas Verschwinden geschehen, seitdem hatte sich zwischen uns alles geändert. Inzwischen kannte ich sie besser.

Oder?

Ich dachte an die letzten Tage, in denen wir auf wundersame Weise in Freundinnen verwandelt schienen, und etwas zog schmerzhaft in meiner Brust. Ich hatte nicht gewusst, dass mir etwas gefehlt hatte. Ich hatte gedacht, Douglas allein reiche mir, aber jetzt hatte ich erfahren, wie es gewesen wäre, wenn ich Freundinnen gehabt hätte.

In der Sonne war es heiß geworden, und so schlug ich den Weg zurück in die Stadt ein.

War es möglich, dass ich mich täuschte? Dass ich selbst diejenige war, die langsam durchdrehte? Dass tatsächlich alles gut war? Ich wendete die Fakten hin und her. Es war eine simple Rechnung – Ingos mysteriöse Verwandlung, die Summe seiner Symptome, die Informationen des Apothekers, all das in Kombination mit meinem Wissen über Simone und Ingos und Allas Vorgeschichte.

Das Ergebnis schien eindeutig. Als Simone begriffen hatte, dass sie nicht würde verhindern können, dass Alla

und Ingo aufeinandertrafen, hatte sie drastische Maßnahmen ergriffen, um dafür zu sorgen, dass Ingo sie nicht betrügen würde. Sie wusste, dass Ingo keinen Arzt aufsuchen würde, und konnte ohne Angst vor Entdeckung die besorgte Ehefrau spielen, vermutlich hatte sie ihn tatsächlich gedrängt, sich untersuchen zu lassen. Vielleicht hatte auch zu ihrer Kalkulation gehört, dass Ingo im jetzigen Zustand nicht attraktiv für Alla sein würde.
Zumindest dahingehend hatte sie sich getäuscht. Trotzdem hatte Simone sich ständig unter Kontrolle gehabt, hatte die besorgte Ehefrau gespielt und gütige Worte an die einstige Konkurrentin gerichtet.
War etwas außer Kontrolle geraten? Konnte es sein, dass all dies mit dem Tod von Casper im Zusammenhang stand?
Ich hatte das Bild von Simone in der Kirche vor Augen, Flügeltüren, die sich öffneten und das gleißend helle Sonnenlicht einließen. Mascarabäche, die über ihre Wangen flossen, ihr Schluchzen. Plötzlich erschien mir undenkbar, dass Simone eine solche Gefühlsregung zugelassen hatte, dass sie ihrem so sorgfältig getuschten Gesicht erlaubt hatte zu zerfließen. Die Simone, die ich kannte, würde nur dann weinen, wenn sie es wollte. Doch warum hatte sie es gewollt?

Ich war froh um den Hausschlüssel. Ich öffnete die Tür so leise wie möglich. Aus dem Wohnzimmer drang die Stimme von Grit, die am Telefon mit jemandem sprach, Jonas war vermutlich noch im Kindergarten. Wie ein Einbrecher huschte ich die Treppe hinauf in meine Dachkammer, schloss leise die Tür hinter mir und legte mich auf mein schmales Bett.

Meine Hände zitterten. Ich konnte nicht mehr klar denken. Mein Handy schrillte, und ein Blick aufs Display verriet mir, dass es Gero war. Wieder drückte ich ihn weg.

Ich wollte nicht an seine bohrenden Fragen zu meinem Gedächtnisverlust denken und auch nicht an die flackernde Kerze und die Weingläser zwischen uns. Höchstwahrscheinlich, so redete ich mir ein, war ihm jetzt, da Alla ihn nicht mehr beanspruchte, langweilig. Auch der Gedanke an Alla verursachte mir Unbehagen.

Was du da gesagt hast, Mimi …

Damit hatte sie auf etwas angespielt, das ich nachts im Schwimmbad gesagt hatte. Ich wusste immer noch nicht, was es gewesen war.

Unvermittelt fiel mir ein, was ich in meinem Garten in Edinburgh, Lichtjahre entfernt von hier, über Douglas' neue Freundin gedacht hatte, es hatte mit Johanniskraut zu tun gehabt, mit Stimmungsaufhellern, die ich mir sparen könnte, wenn ich diese Frau stattdessen mit den roten Beeren des Aronstabs fütterte oder einem anderen geeigneten Mittel, das sie um die Ecke bringen würde. War es möglich, dass ich darüber gesprochen hatte in der Nacht im Schwimmbad, als wir alle völlig high und betrunken waren?

Ausgeschlossen war das nicht.

Und war es möglich, dass ich damit etwas in Gang gesetzt hatte? Da war auch die leere Filmdose, die ich vor einigen Tagen im Mülleimer gefunden hatte … Mir wurde schwindelig, und ich setzte mich im Bett auf.

Es kam alles darauf an, was ich gesagt hatte. Gedacht hatte ich damals an den Aronstab, weil er in meinem

Garten wuchs. Eisenhut wuchs dort auch. Hatte ich von Eisenhut gesprochen, der doch wesentlich wirksamer war? Fingerhut womöglich, Digitalis? Auch den hatte ich angepflanzt, allerdings mit wenig Erfolg. Er war nicht optimal gediehen, weil es zu wenig Licht gegeben hatte im Garten, der Wirkstoffgehalt war mit Sicherheit eher gering.

Ich hörte mein eigenes Aufstöhnen erst, als es draußen war. Man redet so viel und so schnell, wenn man betrunken ist. Man redet und denkt nicht daran, was die eigenen Worte in den Köpfen der Umstehenden anrichten.

Das Ergebnis meiner Grübelei über die Filmdose und ihren mutmaßlichen Inhalt war eindeutig: Ich konnte nicht bei Grit bleiben. Nicht, ehe ich nicht vollständig begriffen hatte, was hier los war und wie viel Grit damit zu tun hatte. Ich würde aus dieser seltsamen Dachkammer ausziehen und Grit verlassen, ihre mitfühlenden mausfarbenen Augen, ihre weiche Hand, die Schokoladenkekse, die sie mir zuschob.

War es möglich, dass ich ihr unrecht tat? Ja, aber ich durfte kein Risiko eingehen. Und außerdem musste ich hier raus. Ich spürte, dass die Zweifel, die ständig neue Pirouetten in meinem Kopf drehten, mich langsam, aber sicher verrückt machten. Ich brauchte einen klaren Kopf. Meine Ruhe. Ich musste nachdenken. Die taube Stelle mit Erinnerung füllen. Und dafür musste ich allein sein.

Und noch eines musste ich erledigen. Ich musste mit Nina sprechen und sie vor Simone warnen.

Ich tastete nach den zusammengerollten Geldscheinen, die ich in der Hosentasche aufbewahrte. Zum Glück

hatte ich genug Geld, es würde für einige Nächte im Hotelzimmer reichen.
Es kostete mich viel Kraft, mich zusammenzunehmen und die Fakten zu sortieren.
Erstens. Es sprach einiges dafür, dass Grit sich an meinen Giften bedient hatte. Entweder sie hatte dort ein tödliches Gift gesucht oder aber ein Aphrodisiakum. Möglicherweise hatte sie beides verwechselt. Außerdem wusste ich nicht, wen sie mit ihrem … mit was auch immer hatte treffen wollen.
Zweitens. Ingo wurde höchstwahrscheinlich vergiftet, und zwar von Simone.
Drittens. Möglicherweise hatten Punkt eins oder Punkt zwei etwas mit dem Mord an Casper zu tun.
Viertens. Egal, was es mit eins, zwei oder drei auf sich hatte, ich war wieder einmal belogen worden.
Fünftens. Nina wollte nichts mehr von mir wissen.
Sechstens. Douglas hatte mich verlassen.
Siebtens. Ich war ein Wrack ohne Wohnung, ohne Job, ohne Freunde, das von der Polizei vermutlich immer noch als Tatverdächtige gehandelt wurde.
Sonst noch was?
Es dauerte nicht lang, meine Habseligkeiten in den Koffer zu packen. Das ausgeblichene Shirt, in dem ich schlief, die Sandalen, der unordentliche Haufen Schmutzwäsche unter dem Stuhl. Im Badezimmer nahm ich meine Zahnbürste aus dem Zahnputzbecher, meine Wimperntusche, den Abdeckstift. Auf dem Badewannenrand standen mein Shampoo und mein Duschgel. Nachdem ich alles in den Koffer gestopft hatte, sah ich mich um. Es sah aus wie bei meiner Ankunft. Man merkte nicht, dass etwas fehlte. Würde ich gar keine Spuren hinterlassen?

Das Einzige, was in meinem Koffer fehlte, waren meine Pflanzen. Ich hoffte, die Polizei würde sie mir wiedergeben, aber darum konnte ich mich jetzt nicht kümmern.
In letzter Sekunde fiel mir der schwarze Pullover ein, den Grit mir für die Trauerfeier geliehen hatte. Ich hatte ihn irrtümlich mit der Schmutzwäsche in den Koffer gestopft. Ich schüttelte ihn einmal und bemühte mich, ihn ordentlich zusammenzulegen. Nach kurzem Zögern zog ich die Bettwäsche ab, faltete sie links herum, wie ich es bei Grit gesehen hatte, und legte sie auf den Stuhl, darauf legte ich den schwarzen Pullover. Dann nahm ich den Teddy aus dem Regal und setzte ihn auf das leere Bett.
Sollte ich Grit einen Zettel schreiben? Aber was, um Himmels willen, sollte ich schreiben? Ihr für die Gastfreundschaft danken und dass ich mich für das Misstrauen und gegen sie entschieden hatte? Ich zögerte. In diesem Moment hörte ich Schritte auf der Treppe. Grit, die auf dem Weg zu mir war.
Mein Blick flog durch das Zimmer. Wenn sie das abgezogene Bett und den gepackten Koffer sah, würde sie Fragen stellen, die ich jetzt nicht beantworten wollte. Ich sprang auf, drängte mich durch die Tür und schloss sie hinter mir.
Im Flur stießen wir zusammen.
»Hoppla«, sagte Grit erstaunt. »Du bist ja da!«
»Ja«, sagte ich unbeholfen. »Ich hatte mich etwas hingelegt. Kopfweh. Lass uns runtergehen.«
Für einen Moment dachte ich, sie würde etwas merken, würde die Zimmertür öffnen, den Koffer sehen und mich zur Rede stellen, aber sie nickte und folgte mir.

»Hast du Hunger?«, fragte sie. »Ich wollte Nudeln machen.«
»Nein danke«, sagte ich.
»Mit wem hast du eigentlich eben telefoniert?«
»Telefoniert?« Mit weit offenen Augen sah sie mich an, ein Ausdruck reinsten Erstaunens, und wieder war da das Misstrauen in mir, schneidend.
»Als ich reingekommen bin, hab ich dich reden hören. Ich wollte nicht stören.«
»Ach so!«, lächelte Grit. »Das war Simone. Sie fragt, ob wir uns heute Abend noch sehen.«
»Simone?« Ich biss mir auf die Lippen und überlegte, wie ich normalerweise auf diese Einladung reagiert hätte, aber mein Kopf war leer.
»Mimi, ist dir nicht gut? Du solltest dringend etwas essen.« Grit musterte mich besorgt.
»Alles prima«, sagte ich. »Ich wollte nur noch mal in die Stadt. Eine Kleinigkeit besorgen. Ich bin bald zurück.«
Grit lächelte mich an, freundlich, arglos. Sie verschwand in der Küche, ich hörte, wie sie Wasser in einen Topf füllte. Schnell kehrte ich um, nahm meinen Koffer, stieg wieder hinunter. Einen Moment zögerte ich, den Blick auf die geschlossene Küchentür gerichtet, hin- und hergerissen von widerstrebenden Gefühlen. Mein Misstrauen kämpfte mit meinem schlechten Gewissen. Würde Grit mich durch das Küchenfenster davonschleichen sehen wie eine Diebin?
Wenn Grit mich tatsächlich durchs Küchenfenster sah, so tat sie zumindest nichts, um mich aufzuhalten.
Im Vorbeigehen blickte ich auf Simones Haus, den akkuraten Vorgarten, das viel zu grüne, kurzgeschorene Gras, das beinahe künstlich aussah. Und zögerte. Die

Sache mit Ingo und seiner Vergiftung war zwar in mir von einem bösen Verdacht zur Gewissheit gereift, aber wie würde Nina das sehen? Brauchte ich nicht harte Fakten, um sie zu überzeugen?
Ehe ich mich versah, stand ich vor Simones Haustür und drückte auf den Klingelknopf. Das Haus sah leer aus. Alle Fenster waren geschlossen, kein Geräusch drang heraus. Niemand öffnete.
Ich zögerte nur kurz, dann ging ich am Haus vorbei, hievte meinen Koffer über den niedrigen Zaun in den Garten und betrat die Terrasse. Das dichte Rhododendrongebüsch bot Platz für meinen Koffer, ich verstaute ihn instinktiv so, dass er nicht zu sehen war.
Ich hielt kurz inne, dann nahm ich einen der dekorativen Steine und trat einige Schritte an die Seite des Hauses zu dem kleinen Fenster, das, wie ich wusste, zum Gäste-WC führte. Ein Klirren, als das Glas zerbrach. Ich griff durch das scharfzackige Loch nach dem Riegel und öffnete ihn. Es war schwieriger als gedacht, mich durch das Fenster zu winden.
Als ich schwer atmend in dem winzigen gekachelten Raum stand, war mir klar, dass es jetzt kein Zurück mehr gab. Ich würde mich nicht mehr herausreden können, mein Misstrauen hatte bereits sichtbare Spuren hinterlassen.
Was suchte ich? Ich wusste es selbst nicht genau. Die Pillen, erst einmal. Ich begann im oberen Badezimmer. Wie zu erwarten, war alles in pedantischer Ordnung. In einem verschließbaren, aber nicht verschlossenen Schrank befanden sich Medikamente. Heftpflaster, Jod, Aspirin, Hustenmittel. Zahlreiche Zäpfchen, vermutlich für Stella. Keine Hormone.

Ich setzte mich auf den Badewannenrand und überlegte. Da Simone die Dinger Ingo wohl ohne sein Wissen unterschob, war das Badezimmer der falsche Ort. Unwahrscheinlich, dass sie jeden Morgen mit der Pille in der Hand hinunter in die Küche ging.
Die Küche. Das war der Ort, an dem ich suchen musste. Die Besteckschublade enthielt nur Besteck. Plötzlich durchzuckte mich die Erinnerung. Die Schubladen hatte ich am Abend der Trauerfeier geöffnet, als ich Zahnstocher gesucht hatte. Ich griff nach links, dorthin, wo Taschentuchpakete, Strohhalme, und Zahnstocher waren. Ich zog die Schublade so weit heraus wie möglich, und da sah ich sie.
Ganz hinten lagen die Schachteln. Es waren vier. Ich nahm eine davon. Empfängnisverhütendes Mittel mit antiandrogener Wirkung.
Ich überlegte fieberhaft. Simone war als Lehrerin vermutlich privat versichert. Das bedeutete, sie konnte sich die Pille verschreiben lassen und musste dafür bezahlen. Wenn sie das Rezept nicht bei der Kasse einreichte, konnte sie diesen Vorgang beliebig oft wiederholen, wenn sie ihrem Arzt weismachte, sie habe das Rezept verloren, oder wenn sie einen weiteren Arzt aufsuchte. Niemand würde misstrauisch werden. Anders als Schmerz- oder Beruhigungsmittel waren Hormone normalerweise nichts, was man hortete.
Die Stimme hinter mir traf mich völlig unerwartet.
»Was machst du da, Mimi?«
Ich fuhr herum. In der Tür stand Simone, den Hausschlüssel in der Hand, und sah mich verwundert an. Warum hatte ich sie nicht gehört? Hatte sie sich angeschlichen?

»Gar nichts«, sagte ich und sah auf meine Hände. Darin hielt ich die Pillenpackung.
Simone folgte meinem Blick, dann huschte etwas über ihr Gesicht, eine plötzliche Erkenntnis vielleicht. Ich erwartete, dass sie mich anschreien, sich verteidigen würde, aber stattdessen wiederholte sie: »Was, verdammt, machst du hier, ist etwas passiert? Mit Nina? Und wie bist du überhaupt hereingekommen?«
Die Erwähnung von Ninas Namen brachte etwas in mir zum Taumeln. Ich hielt Simone die Schachtel entgegen. »Das hier ist passiert.«
Simone runzelte die Stirn. »Meine Pille. Das ist meine Pille. Wovon sprichst du?«
Einen schrecklichen Moment lang befürchtete ich, dass alles ein Irrtum gewesen war, dass ich hier eingedrungen war, um ein geheimnisvolles Beweisstück zu suchen, das in Wahrheit nichts bedeutete. Die Tabletten in meiner Hand bewiesen nichts, absolut gar nichts.
Mein Misstrauen war alles, was ich hatte, aber es wog schwer, und ich war mir sicher, dass ich richtiglag, dass ich das Schwert in der Hand hielt, um das Gestrüpp aus Verwicklungen und Gaukelei ein für allemal zu durchtrennen, um Klarheit in die verwirrenden Beziehungen zu bringen, Simones Lügen, Allas Schwankungen, Ninas Ablehnung. Und den Mord.
»Ich weiß alles, Simone«, sagte ich leise.
Simone trat auf mich zu, die Augen fest auf mich gerichtet. »Was heißt das, alles?«, fragte sie. »Ist dir nicht gut?« Sie sah besorgt aus.
»Ich weiß, was du mit Ingo machst«, sagte ich. »Was du ihm gegeben hast, damit er so wird, wie er jetzt ist.«

In diesem Moment nahm ich aus den Augenwinkeln eine Bewegung wahr. Simone war rückwärts in den Flur getreten, die rechte Hand hinter dem Rücken verborgen.

»So«, sagte sie. Sonst sagte sie nichts. Die Hand hielt sie weiterhin auf dem Rücken.

»Du hast ihm diese Pillen gegeben, damit du ihn unter Kontrolle behalten kannst«, fuhr ich fort. Den Blick hielt ich unverwandt auf Simone gerichtet. Was auch immer sie hinter dem Rücken verbarg, ich hatte nichts, was ich dem entgegensetzen konnte. Ich hatte nur die Pappschachtel in meiner Hand.

»Was du so alles zu wissen glaubst«, sagte Simone. Sie musterte mich ohne Regung.

»Was hast du da?«, fragte ich.

»Da?« Langsam zog Simone die Hand hinter dem Rücken hervor. Darin war eine Heckenschere. »Ich wollte die Rosen schneiden, ehe Stella nach Hause kommt. Warum? Was dachtest du denn?«

»Nichts«, sagte ich. »Gar nichts.«

Für einen Moment maßen wir uns mit Blicken. »Ich muss leider jetzt anfangen«, sagte Simone nach einem Blick auf die Uhr. »Sonst schaffe ich es nicht.« Sie ging durch das Wohnzimmer zur Terrassentür und öffnete sie.

Mir war, als hätte sie mich mit kaltem Wasser übergossen. Nicht einmal Simone durfte ein solches Gespräch einfach so beenden.

Ich folgte ihr, sah zu, wie sie einen Eimer nahm und mit den verblühten Blütenköpfen füllte. Sie benahm sich, als wäre nichts anderes wichtig als die Rosenhecke, und doch lag in der Geste, mit der sie die Hecken-

schere über den Kopf hob und die Schneiden zuschnappen ließ, eine unverkennbare Drohung.
»Ich weiß, dass es so ist, Simone«, sagte ich leise. »Die Symptome sind eindeutig, und ich werde nicht zulassen, dass du das ignorierst. Ich bin sicher, sobald Ingo sich untersuchen lässt, wird man nachweisen können, welche Substanzen er im Körper hat.«
Noch während ich es aussprach, fühlte ich, dass etwas an meinen Worten falsch war. Ich war kein Mensch, der sich einmischte. Ich ließ die Leute in Ruhe, so, wie auch ich in Ruhe gelassen werden wollte. Wie sollte ausgerechnet ich diese Untersuchung veranlassen? Konnte ich ernsthaft in Erwägung ziehen, mit Ingo ein Gespräch über seine Ehefrau zu führen? Eines, das er höchstwahrscheinlich nicht führen wollte? Und ich auch nicht, gestand ich mir ein.
»Erklär es mir«, sagte ich, und komischerweise schien diese schlichte Aufforderung sie zu erreichen, denn sie sah auf.
»Kannst du dich an die Sache mit dem Wunsch erinnern, damals im Schwimmbad?«, fragte sie. Sie knipste, und ein verblühter Zweig stürzte durch die Rosenblätter, schwer von den Hagebutten, die sich bereits gebildet hatten. Simone bückte sich, hob ihn auf und legte ihn sorgsam in den Eimer.
»Ja«, sagte ich. Ich dachte an Grit und Ryan Gosling, ich dachte an das, was Alla offenbar gegen ihren Willen gesagt hatte, und mich überlief ein Schauder.
Simone nickte nachdenklich. »Ich weiß noch genau, was ich gesagt habe. Ich habe die Wahrheit gesagt. Alle meine Wünsche haben sich längst erfüllt, ich habe ein Haus, meinen Mann, ich habe ein Kind, ein Mädchen

sogar, und ich habe meine alte Kleidergröße zurück. Jetzt will ich nur noch, dass alles so bleibt. Das ist mein größter, mein einziger Wunsch. Ich will alles behalten. Punkt.«

»Das ist doch kein Zukunftswunsch«, widersprach ich. »Es ging doch um Ziele, um etwas, das man erreichen will!«

Sie fasste eine Hagebutte zwischen Daumen und Zeigefinger und betrachtete sie nachdenklich. »Ich habe alles erreicht, und, glaub mir, Mimi, ich habe einiges dafür tun müssen. Jetzt will ich es behalten.«

»Und dafür vergiftest du deinen Mann?«

Simone zuckte die Achseln. »Wenn du es so nennen willst.«

»Wie würdest du es denn nennen?«

Simone bückte sich zu den verblühten Rosen. Dann zuckte sie zusammen und steckte den Zeigefinger in den Mund. Wahrscheinlich hatte sie sich gestochen. »Mal ehrlich, Mimi, kennst du Ingo? Er ist im Großen und Ganzen glücklich mit mir. Da war eben damals diese Romanze mit Alla, und immer, wenn er einen melancholischen Tag hat, denkt er an sie. Das ist normal. Und weil er sie niemals mehr gesehen hat, bleibt es dabei. Oder eher, es wäre dabei geblieben.«

Ich nickte langsam. »Wenn nicht die Sache mit der Hochzeit gewesen wäre. Die Hochzeit von Nina und Casper. Du wusstest, dass die beiden sich wiedersehen würden.«

Simone nickte. »Genau. Ich weiß nur zu gut, wie Alla ist. Sie hat sich kein bisschen geändert. Ich hab mich in den letzten sieben Jahren regelmäßig mit ihr getroffen, darum kann ich das so genau sagen. Sie ist schön, sie

ist ungebunden, und sie hat überhaupt keine Moral. Ich bin mir ziemlich sicher, dass etwas gelaufen wäre mit den beiden. Es war von vornherein klar, dass sich die Feier über eine Woche hinzieht. Polterabend, Hochzeit, dazwischen viele Tage ... Unzählige Gelegenheiten, dann kommt Alkohol ins Spiel und die ganzen Erinnerungen. Und dann hätten sie irgendwann miteinander geschlafen, und Ingo hätte es mir, blöd wie er ist, gebeichtet, vermutlich wäre Alla sofort schwanger gewesen oder hätte gedroht, sich umzubringen, vorher wäre noch der ganze tragische Mist von früher hochgekommen, und letztendlich wäre unsere Ehe in die Brüche gegangen. Und weißt du was? Nach einem Jahr wäre es aus gewesen mit dem neuen Traumpaar, da bin ich sicher. Ingo braucht jemanden wie mich, eine Frau, die sich um ihn kümmert. Mit einer Frau wie Alla würde er auf Dauer nicht zurechtkommen, aber das kapieren die beiden nicht. Es hätte nur Scherben gegeben und keinen Gewinner.«
In gewisser Weise leuchtete mir ihre Logik ein. »Du hättest die ganze Zeit in seiner Nähe bleiben können«, sagte ich. »Du hättest ihn doch nicht vergiften müssen!«
»Sag das nicht«, erwiderte Simone, und eine Spur Ärger schwang in ihrer Stimme mit. »Es ist kein Gift, es sind nur Hormone. Millionen Frauen nehmen diese Tabletten freiwillig.«
Ja, aber das sind Frauen!, wollte ich sagen. Und: In der Dosis? Stattdessen sagte ich: »Warum wolltest du nicht einfach ein Auge auf die beiden haben?«
Simone sah überrascht auf, als ob sie sich wunderte, dass ich immer noch nicht begriffen hatte. »Damit alle

denken, ich sei eine kontrollsüchtige Ehefrau? Damit Alla auf den ersten Blick begreift, wie die Lage ist, und sich einbildet, dass sich Ingo nach ihr verzehrt? Ich bin doch nicht bescheuert!«

Ich hätte ihr gern widersprochen.

»Das mit den Hormonen war die vernünftigste Lösung«, fuhr Simone fort. »Seine Libido war sofort auf null, dazu hatte er ständig Kopfschmerzen, und dann nahm er zu … Ich wusste, dass ich mir keine Sorgen mehr machen musste wegen Alla. Selbst wenn sie sich ihm nackt auf den Bauch gesetzt hätte, hätte er nichts mit ihr angefangen. Er hätte gar keinen … Du weißt schon, was.« Sie machte eine vielsagende Geste.

»Simone, das ist Körperverletzung! Du kannst dafür wahrscheinlich ins Gefängnis kommen!«

Simone hob die Heckenschere und lächelte. »Nur, wenn du mich bei der Polizei meldest. Und dann müsste ich der Polizei die Sache mit dem Geld erzählen.«

Einen Wimpernschlag lang erstarrte alles. »Mit welchem Geld?«

»Das Geld, das beim Polterabend verschwunden ist. Das Geld, das du seitdem zusammengerollt in deinen Taschen spazieren trägst. Dafür interessieren sie sich sehr, vor allem seit dem Mord an Casper.«

Mein Herzschlag nahm langsam wieder seinen Takt auf. Ich hatte immer gewusst, dass das mit dem Geld mich noch einmal einholen würde. »Woher weißt du das?«, flüsterte ich.

Simone lächelte. »Du hast sehr viel geredet beim Junggesellinnenabschied. Und dann habe ich in deinen Sachen nachgesehen, deine Klamotten lagen ja überall verstreut auf der Wiese.«

»Wissen die anderen davon?«, brachte ich hervor. Ich dachte an Nina.
Simone schüttelte den Kopf. »Aber nein! Wir waren allein im Wasser, wir beide. Und später habe ich natürlich nachgesehen, ob du die Wahrheit gesagt hast.«
Wie ein Schwall traf mich die Erinnerung. An das kalte Wasser, das mich umschloss, an das Rauschen, als ich daraus emportauchte. An Simone, deren Kopf, nass und glatt wie der eines Seehunds, direkt neben mir war. An unsere tropfenden Arme, als wir einander umarmten, an das Wasser, das ich schluckte, als ich plötzlich lachen musste. Und an das, was ich gesagt hatte. »Es tut mir so leid, dass ich dieses Geld genommen habe«, hatte ich gesagt und plötzlich geschluchzt, und Simone hatte mich umarmt, ihr glatter Arm an meinem Rücken. »Welches Geld denn?«, hatte sie gefragt, und dann hatte ich registriert, dass wir beide nackt waren, und dann waren wir untergegangen, aber was danach gewesen war, wusste ich nicht.
Sie wusste von dem Geld. Die ganze Zeit hatte sie es gewusst und nichts gesagt.
»Und …« Ich schluckte, unfähig zu entscheiden, was das zu bedeuten hatte. »Und du hast es ihnen nicht erzählt?«
»Aber nein!« Ein Lächeln erschien auf Simones glattem Gesicht, und sie trat einen Schritt näher, so dass ihr Gesicht nur noch Zentimeter von meinem entfernt war. Dann flüsterte sie: »Ich verrate doch eine Freundin nicht! Ich bin ganz sicher, das würdest du auch nicht tun. Oder irre ich mich?«
Ich schluckte. Die Dinge flogen in meinem Kopf durcheinander, vermengten sich, bildeten Knoten und Mus-

ter, und es war unmöglich, sie sinnvoll zu sortieren. Warum hatte Simone geschwiegen? Was würde geschehen, wenn sie redete? War nicht gestohlenes Geld viel weniger schlimm als ein vergifteter Ehemann?
Andererseits war das mit dem Ehemann noch zu beweisen. Und das Geld stammte von Nina. Allerdings war ich in wirklicher Not gewesen. Und ich konnte den Großteil des Geldes immer noch zurückgeben.
Hatte irgendeiner von all diesen Faktoren mit einem Mord zu tun? Wusste Nina von dem Geld und wollte deswegen nicht mehr mit mir sprechen? Musste ich nun alles tun, um mich vor meinen vermeintlichen Freundinnen reinzuwaschen? Oder strafrechtliche Konsequenzen zu vermeiden?
Der Gedanke an Nina zentrierte alles, die Fakten ordneten sich. Es ging um Nina. Um den Mord an ihrem Verlobten. Und vielleicht noch darum, warum sie sich von mir abgewandt hatte. Falls Simone etwas mit einer dieser beiden Sachen zu tun hatte, musste Nina das wissen.
»Weiß Nina von der Sache mit Ingo?«
Simone lächelte kühl. »Natürlich nicht.«
»Aha.«
»Denk nicht mal im Traum daran, Mimi«, sagte Simone schnell. »Sie wird dir nicht glauben. Kein Wort wird sie dir glauben. Ich bin ihre Freundin. Du bist ein Niemand.«
»Ich lasse es drauf ankommen«, sagte ich leise, dann drehte ich mich um und ging zum Gartentor.
Simone stand auf dem grünen Gras, die Heckenschere in der Hand, und lächelte. In ihrem Gesicht war keine Angst, nur leiser Spott. »Sie ist übrigens gerade im

Polizeipräsidium, Mimi! Fahr doch auch dahin! Dann kannst du gleich die Sache mit dem Geld zu Protokoll geben, ehe ich es tue!«

Als ich das Gartentor hinter mir schloss, zitterten meine Knie.

Und das lag nicht an Simones Drohung, Nina und der Polizei von dem Geld zu erzählen, sondern an einem Satz, der unablässig in meinem Kopf kreiste. Es ging um Simones Antwort auf meine Verlautbarung, dass ich alles wusste.

»Was heißt das, alles?«, hatte sie gefragt.

Das klang bedrohlich.

So, als ob das noch nicht alles gewesen wäre.

Das Bonner Polizeipräsidium lag außerhalb, also stieg ich in die Straßenbahn und fuhr über den Rhein nach Ramersdorf. Es war eine idiotische, blindwütige Aktion, möglicherweise hatte Simone geschwindelt oder Nina war längst weg oder wir würden uns in dem Gebäude verpassen, aber so war es nicht. Als ich durch die von Streifenwagen flankierte Tür trat, sah ich sie.

Sie stand vor dem Tresen der Information und redete auf die dahinterstehende Frau ein.

»Hallo, Nina«, sagte ich. Plötzlich wusste ich nicht mehr, was ich hier wollte.

Erstaunt drehte sie sich um. »Du!«, sagte sie einfach. Es klang nicht freundlich. Auch nicht überrascht.

Die Frau sah von Nina zu mir und wieder zurück. »Kann ich Ihnen helfen?«, fragte sie.

Ich schüttelte den Kopf. »Ich bin nur hier, um sie abzuholen.«

»Ach ja?«, fragte Nina. »Und wo ist Simone? Die wollte mich eigentlich abholen.«
Ich erschrak. Ich hatte nicht damit gerechnet, dass Simone im Anmarsch war. »Ich muss allein mit dir reden, Nina. Es dauert nicht lange. Bitte komm mit.«
Nina folgte mir ohne Protest, das nahm ich als gutes Zeichen. Wir verließen das Präsidium und gingen die dicht befahrene Straße entlang, bis ich auf der anderen Straßenseite eine Bäckereifiliale sah.
Als wir vor unseren Kaffeebechern saßen, wirkte Nina bereits leicht ungeduldig. »Was willst du?«, fragte sie knapp. Es irritierte mich, dass sie wütend und so gar nicht traurig wirkte. Sollte sie nicht trauern? War sie gar nicht neugierig, was ich ihr zu erzählen hatte?
»Ich habe etwas rausgefunden. Etwas, das mit dem Mord an Casper im Zusammenhang stehen könnte«, sagte ich.
Nina hob den Kopf, ihre Augen weiteten sich. »Solltest du dann nicht lieber mit der Polizei sprechen?«, fragte sie.
»Ich wollte erst fragen, was du davon hältst.«
Sie nickte widerstrebend. »Schieß los«, sagte sie. Jetzt lag echtes Interesse in ihrem Blick, und das ermutigte mich.
Ich begann. Ich berichtete von Ingo und dem Foto, von Allas Überlegungen und dem, was Simone uns schließlich am Abend der Trauerfeier erklärt hatte. Dann kam ich auf meine eigenen Überlegungen zu sprechen und auf das, was der Apotheker gesagt hatte – und auf meinen Fund in der Küchenschublade. Das zerschlagene Fenster ließ ich wohlweislich aus.
An dieser Stelle hob Nina die Hand. »Stopp!«, sagte sie und wandte den Blick ab, als blende sie etwas.

Ich brach ab. »Was?«
»Ich kann nicht glauben, dass du das wirklich versuchst, Mimi.«
»Was?«
»Du versuchst, einen Keil zwischen uns zu treiben, aber das wird dir nicht gelingen. Ich kann mich auf meine Freundinnen verlassen, hundertprozentig. Ich vertraue ihnen.«
»Vielleicht solltest du ihnen nicht vertrauen. Vielleicht täuschst du dich.« Die hundert Prozent brannten in meinen Ohren, aber vielleicht war es auch die Scham über dieses Gespräch, von dem ich undeutlich spürte, wie es auf Nina wirken musste.
»Vielleicht täusche ich mich ...«, wiederholte Nina ausdruckslos. »Ich habe mich erst ein einziges Mal getäuscht, und zwar in dir. Und das tut mir sehr leid.«
Es fühlte sich an, als ob sie mich ohrfeigte. »Wovon sprichst du?«
Ninas Blick ruhte abschätzig auf mir, erst dachte ich, sie würde nicht antworten. »Ich dachte, wir wären Freundinnen.«
»Das sind wir doch.«
»Das habe ich auch gedacht. Zehn Jahre lang. Zehn Jahre lang habe ich mir plausible Versionen zurechtgelegt, weswegen du auf einen Schlag verschwunden bist und dich nicht mehr gemeldet hast. Und immer hattest du einen edlen Grund dafür. Weißt du, welche Version mich letztlich am meisten überzeugt hat?«
Ich schüttelte den Kopf, mein Mund war trocken.
»Ich dachte, dass es an Casper liegt. Ich dachte, dass du in Casper verliebt warst und uns nicht in die Quere kommen wolltest. Dass es dir peinlich war, darüber zu

sprechen, und dass du unendlich unter der Situation gelitten hast, so sehr, dass du lieber verschwunden bist, als mich damit zu konfrontieren, dass ich zwischen euch beiden wählen muss.« Sie lachte trocken auf.
»Casper?«, fragte ich verwirrt. Ich hatte gar nicht gewusst, dass schon vor meiner Abreise etwas zwischen den beiden gelaufen war.
Nina nickte. »Das waren pubertäre Ideen von mir, ich weiß. Aber vor deinem Verschwinden war diese Wohnheimparty, wo du mit Casper warst, und er war danach so wortkarg. Er wirkte irgendwie komisch, und immer, wenn ich das Gespräch auf dich brachte, wurde er richtig abweisend.«
Ich versuchte zu fassen, was Nina mir da erzählte. Bisher hatte ich Ninas kühles Verhalten darauf geschoben, dass Simone ihr irgendetwas erzählt hatte. »Ich versteh nicht ganz«, sagte ich. »So war es nicht. Ich meine, mit Casper war nichts. Das habe ich dir doch an dem Abend vor der Hochzeit erzählt.«
»Ganz genau«, sagte Nina mit eigenartiger Betonung. »Zuerst konnte ich es gar nicht fassen. Dass du dich einfach nur«, ihre Stimme bekam einen spöttischen Unterton, »*verliebt* hast und deswegen von einem Tag auf den anderen dein altes Leben abgestreift hast wie eine abgetragene Jacke. Mich.« In ihrer Stimme war so viel Bitterkeit, dass ich erschrak.
»Nina«, sagte ich hilflos.
»Bitte, lass es!« Sie hob abwehrend die Hände. »Aber die Krönung ist wirklich, dass du auf meine Hochzeitseinladung nur deswegen reagiert hast, weil dein Kerl dich gerade hat sitzenlassen. Da fiel dir dann plötzlich

ein, dass es uns hier noch gab! Du hättest nicht in diese Sachen von letzter Woche hineingezogen werden sollen. Es war ein Missverständnis, ein Zufall. Es betrifft dich nicht.«

Ihre Stimme hatte etwas Endgültiges. Auf einen Schlag begriff ich, dass ich nichts mehr tun konnte. Sie hatte mit mir abgeschlossen. Was auch immer ich über Simone herausgefunden hatte, es spielte keine Rolle.

»Es ist alles anders, als es aussieht, Nina«, sagte ich hilflos, doch sie presste nur die Lippen aufeinander und sah mir mit leerem Blick entgegen.

Ich stand langsam auf. »Ich werde Caspers Mörder für dich finden. Und dann wirst du sehen, dass du dich damals nicht in mir getäuscht hast.«

»Geh einfach«, sagte Nina. Sie klang müde.

Ich zog einen Schein aus der Rolle, legte ihn vor mir auf den Tisch und ging.

Meine Betäubung wich erst ein wenig, als ich in der Bahn saß. Und da erst schossen mir die naheliegenden Fragen in den Kopf: Wie war es für Nina im Polizeipräsidium gelaufen? Wie hatte man ihr überraschendes Auftauchen aufgenommen? In einem Anflug von Pragmatismus dachte ich, dass ich sie das vielleicht hätte fragen sollen, ehe ich sie mit der Geschichte um Simone konfrontierte. Dafür war es nun zu spät.

Die Rheinauen flogen am Fenster vorbei. Ich hatte die Füße auf den gegenüberliegenden Sitz der Bahn gelegt, es war mir egal, ob das jemanden störte. Mir war alles egal. Seltsamerweise fühlte ich nichts. Ich hätte traurig sein müssen, verletzt, ängstlich vielleicht. Immerhin war ich jetzt allein, ganz allein, so allein wie nie zuvor. Ich wusste nicht einmal, wo ich schlafen sollte. Nie-

mand würde mir diese Vergiftungsgeschichte glauben, solange Ingo nicht beim Arzt gewesen war. Ich müsste ihn überzeugen. Oder jemand anders dazu bringen, ihn zu überzeugen.
Aber irgendwie war das alles gleichgültig geworden. Alles, was ich deutlich spürte, war die taube Stelle in mir, die ich mit Erinnerungen füllen musste.
Und je länger ich darüber nachgrübelte, umso mehr ging mir auf, dass ich noch andere Probleme hatte. Wo sollte ich hin? Und wo sollte ich schlafen?
Ich griff nach meinem Handy und rief Gero an.

Wir saßen im Café Göttlich, aber nah am Eingang, so dass ich das Getümmel draußen sehen konnte. Um uns herum war es voll, Studenten, Paare, ältere Männer mit ungepflegten Bärten und raschelnder Zeitung. Uns gegenüber strömten Leute zum Haupteingang von Bouvier, links von uns in Richtung Uni. Alles war in Bewegung, ringsum war Leben, und es kam mir so vor, als wären Gero und ich in einer seltsamen Blase gefangen, die es uns zwar erlaubte, die anderen zu beobachten, die uns aber gleichzeitig von ihnen trennte.
»Ich kann nicht mehr bei Grit wohnen«, begann ich vorsichtig.
»Und wo willst du hin?«
Ich zuckte die Achseln.
Gero hob die Augenbrauen. »Darüber können wir uns ja später noch Gedanken machen«, sagte er dann.
Ich nickte. »Letztes Mal haben wir unser Gespräch etwas überstürzt abgebrochen«, sagte ich dann. »Aber jetzt würde ich gern hören, was du mir da sagen wolltest.«

Ich hatte mir meine Worte vorher genau überlegt. Erst sollte er auspacken. Ich würde mir alles anhören, und dann würde ich entscheiden, was ich ihm meinerseits erzählen wollte. Dabei würde ich auf niemanden Rücksicht nehmen. Ich war jetzt allein, eine Einzelkämpferin, und das war schrecklich, aber es machte mich auch frei.

Gero nickte, als habe er nichts anderes von mir erwartet. »Mich macht so einiges an eurem Junggesellinnenabschied stutzig. Ich bin ja über Alla teilweise gut informiert worden. Irgendetwas muss an dem Abend passiert sein. Und du kannst dich nicht erinnern. Und ausgerechnet du bist es auch, hinter der die Polizei her ist, ebenso wie du offenbar Zugang zu diesen Giftkräutern hast. Und wenn ich das richtig verstanden habe, dann bist auch du diejenige, die mit den anderen in den letzten zehn Jahren nichts zu tun hatte.«

Ich hätte aufklären können, was es mit den Giftkräutern und der Polizei auf sich hatte, hätte erklären können, dass es Simone nur darum gegangen war, Nina ein wenig Zeit zu verschaffen, aber ich schwieg.

»Ich hatte den Eindruck, du denkst, der Abend könnte etwas mit dem Mord an Casper zu tun haben.« Gero legte den Kopf schief. Er hatte vergessen, sich zu rasieren, und der leichte Bartschatten ließ ihn weniger glatt und geschniegelt erscheinen. Was war passiert, dass Gero vergaß, sich zu rasieren? Oder war dieses Unrasiertsein kalkuliert, ein berechnender Schlüsselreiz für eine Frau, die nicht auf glatte Typen stand?

Ich werde verrückt, dachte ich. Ich werde wirklich und wahrhaftig verrückt. Ich wittere hinter allem Betrug

und Kalkül. Ich werde wie Alla. Ich holte Luft und sagte: »Ja, das glaube ich.«
»Warum?« Er sah mich an, und etwas in mir schmolz. Ich würde ihm vertrauen. Nein, nicht vertrauen – ich würde mich auf das Gespräch einlassen in der Hoffnung, dass er mir helfen konnte. Ich räusperte mich. »Es war einfach komisch an dem Abend. Nicht nur dieser Blackout … Da ist noch mehr. Ein Gefühl, als ob jemand uns beobachtet hätte.« Ich dachte an Grit. »Als ob die Büsche Augen hätten. Und dann die Erinnerungen. Bei einigen Details bin ich mir ziemlich sicher, dass sie genau so passiert sind, aber sie passen nicht zusammen. Die anderen haben andere Erinnerungen. Als ob unsere Erinnerungen vertauscht worden wären.«
»Erklär mir das!«
Ich dachte an Ryan Gosling, an den nackten Sprung vom Brett, und wurde rot. »Ich erinnere mich daran, dass wir Flaschendrehen gespielt haben. Wahrheit oder Pflicht. Und dann hat Alla diese Flammen angezündet, eine Flamme pro Glas, ein Glas für jede von uns.«
»Sie hat Gläser angezündet?«
»Absinth. Wir haben Absinth getrunken, zwischen all dem Prosecco.«
Geros Gesicht veränderte sich, mit einem Ruck lehnte er sich zurück und starrte in Richtung Tür. »Alla«, murmelte er. »Absinth.«
»Was ist los?«
Er beugte sich vor, und wieder dachte ich, was für einen schönen Mund er hatte. Wieder musste ich daran denken, wie es wohl wäre, ihn zu küssen. Dabei war ich ganz und gar nüchtern.

»Ich sag dir jetzt, weswegen ich dich treffen wollte, Mimi.« Er nahm meine Hand. Als er spürte, wie ich zurückzuckte, ließ er sie augenblicklich los. »Ich habe nachgedacht. Mir ist klar, dass du vor allem wissen willst, was an dem Abend war. Vielleicht würde uns das wirklich weiterhelfen.« Ich registrierte das *uns* ohne große Überraschung und warf automatisch einen Blick auf die Hand, die mich eben noch berührt hatte. »Mich interessiert aber vor allem, weswegen du diese Amnesie hast. Und ich glaube, erst wenn wir wissen, woher die kommt, hast du eine Chance, dich zu erinnern.«
Mir war nicht ganz wohl bei dem, was er sagte. *Amnesie* war ein großes Wort.
»Hör zu. Ich habe mich erkundigt. Es gibt mehrere Möglichkeiten. Häufig hat man eine Amnesie nach einem Schädel-Hirn-Trauma. Wenn du gestürzt oder geschlagen worden wärst, wäre das eine Erklärung für eine retrograde Amnesie, also eine, bei der du vergisst, was vor dem Unfall war.«
»Ich hatte aber keinen Unfall«, sagte ich.
»Woher weißt du das?«
Verwirrt sah ich ihn an. »Na ja, das wüsste ich doch.«
»Was weißt du denn?«
Ich holte tief Luft. »Ich bin am nächsten Tag bei Nina im Bett aufgewacht, mit einem Kater.«
»Kater bedeutet, mit Kopfschmerzen und Übelkeit?«
»Ja.« Ich verdrängte den Gedanken an Nina, die mir den Eimer hielt.
»Und woher weißt du dann, dass du keinen Unfall hattest, wenn du dich nicht erinnern kannst?«
Für einen Moment war ich sprachlos. »Na ja, das hätten die anderen mir doch erzählt.«

»So«, sagte Gero mit seltsamer Betonung. »Lassen wir das erst mal. Außerdem gibt es noch die Möglichkeit, dass du eine Amnesie infolge eines erschütternden Ereignisses oder Schocks erlitten hast.«

»Was soll das sein?« Mit wachsender Verwunderung hörte ich ihm zu.

»Etwas war so schlimm, dass dein Hirn sich entschieden hat, es zu verdrängen. Traumatische Amnesie. Das passiert immer wieder.«

»Das klingt, als wäre ich bescheuert«, sagte ich. »Außerdem – was soll denn Schlimmes geschehen sein? Wir haben getanzt, getrunken und geredet!«

»Das ist das, woran du dich erinnerst«, entgegnete Gero.

»Red mir doch nichts ein!«, rief ich zornig. »Es war ein schöner Abend, es gibt keinen Grund, irgendwelche Dramen dahinter zu vermuten!«

»Immerhin gab es am nächsten Tag eine Leiche«, sagte Gero leise.

Ich seufzte.

»Es gibt noch weitere Möglichkeiten«, fuhr er fort. »Es kann sein, dass du etwas zu dir genommen hast, was dein Gedächtnis auslöscht.«

»Wir haben gekifft.« Ich dachte an das Knistern des feuchten Tabaks, die orangefarbene Glut.

»Das meine ich nicht. Ich spreche von K.-o.-Tropfen. GHB. Liquid Ecstasy. Man nennt es auch Date-Rape-Droge, weil es oft benutzt wird, um Frauen gefügig zu machen.«

Ich musste lachen. »Das ist vollkommen albern, Gero! Wir waren nicht in irgendeinem verruchten Club, sondern in einem öffentlichen Schwimmbad! Und es war niemand sonst da.«

Gero sah ernst aus. »Hör mir einfach zu. Das Zeug wirkt innerhalb einer Stunde. Falls du es genommen hast – ich betone: *falls* –, würdest du vielleicht zwanzig, dreißig Minuten nach der Einnahme das Bewusstsein verlieren. Am nächsten Morgen würdest du mit ungewöhnlich starken Kopfschmerzen erwachen und hättest keine oder nur eine sehr lückenhafte Erinnerung an das, was geschehen ist.«

Ich folgte seinen Überlegungen, erwog die einzelnen Punkte und schwieg.

»Was denkst du, Mimi?«

»Was ich denke?« Ich sah ihn an. »Ich denke, dass das eine absolut bescheuerte Idee ist. Denn das würde ja bedeuten, dass eine von den anderen das Zeug dabeigehabt hat!«

»Hat eine von den anderen dieselben Symptome gehabt wie du?«

Ich überlegte kurz. »Nein. Wobei auch die anderen sich nur schlecht erinnern können.« Ich dachte an Alla, die offenbar gegen ihren Willen einen sehr biederen Wunsch enthüllt hatte, an Grit und Ryan Gosling.

Gero seufzte. »Wenn wir die Möglichkeit in Betracht ziehen, dass eine der anderen dir das Zeug untergeschoben hat, dann müssen wir auch in Betracht ziehen, dass diese Person bei anderen Dingen gelogen hat.«

»Warum sollte mich eigentlich jemand betäuben?« Langsam geriet ich in Fahrt. »Das ist doch Schwachsinn! Du kannst nicht im Ernst denken, dass eine der anderen eine fiese Vergewaltigerin ist oder so.« Ich versuchte zu lachen, aber ich merkte selbst, wie es misslang, es war ein tonloses, trockenes Lachen.

Was ich wirklich sagen wollte, war: Wir waren doch Freundinnen. Auch wenn Simone ihren Mann vergiftete, auch wenn Nina nicht mehr mit mir reden wollte, auch wenn ich bei Grit ausgezogen war – irgendwie waren wir doch Freundinnen gewesen, an dem Abend ... Aber eigentlich war ich mir da längst nicht mehr sicher.
Gero zuckte die Achseln. Er ließ nicht locker. »Was könnte es für einen Grund geben?«
Ein Teil von mir wehrte sich gegen alles, was Gero sagte, dieser Teil wollte aufspringen, ihn anschreien und hinausrennen, aber gleichzeitig folgte ein anderer Teil von mir seinem Gedankengang. »Ich sollte etwas nicht mitbekommen. Etwas ist geschehen, was ich vergessen sollte. Man wollte mich irgendwohin bringen.« Ich stockte.
»Noch eine Möglichkeit fällt mir ein«, sagte Gero. »Du sollst ein Erinnerungsloch haben, nichts weiter. Es geht darum, dass du an deinem Gedächtnis zweifelst. Damit du dich nicht wehrst, falls die Umstände oder die anderen dir suggerieren, du hättest etwas Bestimmtes gesagt oder getan.«
Langsam schüttelte ich den Kopf. »Das ergibt alles keinen Sinn.«
»Nein«, sagte Gero. »Bisher nicht.« Er betrachtete seine leere Kaffeetasse und schwieg.
»Was denkst du?«, fragte ich.
»Ich habe eigentlich schon genug geredet. Jetzt bist du dran, würde ich sagen.«
Ich sah ihn an. Ich versuchte, nicht auf seinen schönen Mund zu sehen, sondern den Rest von ihm ganz neutral zu taxieren. »Ich frage mich, warum du mir das al-

les erzählst. Was für ein Interesse hast du an der Sache? Und warum bist du so misstrauisch? Eigentlich bist du doch beruflich hier. Du solltest dich um Alla kümmern, dafür wirst du schließlich bezahlt, und ich schätze mal, gar nicht schlecht.«

Das hatte gesessen. Ich sah, wie es in Geros Gesicht zuckte. Trotzdem antwortete er ruhig. »Ich kann verstehen, dass du das wissen willst. Nur mal so zur Klarstellung – ich habe nicht meine Seele verkauft. Ich gehe auch nicht auf den Strich. Ich habe einen Job, bei dem ich eine gewisse Zeit mit fremden Damen verbringe. Das bedeutet nicht, dass ich mein Herz und mein Hirn dabei ausschalte. Und mein Hirn sagt mir, dass mit Alla etwas nicht stimmt. Dass sie eine Menge Geld ausgibt, um ihren Freundinnen und ihrem Ex-Freund einen tollen Partner zu präsentieren, ist nicht ungewöhnlich. Mit solchen Dingen verdiene ich meinen Unterhalt. Aber sie ist fanatisch. Und irgendwie ist sie gefährlich. Das alles wäre mir egal, wenn nicht dieser Mord passiert wäre. In der Nacht des Mordes war sie unterwegs. Ich weiß nicht, wo sie war, aber sie ist erst gegen Morgen nach Hause gekommen. Auch das könnte ich ignorieren. Aber da bist du. Ich habe das Gefühl, dir wird übel mitgespielt. Und ich will dir helfen.«

»So«, sagte ich und versuchte, mein Gesicht zu kontrollieren.

»Du hast Angst«, behauptete Gero. Er betrachtete mich genau, viel zu genau.

»Ja, vielleicht habe ich wirklich Angst.« Ich sah zur Seite, zur Spiegelwand, in der ich uns beide sehen konnte, ein gutaussehender Mann, der sich mir zuwandte. Ich passte nicht zu ihm, aber das war im Moment egal. Ich wusste nicht, wo ich anfangen sollte. Bei Simone und ihren Hormonen? Bei meinen Kräutern? Bei dem Dia mit der Leiche?

»Was ist los?«, fragte Gero.

»Nichts. Ich weiß nur nicht, wo ich anfangen soll.« Das war nur die halbe Wahrheit. Das andere, das ich nicht wusste, war, wie viel ich ihm erzählen sollte.

»Irgendwo. Bei deiner Angst, zum Beispiel.«

»Okay.« Ich holte tief Luft. »Da wäre als Erstes – ich habe Angst, dass ich schuld an allem bin. Alla hat mich daran erinnert, dass ich Grit irgendwelche Kräuter für ihren Mann empfohlen habe. Du weißt schon, aphrodisierende Kräuter.« Noch während ich es aussprach, wurde mir klar, dass Gero sich möglicherweise sehr gut mit derlei auskannte. Was beinhalteten seine Dienste? Ging er mit den Frauen, die ihn bezahlten, auch ins Bett, oder begleitete er sie nur in die Oper und auf Hochzeiten?

»Du hast Grit also etwas empfohlen, das ihr Liebesleben in Schwung bringt«, sagte Gero, und ich war dankbar für seine diskrete Wortwahl.

»Ja.«

»Das heißt, spätestens da wussten die anderen, dass du dich damit auskennst. Hast du auch erzählt, dass du das Zeug in deinem Koffer hast?«

»Vermutlich.«

»Könnte es ein Unfall gewesen sein?«

»Du meinst …« Meine Gedanken waren schnell. »Du meinst, jemand wollte ein Aphrodisiakum nehmen, hat aber die Kräuter verwechselt und stattdessen das giftige Zeug erwischt?« Ich dachte nach. »Ausschließen können wir es nicht.«

»Das würde bedeuten, dass jemand Caspers Liebesleben anheizen wollte.«
»Ausgerechnet vor der Hochzeitsnacht? Das ist alles irgendwie sehr abwegig.«
»Vielleicht.«
Ich dachte an Grit. Hatte sie das Mittel für Mark aus meinem Koffer nehmen wollen, dabei das falsche erwischt und mit diesem dann Casper statt Mark vergiftet? Wie viele Irrtümer konnten jemandem in einer einzigen Nacht unterlaufen?
Gero rieb sich den Nacken. »Ist es denkbar, dass du auch andere Informationen weitergegeben hast?«
»Was meinst du?«
»Zum Beispiel, wenn dich jemand gefragt hat, womit man am einfachsten töten kann.«
»Ich weiß es nicht.« Ich behielt für mich, dass mich genau diese Überlegungen auch schon gequält hatten. Immer hatte ich Alla und ihre seltsame Warnung im Ohr.
Was du gesagt hast, Mimi. Das war abgefahren, echt. Aber sei lieber ein bisschen vorsichtig.
Mein Kopf schwirrte. Urplötzlich hatte alles wieder eine ganz andere Wendung genommen, und ich wusste kaum, welche Konsequenzen sich daraus ergaben.
»So kommen wir nicht weiter«, sagte Gero und seufzte. Er sah auf seine Armbanduhr. Ich sah ihn verstohlen an und wollte plötzlich unbedingt, dass wir weiterkamen. Ich wollte vor allem nicht, dass er ging. Dann wäre ich wieder allein. Also sagte ich: »Dann ist da noch Simone. Und ihr Mann.«
»Ingo, in den Alla immer noch verliebt ist«, sagte Gero, und ich nickte. Entschlossen sprach ich weiter. »Ich

bin mir sicher, dass Simone ihn vergiftet. Dass es ihm so schlechtgeht, also diese Depressionen, seine Kopfschmerzen, all das liegt daran, dass sie ihm ihre Hormone gibt. Die Pille. Vielleicht gibt sie ihm auch die doppelte oder dreifache Dosis, man müsste vermutlich sein Blut oder seine Leber untersuchen. Aber das lässt er nicht zu. Er hat Angst vor Ärzten.«
Geros Mund stand einen Moment offen, dann klappte er ihn zu. »Wow«, sagte er nur.
»Simone hat Angst vor Ingos Wiedersehen mit Alla gehabt, deswegen das alles«, ergänzte ich.
»Und nicht zu Unrecht, wenn ich an Allas Benehmen bei der Trauerfeier denke«, sagte Gero. »Trotzdem – wow! Das ist wirklich drastisch. Ich dachte ja immer, dass Allas Nummer mit mir schon drastisch war, aber im Vergleich dazu ist das geradezu harmlos.«
»Ja«, sagte ich nachdenklich. Es war eigenartig und fiel mir jetzt erst auf, wie sehr beide Aktionen zueinander passten, wie spiegelbildlich beide Frauen aufgerüstet hatten, um für einen zehn Jahre alten Konflikt gewappnet zu sein: Alla hatte eine glitzernde, prächtige Rüstung angelegt, die ihren Schmerz verbarg, und Simone hatte zielgerichtet losgeballert, ohne Rücksicht auf die Gesundheit ihres eigenen Mannes.
»Aber was hat all das mit dem Mord zu tun?«, fragte Gero. »Ehrlich gesagt, ich blicke gar nicht mehr durch. Das wird alles immer verworrener. Nichts davon kann doch Auslöser für den Mord an Casper gewesen sein, oder steh ich auf dem Schlauch?«
Ich dachte an das Schlimmste. An die Leiche. Das Dia. An das, was dem Mord tatsächlich vorangegan-

gen war. Und an Gero, der mit mir hier saß und mir helfen wollte. An Gero, von dem ich nicht wollte, dass er zurück zu Alla ins Hotel ging. War das der einzige Grund? Oder hatte ich einfach nur beschlossen, ihm zu vertrauen? Douglas fiel mir ein, das, was er über mich und mein Schweigen und mein Vertrauen gesagt hatte.

»Da ist noch etwas«, sagte ich.

Dann erzählte ich ihm von Cornelia. Ich erzählte ihm alles, was ich wusste. Ich glaube, ich erzählte ihm sogar noch viel mehr. Ich erzählte von den tauben Flecken, die erst kribbelten und sich dann füllten, von Erinnerungen, die teilweise alt und teilweise jung waren und die durcheinanderpurzelten. Ich erzählte immer weiter. Alle Ängste und Befürchtungen stürzten aus mir heraus, während er mir ruhig gegenübersaß und mich einfach nur ansah, der viel zu schöne Callboy.

Während ich redete, kam mir Douglas in den Sinn, der sich über mein Schweigen beklagt hatte. Ich wollte, er könnte mich jetzt sehen, wie ich hier in einem Café saß und redete und redete. Und verschwommen dachte ich noch, dass ich vorher vielleicht nie den richtigen Gesprächspartner oder aber nichts zu berichten gehabt hatte.

Als ich geendet hatte, konnte ich etwas in Geros Gesicht sehen, das ich nicht ganz deuten konnte.

»Ich wusste, dass du mir etwas verschweigst, Mimi«, sagte er. »Aber …«

»Was denn?«

»Das kann alles nicht wahr sein. Das mit den Dias. Eine weitere Leiche … Es gibt also schon zwei.«

»Ja.«
Er beugte sich vor und griff nach meinem Ellbogen. »Was weißt du über das Mädchen? Cornelia?«
»Nur das, was ich dir gesagt habe.«
»Du musst mehr wissen!«
»Nein.«
»Wirklich nicht? Bist du sicher?«
»Wenn ich es doch sage!« Ich schrie beinah, und doch hatten meine Worte den unangenehmen Geschmack einer Lüge. Das Prickeln setzte ein. Ich begann es zu fürchten.
»Okay.« Gero atmete tief durch und lehnte sich zurück. »Es geht also um dieses Mädchen. Irgendjemand muss mehr wissen, als er sagt.«
»Er?«
»Sie.«
Ich nickte. Es erschien mir logisch.
»Ist da nichts in deinem Kopf, das uns helfen kann?«
»Nur die Büsche …«, sagte ich langsam.
»Das war der Abend im Schwimmbad. Aber davor? Vor zehn Jahren?«
»Ich habe keine Ahnung! Ich hatte sie ja nicht einmal auf den Bildern erkannt, erst als Grit ihren Namen nannte, wusste ich wieder, wer sie war.« So verzweifelt ich auch in mich hineinhorchte, es wollte sich keine Erinnerung einstellen. Mir schossen Tränen in die Augen, ich blinzelte sie weg.
»Mach dir keine Sorgen, Mimi«, sagte Gero und legte mir seine Hand auf den Arm.
»Ich will dich da nicht mit reinziehen, Gero. Du hast nichts mit dem ganzen Mist zu tun.«
Erst dachte ich, er wollte darauf gar nicht antworten,

aber dann sagte er leise: »Ich lasse dich jetzt nicht allein. Die Geschichte, wie die anderen die Polizei auf dich gehetzt haben, ist schon schlimm genug. Dann diese Sache nachts am Pool. Und Simone ... Du musst aufpassen. Und ich fürchte, das schaffst du allein nicht.«

»Mir passiert schon nichts«, sagte ich, aber mir war unbehaglich zumute. Ich registrierte, dass seine Hand noch immer auf meinem Arm lag.

»Red doch keinen Quatsch! Dir ist schon etwas passiert! Du hast irgendein Zeug verabreicht bekommen! Man hat deine Sachen durchwühlt! Man hat mit deinen Kräutern jemanden umgebracht! Dein Handy neben der Leiche versteckt!«

»Vielleicht war es ganz anders«, sagte ich zaghaft.

»Ja?« Er lehnte sich zurück und betrachtete mich prüfend, beinahe wie ein Arzt. Dann sagte er leise: »Du darfst ihnen nicht trauen.«

»Das tue ich nicht«, sagte ich. Und fragte mich, wie es so weit gekommen war, dass ich *ihm* vertraute. »Ich überlege die ganze Zeit, wie ich das mit Simone aufklären kann.«

»Wie meinst du das?«

»Ob ich Ingo anspreche. Wenn er zum Arzt gehen würde, dann wäre sofort klar, was sie ihm verabreicht hat.« Was ich nicht sagte, war: Dann wäre Nina überzeugt, dass meine Erklärungen mehr als der Versuch waren, Simone schlechtzumachen.

»Das solltest du lassen«, sagte Gero.

»Warum?«

»Weil du keine Ahnung hast, was wirklich vorgefallen ist. An dem Abend im Schwimmbad. Oder früher. Dein

Gedächtnis hat etwas gelöscht, aber du weißt nicht, ob du damit die anderen schützt oder dich selbst. Deswegen solltest du erst deine eigene Rolle klären, ehe du etwas offenlegst.«
»Du meinst …« Ich nahm einen Schluck, weil mein Mund plötzlich trocken wurde. »Ich soll ausschließen, dass ich da in irgendetwas mit drin hänge?«
»Ich meine vor allem: Du musst dich endlich erinnern. Und ich werde dir dabei helfen.«
Und obwohl ich wusste, dass er es gut meinte, klangen seine Worte wie eine Drohung.

Zu diesem Zeitpunkt war ich gar nicht in der Lage zu erfassen, was Gero alles für mich regelte. »Du musst irgendwo unterkommen«, sagte er. »Nur so zur Info, Allas und mein Arrangement ist offiziell beendet. Ich wollte heute noch auschecken. Vielleicht finden wir eine kleinere Pension. Brauchst du Geld?«
»Nein«, sagte ich und spürte, dass meine Wangen heiß wurden. Ich dachte an die vielen Scheine in meiner Tasche. Das war vielleicht das Einzige, was ich Gero nicht erzählt hatte. »Aber da ist noch mein Koffer.«
»Ist der etwa noch bei Grit?«
Ich schüttelte den Kopf. »Ich habe ihn bei Simone im Garten versteckt.«
»Dann müssen wir ihn holen!«, sagte Gero.
Bei dem Gedanken, zu Simones Haus zu gehen, war mir nicht wohl. Auch Gero sah besorgt aus. »Soll ich mitkommen?«
Ich schüttelte den Kopf.
»Ruf mich an, wenn ich dich abholen soll. Oder wenn dir irgendetwas komisch vorkommt. Und denk daran,

Mimi …« Er sah mich an, und ich wusste, was er dachte.

Vertrau ihnen nicht.

Als ich wenig später vor Simones Haus stand, bereute ich, dass ich sein Angebot, mich zu begleiten, ausgeschlagen hatte. Mit ungutem Gefühl schlich ich den Gartenweg entlang, die Fenster des Hauses fest im Blick. Nichts regte sich. Als ich die dunkelgrünen Blätter des Rhododendrons vor mir sah, geriet ich für einen Moment in Panik. Hatte sie meinen Koffer gefunden? Eigentlich spielte das keine Rolle, auch wenn ich meine Sachen natürlich wiederhaben wollte, aber in diesem Moment fühlte es sich an, als sei ich ertappt worden, beobachtet, verfolgt gar.

Erneut warf ich einen Blick auf das Haus, doch alles blieb still. Kein Fenster öffnete sich, keine Simone kam mit schnellen Schritten auf mich zugestürzt.

Ich griff zwischen die Blätter und atmete erleichtert auf, als ich meinen Koffer fand. Um das laute Geräusch der Rollen auf dem gepflasterten Gartenweg zu vermeiden, trug ich den Koffer zum Gartentor.

Erst als ich wieder auf der Straße stand, atmete ich auf. Zu früh.

Die Stimme hinter mir ließ mich zusammenzucken.

»Was machst du denn hier, Mimi?«

Es war Grit. Eher erstaunt als anklagend sah sie mich an.

»Ich habe meinen Koffer geholt.«

Sie runzelte die Stirn. »Deinen Koffer?« Sie sah sich um. »Aus Simones Haus?«

Offenbar wusste sie noch nichts von den neuen Entwicklungen. Weder hatte Nina ihr berichtet, dass ich

nun eine Persona non grata war, noch hatte Simone sie gegen mich geimpft. Ich war selbst überrascht, wie sehr mich das erleichterte.
Meine Antwort kam etwas verzögert und passte nicht wirklich zu Grits Frage. »Ich wollte mir etwas suchen. Ich habe deine Gastfreundschaft lange genug beansprucht. Du weißt ja, wie das ist mit dem Besuch, der irgendwann nach Fisch stinkt oder so.« Ich versuchte ein Lachen.
»Aber deswegen musst du doch nicht klammheimlich verschwinden! Ist alles okay mit dir, Mimi? Wirklich?«
Ich nickte. Aus den Augenwinkeln betrachtete ich die Straße hinter Grit, bereit, jederzeit die Flucht zu ergreifen, wenn Simones heller Kombi auftauchen würde.
»Oder hat – warte, hat sich dein Schotte gemeldet? Gehst du zurück zu ihm? Jetzt sofort?«
Ich schüttelte den Kopf.
»Und wo willst du wohnen?«
»In einer Pension. Nur bis ich weiß, wie es weitergeht.«
Grit sah beinahe erzürnt aus. »Und davon wolltest du nichts sagen? Ich lasse dich nicht einfach so gehen, Mimi, das kannst du vergessen. Es ist, weil … oh!« Sie sah mich bestürzt an. »Hast du gehört, wie Mark sich deinetwegen beschwert hat? Das darfst du nicht so ernst nehmen.« Sie griff nach meiner Hand, und ich spürte, wie mir Tränen in die Augen schossen. Es war alles kompliziert. Viel zu kompliziert. Ich wünschte, ich hätte sie nicht getroffen.
»Du trinkst jetzt erst mal einen Tee mit mir, Mimi.«
Ich dachte an Gero, der auf mich wartete, an Simone,

die jeden Moment auftauchen konnte, und schüttelte den Kopf.
»Keine Widerrede!«, rief Grit energisch. »So eilig kannst du es gar nicht haben!«
War es Grits warme, weiche Hand an meiner? Oder die Furcht, dass Simone jeden Moment auftauchen und uns auf offener Straße ertappen würde? Ich wusste es nicht. Jedenfalls gab ich nach.
Fünf Minuten später saß ich auf Grits Sofa und hielt einen Becher Tee in der Hand. Grit saß neben mir, zwischen uns und auf der Rückenlehne lag die übliche Wäsche, aber dieses Mal hatte Grit keinen Blick dafür, und das rührte mich irgendwie besonders.
»Was ist los?« Ihre Stimme war energisch. »Warum sagst du es mir nicht?«
Ich versuchte ein Lächeln. »Es wird einfach Zeit, dass ich mir eine eigene Bleibe suche, Grit.«
»Das ist nicht alles«, beharrte sie. »Du bist so anders. Warum?«
In diesem Moment klingelte mein Handy, und dankbar für die Unterbrechung ging ich dran.
Es war Gero. Ich spürte, wie ich mich beim bloßen Klang seiner Stimme entspannte. »Wo bleibst du?«, fragte er.
»Ich bin hier bei Grit.«
»Ist etwas passiert?« Seine Stimme klang alarmiert.
»Nein, wir trinken nur einen Tee.«
»Einen Tee?«
Jetzt, im Gespräch mit ihm, fand ich selbst, dass das komisch klang. Ich dachte an alles, was wir eben noch besprochen hatten.
Du darfst ihnen nicht trauen.
Das tu ich nicht.

Mir war schwindelig.
»Ich hole dich sofort ab. Rühr dich nicht von der Stelle.« Seine Stimme hatte einen Befehlston angenommen, dem ich mich beugen wollte, doch ehe ich zustimmen konnte, hatte er schon aufgelegt.
Grit musterte mich neugierig. »Wer war das? Irgendetwas stimmt doch hier nicht, Mimi!«
»Das war nur Gero.« Plötzlich war ich sehr erschöpft.
»Gero?« Grits Gesicht veränderte sich. Sie wurde wach, aufmerksam, und musterte mich mit einem neuen Ausdruck des Misstrauens. Und da war noch etwas, etwas, das ich nicht benennen konnte.
»Freunde von Freundinnen sind absolut, absolut tabu, Mimi!« Ihre Stimme klang scharf, schneidend, das *absolut* zischte sie förmlich.
»Es ist nicht so, wie du denkst«, sagte ich müde.
Grit schnitt mir das Wort ab. »Ich weiß, dass Alla noch immer Ingo liebt, das weiß vermutlich inzwischen jeder! Aber darum geht es nicht. Alla wird selbst bestimmen, wie es mit Gero weitergeht. Und wenn die Sache mit ihm eine Chance haben soll, dann darfst du dich jetzt nicht dazwischendrängen!«
Ich sah sie an, erstaunt von dem Kampfgeist, der gar nicht zu ihr zu passen schien. »Mit den beiden wird es nie etwas geben, und da war auch nichts …« Ich verstummte. Es war nicht meine Aufgabe, Allas eigenartiges Arrangement aufzuklären. Außerdem würde es Alla beschämen, wenn ich es täte. Auch wenn mich Grits selbstgefällige Rechtschaffenheit schmerzte, die implizierte, dass ich als Einzige nicht vertrauenswürdig war, während die anderen über jeden Verdacht erhaben waren. Nur deshalb hätte ich gern von Allas

Flunkerei und Simones Hinterhältigkeit erzählt, doch es wäre ein billiger, unwürdiger Triumph. Er würde mir nicht lange nützen.
Außerdem – hätte Grit mir überhaupt geglaubt?
Ich stand auf.
»Wo gehst du hin?«, fragte Grit beinahe kämpferisch.
»Aufs Klo.« Ich hoffte, dass Gero sich beeilte. Ich hatte keinen Plan, wie es weitergehen sollte. Als ich im Gästebad war und mir das Wasser über die Hände laufen ließ, hörte ich ein leises Klingeln jenseits der Badezimmertür. Ich riss sie auf und lief zur Haustür, doch davor stand niemand. Ich hatte das Klingeln deutlich gehört. War es mein Handy gewesen? Ich griff in meine Hosentasche und fand es nicht. Da fiel mir ein, dass ich eben noch mit Gero gesprochen hatte. Es musste im Wohnzimmer liegen.
Als ich die Tür zum Wohnzimmer öffnete, sah ich Grit. Und mein Handy. Sie hielt es in der Hand.
»Was machst du da?«
»Da kam eben ein Anruf für dich. Ich wollte drangehen, aber ich habe aus Versehen auf den falschen Knopf gedrückt.« Ihre Augen waren groß und rund, Zeugnis ihrer Unschuld.
Ich riss ihr das Handy aus der Hand. Ein Anruf in Abwesenheit. Eine SMS informierte mich, dass ich eine Nachricht auf der Mailbox hatte.
Grit hatte sich abgewandt und nahm mit ruhiger, beinahe provozierender Geste einen Wäschestapel in Angriff. Ich betrachtete sie, während ich die Mailbox anrief.
»Sie haben keine neuen Nachrichten«, informierte mich die Stimme.

Verwirrt klickte ich in den Posteingang meiner Nachrichten. »Hast du etwas mit meinem Handy gemacht?«

»Wie gesagt, ich wollte drangehen«, sagte Grit würdevoll und faltete eine Turnhose.

»Da war eine Nachricht für mich, und jetzt ist sie gelöscht.« Hatte Grit die Nachricht abgehört und gelöscht, noch ehe die SMS eingetroffen war, die mich über eben diese Nachricht informierte?

»Dann habe ich wohl den falschen Knopf gedrückt.«

In diesem Moment klingelte es an der Tür. Ich zuckte zusammen, dachte an Simone, an Nina, an Alla, an Stress. Grit warf mir einen Blick zu, den ich nicht deuten konnte, und ging in den Flur. Ich hörte, wie sie die Haustür öffnete.

Als ich Geros Stimme hörte, überschwemmte mich unendliche Erleichterung.

»Mimi?«, hörte ich Grits Stimme. Sie troff vor Missbilligung. »Hier ist Gero für dich.«

Ich trat in den Flur und sah, dass Gero meinen Koffer bereits ergriffen hatte. Er stand in der Tür. Offenbar hielt er höfliche Konversation mit Grit nicht für erforderlich. Ich dachte daran, wie anders er bisher gewesen war, wie freundlich, zugewandt. Da war er in seiner Rolle als gebuchter Begleiter gewesen, der Allas Freundinnen beeindrucken sollte. Jetzt war er ein Mann, der mich schleunigst hier rausbringen wollte.

»Tschüß dann, Grit«, sagte ich hilflos. Ich wusste nicht, was ich tun sollte. Sie umarmen?

Grit musterte mich mit eisiger Miene. »Du ziehst jetzt aber nicht bei ihm ein, oder?«, fragte sie und deutete mit dem Kinn zu Gero, ohne ihn dabei eines Blickes zu würdigen.

»Nein«, sagte ich, aber ich wusste, dass sie mir nicht glaubte. Ich glaubte mir selbst kaum.
Gero war vorgegangen.
Grit umklammerte den Türrahmen und sah mich eindringlich an. »Denk an meine Worte, Mimi. So etwas tut man nicht.« Sie machte eine Pause und sagte noch etwas Seltsames. »Du wirst es bereuen, glaub mir.«
Ich folgte Gero.
Hinter mir hörte ich, wie Grit die Tür zuknallte.

Als ich neben Gero im Wagen saß, ging es mir schlechter als zuvor. Meine Haut war heiß und trocken, und mein Herz schlug viel zu schnell. Ich fühlte mich, als hätte ich tagelang nicht geschlafen, als sei alles ganz und gar verkehrt. Nur für einen winzigen Moment streifte ich den Gedanken, dass ich den Tee nicht hätte trinken dürfen, dass vielleicht Gift darin …
Das Schrillen meines Handys ließ mich zusammenzucken. Es war Alla, und eigentlich wollte ich gar nicht drangehen, aber ich tat es dennoch. Allerdings verstand ich nur die Hälfte von dem, was sie sagte, es war extrem laut: »… zurückgekommen … musst sofort … Geld.«
Ich verstand sie nicht und legte auf.
»Alles okay?«, fragte Gero besorgt.
Ich schloss die Augen. Alles zerrte an mir. Grit wollte das eine. Gero das andere. Ich selbst wollte nur Ruhe. Ich wollte mein altes Leben wieder, ein Leben, in dem ich ruhig in meinem Garten buddelte, abends mit Douglas fernsah, ein Leben, in dem niemand etwas von mir verlangte oder mich mit komplizierten Fragen löcherte. Denn genau das hatte mein Leben vorher ausgemacht,

das begriff ich plötzlich. Die Welt hatte mich in Ruhe gelassen. Ich hatte ohne Verpflichtungen und ohne äußere Ansprüche gelebt. War es das, was Douglas missfallen hatte? Warum sollte es besser sein, wenn man in komplizierte Freundschaften verstrickt war? An dem Abend im Schwimmbad hatte es sich gut angefühlt, innig und warm. Doch davon war nichts geblieben. Grit verurteilte mich moralisch. Simone betrachtete mich als Gefahr. Nina lehnte mich ab, weil ich nicht die war, für die sie mich gehalten hatte. Und Gero wollte die Sache auf die Spitze treiben und mich zu noch mehr Klarheit zwingen, zu Klarheit in Bezug auf etwas, das ich vielleicht besser nicht wissen sollte.

»Ist alles in Ordnung mit dir?«, fragte die warme Stimme neben mir noch einmal, und ich öffnete die Augen.

»Ja, alles okay.«

»Wir fahren jetzt zum Schwimmbad. Und dort versuchen wir, deine Erinnerung zu wecken.«

»Wie das?«

»Erinnerung funktioniert über das lymbische Sytem«, erklärte Gero. »Der Großteil deiner Erinnerungen wird vom Unterbewusstsein verwaltet.«

»Willst du mich hypnotisieren?« Ich hatte es im Scherz gesagt, aber als die Worte draußen waren, spürte ich, dass es ernst war. Alles war ernst geworden, viel zu ernst. Und offenbar war es auch Gero ernst damit, mir bei dem zu helfen, was ich zur Aufklärung beitragen konnte – meiner Erinnerung auf die Sprünge zu helfen.

»Ich würde es tun, wenn ich könnte. Ehrlich gesagt, ich habe sogar daran gedacht, ob wir jemanden suchen sollten …«

»Aber?« Ein Unterton in seiner Stimme hatte mich wachsam gemacht.
»Ach, nichts. Wir versuchen es erst einmal so.« Seine Stimme klang betont locker, aber der Blick, den er auf die Straße richtete, war dunkel und ernst.
Schlagartig wurde mir bewusst, was er dachte: dass es durchaus möglich war, dass eine hypnotische Sitzung meine Schuld zutage förderte. Und dass es in diesem Fall besser war, wenn niemand davon wusste.
Ich lehnte den Kopf an die Scheibe. Mir war immer noch schwindelig.
Ich spürte, wie Gero mir einen Blick zuwarf. »Was war denn mit Grit? Warum bist du überhaupt reingegangen?«
Ich seufzte. »Sie hat gar nicht verstanden, warum ich plötzlich ausziehen wollte, und ich fand, ich war ihr wenigstens einen Abschied schuldig.«
»Und hat es geholfen?«
»Nein«, musste ich zugeben. »Jetzt ist sie auf hundertachtzig, weil sie denkt, dass ich Alla den Kerl ausspanne.«
Gero lachte leise, aber ich konnte ein Gefühl des Unbehagens nicht abschütteln.
Grit hatte in der Tat seltsam reagiert. Da war der Anruf gewesen, den sie angenommen hatte. Ich runzelte die Stirn. »Hast du mich eigentlich vorhin noch mal angerufen?«
»Nein, wieso?«
Ich antwortete nicht. Aber mein Unbehagen wuchs. Und mit ihm die Gewissheit, dass Grit die Sache, worum auch immer es ging, nicht auf sich beruhen lassen würde.
Und das machte mir Angst.

Als wir im Römerbad eintrafen, war die Dämmerung hereingebrochen. Schweigend kletterten wir über den Zaun. Die Baumschatten um mich herum weckten unheilvoll die vage Erinnerung an den Junggesellinnenabschied.

»Komm«, sagte Gero mit rauher Stimme und ging mir voran über die leere Grasfläche. Seine Entschiedenheit verwunderte mich – er wusste doch gar nicht, an welcher Stelle wir gesessen hatten –, doch ich folgte ihm. Für einen Moment wurde mir die irrwitzige Situation bewusst. Ganz gleich, was wir im Sinn hatten, wir waren hier zu zweit eingebrochen, Gero trug in seinem Rucksack vermutlich eine Decke und eine Flasche mit sich, ich tippte auf Prosecco – hatte ich ihm erzählt, dass wir den getrunken hatten?

Jeder, der uns sah, musste uns für ein Liebespaar halten. Sekt, Nacktbaden, Sex auf der mondbeschienenen Wiese.

»Und nun?«, fragte ich und hörte, wie belegt meine Stimme klang. Meine Nervosität ärgerte mich, sie schien Grits Verdacht, dass hier etwas Amouröses, ganz und gar Primitives im Gange war, zu bestätigen.

»Kommt dir die Situation bekannt vor?«, fragte Gero, als habe er meine Frage nicht gehört.

»Nun ja«, sagte ich und sah mich um. Die Schatten der Bäume, die spiegelglatte, ruhige Wasseroberfläche. Ich schloss die Augen. Erst hörte ich nichts. Dann kamen die Geräusche. Das kaum wahrnehmbare Rauschen von Autos, weit entfernt. Und der Rhein, nicht weit entfernt, ein dunkles, unwiderstehliches Strömen …

Mir wurde schwindelig, und ich schlug die Augen auf. Gero saß näher bei mir, als ich gedacht hatte. Unver-

wandt sah er mich an. Schnell schloss ich die Augen wieder. Und da spürte ich, was fehlte.
»Alkohol«, sagte ich.
»Bitte was?«
»Ich war betrunken. Es war anders, weil ich betrunken war.«
Wortlos zog Gero eine Flasche aus seinem Rucksack. »Bedien dich«, sagte er.
Es war fast zu dunkel, um das Etikett zu entziffern. »Absinth«, sagte ich. »Du hast tatsächlich Absinth aufgetrieben!«
»Und Prosecco. Womit willst du beginnen?«
Ich öffnete erst die Flasche Prosecco, er spritzte mir entgegen, kühl, nass und schaumig, was unter anderen Umständen eine ausgelassene, heitere Situation wachgerufen hätte. Ich goss einen Plastikbecher voll und trank. Schnell, systematisch.
»Das reicht wohl kaum«, sagte Gero.
»Stimmt wohl.« Ich füllte den Becher erneut. Diesmal hatte ich erheblich mehr Schwierigkeiten, ihn so schnell zu leeren. »So viel wie in der letzten Woche habe ich seit zehn Jahren nicht mehr getrunken.«
»Warum? Weil es dir nicht schmeckt?«
Ich zuckte die Achseln. »In der Studentenzeit war es wirklich etwas viel gewesen.«
»Bei euch allen, wie mir scheint.« Es war dunkel geworden, und ich konnte Gero kaum noch erkennen. Ich bemerkte einen weiteren Unterschied zur Nacht des Junggesellinnenabschieds: Damals war Vollmond gewesen, jetzt wurde der Mond zur Sichel, und wenn wie heute Wolken ihn verbargen, war es beinahe schwarz.
»Ja. Wir haben alle viel getrunken. Studenten eben.«

Gero goss mir, obwohl ich noch nicht ausgetrunken hatte, den Becher wieder voll, dabei spritzte Sekt über meine Finger. Ich kicherte, weil es so prickelte, dann erstarb mein Kichern, weil es mir entsetzlich kokett vorkam. Wir waren nicht zum Spaß hier. Ich führte den Becher an den Mund und trank.

Gero beobachtete mich. »Hat Cornelia auch so viel getrunken?«

»Ich glaube schon, ja.«

»Was heißt das, du glaubst?«

»Das heißt …« Ich starrte auf das dunkle Gras. Wie sollte ich beschreiben, was ich mir selbst nicht erklären konnte?

»Ich weiß nicht, woran ich mich erinnern kann und woran nicht. Manchmal denke ich, ich weiß etwas. Manchmal sagt jemand etwas, und erst in dem Moment, in dem ich es höre, merke ich, dass es stimmt. Und so ist es auch mit Cornelia. Ich hatte ganz vergessen, dass sie existiert.«

»Jemandem scheint sie wichtig zu sein. Sonst gäbe es diese Dias nicht. Jemand wollte auf dieser Hochzeit an sie erinnern und hat deswegen das Bild plaziert.«

Ich trank, merkte, wie die Kohlensäure mir in die Kehle stieg, und unterdrückte ein Rülpsen. Es war kühler geworden. Gero saß so nahe neben mir, dass ich seine Körperwärme spürte.

»Wenn es so war, dann hat es nicht geklappt«, sagte ich nachdenklich. Mir war jetzt verschwommen zumute vom Prosecco, aber das war durchaus angenehm. »Niemand wusste, was das zu bedeuten hat.«

»Oder niemand hat es zugegeben.«

Ich zog die Schultern hoch, weil mir plötzlich kalt war. Gero musterte mich mit unbewegtem Gesicht. »Die Frage ist jetzt: Woran erinnerst *du* dich?«
»An Cornelia jedenfalls nicht!«
»Trink noch etwas«, sagte Gero und schenkte nach, ich zog meinen Becher weg, aber er gab nicht nach, obwohl er die Hälfte verschüttete.
»Wie viel musst du denn noch trinken, damit du dich an sie erinnerst?«
»Aber es geht doch um den Junggesellinnenabschied, nicht um Cornelia«, sagte ich unwillig.
»Es geht hier um alles«, sagte Gero, und seine Stimme hatte einen anderen, einen neuen Unterton, einen, der mir Angst machte.
Ich befeuchtete meine Lippen, die plötzlich ganz trocken waren. Ich dachte an Grit und ihre wuchernde Phantasie bezogen auf Gero und mich, an ihre Sorge, dass ich bei ihm einziehen würde, an mein absurdes Bedürfnis, seinen schönen Mund zu küssen, und ich dachte an den Abend im Roses, an dem ich ihm ins Hotel gefolgt wäre, wenn er mich nicht stattdessen bei Grit abgesetzt hätte. Ich dachte daran, dass er mit absoluter Sicherheit mein Tattoo nicht zu Gesicht bekommen hatte. Und dass dieses Tattoo, ganz gleich, was es verbarg, nicht dasselbe war wie Cornelias.
Ich verstand gar nichts mehr. Ich fragte: »Warum?«
»Weil ich es will. Denk an Cornelia! Denk daran, wie sie war. Und sag mir, was mit ihr passiert ist!«
Ich war außerstande, seinen Worten zu folgen, und das lag vielleicht auch an dem Prosecco, der in meinen Adern schäumte. Ich dachte an die Büsche, die uns beobachtet hatten an dem Abend. Das war mein

Gefühl gewesen und auch Grits. Hatten wir recht gehabt?
»Was willst du von mir?«, hörte ich mich flüstern.
Gero lachte, und es klang echt, ein offenes, erstauntes Lachen. »Das weißt du nicht?«
Er näherte sein Gesicht meinem, ich sah seine weitgeöffneten, nussbraunen Augen zentimeternah vor mir, schmeckte seinen Atem.
»Ich zeig es dir«, flüsterte er, und etwas hatte seine Stimme verändert. Sie klang gefährlich.
Die Bäume des Römerbads kippten, als er mich zu Boden warf, ich fühlte, wie der Rasen hart gegen meine Seite prallte, obwohl es doch wohl eher umgekehrt war, und dann umklammerte Gero meine Hände, so dass ich mich nicht rühren konnte und mein Gesicht schutzlos auf den Boden knallte. Geros Gewicht presste die Luft aus meinen Lungen. Erde und Gras drangen durch meine Zähne, und ich bäumte mich in Panik auf. Ich bekam keine Luft mehr.
»Und, weißt du es jetzt?«, flüsterte er, viel zu nah an meinem Ohr.
Ich schmeckte Erde, und etwas in mir stockte, verknotete sich, kam dann langsam in Bewegung. Eine Bilderkette.
Gero zog an meinem Shirt. Der Stoff riss, ich hörte das Ratschen überlaut und kniff reflexartig die Beine zusammen. Ungläubiges Gelächter erscholl hinter mir, füllte die Nacht und umgab mich, so, als vergnüge sich jeder einzelne Baum.
»Denkst du im Ernst, ich will dich vergewaltigen, denkst du das? Hast du noch immer nicht verstanden, worum es hier geht?«

»Nein«, sagte ich, aber ich war nicht sicher, ob er meine Antwort überhaupt hörte, sie versank zwischen Erde und Gras und seinem Gelächter. Und plötzlich wusste ich, was er wollte.
Mein Tattoo.
»Ich will nur deine verdammte Erinnerung.« Roh griff er in meine Haare, riss daran, mein Kopf flog erst hoch, dann wurde er ins Gras gedrückt. Meine Atemwege blockierten.
Erst war da nur der Drang zu atmen, das Bedürfnis nach Sauerstoff. Dann kam mehr. Rotglühende Kreise torkelten vor mir auf und ab, und dann roch ich es.
Dinge, die nicht da waren.
Das süßlich-stechende Aroma von Ouzo, der saure Geschmack von Erbrochenem, um mich herum war ein Stimmengewirr, ich war nicht mehr allein, alle waren da, umstanden mich wie Geisterwesen.
Und dann flutete die Erinnerung mein Hirn, als habe jemand einen Hahn aufgedreht.
Eine Flasche, die kreist. Sie dreht sich um ihre eigene Achse, ihr Hals zeigt ringsum, auf die Bäume, auf das Dunkel dahinter, auf den Rhein, auf jeden von uns. Da sind Arndt, Maria, Helin und Dennis – lauter Leute, die ich lange nicht gesehen und deren Namen ich vergessen habe –, und dann sind da Cornelia und Casper.
Und ich.
Es ist der Abend der Wohnheimparty, aber wir haben die Party verlassen, weil wir in Ruhe kiffen wollten, der Alkohol in der Wohnheimbar hat uns nicht gereicht, nicht an diesem Abend. Und so sind wir

ins Römerbad eingebrochen, wie schon oft davor. Das nächtliche Schwimmen im Bad war ein Ritual in diesem Sommer. Ebenso wie das Saufen und das Kiffen.
Und das Spiel.
»Auf wen die Flasche zeigt, der muss …«
Lachen. Schluckauf. Mein Lachen und mein Schluckauf. Mein Blick zu Casper, der an diesem Abend ganz nah bei mir sitzt und den ich verstohlen mustere, so oft ich kann. Ich sehe, dass Cornelia ihm ins Ohr flüstert, und das ärgert mich. Sie nervt mit ihren Medizinergeschichten.
Gesprächsfetzen ringsum.
»… nicht den Zug nehmen, guck doch mal auf die Uhrzeit, 23.05 Uhr, da wird …«
»… im Prinzip muss man dafür noch nicht einmal Mediziner sein, man muss nur eine geeignete Tinte in die Epidermis …«
»… Zahl der Illuminaten, und die Geschichte hat ja nun gezeigt, dass …«
»… so ein Praktikumsplatz. Auf der anderen Seite will ich natürlich nicht umsonst …«
»… aber warum denn die Dreiundzwanzig? Eigentlich ist doch die Dreizehn die Unglückszahl, und wer am Dreizehnten …«
Die Flasche zeigt auf mich, ich erzähle eine passende Lüge wie immer, wenn ich etwas gefragt werde. Dann nehme ich die Flasche in die Hand.
Irgendwann ist Dennis dran. »Auf wen die Flasche zeigt, der muss …«, beginnt er, dann grinst er und versetzt die Flasche in Schwung. »… dem mache ich ein Tattoo! Dann seht ihr, wie das geht!«

Cornelia neben mir kichert, während Helin unwillig den Kopf schüttelt. »So ein Blödsinn! Da mache ich nicht mit!«
»Hast wohl Angst«, höhnt Dennis, Arndt aber versetzt ihm einen Stoß. »Sei doch still, ihr seid echt zu blau, jetzt macht keinen Scheiß!«
Die Flasche dreht sich und dreht sich, mein Blick ist ein Speer, der geradewegs auf Cornelia zeigt, aber die Flasche gehorcht mir nicht, sie dreht sich langsamer und langsamer.
»Ich hab keinen Bock mehr«, mault Maria, »mir friert hier der Arsch ab, ich geh wieder ins Wohnheim, vielleicht ist die Musik inzwischen besser geworden.«
Die Flasche zeigt auf mich.
»Na also!«, ruft Dennis. »Ich hab ein Opfer gefunden! Sag noch mal, Frau Doktor Cornelia, wohin muss ich stechen?«
»Ihr seid doch bescheuert«, sagt Helin, vermutlich geht sie in dem Moment weg, folgt Maria, ich weiß es nicht.
»Mimi hat Schiss«, sagt Cornelia, und ich kann aus den Augenwinkeln erkennen, wie sie Casper etwas zuflüstert.
»Los, mach! Hauptsache, keine Rose«, sage ich kämpferisch.
»Eine Fünf«, sagt Casper, »das ist die Quersumme von …«
Dennis und Casper diskutieren, wie sie das jetzt bewerkstelligen sollen – Casper will eine Nadel aus dem Wohnheimzimmer holen, Dennis befürchtet, dass er dann nicht wiederkommt, sie sprechen über Nägel und Zirkel und Tinte aus dem Füller gegen Tinte aus dem

Kugelschreiber, dann kramen sie in ihren Rucksäcken, und während all der Zeit fixiere ich Cornelia, und ich bin so betrunken, dass mir alles wie ein köstlicher Spaß vorkommt.

»Sie muss ganz stillhalten, sonst geht das nicht«, sagt Casper, und Dennis will mehr Licht, Cornelia holt ein Feuerzeug, Casper zückt die winzige Taschenlampe, die an seinem Schlüsselbund hängt, ich trinke noch einen Schluck und lege mich dann folgsam auf den Bauch.

Dann sind kalte Hände auf meinem Rücken. Es tut nicht sehr weh. Ich lege den Kopf in den Nacken, so dass ich die Sterne sehen kann, dann bette ich den Kopf ins Gras, und vielleicht schlafe ich auch kurz ein, jedenfalls ist Dennis überraschend früh fertig, und aus irgendeinem Grund geraten er und Casper in eine Diskussion darüber, ob mir das hätte weh tun müssen und wer jetzt ein Weichei sei, und es endet damit, dass sich auch Casper auf den Bauch legt, und ehe ich richtig begriffen habe, was los ist, hockt Cornelia in seinem Nacken, zieht sein Shirt hoch und hält seine Arme fest, es sieht aus wie eine Umarmung, und das macht mich zornig.

Die Welt ist anders, wenn man betrunken ist. Die Gedanken wandern nicht von links nach rechts und nach vorn und wieder zurück, sondern sie fließen zu einem bestimmten Punkt, wie Wasser auf einer schrägen Ebene.

Was genau meine Gedanken bezweckten, wohin sie flossen, kann ich nicht sagen, aber irgendwann lag auch Cornelia bäuchlings im Gras, und ich hockte mich schnell über sie, ehe Casper es tun konnte.

Dennis maulte zwar, offenbar war ihm die Lust an seinem Tätowierjob vergangen, aber dann begann er doch noch einmal.
Ich merkte am Zucken ihres Oberkörpers, dass sie sehr wohl Schmerzen hatte. »Stell dich nicht an«, murmelte ich und drückte sie noch ein wenig tiefer ins Gras, es fühlte sich gut an, dann war da der Geruch nach Ouzo und Erbrochenem, den ich nicht beachtete, ich drückte sie tiefer und merkte, dass mein Ärger verflog, je schwächer ihre Gegenwehr wurde.
»Eine Dreizehn«, rief Dennis, »das ist aber keine Zahl der Illuminaten, das ist einfach nur …« Und da erst bemerkten wir, dass Cornelia sich nicht mehr rührte.
»… eine Unglückszahl«, sagte Dennis langsam. Er sah erstaunt aus.
»Cornelia?«, fragte Casper mit beinahe kindlicher, fragender Stimme, und ich glaube, schon da wusste ich, dass sie tot war. Ich ließ sie los, dann stand ich langsam auf, ging einen Schritt weg, dann noch einen.
»Wie ist das passiert? Was ist denn los?«, rief Dennis, während Casper sie zaghaft zu beatmen versuchte. Obwohl ich schon begriff, was geschehen war, ärgerte es mich, als er seine Lippen auf ihre drückte.
»Scheiße, scheiße, scheiße!«, schrie Dennis, und ich dachte daran, wie fest ich Cornelias Kopf niedergedrückt, wie sehr es nach Ouzo und Kotze gerochen hatte, und auch, wie ihr Widerstand immer schwächer geworden war. Ich war sauer auf sie gewesen, sehr sauer, aber jetzt war jeder Ärger verflogen, einfach weg.
»Wir rufen einen Krankenwagen!«, schrie Dennis.
Casper richtete sich auf. »Das ist zu spät«, sagte er leise.

»Und was jetzt?« Die beiden sahen einander an, und mich wunderte, dass mich niemand ansah, wobei ich begriff, dass das gut war. Ich wollte nicht gefragt werden, wie das passiert war.

»Vielleicht kann ein Notarzt …«, sagte Dennis zaghaft.

Casper heulte auf, er klang beinahe wie ein Tier. »Ein Notarzt macht sie nicht wieder lebendig. Aber wenn man uns hier sieht, wir sind ins Freibad eingebrochen, total zugedröhnt, und dann Cornelia …« Wie auf ein Stichwort sahen wir zu ihr. »Ich studiere Jura, verdammt! Ich kann jeden Gedanken an einen guten Job aufgeben, wenn ich vorbestraft bin!«

Dennis neben ihm biss sich in die Unterlippe, ich wusste, dass er mit Casper zusammen studierte.

»Es macht sie nicht wieder lebendig«, sagte ich langsam.

»Wir lassen sie einfach liegen«, schlug Dennis vor.

»Gute Idee!« Casper lachte auf. »Da können wir genauso gut gleich die Polizei rufen. Denk doch mal – die finden unsere Spuren überall an ihr! Du hast sie tätowiert. Mimi hat sie festgehalten. Und ich Idiot hab versucht, sie zu beatmen …«

Für einen Moment sagte niemand etwas.

»Und wenn wir sie waschen?«, fragte Dennis zaghaft, aber er meinte es nicht ernst, das hörte man an seiner Stimme.

Ein toter Körper ist schwerer, als man denkt. Wir schleppten Cornelia ans Rheinufer und ließen sie dort ins Wasser. Dennis und Casper diskutierten, was wir jetzt tun sollten, der eine hysterisch, der andere aggressiv; es ging darum, wer wann wo gewesen war, dass früher oder später jemand die Leiche finden würde,

und selbst wenn nicht, würde man Cornelia als vermisst melden und wir wären dann die Letzten, die sie gesehen hatten … Aber ich folgte dem Gespräch gar nicht, etwas in mir schaltete sich ab, und dann fiel mir der Schotte ein, der mich auf der Wohnheimparty angesprochen hatte, und ich griff in die Tasche, wo sich der Zettel mit seiner Nummer befand.
Und dann sah ich nach vorn. Nach Schottland. Nicht zurück.

Mit einem Schluchzen fand ich mich auf der Wiese wieder, das Gesicht im Gras.
»Es war ein Unfall«, sagte ich.
»Ich will wissen, was passiert ist! Und wer schuld war!«, rief Gero, dann drehte er mich auf den Rücken, so dass ich ihn ansehen musste. Sein Gesicht war verzerrt.
Ich holte tief Luft. »Das war ich. Und es ist hier passiert, irgendwo hier, nach einer Party.«
Als es heraus war, wirkte Gero beinahe entspannt. Er lockerte seinen Griff und sah mir zu, wie ich mich aufsetzte. »Ich wusste immer, dass es anders war, als sie gesagt haben.«
Ich strich mir vorsichtig das Gras vom Bein. Dabei war ich mir sicher, dass mir das Entsetzen über die neue Erkenntnis ins Gesicht geschrieben stand: Ich hatte Cornelia getötet. Ich war eine Mörderin.
»Aber man hat sie doch noch Tage später in Koblenz gesehen«, sagte ich langsam. Es war keine Ausrede, kein Versuch, die Schuld abzulenken, es war das hilflose Begreifen, dass die Fakten nicht zu dem passten, was mir mein Flashback soeben in gleißender Helligkeit enthüllt hatte.

»Das war der Fehler im gesamten System«, sagte Gero. Er schien mich jetzt nicht mehr als Feind wahrzunehmen, schwer atmend saß er neben mir, die Lippen zusammengepresst, und mir fiel ein, dass ich diese Lippen vorher noch hatte küssen wollen. Jetzt hoffte ich, dass diese Lippen weiterreden würden, eine endlose Schlaufe aus Wörtern, Erklärungen, Fragen produzieren würden. Irgendwann würde ich die Gelegenheit zur Flucht ergreifen. Ich sah mich vorsichtig um. Dunkle Bäume, ringsum Bäume, die Sichtschutz versprachen, aber erst musste ich aufstehen und die freie Liegewiese überqueren. Gero war mit Sicherheit sportlicher als ich. Und ich war betrunken. Oh, ich war so betrunken!

»Wir haben sie für die Semesterferien zu Hause erwartet. Cornelia hat die Gelegenheit immer genutzt, um Party mit ihren früheren Schulfreunden zu machen, durch die Diskos zu ziehen … Du weißt ja, wie sie war.« Das wusste ich nicht wirklich, aber ich hielt es für schlauer, Gero nicht zu unterbrechen.

»Sie hatte vor, am Sonntag nach Hause zu kommen. Die Tage vorher haben weder unsere Eltern noch ich mit ihr gesprochen. Als sie Sonntag nicht kam, haben wir im Wohnheim angerufen. Die dachten, sie sei längst in Koblenz. Als ihre Koblenzer Freunde auch nicht wussten, wo sie war, haben wir die Polizei gerufen. Und dann meldete sich plötzlich eine Bekannte, die sie am Samstag im New Dreams hatte tanzen sehen. Deswegen konzentrierten sich die Ermittlungen der Polizei immer nur auf Koblenz. Niemand zog in Betracht, dass sie schon vorher verschwunden war. Hier, in Bonn.«

»Aber ihre Sachen«, sagte ich langsam. »Sie hätte doch ihre Sachen mitgenommen, wenn sie nach Hause gefahren wäre.«
Gero nickte. »Das hat sie auch! Im Wohnheim fehlten ihr Koffer und auch ihre Klamotten. Deswegen hat man gar nicht in Zweifel gezogen, dass sie abgereist war. Und dann stellte sich schnell heraus, dass sie Ärger mit ihrem Freund gehabt hatte, der verwickelte sich in Widersprüche …«
Ich verstand jetzt plötzlich sehr viel. Ich verstand, was Dennis und Casper noch alles getan hatten, nachdem ich weg gewesen war – sie hatten Cornelias Sachen verschwinden lassen. Und ich verstand, dass ich ungeheures Glück gehabt hatte – Glück, dass jemand glaubte, Cornelia gesehen zu haben, und Glück, dass sie Streit mit ihrem Freund gehabt hatte.
»Erst letztes Jahr habe ich durch Zufall herausgefunden, dass alles ein Irrtum war«, fuhr Gero fort. »Ich war seit langem mal wieder im New Dreams. Und da habe ich sie plötzlich auf der Tanzfläche gesehen. Cornelia.«
Ich erschrak.
»Natürlich war sie es nicht, aber sie sah genauso aus wie Cornelia, nur zehn Jahre älter. Ich sprach die Frau an, und es stellte sich heraus, dass sie ihre Tante besuchte, in deren Bäckerei sie aushalf, wie fast jeden Sommer. Sie war auch vor zehn Jahren schon hier gewesen. Sie sah meiner Schwester von nahem nicht einmal wirklich ähnlich, aber wenn man sie tanzen sah – die Haare, der Körperbau, die Bewegung – zum Verwechseln. Kannst du dir vorstellen, wie das war? Seit zehn Jahren zermarterte ich mir das Hirn, was meiner Schwester zugestoßen war, und dann begriff ich plötz-

lich, dass alles anders gewesen war. Dass sie in Bonn zu Tode gekommen war. Ich bin sofort am nächsten Tag zur Polizei gegangen, aber die haben mir gar nicht richtig zugehört. Offenbar bin ich denen in der ganzen Zeit einmal zu oft auf den Wecker gegangen. Da habe ich entschieden, die Sache selbst in die Hand zu nehmen. Und ich wusste jetzt, dass sie in Bonn verschwunden war. Also hab ich alle Bekannten, deren Namen ich wusste, unter einem Pseudonym bei Facebook kontaktiert. An Alla konnte ich mich noch erinnern – Cornelia hatte damals oft von ihr erzählt. Und dann habe ich von der Hochzeit erfahren, bei der so viele ihrer ehemaligen Studienfreunde zusammenkommen würden. Und ich begriff, dass das meine Chance war.«

Ich sagte nichts, und ich fragte nichts. Ich überlegte fieberhaft, was für eine Chance ich gegen Gero hatte. Die Antwort war niederschmetternd.

Keine.

Gero redete weiter, wie aufgezogen. »Ich bin kein Hacker, aber für Geld findest du immer jemanden, der macht, was gemacht werden muss. Es war ein Kinderspiel, in Allas Mailaccount zu kommen. Als ich sah, dass sie einen Callboy bestellt hatte, musste ich nur in ihrem Namen bei der Agentur anrufen und den wieder abbestellen. Und dann selbst beim vereinbarten Treffpunkt erscheinen. Sie war sehr zufrieden mit mir.« Gero grinste. »Und von da an hat sie mich ganz freiwillig mit Informationen versorgt. Sie ist so egozentrisch, dass sie mir einfach alles erzählt hat, als wäre ich ein Stuhl oder die Tapete in ihrem Ankleidezimmer. Erst wollte ich beim Polterabend mit den Dias eine Reaktion erzwingen – du weißt schon, für einen Eklat sorgen, gucken, wer sich verrät. Das hat ja dann nicht geklappt. Dafür hat Mark mich zum Junggesellenabschied der Männer mitgenommen. In einen Strip-Club, in dem der Bräutigam in spe sich von einer Tänzerin halb ausziehen ließ. Und da sah ich sein Tattoo. Dasselbe Tattoo, das man Cornelia gestochen hatte. Ich war sicher, dass er ihr Mörder war. Und weil Alla mir am nächsten Tag erzählte, dass du vorhast, die neue Freundin deines Ex-Lovers mit Eisenhut umzubringen und das Zeug praktischerweise mit dir rumträgst, hatte ich eine perfekte Methode, ihn zu bestrafen.«

Ich dachte an die Dunkelheit der Bäume und Büsche, an die Augen, die sie gehabt hatten. Grit und ich waren im Irrtum gewesen. Niemand hatte uns beobachtet. Kein Fremder hatte uns gefährlich werden können. Die einzige Gefahr war von mir selbst ausgegangen, von dem, was ich unbedacht und betrunken von mir gegeben hatte in dieser Nacht.

Und noch etwas dachte ich: Alla hatte die ganze Zeit von Douglas gewusst. Ich dachte an ihr Pokerface, als sie nach ihm gefragt hatte.

»Natürlich habe ich vorher mit ihm geredet. Ich musste gar nicht viel tun, es reichte, ihm das hier zu zeigen, und alles sprudelte aus ihm heraus.« Beinahe nebenbei ließ Gero die Klinge eines Messers aufblitzen. »Er hat mir erzählt, wie alles war. Wer damals noch dabei gewesen war. Natürlich ging es ihm vor allem darum, sich reinzuwaschen. Für ihn war es trotzdem zu spät, das Aconitum war bereits in seinem Blut. Aber das war mir egal, ich wollte nur die Wahrheit hören. Von dem anderen Kerl wusste er nicht einmal mehr den Namen, aber du … du warst sogar ein Hochzeitsgast. Wie praktisch! Wo doch ausgerechnet du es warst, die Cornelia erstickt hat.«

So war es nicht!, wollte ich schreien, aber ich konnte nicht. Stattdessen fragte ich: »Aber wozu all dein Gerede? All die Theorien über Amnesie und den Junggesellenabschied, das war doch völlig unnötig!«

»War es das?« Gero sah mich an, sein Gesichtsausdruck war beinahe zärtlich. »Das war, damit du es weißt.«

»Damit ich was weiß?«

Er flüsterte jetzt. »Damit du weißt, wie es ist, wenn man die Wahrheit nicht kennt. Wenn man fast verrückt wird, weil man nicht weiß, was geschehen ist. Wenn man sich wieder und wieder fragt, was wohl passiert ist. Jetzt kennst du das Gefühl, oder?«

»Ja«, sagte ich. »Jetzt kenne ich es.«

In diesem Moment klingelte mein Handy. Wie von selbst fuhr meine Hand in die Tasche und holte es heraus, aber Gero war schneller, er nahm es mir aus der Hand.

»Wag es ja nicht«, sagte er drohend.

Gemeinsam starrten wir auf das leuchtende Display und lauschten dem Klingeln, bis es verstummte. Eine SMS informierte mich über das Eintreffen einer Nachricht.

»Der Anruf kam von Alla«, sagte Gero mit gerunzelter Stirn.

»Alla?« Ich überlegte fieberhaft. Den eigenartigen Anruf von vorhin hatte ich bereits verdrängt, aber jetzt kam er mir wieder in den Sinn. Vermutlich hatte Grit nach meinem Aufbruch bei Alla angerufen und ihr empört berichtet, dass ich mit Gero unterwegs war. Und dann? Was hatte Alla gesagt? Sie hatte von Geld und von Zurückkommen gesprochen. Gero hatte gesagt, dass das Arrangement mit Alla offiziell beendet war, und eben erst hatte ich erfahren, wie er sich tatsächlich den eigenartigen Job verschafft hatte.

Geld …

Eine winzige Hoffnung keimte in mir. Wenn Geros Job als Begleiter erledigt war, konnte es dann sein, dass Alla das Honorar überwiesen hatte? Und war die Agentur so ehrlich gewesen, Alla Bescheid zu geben, dass sie gar keinen Callboy bereitgestellt hatten, weil der Auftrag storniert worden war? Und hatte Alla eins und eins zusammengezählt?

In diesem Fall hatte ich eine winzige Chance. Ich musste nur Gero möglichst lange hinhalten.

»Was willst du jetzt mit mir machen?«, fragte ich.

»Dasselbe wie mit Casper. Aber ich hoffe, dass du mir vorher erzählst, wie alles passiert ist. Ich muss das einfach wissen.«

Ich verstand sehr wohl. Ich verstand vor allem, dass ich am Leben bleiben würde, solange ich redete.

Und ich verstand, dass Douglas nicht etwa das gemeint hatte, als er mir gewünscht hatte, dass auch ich jemanden finden sollte, der mich zum Reden brachte – der mich all das sagen ließ, was ich zehn Jahre lang verschüttet hatte.

Es wäre falsch, zu behaupten, dass alles, was ich dann sagte, die Wahrheit war. Ich wusste jetzt, was an dem Abend geschehen war. Damit hatte Gero recht gehabt: Die Kombination aus Sinneseindrücken und Schock hatte mein Gedächtnis wiederbelebt und den Abend zurückgeholt. Aber ich erzählte noch mehr. Viel mehr. Ich sagte alles, was mir einfiel, in der Hoffnung, Geros

Aufmerksamkeit so lange zu fesseln, bis ein Wunder geschah. Noch nie hatte mir jemand so konzentriert zugehört wie er, während ich ihm vom letzten Abend seiner verstorbenen Schwester erzählte, während Erinnerung und Phantasie ein farbiges Bild woben von der Frau, deren Tod ich verschuldet hatte.
Und ich erzählte und erzählte, während mein Blick unruhig die dunklen Bäume absuchte.
Da!
Endlich sah ich die Lichter. Mehrere. Autos.
Und dann sah ich Schatten. Und begriff, dass tatsächlich jemand gekommen war, um mich zu retten. Im selben Moment hörte ich die Stimme.
»Hände hoch!«
Gero sprang auf und war wie der Blitz hinter mir. Ich spürte sein Messer an meiner Kehle, als er mich zu den Büschen zog und mich dort auf den Boden presste.
»Rede weiter«, befahl er mir.
»Gero, ich …« Ich bekam keine Luft.
Da ertönte der erste Schuss. Gero neben mir griff in den Rucksack, und erst als er schoss, begriff ich, dass er darin tatsächlich eine Schusswaffe hatte.
Ein spitzer Schrei aus der Dunkelheit. Ich erkannte Nina, und da musste ich trotz aller Angst lächeln. Nina war hier, um mich zu retten.
»Mir geht es gut«, rief ich, so laut ich konnte, und Gero machte mir plötzlich keine Angst mehr. Und dann lief ich los.
Ich sah nicht, ob Gero mir folgte. Ich sah nicht, ob die folgenden Schüsse ihn niederstreckten oder ob sie mir galten. Ich lief zu den Bäumen, und erst der Arm eines Beamten brachte mich zum Stoppen.

»Sind Sie okay?«, fragte er.
Ich nickte.
Und da löste sich ein Schatten aus dem Dunkel und flog auf mich zu. Es war Grit. »Mimi!«, rief sie und umklammerte mich, als wolle sie mich nie wieder loslassen. »Wir haben es eben erst begriffen – dass Gero sich hier eingeschlichen hat. Er ist tatsächlich der Bruder von Cornelia. Ich habe sofort die Polizei gerufen. Zum Glück konnten sie dein Handy orten und wussten darum, wo du bist. Die haben gesagt, wir sollen zu Hause warten, aber Nina hat gedrängt, dass wir losfahren, damit wir sehen, ob alles in Ordnung ist mit dir …«
Nina hatte darauf gedrängt … Mir wurde warm. Ganz gleich, welche harten Worte wir nach der Begegnung auf dem Polizeipräsidium gewechselt hatten, jetzt, wo ich in Gefahr gewesen war, hatte all das keine Rolle mehr gespielt. »Wo ist sie denn?«, fragte ich Grit.
Die sah sich suchend um, ihr Blick tastete die Bäume ab. »Sie ist losgelaufen, als die ersten Schüsse fielen. Sie hatte solche Angst um dich!«
Ich dachte an den Schrei, den ich gehört hatte, direkt nach dem Schuss. Und plötzlich hatte ich Angst.
Ich fand sie unter dem Maulbeerbaum, und die Polizisten, die noch mit Gero beschäftigt waren, konnten mich nicht zurückhalten.
Ein Querschläger hatte sie erwischt.

In der anderen Nacht, der unbeschwerten, hatte das Schwimmbad fünf Wünsche gehört, fünf Wünsche wie grüne Flammen, eine für jede von uns. Drei dieser Wünsche waren enthüllt worden, zwei waren verborgen geblieben.

Ich wusste nicht, was ich selbst mir gewünscht hatte, aber ich war mir sicher, dass dieser Wunsch nach dem Junggesellinnenabschied seine Bedeutung verloren hatte. Seit ich mit Nina im Irish Pub gesessen hatte, war ein neuer Wunsch entstanden, und der hatte sich erfüllt. Ich hatte Caspers Mörder für sie gefunden, und ich war für sie da gewesen, bis an ihr Lebensende.

Vorsichtig bettete ich Ninas Kopf in das grüne Gras, die dunkelblonden Locken flossen um ihr Gesicht. Gern hätte ich Gänseblümchen gesammelt, um sie zu bekränzen. Aber ich wollte nicht aufstehen, dafür hätte ich ihre Hand loslassen müssen. Es konnte nicht mehr lange dauern, bis die Beamten uns entdeckten, und dann würde man uns trennen. Bis dahin wollte ich auskosten, dass ich für sie da sein konnte. Wenigstens jetzt.

Vorsichtig drückte ich ihr die Augen zu.

Nina hatte ihren Wunsch mit sich genommen. Ich war sicher, er hatte sich erfüllt.

Danke, Gisa Klönne, für Deine Hilfe bei diesem Roman und ein wunderbares Mentoring-Jahr.

JUDITH
MERCHANT

NIBELUNGENMORD

In einer der sagenumwobenen Höhlen des Siebengebirges, wo Siegfried einst den Drachen tötete, wird eine Frauenleiche gefunden. Noch am selben Tag wird in Königswinter die Ehefrau des Notars vermisst. Hat die Geliebte des Notars, die exzentrische Künstlerin Romina, ihre Widersacherin kaltblütig aus dem Weg geräumt? Kommissar Jan Seidel erkennt früh, dass die Lösung des Falles weitaus verzwickter ist, als es scheint …

LORELEY SINGT NICHT MEHR

An einem nebligen Morgen hat ein Angler am Rheinufer einen außerordentlich schweren Fang am Haken – einen toten Mann. Doch die Identität der Wasserleiche ist schnell geklärt. Jan Seidel und seine mit-ermittelnde Großmutter kommen einer komplizierten und hasserfüllten Dreierbeziehung auf die Spur …

»Clever ausgetüftelte Königswinter-Krimis mit vielen Wendungen und wunderbar lebensnah gezeichneten Personen.« WDR